中国工程院重大咨询项目

中国能源中长期发展战略研究项目组

中国能源中长期

(2030、2050)

发展战略研究

电力·油气·核能·环境卷

科学出版社

北　京

内 容 简 介

本书是中国工程院《中国能源中长期（2030、2050）发展战略研究》丛书之一。

电力战略预测了我国中长期的用电量需求，分析了发电供应能力，提出了电源发展的分阶段目标，阐述了关于中长期电网发展模式的两种观点，给出了制定我国电网中长期发展战略的建议，研究了对未来电力发展将产生重大影响的电力科技和重大装备的战略需求及技术发展趋势，并提出了这些技术的发展途径及目标。油气战略通过对我国2030年、2050年石油和天然气供需态势的分析判断，提出了我国油气中长期发展战略与措施建议。核能战略主要分析了核电市场需求、铀资源供应、核设备自主化、核安全及核能可持续发展等我国核能中长期发展面临的基本问题，提出了我国核能中长期发展的目标、布局和技术路线图，以及战略重点、重大工程安排和战略措施。环境战略在研究我国能源发展对环境的影响以及未来发展趋势预测的基础上，分析了中长期环境保护目标对能源发展可能产生的约束，并提出我国未来绿色低碳的能源发展战略与政策建议。

本书适合政府、能源领域企业和研究机构中高层管理人员和研究人员，大专院校能源相关专业师生，以及其他对我国能源问题感兴趣的社会公众阅读。

图书在版编目（CIP）数据

中国能源中长期（2030、2050）发展战略研究：电力·油气·核能·环境卷/中国能源中长期发展战略研究项目组．—北京：科学出版社，2011

ISBN 978-7-03-029945-1

Ⅰ.①中⋯　Ⅱ.①中⋯　Ⅲ.①能源经济－经济发展战略－研究－中国　Ⅳ.①F426.2

中国版本图书馆 CIP 数据核字（2011）第 003226 号

责任编辑：李　锋　张　震／责任校对：鲁　素
责任印制：钱玉芬／封面设计：王　浩

科学出版社 出版

北京东黄城根北街 16 号
邮政编码：100717
http://www.sciencep.com

北京佳信达欣艺术印刷有限公司 印刷
科学出版社发行　各地新华书店经销

*

2011 年 2 月第 一 版　　开本：787×1092　1/16
2011 年 2 月第一次印刷　　印张：19 1/4　插页：4
印数：1—5 000　　字数：456 000

定价：80.00 元

（如有印装质量问题，我社负责调换）

电力课题组成员

组　长　郑健超　中国工程院院士、教授级高级工程师　中国电力科学研究院

副组长　杨奇逊　中国工程院院士、教授　华北电力大学

　　　　　舒印彪　教授级高级工程师　国家电网公司

执笔人　李立涅　中国工程院院士、教授级高级工程师　中国南方电网公司

　　　　　韩英铎　中国工程院院士、教授　清华大学

　　　　　余贻鑫　中国工程院院士、教授　天津大学

　　　　　蒋宜国　教授级高级工程师　中国电力科学研究院

　　　　　姚愉芳　研究员　中国社会科学院

　　　　　白建华　高级工程师　国网能源研究院

　　　　　丛　琳　工程师　中国电力科学研究院

　　　　　周京阳　教授级高级工程师　中国电力科学研究院

　　　　　盛万兴　教授级高级工程师　中国电力科学研究院

　　　　　何永秀　教授　华北电力大学

　　　　　吕　健　教授级高级工程师　国家电网公司

　　　　　梁　英　高级工程师　中国电力科学研究院

　　　　　王海宁　高级工程师　中国电力科学研究院

　　　　　惠　东　高级工程师　中国电力科学研究院

　　　　　丘　明　高级工程师　中国电力科学研究院

　　　　　苏　剑　高级工程师　中国电力科学研究院

　　　　　冯庆东　高级工程师　中国电力科学研究院

　　　　　贾德香　高级工程师　国网能源研究院

　　　　　陈立斌　高级工程师　国网能源研究院

　　　　　刘戈平　高级馆员　中国社会科学院

　　　　　张正陵　高级工程师　国家电网公司

　　　　　张凤菅　高级工程师　国家电网公司

　　　　　魏晓霞　工程师　国网能源研究院

　　　　　郑海峰　工程师　国网能源研究院

　　　　　辛颂旭　工程师　国网能源研究院

　　　　　程　路　工程师　国网能源研究院

　　　　　张　栋　工程师　国网能源研究院

　　　　　金艳鸣　工程师　国网能源研究院

　　　　　李景刚　工程师　南水北调中线干线工程建设管理局

油气课题组成员

领导小组

组　长	邱中建	中国工程院院士	中国石油天然气集团公司
副组长	韩大匡	中国工程院院士	中国石油勘探开发研究院
	童晓光	中国工程院院士	中国石油天然气勘探开发公司
	康玉柱	中国工程院院士	中国石化石油勘探开发研究院
	曾恒一	中国工程院院士	中国海洋石油总公司
	赵文智	教授级高级工程师	中国石油勘探与生产分公司

专题实施组：

组　长	赵文智	教授级高级工程师	中国石油勘探与生产分公司
副组长	金之钧	教授级高级工程师	中国石油化工股份有限公司
	邓运华	教授级高级工程师	中国海洋石油总公司
	宋新民	教授级高级工程师	中国石油勘探开发研究院
	王功礼	教授级高级工程师	中国石油规划总院
	刘显法	教授级高级工程师	中国石油石油化工研究院
	胡素云	教授级高级工程师	中国石油勘探开发研究院
成　员	何治亮	教授级高级工程师	中国石化石油勘探开发研究院
	刘克雨	教授级高级工程师	中国石油经济技术研究院
	钱　基	教授级高级工程师	中国石化石油勘探开发研究院
	雷　群	教授级高级工程师	中国石油勘探开发研究院
	李小地	教授级高级工程师	中国石油勘探开发研究院
	李建忠	高级工程师	中国石油勘探开发研究院
	常毓文	教授级高级工程师	中国石油勘探开发研究院
	王燕灵	高级工程师	中国石油勘探开发研究院

张国生　高级工程师　中国石油勘探开发研究院

方　辉　高级工程师　中国石油天然气集团公司

魏国齐　教授级高级工程师　中国石油勘探开发研究院

潘校华　教授级高级工程师　中国石油勘探开发研究院

周庆凡　高级工程师　中国石化石油勘探开发研究院

张金庆　高级工程师　中海石油研究中心

张　宽　高级工程师　中海石油研究中心

报告执笔人

邱中建　中国工程院院士　中国石油天然气集团公司

韩大匡　中国工程院院士　中国石油勘探开发研究院

童晓光　中国工程院院士　中国石油天然气勘探开发公司

康玉柱　中国工程院院士　中国石化石油勘探开发研究院

曾恒一　中国工程院院士　中国海洋石油总公司

赵文智　教授级高级工程师　中国石油勘探与生产分公司

胡素云　教授级高级工程师　中国石油勘探开发研究院

李建忠　高级工程师　中国石油勘探开发研究院

杨　涛　高级工程师　中国石油勘探开发研究院

张国生　高级工程师　中国石油勘探开发研究院

方　辉　高级工程师　中国石油天然气集团公司

蒋福康　教授级高级工程师　中国石化石油化工科学研究院

梁　坤　工程师　中国石油勘探开发研究院

乔　明　工程师　中国石油石油化工研究院

核能课题组成员（总报告）

组　长　潘自强　研究员、院士　中国核工业集团公司

副组长　叶奇蓁　研究员级高级工程师、院士　中国核工业集团公司

　　　　　徐大懋　研究员级高级工程师、院士　中国广东核电集团公司

成　员　陈毓川　研究员级高级工程师、院士　中国地质科学院

　　　　　阮可强　研究员、院士　中国原子能科学研究院

　　　　　孙玉发　研究员级高级工程师、院士　中国核动力研究院

　　　　　王乃彦　研究员、院士　中国原子能科学研究院

　　　　　俞培根　研究员级工程师　中国电力网投资集团公司

　　　　　陈　桦　研究员　中国核工业集团公司

　　　　　周大地　研究员级高级工程师　国家发展和改革委员会能源研究所

　　　　　赵成昆　研究员级高级工程师　中国核能行业协会

　　　　　郁祖盛　研究员级高级工程师　国家核电技术有限公司

　　　　　张金涛　研究员　中国核工业集团公司

　　　　　张金带　研究员级高级工程师　中国核工业集团公司地质局

　　　　　张东辉　研究员级高级工程师　中国原子能科学研究院

执笔人　沈文权　研究员级高级工程师　中国核工业集团公司

　　　　　温鸿钧　研究员级高级工程师　中国核工业集团公司

　　　　　白云生　研究员级高级工程师　中国核科技信息与经济研究院

核能课题组成员（分报告）

铀资源组

  组 长 陈毓川 研究员级高级工程师、院士 中国地质科学院

  副组长 张金带 研究员级高级工程师 中国核工业集团公司地质局

核电组

  组 长 叶奇蓁 研究员级高级工程师、院士 中国核工业集团公司

  副组长 赵成昆 研究员级高级工程师 中国核能行业协会

快堆及后处理组

  组 长 阮可强 研究员、院士 中国原子能科学研究院

  副组长 张东辉 研究员级高级工程师 中国原子能科学研究院

安全环保组

  组 长 潘自强 研究员、院士 中国核工业集团公司

  副组长 张金涛 研究员 中国核工业集团公司

能源与环境课题组成员

组　长　王金南　副院长兼总工程师、研究员　环境保护部环境规划院

副组长　杨金田　副总工程师、研究员　环境保护部环境规划院

成　员　陈潇君　助理研究员　环境保护部环境规划院

　　　　　严　刚　博士　环境保护部环境规划院

　　　　　宁　淼　博士　环境保护部环境规划院

　　　　　刘兰翠　博士　环境保护部环境规划院

　　　　　郑　伟　博士　环境保护部环境规划院

　　　　　薛文博　助理研究员　环境保护部环境规划院

　　　　　蔡博峰　博士　环境保护部环境规划院

　　　　　陈罕立　研究员　环境保护部环境规划院

　　　　　燕　丽　助理研究员　环境保护部环境规划院

　　　　　李　荔　研究生　环境保护部环境规划院

　　　　　周　威　研究生　环境保护部环境规划院

前　言

　　能源可持续发展是我国社会经济可持续发展的基础，随着我国社会经济的快速发展，能源供需矛盾和环境压力日益突出。根据党中央、国务院提出的"加快转变发展方式"的要求，中国工程院在充分酝酿的基础上，于 2008 年 1 月启动了"中国能源中长期（2030、2050）发展战略研究"重大咨询项目。项目下设节能、煤炭、油气、核能、电力、可再生能源六个课题组和项目综合组，同时在研究过程中根据需要又增设了能源"天花板"、环境、洁净煤、氢能等相关专题研究组，40 多位院士、200 多位专家参加了项目的研究工作。国家能源局给予了大力支持，有关领导多次参加项目组会议，并提出了相关意见与建议。经过两年多的工作，项目组完成了项目综合报告和各课题研究报告，取得了一系列重要研究成果。本丛书来自对各报告的整理与提炼，共包括四卷：综合卷，节能·煤炭卷，电力·油气·核能·环境卷，可再生能源卷。

　　在科学发展观的指导下，本丛书从我国中长期能源发展面临的形势与主要制约条件分析入手，系统地研究了各种主要能源的供应能力与发展潜力、科学合理的能源需求，提出了我国中长期能源发展的战略思路、目标、重点、路线图和科技支撑，以及多项政策措施和体制保障建议。

　　本丛书认为，我国能源超快增长的发展势头难以持续，必须进行重大调整，必须对化石能源消费进行总量控制。为实现我国能源可持续发展，为经济、环境双赢和应对全球气候变化，我国必须坚定不移地走绿色、低碳能源发展道路；必须把能源、资源节约和环境保护作为经济发展的基本目标和制约条件，统筹发展速度、产业结构和消费模式。

　　本丛书提出了 2050 年前我国能源发展阶段的战略定位。2050 年前是我国能源体系的转型期；2030 年前是实现能源体系转型的攻坚期；2020 年前特别是"十二五"时期是实现能源体系转型攻坚的关键期。

　　本丛书提出了我国能源中长期发展的"科学、绿色、低碳"总体战略，由六个子战略构成：第一，强化节能优先、总量控制战略；第二，煤炭的科学开发、洁净高效利用和地位调整战略；第三，确保石油、天然气的战略地位，把天然气作为能源结构调整的重点之一；第四，积极、加快、有序发展水电，大力发展非水可再生能源，使之成为我国绿色能源支柱之一；第五，积极发展核电是我国能源的长期重大战略选择，核电可以成为我国能源的一个绿色支柱；第六，发展中国特色的高效安全（智能）电力系统，适应新能源大规模集中和分布式开发、用电方式转变和储能技术规模化应用。

为保障科学、绿色、低碳能源发展战略的实施，本丛书提出了若干政策措施与对策建议。如设立国家能源统一主管部门，强化科学管理；健全能源法规政策体系，促进节能减排；大力推进科学、绿色、低碳能源战略的实施；建设国家级的能源科技研发机构和平台，加快能源重大科技攻关；大力提倡绿色消费和生态文明理念等。

项目组的院士、专家和参加咨询研究与编撰工作的全体人员，虽然做出了极大努力，但由于各种原因，书中仍可能有疏漏或不妥之处，请读者批评指正。

作　者

2011 年 1 月

目　录

前言

第一篇　电　力　战　略

第二篇　油气战略

第三篇　核能战略

第四篇　能源与环境战略

彩图

第一篇
电力战略

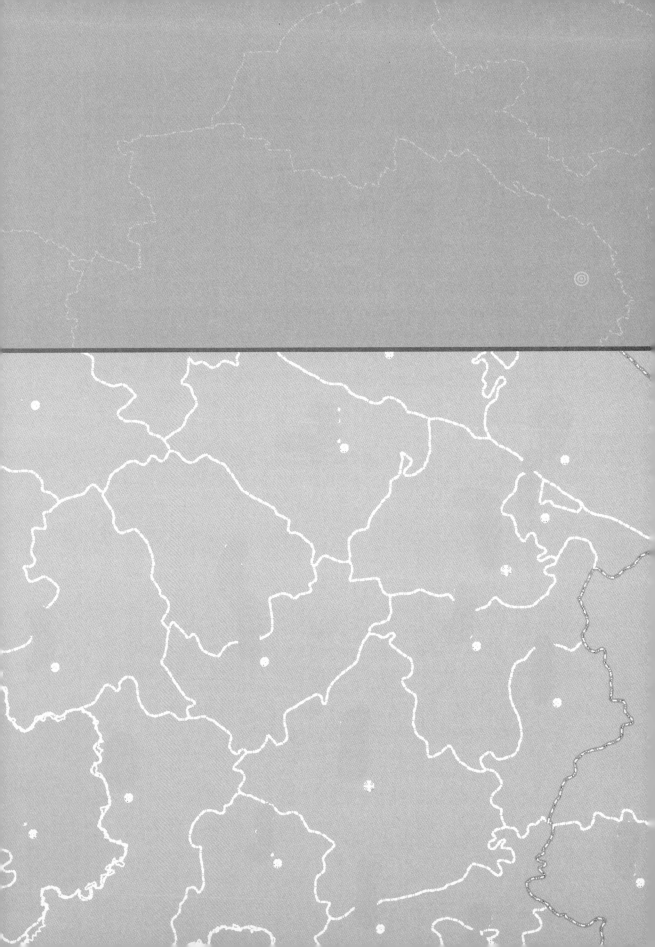

第一章 我国中长期 (2030、2050)
用电量需求预测

第一节 影响电量需求的因素分析

一、发展阶段的影响

不同的经济发展阶段具有不同的产业结构与消费结构。我国目前正处于从重工业化阶段向高加工度化、技术集约化阶段转化的时期，以工业为主的第二产业仍占较大的比重，且稍有上升。第二产业中工业是用能大户与用电大户。目前工业内部结构仍以传统工业为主，初、粗加工产品比重大，技术装备落后，产品竞争能力差。在工业化初期、中期阶段，第二产业用电尤其是工业用电不断增加；工业化进入后期阶段，随着技术装备水平的提高，高附加值低消耗产品的增加，尤其是电子信息产业的迅速发展，引起工业内部结构的调整，这时工业用电从饱和逐步下降。今后第三产业的比重将不断上升，而且其中生产性服务业上升幅度更大，因而第三产业的用电量会上升。随着经济的发展、城市化进程的加速及居民消费观念与消费方式的改变，居民生活用电水平将不断上升。

二、电力市场受宏观经济形势的影响

1995～2007年是我国全面完成现代化建设第二步战略目标的重要阶段。这10多年间，我国经济由于受世界经济环境和自身一些客观因素等的影响，经济曾出现过"过热"或"过疲"的现象，发展可谓跌宕起伏、曲曲折折，但政府积极有效的宏观调控，使得经济仍保持了较高的增长率，总体运行态势良好。

1995～2000年，国民经济成功实现了"软着陆"，GDP增长率保持在8.83%左右。这是由于1990～1995年，GDP平均增长率达11.98%，其中1992年、1993年和1994年3年间，GDP增长率都超过了12%。特别是1992年，GDP增长率达14.1%，工业增加值增长率达25.1%，经济处于典型的过热状态。过高的增长率引发了一系列问题。这一时期我国企业经济效益下滑，企业亏损面和亏损额同时增加，财政困难加重，银行信贷规模猛增，货币超经济发行。对这种非正常的发展速度，政府果断地采取了措施进行调控，通过整顿金融秩序，控制投资规模，国民经济成功实现了"软着陆"。1996年以后，经济增长速度渐趋平缓，此后3年GDP一直以一位数的速度递增。1996年GDP增速为9.5%，1997年GDP增速为8.7%，1998年GDP增速为7.8%，1999年GDP增速为7.1%，1996年以来GDP增速的平缓下降，工业增速的放慢对电力需求产生了一定影响。

2000 年以后，政府又采取积极的宏观政策，固定资产的投资增加，而且向工业部门倾斜，使得工业尤其是高耗能工业高速发展，甚至有些过热现象，引起 2000～2007 年全社会用电量年均增长率达到两位数以上，电量弹性系数超过 1，甚至达到 1.4～1.5。

三、产业结构与产品结构及技术进步等对电量需求的影响

1995～2007 年我国产业结构变化趋势如表 1-1 所示。以工业为主体的第二产业的比重分别为 47.2%～48.6%，变化幅度不大。由于第二产业的电耗系数为 0.2（kW·h）/元左右，而第一产业的比重在 1995 年为 19.8%，2007 年降至 11.3% 左右，第三产业比重由 1995 年的 33.0% 升至 2000 年的 40.1%，虽然第一产业的比重呈下降趋势，第三产业的比重呈上升趋势，但由于第一产业增加值电耗系数在 0.039（kW·h）/元左右，第三产业增加值电耗系数在 0.033（kW·h）/元左右，即第一产业与第三产业增加值电耗系数大致相等，大约为第二产业的 1/4，可以得出结论：1995～2007 年产业结构的变化对全社会用电电耗系数的影响不大。究竟是什么因素使得 2000～2007 年全社会用电电耗系数上升，我们认为是产品结构的变化，尤其是工业内部产品结构的变化，引起了工业部门电耗系数的变化。如表 1-1、表 1-2 所示。

表 1-1　1990～2007 年全国产业结构　　　　　　（单位：%）

产业	1990 年	1995 年	2000 年	2003 年	2005 年	2007 年
第一产业	27.1	19.8	14.8	12.6	12.5	11.3
第二产业	41.3	47.2	45.9	46.0	47.3	48.6
第三产业	31.6	33.0	39.3	41.4	40.2	40.1

注：以上数据按现价计算。

表 1-2　工业部门产值单耗　　　　　　［单位：（kW·h）/元］

行业	1995 年	2000 年	2003 年	2005 年	2007 年
工业	0.27	0.21	0.224	0.24	0.2474
年变化率/%		−12.2	6.7	7.1	3.1
采掘工业	0.237	0.409	0.481	0.414	0.258
年变化率/%		11.5	5.6	−8.2	−2.1
能源采掘业	0.422	0.14	0.167	0.118	0.101
年变化率/%		−20	6.1	−16	−7
建材工业	0.276	0.354	0.301	0.471	0.35
年变化率/%		5.1	−5.3	25	−14
化学工业	0.361	0.278	0.311	0.343	0.340
年变化率/%		−5	3.8	5.0	−0.4
电力工业	1.411	0.478	0.546	0.604	0.678
年变化率/%		−20	4.5	5.2	6.0

续表

行业	1995 年	2000 年	2003 年	2005 年	2007 年
有色工业	0.808	0.711	0.804	0.712	1.073
年变化率/%		−2.5	4.2	−5.9	22.8
冶金工业	0.641	0.428	0.395	0.412	0.558
年变化率/%		−8	−2.6	2.1	16.4
机械工业	0.082	0.072	0.073	0.083	0.079
年变化率/%		−2.6	0.5	6.6	−2.4
通信计算机工业	0.029	0.042	0.056	0.054	0.073
年变化率/%		7.7	10	−1.8	16.3
其他工业	0.156	0.136	0.139	0.156	0.152
年变化率/%		−2.7	0.7	5.9	−1.3

1995～2007 年工业用电增加值电耗系数的变化与全社会用电电耗系数的变化趋势基本相同，1995～2000 年 2 个电耗系数同时下降，2000～2007 年则同时上升。说明工业用电对全社会用电变化影响很大。而工业部门中，高耗电工业如采掘、能源采掘、建材、化学、电力、冶金、有色等电耗系数很大，大约为机械工业的 5 倍甚至 10 倍之多，是通信计算机工业的 13 倍之多。

表 1-3 中高耗能工业 1995～2000 年电耗系数大多是下降的，而 2000～2007 年总趋势是上升的（个别年份有波动）。引起高耗能工业电耗系数变化的原因主要包括以下 2 点。

表1-3 工业部门增加值结构（各工业部门增加值/工业增加值）　（单位:%）

行业	1995 年	2000 年	2003 年	2005 年	2007 年
采掘业	2.78	1.3	1.27	1.58	2.68
能源采掘业	5.46	11.0	8.43	10.67	9.22
建材工业	7.67	4.5	5.52	3.89	5.4
化学工业	13.2	12.44	11.71	11.46	11.63
电力工业	3.85	9.32	8.72	7.92	6.9
有色工业	1.86	2.1	2.15	2.67	2.28
冶金工业	4.99	5.48	6.73	8.0	6.7
机械工业	19.62	15.9	17.8	16.7	18.5
通信计算机工业	6.78	7.57	7.27	8.94	7.6
其他工业	33.75	30.43	30.3	28.2	29.1

第一，工业内部结构调整。1995～2007 年以来工业内部结构调整为，能源、电力、冶金、有色等行业比重明显上升，尤其能源、电力行业上升幅度更大，而这 4 个部门电耗系数较高，是造成 2000 年以来用电量超速增长的原因之一（表 1-3）。

第二，工业产品的升级、生产过程的技术改造与引进新技术，引起电耗系数下降。工业部门用电的技术进步是提高电力利用效率，降低单位产值电耗、降低成本，提高附加值的根本措施。我国工业部门用电技术水平大约落后于工业发达国家 15～20 年，节电潜力很大。从 1995～2007 年重点工业产品耗电量指标来看，耗电大户（电炉钢冶炼、电解铝耗直流电）指标逐年下降。1995 年以后原煤综合耗电指标下降，化学工业产品用电指标有升高也有降低，原油工业用电指标逐年上升，建材工业中水泥与平板玻璃耗电指标波动上升，电力工业厂用电率与线损率逐年下降。

四、第三产业用电对电力需求的影响

1995 年以来，第三产业均保持较快的增长速度，拉动了第三产业用电的稳定增长。1995～2007 年第三产业年均增长率为 10.3%，其比重由 1995 年的 33% 上升到 2007 年的 40.1%。1995～2007 年第三产业用电年均增长率为 14.6%，用电比重由 1995 年的 6.1% 上升到 2007 年的 9.73%。

五、居民生活用电对电力需求的影响

居民用电受诸多因素的影响。其中有经济因素，如收入、价格、替代能源价格、住房条件和家用电器拥有量对用电量的影响；也有非经济因素，如家庭人口数、生活习惯、城市化率、气候等因素对用电量的影响。此外，居民生活用电还受到包括需求侧管理措施、电价调控、配电网改造、电力促销、能源市场的竞争、国家节能政策等因素的影响。

居民生活用电主要消费在加工食品、采暖、制冷、热水、洗衣、照明、文化娱乐活动、医疗保健等环节。随着生活质量的提高，人类进入了电气化时代，居民电力消费量持续增加。

第二节　研究中国未来电量需求时应考虑的因素

一、不同发展阶段的定位

一个国家的发展阶段可从经济发展水平和人民生活水平与质量两方面进行衡量，而且这两者是密切相关的。因为整体经济实力是人民生活质量提高的基础和前提条件，而人民消费水平与质量的提高是国家经济实力增强的必然结果和内在动力。

人类社会的发展从不同的角度可划分为不同的发展阶段。从经济发展水平来划分，可分为四个阶段：第一阶段为农业社会阶段；第二阶段为初级产品生产阶段；第三阶段为工业化阶段；第四阶段为发达经济阶段。在工业化阶段中又可分为两个阶段：重工业阶段（以基础原材料工业和加工装配工业为重心）和高加工度阶段（以资源密集型和技术密集型加工工业为重心）。发达经济阶段为工业化后期阶段，又称为技术集约化阶段，现在又称之为电子信息阶段。

从人类生活提高的角度划分，也可分为四个阶段：第一阶段为贫困社会阶段；第二阶段为温饱社会阶段；第三阶段为小康社会阶段；第四阶段为富裕社会阶段。

两种人类发展阶段的分类法关系密切，我们可以分析为，农业社会阶段为贫困社会；初级产品生产阶段为温饱社会；工业化阶段为小康社会与向富裕社会的过渡期社会；发达经济阶段为富裕社会，又称为现代化社会。

世界银行采用划线分组法，以人均国民生产总值（GNP）进行发展阶段分析，见表1-4。

表1-4　以人均国民生产总值划分发展阶段

人均国民生产总值/美元	发展阶段（以经济水平）	发展阶段（以生活水平）	发展阶段（以收入水平）
	农业社会阶段	贫困	低收入国家
825 以下（935 以下）	初级产品生产阶段	温饱	
826～3 255（936～3 705）	重工业阶段	小康	中低收入国家
826～3 255（936～3 705）	高加工度阶段	小康—富裕	中等收入国家
3 256～10 065（3 706～11 455）	高加工度阶段	富裕	中高收入国家
10 066 以上（11 456 以上）	发达经济阶段	富裕	高收入国家

注：人均国民生产总值括号内数字为 2007 年美元（前 2 年和当年平均汇率），括号外数字为 2004 年美元（前 2 年和当年平均汇率）。

1999～2007 年，美国、日本、德国、英国、加拿大、澳大利亚等国家人均 GNP 已高达 2 万～4 万美元以上，2007 年韩国、西班牙人均 GNP 已分别达 14 521 与 16 468 美元，进入高收入国家行列，巴西、中国 2008 年人均 GDP 已分别达 3994 与 3200 美元以上，进入富裕小康与小康社会，属于下中等国家。而印度情况更差些，2007 年人均 GNP 为 634 美元，仍处于贫困阶段。

二、不同发展阶段的概貌与主要指标

一个国家的发展阶段应以经济发展水平和人民生活水平进行衡量。世界上许多学者在考察不同类型国家时，发现尽管其发展进程各异，但属于相同发展阶段的国家存在许多共同点，从体现经济发展水平和人民生活水平的各个侧面进行分析，同类发展阶段不同国家的产业结构、劳动力结构、消费结构、城市化、老龄化、人口素质、文化、教育、科技水平提高等呈相似变化趋势。当代著名发展经济学家钱纳里教授等分析了 100 多个不同收入水平的国家随着人均国民收入的变化而呈现的不同结构的变化特点，即产业结构、劳动力结构、消费结构、城乡结构等随着人均收入的变化而变化。在一定的经济发展阶段，不同的国家与地区，由于其地理位置、资源条件、技术水平、经济实力、人口素质、历史文化的差异，结构也会有一定差异，但随着经济发展阶段的变化，不同收入水平各类结构变化的趋势是一致的。

首先，人均 GNP 高的经济发达国家，产业结构的特点是：农业比重很低，约占 5%；服务业比重很高；工业、制造业比重低于服务业，但高于农业的比重。人均 GNP 低的发展中国家，产业结构特点是：农业比重高；服务业比重低；工业、制造业比重高。人均

GNP 高的经济发达国家劳动力结构与产业结构呈相同特点：农业劳动力比重很低，服务业劳动力比重大，城市化程度高，城市人口占总人口比重高达 70% 以上。

其次，随着人均 GNP 的提高，产业结构的变化特点是：农业比重不断降低；服务业比重不断上升；工业、制造业比重的变化是在工业化过程中呈上升态势，完成工业化后逐渐下降。劳动力结构变化与产业结构变化趋势相似。同时，随着人均 GNP 的提高，城市化程度也逐步提高。最后，人均 GNP 高的高收入国家消费结构中食品消费比重低，交通、教育消费比重高。

三、中国未来（2007～2050 年）发展阶段定位及经济、社会指标变化趋势分析

1. 2007～2050 年发展阶段的定位

1）按不同发展阶段定位

发达国家的发展经验已表明，人类社会的发展必须经历 4 个发展阶段，中国目前正处于第 3 阶段。2000 年中国已基本实现了小康社会，人均 GDP 达到 1332 美元左右（2005 年价，按 1 美元 =7 元人民币计算），产业结构、消费结构、城市化等指标都符合小康社会要求。2005 年人均 GDP 已达到 1900 美元以上，进入工业化的高加工度化阶段，由小康社会向富裕小康社会迈进。计划 2020 年实现富裕小康社会，2050 年基本实现现代化。

2）按发展目标定位

中国政府早已制定了完成现代化建设的"三步走"战略目标，第一步战略目标是 1980 年消灭贫困，第二步战略目标是 2000 年实现人均 GDP 比 1980 年翻两番，人民生活达到小康水平。21 世纪前 20 年全面建设惠及十几亿人口的更高水平的小康社会，使经济更加发展、民主更加健全、科技更加进步、文化更加繁荣、社会更加和谐、人民生活更加殷实。全面建设小康社会是社会主义现代化建设的重要发展阶段，是从温饱向富裕阶段过渡的关键时期，也为 21 世纪中叶基本实现现代化、进入中等发达国家行列的第三步战略目标奠定了基础。

根据以上分析，中国 2050 年发展目标为完成工业化、基本实现现代化、进入中等发达国家行列。

2. 中国 2007～2050 年经济发展趋势分析

经济增长的动力为消费与投资，称之为国内需求，还有净出口，称之为国外需求。从中国 1995～2000 年经济增长的需求结构看，对 GDP 年增长率的贡献中，消费贡献在上升，资本形成贡献在下降，而且国内需求贡献很大，说明中国 1995～2000 年的经济增长主要依靠国内需求。但从 2002 年开始，消费与资本形成率发生变化，最终消费率从 2002 年的 61.1% 下降到 2005 年的 52.1%，资本形成率由 2002 年的 36.4% 上升到 2005 年的 43.4%，说明 2002 年以后，经济增长仍是靠国内需求，但消费的作用在下降，投资的作用在上升，这是经济运行中出现的新问题，政府正在进行宏观调控。

我国（2008 年）人均 GDP 已达到 3000 美元以上，未来随着我国经济的增长，人均

GDP 会逐步提高，居民的消费水平也会不断提高，尤其是农村居民的消费水平上升空间很大。因此消费是未来支撑经济增长的主要动力，特别是 2005～2020 年的 15 年间，我国经济进入稳定增长时期，会以一个较高的速度增长。2020 年以后，GDP 增长速度会有所下降；到 2030 年时，我国人均 GDP 有望达到 12 000 美元左右（2005 年价格及汇率），2050 年达到 24 000 美元左右，进入中等收入国家行列。

3. 产业结构变化状况

多国分析研究证实，结构转变与收入水平之间有着规律性的联系。随着收入水平的提高，产业结构会产生规律性的变化，其基本特征是：国内生产总值中农业份额下降；工业化阶段中工业所占份额先上升后下降；而以商业、服务业为主的第三产业份额逐步上升。

产业结构随中国经济的发展、人均收入水平的增长的变化符合发展规律。第一产业比重逐年下降，第三产业比重逐年上升，目前是第二产业比重高，占主导地位。第三产业比重虽然逐年上升，但目前所占比重仍偏低。

4. 工业结构调整与升级

由于资源与环境约束，中国未来发展走新型工业化道路是必然的选择。走新型工业化道路必然要求在工业结构调整中，更多地关注结构优化和产业升级，以形成技术先进、附加值高、资源利用效率高的现代工业体系。

未来较长时间（15 年左右），我国工业结构中的重化工化的趋势还将延续，重化工业还有较大的增长潜力和发展空间，但重化工业内部的产业部门与产品在发展过程中有一个结构优化问题。从当前我国重化工业的结构现状看，作为中间投入品的原材料工业的比重偏大，而加工程度较高的机电工业的比重偏低的问题日益突出。统计表明，机电工业总产值占重工业总产值的比重，在 1998 年为 52.2%，2005 年下降为 43.8%。在机电工业中，附加值低的一般加工工业又占据很大比重，技术密集的装备制造业的比重上升缓慢，与工业发达国家和一些新兴工业化国家相比存在较大差距。因此，加快机电工业特别是装备制造业的发展，提高深度加工产业在重化工业中的比重，必将有助于提升重化工业乃至整个工业的结构效率，从而促进产业升级，逐步提升其在全球价值链中的地位，不断提高产业的国际竞争力。2025 年以后重化工业的增长速度要明显下降，而机械制造业、电子设备、信息产业等速度要平稳上升。

5. 用高新技术改造传统重化工业，加快第三产业尤其是生产性服务业的发展

应将产业结构调整作为发展可持续经济的重要途径。用高新技术改造钢铁、水泥等传统化工业，发展高新技术产业的现代生产性服务业是十分重要的。现代生产性服务业包括金融、保险、物流、旅游、教育、文化、科学研究、技术服务等，是一个耗能低、污染小、就业机会多的低碳产业，有着很大的发展空间。在发展传统工业、高新技术工业的同时，发展现代服务业，可以有效降低工业化与城市化过程中的资源与能源消耗，为建设节约型社会起重要作用。

四、不同类型国家不同发展阶段人均 GDP 与用电量、人均用电量、人均生活用电量的关系分析

从表 1-5～表 1-9 以及图 1-1～图 1-3 可以看出：

第一，20 世纪 70 年代左右，表 1-5 中 5 个国家（日本、美国、英国、意大利、澳大利亚）人均 GDP 已超过 10 000 美元，已实现了工业化，之后经济增长速度放慢，用电量与人均用电量增长速度也下降，有的甚至出现负增长。

第二，韩国、西班牙 1990～2000 年人均 GDP 超过 10 000 美元，1990 年前用电量与人均用电量增长速度较高（韩国甚至达到两位数），1995 年以后用电量与人均用电量增长速度开始降低。

第三，中国目前正在处于工业化中期阶段，2000 年以后用电量年均增长率达到两位数。

以上 3 类不同类型国家人均 GDP 与用电量关系，说明一个国家用电量、人均用电量年均增长速度与发展阶段关系非常密切。

第四，同为工业化已完成的发达国家，人均用电量差异很大，美国和澳大利亚人均用电量最大，达 10 000kW·h 以上，日本、英国、意大利为 6000～8000kW·h，韩国近几年用电量增加很快，2007 年人均用电量为 8741kW·h，甚至超过同期日本水平。

表 1-5　不同类型国家人均 GDP（2000 年美元）

年份	印度	中国	韩国	日本	巴西
1975	214.52	145.53	2 488.66	20 262.71	2 880.96
1980	223.21	186.44	3 221.41	23 975.69	3 537.61
1985	260.35	289.68	4 386.18	26 993.55	3 335.93
1990	317.15	391.66	6 615.35	33 385.16	3 354.66
1995	372.46	658.00	9 159.46	35 429.98	3 609.94
2000	452.98	949.18	10 884.92	36 798.33	3 700.46
2003	511.42	1 209.00	12 241.96	37 226.75	3 729.60
2005	588.45	1 448.78	13 282.09	38 962.98	3 949.07
2006	633.74	1 594.87	13 898.55	39 817.63	4 041.38
2007	—	—	14 520.91	40 681.39	—
年份	美国	英国	意大利	西班牙	澳大利亚
1975	19 802.30	14 326.87	10 721.50	8 395.96	12 963.49
1980	22 517.89	15 604.47	13 095.87	8 760.29	14 179.61
1985	25 202.30	17 160.04	14 195.09	9 165.37	15 320.75
1990	28 199.70	19 931.87	16 526.80	11 294.54	16 365.75
1995	29 906.60	21 342.41	17 566.85	12 056.36	18 147.33
2000	34 570.56	24 637.46	19 271.16	14 423.75	20 736.90
2003	35 185.20	26 159.53	19 463.63	15 170.20	22 277.28
2005	36 874.43	27 201.93	19 378.95	15 711.98	22 950.66
2006	37 571.96	27 832.48	19 656.81	16 069.89	23 211.19
2007	38 047.93	28 547.70	19 974.48	16 468.09	24 061.45

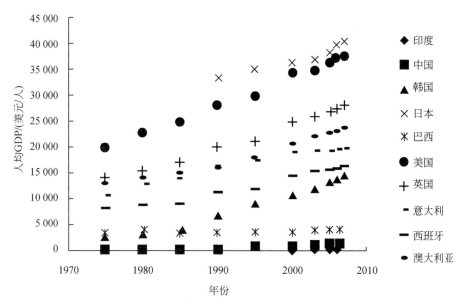

图 1-1　不同类型国家人均 GDP（2000 年美元）

表 1-6　不同类型国家人均 GDP 年均增长率　　　　　　（2000 年美元;%）

年份	印度	中国	韩国	日本	巴西	美国	英国	意大利	西班牙	澳大利亚
1980	0.80	5.08	5.30	3.42	4.19	2.60	1.72	4.08	0.85	1.81
1985	3.13	9.21	6.37	2.40	-0.12	2.28	1.92	1.63	0.91	1.56
1990	4.03	6.22	8.57	4.34	0.11	2.27	3.04	3.09	4.27	1.33
1995	3.27	10.93	6.72	1.20	1.48	1.18	1.38	1.23	1.31	2.09
2000	3.99	7.60	3.51	0.76	0.50	2.94	2.91	1.87	3.65	2.70
2003	4.13	8.40	3.99	0.39	0.18	0.35	1.21	0.33	1.70	2.42
2005	7.27	9.47	4.16	2.31	2.90	2.37	1.97	-0.22	1.77	1.50
2006	7.70	10.08	4.64	2.19	2.34	1.89	2.32	1.43	2.28	1.14
2007	—	—	4.48	2.17	—	1.27	2.57	1.62	2.48	3.66

表 1-7　不同类型国家用电量消费　　　　　　（单位：10 亿千瓦时）

年份	印度	中国	韩国	日本	巴西	美国	英国	意大利	西班牙	澳大利亚
1975	71.38	179.96	17.70	450.97	69.85	1840.61	252.59	137.29	73.46	66.43
1980	97.90	276.34	34.83	550.94	122.71	2240.98	263.77	175.22	99.14	86.91
1985	149.11	371.33	54.69	643.35	173.56	2477.79	272.95	191.95	114.45	110.43
1990	234.29	580.20	101.74	801.28	217.66	2923.92	306.65	235.10	137.46	144.29
1995	339.78	927.95	175.01	923.80	264.81	3370.98	323.50	261.36	155.61	161.85
2000	408.43	1254.08	277.68	1011.25	329.82	3857.28	360.10	301.79	209.65	192.58
2003	462.81	1777.13	334.16	997.26	341.87	3860.31	368.30	323.96	239.46	213.00
2005	520.63	2324.75	375.66	1047.89	375.19	4049.42	375.40	332.23	266.77	229.74
2006	557.97	2675.65	389.43	1050.13	389.95	4052.24	374.85	339.18	273.81	234.56
2007	609.7	3072.7	424.19	1104.22	412.7	4153.26	371.76	340.36	274.66	242.09

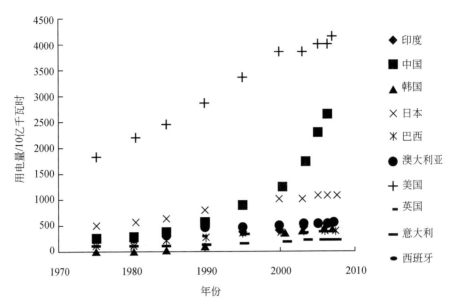

图 1-2 不同类型国家用电量消费

表 1-8 不同类型国家用电量消费年均增长率 （单位：%）

年份	印度	中国	韩国	日本	巴西	美国	英国	意大利	西班牙	澳大利亚
1980	6.52	8.96	14.50	4.09	11.93	4.01	0.87	5.00	6.18	5.52
1985	8.78	6.09	9.44	3.15	7.18	2.03	0.69	1.84	2.91	4.91
1990	9.46	9.34	13.22	4.49	4.63	3.37	2.36	4.14	3.73	5.49
1995	7.72	9.85	11.46	2.89	4.00	2.89	1.08	2.14	2.51	2.32
2000	3.75	6.21	9.67	1.83	4.49	2.73	2.17	2.92	6.14	3.54
2003	4.25	12.32	6.37	-0.46	1.20	0.03	0.75	2.39	4.53	3.42
2005	6.06	14.37	6.03	2.51	4.76	2.42	0.96	1.27	5.55	3.86
2006	7.17	15.09	3.67	0.21	3.93	0.07	-0.15	2.09	2.64	2.10
2007	9.27	14.8	8.93	5.15	5.83	2.49	-0.82	0.35	0.31	3.21

表 1-9 不同类型国家人均用电量消费 ［单位：（kW·h）/人］

年份	印度	中国	韩国	日本	巴西	美国	英国	意大利	西班牙	澳大利亚
1975	116.0	196.0	501.7	4043.6	646.0	8522.1	4492.4	2476.4	2059.8	4755.6
1980	142.0	282.0	913.6	4716.7	1009.0	9840.7	4682.6	3104.8	2631.8	5869.3
1985	195.0	353.0	1340.1	5324.1	1275.0	10388.8	4826.4	3391.7	2966.4	6944.6
1990	276.0	511.0	2373.2	6489.3	1456.0	11687.2	5357.6	4144.9	3523.5	8403.8
1995	365.0	770.0	3881.0	7362.6	1638.0	12644.9	5575.2	4597.9	3950.7	8896.5
2000	402.0	993.0	5907.0	7972.5	1894.0	13656.1	6115.2	5299.9	5206.8	9993.6
2003	435.0	1379.0	6982.2	7808.3	1881.0	13251.5	6184.3	5623.9	5700.8	10660.7
2005	476.0	1782.0	7803.9	8201.2	2008.0	13635.7	6233.9	5668.7	6147.1	11221.2
2006	503.0	2040.0	8063.3	8219.9	2060.0	13515.0	6192.4	5762.2	6213.2	11308.9
2007			8741.4	8648.1		13727.5	6114.1	5791.1	6151.6	11619.8

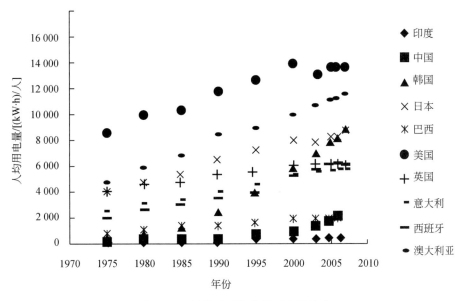

图 1-3　不同类型国家人均用电量消费

五、主要高耗能工业产品发展分析

中国经济从新中国成立以来经过了 61 年的发展，规模不断扩大，人均收入也有了很大提高。2008 年，我国人均 GDP 已达 3200 美元以上（现价，1 美元 = 7 元人民币来折算）。2008 年，我国高耗能工业的规模也有一定的发展，钢产量达到 5.84 亿吨，人均钢产量为 442kg；水泥产量达到 14 亿吨，人均水泥占有量为 1060kg。2008 年 10 种有色金属（铜、铝、钴、锌等）产量达到 0.25 亿吨，跃居世界第一位。2008 年，发电量为 34 668 亿千瓦时，人均发电量为 2626kW·h。原煤产量为 27.93 亿吨，原油为 1.9 亿吨。

1. 从发展阶段分析

从发展阶段来看，2000 年我国人均 GDP 为 1340 美元（2005 年价，1 美元 = 7 元人民币时），居民生活基本达到了小康水平。

2008 年我国人均 GDP 为 3200 美元以上，从发展阶段看，处于工业化阶段，由重工业化向高加工度化工业转变中，由小康生活向富裕小康迈进。党的"十六大"报告提出我国要在 21 世纪前 20 年（2000~2020 年）全面建设小康社会，具体目标是到 2020 年 GDP 总量比 2000 年翻两番，人均 GDP 超过 3000 美元（2000 年价），达到中等收入国家水平。实现全面建设小康社会的奋斗目标，一个很重要的标志是基本实现工业化。工业化一般分两个阶段，即重工业化阶段和高加工度化阶段。按世界银行的划分，人均 GDP 在 936~3705 美元为重工业化阶段（2007 年美元）。因此，从人均 GDP（2000 年为 1340 美元）及主要重工业产品的产量（钢铁、建材、化工、有色金属等）分析，我国在 2000 年前已进入重工业化阶段，今后 15~20 年时间，应是从重工业化阶段向高加工度化工业过渡的阶段。而未来20年中，为实现建设全面小康社会的战略目标，必须走新型工业化道路，即在完成工业化的同时，还要完成现代服务业和信息业的双重目标。同时也应该看到，进入21世纪，是科学技术蓬勃发展并渗入生产与生活各个领域的时代，工业化进程中重工业的发展应与20世纪发达国家传统工业化的道路有所不同，重工业的发展不以追求规模为主，而在扩大规模的基础上提高产品质量和增加产品中的技术含量，用现代科学技术改造传统重工业才是重要目标。

2. 在考虑中国国情的前提下参考国外经验，以钢铁工业为例进行分析

从人均GDP与钢产量、人均钢产量分析。从表1-10及图1-4可以看出，发达国家钢产量高速增长期为1930～1940年（实现工业化阶段），美国1900～1930年钢产量年均增长率为4.7%，1930～1950年为3.8%，1950～1971年为1%，1977～1990年为-2%。日本从1950年到1971年钢年均增长率高达14.8%。美国、德国、英国和法国钢产量从20世纪80年代初呈现低增长或负增长。这4个国家的人均GDP与人均钢产量的关系为：人均GDP为1000美元时，人均钢产量70～75kg；人均GDP为4000美元时，人均钢产量100～200kg；人均GDP为8000美元时，人均钢产量140～300kg；人均GDP为20 000美元时，人均钢产量254～527kg。日本与韩国情况比较特殊，人均钢产量为900～1000kg。表1-11及图1-5为世界10个国家钢产量与人均钢产量。

表 1-10　世界不同类型 3 个国家钢产量　　　　　　（单位：亿吨）

钢产量增长	1900 年	1930 年	1950 年	1971 年	1977 年	1990 年
美国	0.1035	0.413	0.878	1.0927	1.14	0.897
增长率/%		4.7	3.8	1.0	0.56	-2.0
英国	0.0498	0.0744	0.1655	0.2418	0.2173	0.178
增长率/%		1.35	4.08	1.82	-1.82	-1.65
日本	0.0001	0.0228	0.0484	0.8855	1.024	1.1
增长率/%		19.8	3.84	14.8	2.45	0.55

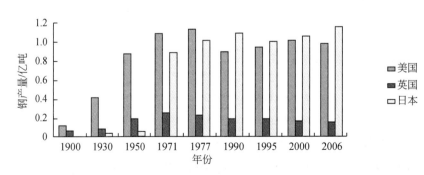

图 1-4　美国、英国、日本不同时期钢产量

表1-11　世界不同类型10个国家钢产量、人均钢产量

国家	指标	1990 年	1995 年	2000 年	2006 年
中国	钢产量/亿吨	0.654	0.954	1.272	4.227
	人均钢产量/kg	57.6	79.2	100.7	322.2
印度	钢产量/亿吨	0.15	0.22	0.269	0.495
	人均钢产量/kg	17.66	23.6	26.5	44.6
韩国	钢产量/亿吨	0.231	0.368	0.431	0.485
	人均钢产量/kg	538.8	816.2	916.8	1004.1
日本	钢产量/亿吨	1.1	1.01	1.06	1.16
	人均钢产量/kg	893.3	809.7	838.8	909.5
巴西	钢产量/亿吨	0.206	0.251	0.279	0.31
	人均钢产量/kg	137.8	155.3	160.2	163.2
美国	钢产量/亿吨	0.897	0.952	1.02	0.986
	人均钢产量/kg	358.5	357.1	360.4	328.5
英国	钢产量/亿吨	0.178	0.176	0.152	0.139
	人均钢产量/kg	311.0	303.3	258.1	229.6
意大利	钢产量/亿吨	0.255	0.278	0.268	0.316
	人均钢产量/kg	449.6	489.1	470.7	536.9
西班牙	钢产量/亿吨	0.129	0.138	0.159	0.184
	人均钢产量/kg	330.7	350.3	394.9	417.5
澳大利亚	钢产量/亿吨	0.067	0.085	0.071	0.079
	人均钢产量/kg	390.2	467.3	368.5	380.9

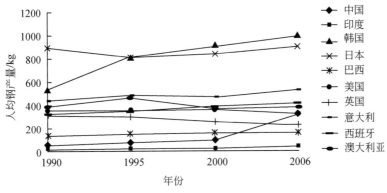

图1-5　不同国家不同时期人均钢产量

3. 中国未来高耗能工业的发展分析（以钢铁工业为例）

2000 年中国人均 GDP 达到 1340 美元（2005 年价，1 美元 = 7 元人民币时），国际能源署（IEA）提供的中国人均 GDP 为 949 美元，同年钢产量已达 1.272 亿吨，人均占有量为 100kg 左右。2008 年中国人均 GDP 为 2400 美元以上（2005 年价，1 美元 = 7 元人民币

时），同年钢产量已达 5.84 亿吨，人均占有量为 442kg 左右。中国 2000～2008 年钢产量年均增长率高达 21%，远远高于同期 GDP 年均增长率 10% 的水平。发达国家人均 GDP 达到 1000 美元时，人均钢产量 70～75kg，发达国家人均 GDP 达到 4000 美元时，人均钢产量为 200kg 左右。2000 年以后，中国钢铁的超高速发展，造成人均钢产量明显偏高，这当然与中国工业化有关，也与中国地域广阔，铁路、公路、桥梁等基础设施建设需要大量的高耗能产品有关。而近年来高速发展的私人汽车，也对钢铁产生了极大的需求。但是，钢铁工业在 2000～2008 年的发展中也存在着投资过热和盲目重复建设的问题。

2000～2020 年是中国工业化的关键时期，大致相当于德国、英国和法国 1950～1970 年的发展阶段。1950～1970 年这三个国家 GDP 年均增长率为 4.6%，同期的钢消费量年均增长率为 4.4%，能源消费量年均增长率为 3.7%，钢消费量的弹性系数为 0.96，能源消费弹性系数为 0.8 左右。也就是说，在工业化初期和中期阶段，钢消耗量是增加的。从一个时期来看，其增长速度不应高于同期 GDP 增长速度。中国自 2000 年以来钢消费量年均增长速度远远高于了 GDP 增长速度，这应该是一个短期现象。从较长时期来看，中国未来 20 年工业化进程中钢消耗量年均增长率应低于同期 GDP 年均增长率。

2000～2050 年中国钢铁工业发展分析如下：若取 20 年 GDP 年均增长率为 8% 左右，钢消费弹性系数为 0.95～1.0，则 2020 年时全国钢消耗量为 6 亿吨左右。若考虑 2008 年中国钢产量已达 5.84 亿吨和产能过剩的现实情况，2020 年钢产量不应超过 6.5 亿吨，即人均钢消费为 464kg（人口取 14 亿人）。若考虑 2020～2050 年人均钢消费量由 464kg 逐步下降到 2050 年的 350kg，2050 年时钢产量为 5 亿吨左右。

4. 中国未来主要高耗能产品预测

主要是参考国外经验，对国内高耗能产品的未来发展进行分析，从总体经济发展角度解析产品发展，同时可参考行业分析以及行业专家讨论，分析高耗能行业产品产量。

利用经济、社会预测模型得到未来各工业部门的增加值。在这些部门中，可以直接用于计算产品产量的仅有钢铁部门和建材部门的产品，对其他产品，因产品类型多，可选择占据优势的产品，可以采取增加值和产品产量相关分析方法得到其产量。表 1-12、图 1-6～图 1-9 中给出了利用上面方法得到的主要高耗能产品产量，可供高耗能工业部门发展预测时参考。

表 1-12　主要高耗能产品产量

产品	单位	2005 年	2020 年	2030 年	2040 年	2050 年
钢铁	亿吨	3.55	6.5	6.2	5.6	5
水泥	亿吨	10.6	18	16	14	12
玻璃	万重量箱	3.99	6.5	6.9	6.7	5.8
铜	万吨	260	800	700	650	500
铝	万吨	851	1800	1600	1500	1300
铅锌	万吨	510	820	750	680	600
纯碱	万吨	1467	2300	2450	2350	2200
烧碱	万吨	1264	2400	2500	2500	2400

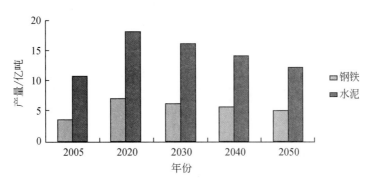

图 1-6　中国未来高耗能产品产量预测

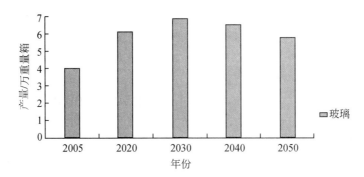

图 1-7　中国未来高耗能产品产量预测

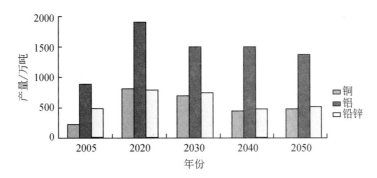

图 1-8　中国未来高耗能产品产量预测

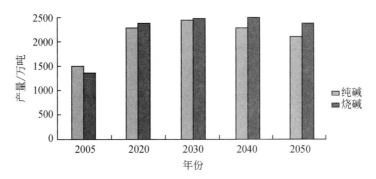

图 1-9　中国未来高耗能产品产量预测

第三节　中国中长期经济社会发展情景及用电量预测方法

　　研究中国未来经济社会系统发展情景，除了研究有关经济社会中长期发展预测理论方法外，也要寻求解决经济社会系统的可持续发展问题，实现我国全面建设小康社会及实现现代化的重要目标。只有经济、社会、生态环境达到一定程度的整合，才能使我国未来的经济发展既具有一定的经济规模，又能确保达到基本的经济质量、经济安全和综合环境。中长期经济社会发展模型按可持续发展理念进行构架设计。

一、模型结构

　　我们利用系统动力学方法（system dynamics）来研究这一问题，这是一种因果机理模型，强调系统结构与系统的动态行为的关系，模拟时间较长，可以分析各指标间的相互影响，能够比较准确地反映未来的发展趋势。

　　整个模型由生产、人口、资本（各产业可能的固定资产投资及需求投资）、科技进步等模型子块组成，并形成一个总体结构，定量描述了各部分间相互关系。中国国民经济系统可分为 15 个部门，依次是：农林业、能源开采业、采矿业、建材业、化学工业、电力工业、有色工业、冶金工业、机械制造业、通信计算机工业、其他工业、建筑业、交通运输邮电业、商业服务业、其他服务业。每个产业按生产函数建立产出方程。模拟计算结果主要包括：GDP、各产业产值及增加值、经济增长速度、人均 GDP、产业结构、总人口、就业结构、城市化、用电量等指标。模型结构见图 1-10。

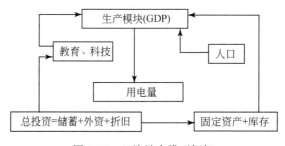

图 1-10　经济社会模型框架

二、模型方法与主要研究内容

　　本课题主要对中国 2007～2050 年这 40 多年间经济、社会的发展趋势，结构变化状况进行预测分析，从而为确定中国未来 40 多年间电量需求状况提供科学的依据。主要研究内容包括：

　　（1）2007～2050 年中国人口与就业研究，包括人口增长趋势、人口年龄结构和劳动力的产业分布等；

　　（2）2007～2050 年中国经济增长与产业结构变化研究，包括经济总量、产业结构以及主要产业部门的生产状况等；

（3）2007～2050 年（重点为 2030 年、2050 年）中国电量需求状况研究，包括用电结构、人均用电量等指标的分析研究。

本课题的研究方法采用定性分析与定量分析相结合的方法，通过对中国经济历史与现状的调查研究和定性分析，确定未来 40 多年各主要变量的变动趋势，在此基础上进行模型计算和政策模拟。定量分析采用系统动力学模型与经济计量模型相结合的方法。

本模型主要分三个子块：人口子块、生产子块、用电量子块。

1. 人口子块

人口子块中，将人口分为城镇与农村两部分，每部分又分为 4 个年龄组（0～14 岁、15～49 岁、50～60 岁、60 岁以上），有 8 个状态变量分别在城乡四个年龄组中。其中16～60 岁是国家法定的劳动力年龄段，16～50 岁是具有生育能力的人口年龄段。通过本子块模型主要回答以下几个问题：①人口变化；②劳动力结构变化（农村向城市转移劳动力）；③人口结构变化（老龄人口比，城乡人口比等）。

现举一方程为例来分析人口变化的因素：

$$POPU1.K = POPU1.J + (DT)(BRU.JK - DRU1.JK - MATU1.JK + TRP1.J)$$

$$(1-1)$$

式中，$POPU1$ 为城市 0～14 岁的人口数；BRU 为城市人口出生率（人/a）；$DRU1$ 为城市第一年龄组人口死亡率（人/a）；$MATU1$ 为城市第一年龄组向第二年龄组的成长率（人/a）；$TRP1$ 为农村第一年龄组向城市第一年龄组的转移率（人/a）；K 为 t 年；J 为 $t-1$ 年；JK 为 $t-1$ 年至 t 年。

影响人口变化的主要因素是出生率和死亡率，与出生率相联系的是平均每对夫妻的生育胎数，为了计算方便，我们令生育年龄的夫妻数等于生育年龄内的女性人口数（取第二年龄组人数的一半），并以此来计算平均胎数。这样影响平均胎数的主要因素就是国家的计划生育政策和人口素质。

影响死亡的主要因素是医疗卫生条件和生活质量，它随人均国民收入增长的增长而呈现下降的趋势。当然自然规律是不可抗拒的，这个变化趋势必然是极其微弱和缓慢的。

成长率也是影响年龄结构的主要因素，是每年上一年龄组的人除死亡外转到下一年龄组的人数。

转移率（农村人口向城市转移）也是影响城乡人口结构的主要因素，因城市农村出生率的差异，所以转移率又间接影响人口变化。

2. 生产子块

我们将中国经济划分为 15 个产业部门进行研究，这 15 个部门依次是：农林业、能源开采业、采矿业、建材业、化学工业、电力工业、有色工业、冶金工业、机械制造业、通信计算机工业、其他工业、建筑业、交通运输邮电业、商业服务业、其他服务业。生产子块的核心是一个经济增长模型，该模型以柯布—道格拉斯生产函数为基础，根据各部门总产出与劳动投入、资本投入以及技术水平的技术关系，对历年的产出水平进行预测。生产

函数的基本形式为

$$\text{XP.}K(J) = \text{AA.}K(J) \times K.K(J)^{\text{EK}(J)} \times L.K(J)^{\text{EL}(J)} \tag{1-2}$$

式中，AA 代表技术水平；K 代表资本投入，本模型中使用的是固定资产年初净值；L 代表劳动力投入，使用实际投入的劳动力数量；EK、EL 分别是资本和劳动力的产出弹性；J 代表第 J 个部门。

第 J 部门增加值生产能力由下式表示：

$$\text{VP.}K(J) = \text{XP.}K(J) \times \text{VR.}K(J) \tag{1-3}$$

式中，VP 和 XP 分别表示增加值生产能力和总产值生产力，VR 表示增加值率。

国内生产总值生产能力（GDPP）等于各部门增加值生产能力之和：

$$\text{GDPP.}K = \sum_{J=1}^{15} \text{VP.}K(J) \tag{1-4}$$

1）资本投入

资本投入的计算是上年固定资产净值数减去上年折旧再加上上年的固定资产投资额，这里隐含着一个不合理的假定，就是假定上年的固定资产投资在下一年全部转化为生产能力。但是由于我们的模型主要是对未来的经济发展进行"趋势"预测，这一不合理假定不会对未来的发展趋势产生大的影响。资本计算公式为

$$K.K(J) = K.J(J) + DT \times \left[\text{FI.}J(J) - D.J(J) \right] \tag{1-5}$$

式中，FI 是年固定资产投资额，D 是年固定资产折旧。在模型中固定资产折旧是以固定比例进行的，而固定资产的投资规模却比较难计算。这里我们先分别对未来 40 年中国的固定资产投资需求和固定资产投资可能进行预测，然后确定二者间的较小者为实际实现的固定资产投资额。

固定资产投资来源主要有四个：国家预算内投资、国内贷款、外资流入、自筹及其他。我们根据国家的投资政策总的变动趋向和 2007 ~ 2050 年上述四种投资来源的变动情况，参照一些发达国家经济增长过程中的投资变动，分别对这些投资来源的未来变动趋势进行预测，从而确定固定资产投资的可能。计算公式为

$$\text{FIPI.}K = \text{FIPI0} \times e^{(\text{RFIPI.}K \times \text{TIME.}K)} \tag{1-6}$$

式中，FIPI0 和 RFIPI 分别是 I 投资来源的基年投资水平和历年变化率。

2）劳动力转移

劳动力在各产业部门的分配，主要是依据产业结构的变动。随着经济的发展和科技的进步，从事第一产业的劳动力比重会不断下降，从事第三产业的劳动力比重会逐年上升，而劳动力在第二产业内各部门的分配也会随着产业结构的变动而发生转移。模型中设计了农村人口随着第二、第三产业劳动力需求的增加，农村人口向城市转移的功能。原则是当第一、第二、第三产业结构变化，第二、第三产业劳动力需求量增加，而城市人口（15 ~ 49 岁、50 ~ 60 岁）两个年龄组的 90% 以上人口可作为第二、第三产业的劳动力，加上农村已有一部分从事第二、第三产业的劳动力，这两部分劳动力之和即为能提供的第二、第三产业的劳动力，供需差额即由农村人口向城市人口转移补充。

在劳动力转移子块中，我们采用了一个选择函数方程。见下式：

$$\text{LF23.}K = \text{CLIP}(\text{TLF23.}K, 0, \text{DLF23.}K, \text{SLF23.}K)$$

$$SLF23.K = (POPU2.K + POPU3.K) + POPR22.K$$

$$TLF23.K = DLF23.K - SLF23.K \tag{1-7}$$

式中，CLIP 为选择函数；DLF23.K 为第二、第三产业 K 年需要劳动力（由生产子块得来）；SLF23.K 为能提供给第二、第三产业的 K 年的劳动力；POPR22.K 为农村中从事第二、第三产业的劳动力（K 年）；TLF23.K 为 K 年从农村向城市转移的劳动力（TLF23.K 为正时）。

当确定 K 年的转移人口 TLF23 后，再进行 3 个年龄组的分配，我们设定 70% 转移人口是第二年龄组的，因 15～49 岁是最佳劳动年龄，我们也考虑了 30% 第三年龄组的（49～60 岁）农村人口的转移，还考虑了 10% 的未成年的农村人口随着父母的转移而转移。

据国际研究资料，劳动力分配随产业结构变化主要与人均收入的变化相关。因此在本模型中劳动力资源的再分配随人均收入水平的变化而变化。劳动力分配的公式为

$$L.K(J) = LF.K \times ER \times LR.K(J)$$

$$LR.K(J) = CLR.K(J)/TCLR.K$$

$$TCLR.K = ARRAYSUM(CLR.K)$$

$$CLR.K(J) = LC(J) \times PCGDPL.K^{LE(J)} \tag{1-8}$$

式中，CLR、LR 为部门劳动力占总劳动力比重的初次计算值与最终计算值；PCGDPL 是上年的人均国民收入，LC、LE 是参量。

3）科技进步

根据新经济增长理论，技术进步要体现出来，必然要追加投资，或者用于开发研究，或者用于购买新技术专利以及体现新技术的机器设备，因此都最终体现为固定资产投资的累积增加。在本模型中，技术进步率与投资增长率呈正相关关系。因此技术进步率公式为

$$EGA.K = EB + LAMDA \cdot GTK.K \cdot GAMA \tag{1-9}$$

其中，GTK 是总投资增长率，EB、LAMDA、GAMA 是参量。应当指出，在式（1-9）中，不同产业部门的技术起点是不同的，但技术进步速度都是同一的。

3. 用电量子块

i 部门每年的用电量，为该年各部门增加值与其电耗强度的乘积。单位为千瓦时（度）。公式为

i 部门用电量：
$$En_i = Vp_i(KEN_i)$$

部门用电量总和（产业用电量）用 TEN 表示

全社会用电量：
$$TENL = TEN + ENL$$

式中，En_i 为部门用电量，KEN 为部门电耗强度，Vp_i 为部门增加值，TEN 为各部门总用电量（产业用电量），TENL 为全社会用电量，ENL 为生活用电量。

因模型模拟的对象是中国未来 50 年间经济社会系统的发展变化，涉及的不确定因素太多。因此，我们采用高、中、低三种方案进行模拟，比较分析其计算结果，将有利于我们对中国未来经济社会发展趋势的判断与决策。经济发展高、中、低方案的实现是通过改变影响经济发展的参数进行的，如在生产函数方程中改变技术进步中的外生技术进步率。模型人口增长趋势仅用一个方案，并假设人口达到高峰期后，政府应对计划生育政策作些调整。

第四节　中国 2030 年和 2050 年居民用电预测

一、情景设定及研究方法

考虑经济发展的不同水平，预测 2030 年和 2050 年中国居民生活用电的年增长率，基于以下方案：

规划方案，即中方案。中国经济发展速度平稳，居民生活水平有一定程度的提高，住房条件得到一定程度的改善，居民家用电器接近饱和，用电增长放缓。

高方案。中国的经济保持快速增长，居民生活水平得到较大幅度的提高，住房条件得到进一步改善，城镇化建设加快，人们对生活舒适度的要求更高，用电增长较快。

低方案。中国经济发展低于规划方案经济增长速度。

本报告采用居民用电增长率预测法、人均居民用电增长率预测法、基于单位电器消耗的居民用电预测法、基于单位 GDP 居民用电预测法四种方法进行居民生活用电的预测，预测中参考了不同类型国家居民生活用电的发展规律、与发展阶段关系、与人均 GDP 关系等因素。下面对基于单位电器消耗的居民用电预测进行详细介绍。

二、基于单位电器消耗的居民用电预测

1. 预测模型

逻辑增长曲线模型，俗称"S 曲线"，其特点是开始增长缓慢，而在以后的某一范围内迅速增长，达到某限度后，增长又缓慢下来。在现实经济生活中，许多指标的增长过程具有这个特点。例如，一种新产品、新技术的普及率，一种耐用品的存量，它们的增长过程都遵循逻辑增长曲线模型。凭人们的实际经验可知，不论在家庭户数不变或变化的情况下，平均每百户耐用消费品社会拥有量都存在一个饱和水平，它们不会随着时间的推移、收入的增长而无限地增长。所以，居民耐用消费品拥有量适合用 Logistic 曲线来预测。

Logistic 模型为

$$y_t = \alpha / (1 + \beta e^{-kt}) \quad (\beta > 0) \tag{1-10}$$

式中，y_t 为时刻 t 每百户耐用消费品的社会拥有量，其极限值为 α，称为饱和量，β 和 k 为待估计参数。

根据家用电器的分析，得到居民家用电器拥有量后，居民用电可以用式（1-11）求得。

$$y = \sum_{i=0}^{n} (a_i \cdot b_i \cdot c) \tag{1-11}$$

$$b_i = P_i \cdot h_i \tag{1-12}$$

$$c = p/d \tag{1-13}$$

式中，y 为居民用电量，n 为家用电器的种类数，i 表示第 i 类家用电器，a_i 为第 i 类家用电器每户拥有量，b_i 为第 i 类家用电器单耗，P_i 为第 i 类家用电器功率，h_i 为第 i 类家用电器年使用小时数，c 为户数，p 为被预测年人口，d 为平均每户人数。

2. 全国居民家庭平均每百户年底耐用消费品拥有量预测

利用 Logistic 模型预测全国居民家庭平均每百户年底耐用消费品拥有量的趋势，预测结果如表 1-13 所示。

表 1-13　中国居民家庭平均每百户年底耐用消费品拥有量

家用电器	2020 年		2030 年		2050 年	
	城市	农村	城市	农村	城市	农村
洗衣机/台	108	96	116	134	130	171
电冰箱/台	118	81	130	122	143	148
彩色电视机/台	177	189	195	213	212	220
空调器/台	208	192	219	219	220	220
照相机/架	65	9	76	15	90	35
组合音响/套	52	45	68	72	89	96
抽油烟机/台	93	69	98	96	100	100
家用计算机/台	193	118	200	195	200	200
移动电话/部	180	180	180	180	180	180
淋浴热水器/台	98		100		100	
影碟机/台	99		100		100	
摄像机/架	59		94		100	
微波炉/台	98		100		100	

3. 城市居民用电预测

据美国能源信息署"1997 年度能源展望"提供的数据，1995 年美国居民家庭用电情况如下：空调占 13.4%，采暖占 12.1%，冰箱和冷藏占 14.9%，热水占 9.8%，烹调占 3.4%，干衣占 5.1%，照明占 9.0%，微波炉、电视、洗碗机等占 32.3%。

2001 年，中国照明用电占居民总用电量的 33.5%，其中，城市家庭照明占总量的 25.4%，农村家庭照明占 38.2%。通过统计分析，新西兰的家庭用电比例情况为，约 47% 水加热，20%、空调，10% 冰箱，约 7% 烹调与照明，6% 电子，3% 洗衣。

表 1-14 分析了空调、供暖、水加热、冰箱、烹调、洗衣、电子等情况，而没有考虑到照明等其他情况。为了预测出家庭用电总量，可参考美国及新西兰的家庭用电比例情况，将我国照明等其他用电量占家庭用电比例估计出来。中方案选择 2020 年、2030 年、2050 年我国照明等其他用电量占家庭用电比例城市的选择为 18%、13%、10%，农村选

择为 22%、18%、15%，高方案和低方案在中方案的基础上分别增加和减少 2% 左右，并根据表 1-13 和表 1-14 进行相应的预测，预测结果如表 1-15、表 1-16 所示。其中，表 1-15 为城市居民家庭部分家电的用电情况，而表 1-16 是考虑了照明及其他用电的情况并按各种家电用途分类后得到的预测值，且城市家庭居民用电量的计算方式如下：

$$Q = Q'(1 - u) \tag{1-14}$$

式中，Q 为城市家庭居民用电量，Q' 为表 1-15 列出的部分家电的用电量，u 为照明等其他用电量占家庭用电比例。

表 1-14 中国部分家电户年耗电量

家用电器	单位功率（W/台）	年使用/h			户年耗电量/（kW·h）		
		2020	2030	2050	2020	2030	2050
洗衣机	300	50	80	100	15	24	30
电冰箱	150	1500	2200	3000	225	330	450
彩色电视机	120	500	800	1000	60	96	120
空调器	1400	300	500	800	420	700	1120
照相机	180	50	80	100	9	14.4	18
组合音响	300	100	150	200	30	45	60
抽油烟机	200	600	650	700	120	130	140
家用计算机	350	800	900	1000	280	315	350
移动电话	1	6000	6200	6570	6	6.2	6.57
淋浴热水器	1500	150	180	200	225	270	300
影碟机	500	100	200	300	50	100	150
摄像机	10	5000	6000	7000	50	60	70
微波炉	1000	70	80	100	70	80	100

表 1-15 中国城市部分家电用电量 （单位：亿千瓦时）

家用电器	2020 年	2030 年	2050 年
洗衣机	42.6	85.6	149.5
电冰箱	697.2	1 321.0	2 464.3
彩色电视机	278.7	575.4	975.3
空调器	2 297.8	4 716.1	9 436.6
照相机	15.3	33.5	61.8
组合音响	41.3	94.8	205.2
抽油烟机	292.3	390.9	535.0
家用计算机	1 417.9	1 937.1	2 681.0
移动电话	28.4	34.4	45.3
淋浴热水器	579.4	829.0	1 148.9
影碟机	129.9	307.7	574.5
摄像机	77.3	173.2	267.9
微波炉	180.1	246.0	383.0
合计	6 078.2	10 744.7	18 928.3

表 1-16　中国城市用电量及比例分布

家用电器	2020 年			2030 年			2050 年		
	低	中	高	低	中	高	低	中	高
空调/%	31.8	31.0	30.2	39.1	38.2	37.3	45.8	44.8	43.8
水加热/%	8.0	7.8	7.6	6.9	6.7	6.6	5.6	5.5	5.3
冰箱/%	9.6	9.4	9.2	10.9	10.6	10.4	12.0	11.7	11.5
烹调/%	6.5	6.4	6.2	5.3	5.2	5.0	4.5	4.4	4.3
洗衣/%	0.6	0.6	0.6	0.7	0.7	0.7	0.7	0.7	0.7
电子/%	27.5	26.8	26.2	26.1	25.6	25.0	23.4	22.9	22.4
照明等其他/%	16.0	18.0	20.0	11.0	13.0	15.0	8.0	10.0	12.0
居民用电量/亿千瓦时	7 236	7 412	7 598	12 073	12 350	12 641	20 574	21 032	21 510

注：烹调包括抽油烟机、微波炉；电子包括彩电、照相机、组合音响、家用电脑、移动电话、影碟机、摄像机。

从表 1-16 中可以看出，城市空调、冰箱、洗衣机等用电比例逐渐上升，水加热、烹调、电子、照明等其他比例逐渐下降，说明随着城镇居民收入的提高，人们对生活舒适度的要求也逐渐上升。

4. 农村居民用电预测

根据表 1-13、表 1-14 可以预测农村居民用电情况，预测结果如表 1-17、表 1-18 所示。其中，表 1-17 为农村居民家庭部分家电的用电情况，而表 1-18 是考虑了照明及其他用电的情况后得到的预测值。

表 1-17　中国农村居民家庭用电量　　　　　　　　（单位：亿千瓦时）

家用电器	2020 年	2030 年	2050 年
洗衣机	30.4	65.6	93.3
电冰箱	380.7	822.2	1209.2
彩色电视机	238.0	416.3	479.7
空调器	1695.7	3129.1	4484.5
照相机	1.7	4.3	11.4
组合音响	28.6	66.5	105.2
抽油烟机	174.3	253.9	254.7
家用计算机	695.7	1251.3	1273.9
移动电话	22.6	22.8	21.5
合计	3267.7	6032.0	7933.4

从 1-18 中可以看出，与城市一样，农村空调、冰箱、洗衣等用电比例逐渐上升，水加热、烹调、电子、照明等其他比例逐渐下降，说明随着农村居民收入的提高，人们对生活舒适度的要求也逐渐上升。

表 1-18 中国农村用电量及比例分布

家用电器	2020 年			2030 年			2050 年		
	低	中	高	低	中	高	低	中	高
空调/%	39.4	40.4	41.5	41.4	42.5	43.7	46.8	48.0	49.2
冰箱/%	8.9	9.1	9.3	10.9	11.2	11.4	12.7	13.0	13.3
烹调/%	4.1	4.2	4.3	3.4	3.5	3.5	2.7	2.7	2.8
洗衣/%	0.7	0.7	0.7	0.9	0.9	0.9	1.0	1.0	1.0
电子/%	22.9	23.6	24.2	23.4	23.9	24.5	19.8	20.3	20.7
照明等其他/%	24.0	22.0	20.0	20.0	18.0	16.0	17.0	15.0	13.0
居民用电量/亿千瓦时	4299	4189	4084	7540	7356	7181	9558	9333	9119

注：烹调包括抽油烟机、微波炉；电子包括彩电、照相机、组合音响、家用计算机、移动电话、影碟机、摄像机。

5. 综合预测分析

综合表 1-15 和表 1-17 中城市和农村的预测结果，得到全国居民用电预测结果如表 1-19 所示。

表 1-19 中国居民家庭家用电器用电量　　　　（单位：亿千瓦时）

居民用电量	2020 年			2030 年			2050 年		
	低	中	高	低	中	高	低	中	高
城市居民用电量	7 236	7 412	7 598	12 073	12 350	12 641	20 574	21 032	21 510
比例/%	62.7	63.9	65.0	61.6	62.7	63.8	68.3	69.3	70.2
农村居民用电量	4 299	4 189	4 084	7 540	7 356	7 181	9 558	9 333	9 119
比例/%	37.3	36.1	35.0	38.4	37.3	36.2	31.7	30.7	29.8
中国居民用电量	11 535	11 602	11 682	19 613	19 706	19 822	30 133	30 365	30 628

三、中国居民用电四种方法预测结果

结合以上的分析方法，对中国居民 2030 年、2050 年生活用电的预测，如表 1-20 所示。

表 1-20 中国居民用电　　　　（单位：亿千瓦时）

分析方法	农村居民用电量预测								
	2020 年			2030 年			2050 年		
	低	中	高	低	中	高	低	中	高
居民用电增长率法	2 247	2 468	2 710	3 986	4 590	5 281	7 556	9 584	12 141
人均居民用电法	3 080	3 070	3 031	5 607	5 801	5 923	8 869	9 823	10 646
居民家电耗电法	4 299	4 189	4 084	7 540	7 356	7 181	9 558	9 333	9 119
单位 GDP 居民用电法	2 999	3 207	3 428	5 275	5 699	6 156	10 366	11 436	12 612

续表

分析方法	城市居民用电量预测								
	低	中	高	低	中	高	低	中	高
居民用电增长率法	4 000	4 390	4 816	7 795	8 964	10 302	15 360	19 452	24 607
人均居民用电法	4 505	5 497	6 645	8 295	10 516	13 212	13 316	18 343	25 090
居民家电耗电法	7 236	7 412	7 598	12 073	12 350	12 641	20 574	21 032	21 510
单位 GDP 居民用电法	4 684	5 008	5 353	8 208	8 868	9 578	15 523	17 128	18 893
分析方法	全国居民总用电量预测								
	低	中	高	低	中	高	低	中	高
居民用电增长率法	6 247	6 858	7 526	11 781	13 554	15 583	22 917	29 036	36 748
人均居民用电法	7 586	8 566	9 676	13 903	16 316	19 134	22 185	28 166	35 736
居民家电耗电法	11 535	11 602	11 682	19 613	19 706	19 822	30 133	30 365	30 628
单位 GDP 居民用电法	7 684	8 215	8 781	13 483	14 567	15 734	25 890	28 564	31 505

对比分析表 1-20 中的预测结果发现：通过居民用电增长率法、人均居民用电法和单位 GDP 居民用电法预测得到的全国、城市和农村的居民用电量比较接近，而居民家电耗电法的居民用电预测结果偏差较大。于是，综合考虑各种方法，用平均加权综合方法计算并推荐出中国居民用电及城乡居民用电分布情况的低、中、高方案，并结合主要社会及经济指标，预测结果如表 1-21 所示。其中，居民用电增长率法、人均居民用电法、居民家电耗电法、单位 GDP 居民用电法的权重分别为 0.3、0.3、0.1、0.3。

表 1-21　中国居民用电综合预测

居民用电指标	2020 年			2030 年			2050 年		
	低	规划	高	低	规划	高	低	规划	高
城市居民用电占全国比重/%		63.1	64.8		63.6	65.4	63.0	64.6	66.3
城市居民生活用电/亿千瓦时	4 680	5 210	5 804	8 497	9 739	11 192	15 317	18 580	22 728
农村居民用电占全国比重/%	38.5	36.9	35.2	38.0	36.4	34.6	37.0	35.4	33.7
农村居民生活用电/亿千瓦时	2 928	3 042	3 159	5 214	5 562	5 926	8 993	10 186	11 532
全国居民生活用电/亿千瓦时	7 608	8 252	8 963	13 711	15 302	17 118	24 311	28 766	34 260
全国人均居民用电/[(kW·h)/人]	518	561	610	890	994	1 112	1 558	1 844	2 196
总人口/百万人		1 417	1 417		1 475	1 475		1 500	1 500
人均 GDP/（美元/人）	2 676	2 952	3 225	4 082	4 699	5 410	7 788	9 939	12 514
人均 GDP 增长率/%		5.6	6.0	4.3	4.8	5.3	3.0	3.6	4.0

注：人均 GDP 为 2005 年美元。

第五节　2007～2050 年三种情景方案预测及预测结果分析

模型以 2007 年为基年，所有给定系数、常数都以 2005 年统计资料为准，主要基础数据来自《中国统计年鉴2007》和《2002年投入产出表》。我们利用中国中长期经济社会模型预测了2000~2050年的主要经济、社会、环境指标，包括高速、规划和低速三种方案的结果。

规划方案：政府制定的规划方案，2000年实现小康社会、2020年全面实现小康社会（富裕小康社会）、2050年基本实现现代化。

高速方案：高速方案的经济增长速度要高于政府规划目标。因为影响未来经济社会发展的因素很多，存在很大的不确定性，而且2002年以后，经济增长速度已远远高于政府规划目标。尽管政府采取了许多调控措施，见效仍需要一定的时间，所以经济高速增长方案是必须考虑的。

低速方案：低速方案的经济增长速度要低于政府规划目标。

工业尤其是高耗能工业的发展趋势，主要根据本报告第二部分的分析原则及高耗能产品产量的增长趋势。

产业用电量的预测主要考虑资源与环境约束，并参照不同类型国家不同发展阶段用电量的增长规律及中国未来经济发展与用电量增长的合理关系。

一、经济社会发展水平、发展规模、产业用电量等指标预测结果

在本次研究中，考虑到影响我国未来人口增长的不确定性因素较小，主要取决于政策性因素，因而，本次模拟的人口方案只有一种。表1-22~表1-32反映了规划、高速和低速发展这三种方案下，中国2007~2050年主要经济指标的变动趋势，如GDP、GDP增长率、人均GDP、15个部门增加值、产业结构、固定资产投资、科技进步、人口、劳动力、产业用电量等指标。预测结果见表1-22~表1-25、图1-11~图1-17。

表1-22 规划方案GDP预测结果

经济指标	2007年	2010年	2015年	2020年	2025年
农业/亿元	24 412.02	29 489.90	37 890.69	48 749.72	56 339.10
采掘业/亿元	2 671.00	2 677.30	2 818.35	2 934.30	2 995.91
能源采掘业/亿元	9 178.39	10 533.27	13 156.31	16 269.30	18 340.25
建材/亿元	5 382.49	7 711.85	13 126.67	22 178.43	31 677.53
化工/亿元	11 573.92	12 331.20	13 971.10	15 677.40	16 652.21
电力/亿元	6 850.94	9 070.54	14 170.50	21 992.46	31 456.97
有色/亿元	2 269.34	2 823.50	3 864.69	5 240.88	6 277.17
钢铁/亿元	6 665.98	8 005.56	10 266.09	12 567.62	13 439.63
机械/亿元	18 425.62	24 722.29	38 645.88	60 167.18	84 287.45
建筑业/亿元	12 774.24	15 545.74	21 747.19	30 110.51	39 369.80
通信计算机/亿元	7 558.25	9 754.15	14 778.04	22 199.37	30 834.28
其他工业/亿元	28 974.99	36 259.29	52 302.68	74 909.89	100 040.88
交运邮/亿元	14 935.62	19 456.15	29 829.44	45 397.21	65 627.86

续表

经济指标	2007 年	2010 年	2015 年	2020 年	2025 年
商业服务业/亿元	17 840.74	22 411.17	32 441.82	46 704.51	65 142.57
其他行业/亿元	61 357.10	80 241.96	123 306.70	188 214.95	275 754.89
总计/亿元	230 870.64	291 033.87	422 316.15	613 313.73	838 236.50
一产比重/%	10.57	10.13	8.97	7.95	6.72
二产比重/%	48.65	47.91	47.08	46.35	44.78
三产比重/%	40.77	41.96	43.94	45.71	48.50
总人口/亿人	13.21	13.47	13.86	14.16	14.40
人均 GDP/元	17 473.12	21 609.28	30 474.45	43 324.61	58 230.74
人均 GDP/美元	2 496.16	3 087.04	4 353.49	6 189.23	8 318.68
年均 GDP 增长率/%		8.03	7.73	7.75	6.45
经济指标	2030 年	2035 年	2040 年	2045 年	2050 年
农业/亿元	59 863.55	58 838.27	55 820.34	59 714.04	65 269.52
采掘业/亿元	3 064.40	3 131.41	3 210.67	3 263.59	3 296.87
能源采掘业/亿元	21 521.83	24 435.35	27 094.04	29 258.27	31 080.70
建材/亿元	39 689.13	43 854.71	45 758.70	45 544.91	44 066.12
化工/亿元	17 257.63	17 205.80	17 024.30	16 557.47	15 930.20
电力/亿元	42 121.48	53 195.38	65 336.48	78 600.93	93 306.78
有色/亿元	6 840.14	6 824.18	6 543.44	6 069.47	5 516.67
钢铁/亿元	13 058.82	11 879.96	10 519.96	9 094.86	7 746.42
机械/亿元	108 958.04	130 750.02	151 729.78	171 369.79	190 417.43
建筑业/亿元	49 222.97	59 221.21	69 947.90	81 351.46	93 598.70
通信计算机/亿元	40 398.57	50 203.82	60 911.74	72 370.20	84 829.64
其他工业/亿元	127 175.18	154 494.53	184 009.27	215 069.14	248 380.43
交运邮/亿元	89 807.80	116 700.50	147 838.01	183 958.63	226 189.85
商业服务业/亿元	86 500.20	110 152.39	137 340.60	168 885.81	205 744.22
其他行业/亿元	382 105.72	506 799.13	655 675.03	842 102.73	1 071 736.24
总计/亿元	1 087 585.46	1 347 686.66	1 638 760.26	1 983 211.30	2 387 109.79
一产比重/%	5.50	4.37	3.41	3.01	2.73
二产比重/%	43.15	41.20	39.18	36.74	34.27
三产比重/%	51.34	54.44	57.41	60.25	62.99
总人口/亿人	14.58	14.72	14.79	14.77	14.68
人均 GDP/元	74 578.94	91 552.26	110 821.74	134 235.57	162 587.03
人均 GDP/美元	10 654.13	13 078.89	15 831.68	19 176.51	23 226.72
年均 GDP 增长率/%	5.35	4.38	3.99	3.89	3.78

注：GDP 为 2005 年价；美元为 2005 年汇率。

表 1-23　规划方案电量需求预测　　　　（单位：亿千瓦时）

需电量指标	2007 年	2010 年	2015 年	2020 年	2025 年
农业	976.48	1 134.33	1 334.46	1 547.52	1 628.07
采掘业	689.12	664.24	640.22	600.80	558.41
能源采掘业	927.02	1 023.04	1 169.95	1 304.05	1 338.23
建材	1 883.87	2 595.58	4 045.15	6 160.32	8 009.81
化工	3 935.13	4 031.73	4 182.36	4 230.16	4 090.29
电力	4 644.93	5 913.85	8 459.16	11 833.35	15 408.11
有色	2 435.00	2 913.36	3 651.12	4 462.81	4 865.94
钢铁	3 719.62	4 295.69	5 043.72	5 565.34	5 417.82
机械	1 455.62	1 878.12	2 688.08	3 772.17	4 810.53
建筑业	306.58	358.78	459.54	573.50	682.62
通信计算机	551.75	684.73	949.84	1 286.08	1 626.15
其他工业	4 404.20	5 299.93	6 999.70	9 036.22	10 985.61
交运邮	537.68	673.54	945.50	1 296.99	1 706.84
商业服务业	927.72	1 120.66	1 485.32	1 927.38	2 447.21
其他行业	1 718.00	2 160.56	3 039.88	4 182.31	5 578.07
产业总计	29 112.72	34 748.14	45 094.00	57 779.00	69 153.71
居民生活用电	3 475.90			8 620.00	
总用电合计	32 588.62			66 399.00	
总人口/亿人	13.21	13.47	13.86	14.16	14.40
人均电量/(kW·h)	2 466.42			4 690.44	
一产比重/%	3.00			2.33	
二产比重/%	76.56			73.53	
三产比重/%	9.77			11.16	
居民生活用电比重/%	10.67			12.98	
需电量指标	2030 年	2035 年	2040 年	2045 年	2050 年
农业	1 548.24	1 357.52	1 132.11	1 044.44	979.04
采掘业	511.19	466.00	420.00	368.18	318.97
能源采掘业	1 405.45	1 423.53	1 387.50	1 292.16	1 177.18
建材	8 981.63	8 853.43	8 120.44	6 970.36	5 783.68
化工	3 793.81	3 374.28	2 934.85	2 461.62	2 031.10
电力	18 464.97	20 803.22	22 460.70	23 302.61	23 723.25
有色	4 745.48	4 223.54	3 559.95	2 847.72	2 219.77
钢铁	4 711.44	3 823.63	2 976.37	2 219.10	1 620.94
机械	5 565.47	5 957.94	6 077.65	5 919.82	5 641.12
建筑业	763.83	819.81	851.18	853.74	842.39

续表

需电量指标	2030 年	2035 年	2040 年	2045 年	2050 年
通信计算机	1 906.80	2 113.91	2 254.56	2 310.09	2 322.21
其他工业	12 498.60	13 545.15	14 181.47	14 294.50	14 157.68
交运邮	2 090.41	2 423.27	2 698.52	2 895.81	3 053.56
商业服务业	2 908.28	3 303.88	3 621.10	3 840.11	4 012.01
其他行业	6 917.62	8 185.04	9 308.60	10 310.27	11 253.23
产业合计	76 813.22	80 674.15	81 985.00	80 930.53	79 136.13
生活用电	13 391.00				25 480.00
总用电合计	90 204.20				104 616.00
总人口/亿人	14.58	14.72	14.79	14.67	14.38
人均电量/（kW·h）	6 185.57				7 300
一产比重/%	1.72				0.94
二产比重/%	70.23				57.20
三产比重/%	13.21				17.51
居民生活用电比重/%	14.84				24.35

表 1-24 规划方案人口预测

年度	总人口/万人	农村总人口/万人	城市总人口/万人	城市化比例/%	老龄化比重/%	人口自然增长率/‰
2007	132 129.00	72 750.00	59 379.00	44.94	14.34	
2008	133 058.80	63 292.68	69 766.12	52.43	15.03	7.04
2009	133 897.79	61 690.27	72 207.52	53.93	15.72	6.31
2010	134 680.04	60 739.84	73 940.20	54.90	16.39	5.84
2015	138 580.39	57 185.63	81 394.76	58.73	19.70	5.27
2020	141 562.45	52 418.80	89 143.65	62.97	22.67	3.64
2025	143 950.87	47 865.55	96 085.32	66.75	25.49	2.97
2030	145 830.10	44 290.75	101 539.35	69.63	28.18	2.24
2035	147 204.09	41 219.73	105 984.36	72.00	30.57	1.57
2040	147 873.53	38 339.69	109 533.83	74.07	32.74	0.51
2045	146 741.12	35 225.08	111 516.04	76.16	34.76	− 0.49
2050	143 820.43	31 057.32	112 763.11	78.17	36.68	− 1.58

表 1-25　规划方案劳动力预测　　　　　（单位：万人）

劳动力指标	2007 年	2010 年	2015 年	2020 年	2025 年
农业	34 695.29	30 710.22	27 090.14	23 371.20	20 032.70
采掘业	450.38	344.30	247.10	172.76	122.09
能源采掘业	846.68	696.56	554.33	430.59	335.18
建材	803.90	730.79	669.28	599.90	532.57
化工	996.58	725.47	486.01	316.76	209.88
电力	321.32	320.64	334.84	343.08	344.37
有色	142.71	134.02	128.50	120.69	111.84
钢铁	574.25	523.25	480.80	432.41	385.07
机械	1 441.36	1 313.34	1 206.78	1 085.33	966.50
建筑业	4 574.71	4 462.13	4 512.50	4 474.77	4 358.70
通信计算机	462.17	431.73	410.82	382.89	352.32
其他工业	4 499.80	4 003.47	3 557.18	3 091.55	2 667.93
交运邮	2 660.29	2 727.76	2 959.53	3 152.84	3 279.92
商业服务业	11 272.81	11 845.04	13 301.73	14 676.79	15 768.33
其他行业	13 247.74	14 265.04	16 580.63	18 948.15	21 023.99
总劳动力	76 989.99	73 233.76	72 520.17	71 599.71	70 491.39
总人口	132 129.00	134 680.04	138 580.39	141 562.45	143 950.87
一产比重/%	45.06	41.93	37.36	32.64	28.42
二产比重/%	19.63	18.69	17.36	15.99	14.73
三产比重/%	35.30	39.38	45.29	51.37	56.85
劳动力比重/%	58.27	54.38	52.33	50.58	48.97
劳动力指标	2030 年	2035 年	2040 年	2045 年	2050 年
农业	17 375.13	15 245.99	13 490.43	11 867.02	10 374.86
采掘业	90.36	69.41	54.71	42.91	33.48
能源采掘业	268.58	220.53	184.19	153.01	126.38
建材	475.43	427.38	386.21	346.89	309.62
化工	147.32	108.26	82.10	61.97	46.54
电力	340.06	332.69	323.60	312.67	300.05
有色	103.42	95.76	88.78	81.81	74.89
钢铁	344.63	310.46	281.07	252.92	226.16

续表

劳动力指标	2030 年	2035 年	2040 年	2045 年	2050 年
机械	865.01	779.24	705.48	634.83	567.65
建筑业	4 199.31	4 024.11	3 844.29	3 648.78	3 439.94
通信计算机	323.92	298.46	275.56	252.84	230.49
其他工业	2 326.90	2 051.30	1 822.47	1 609.62	1 412.86
交运邮	3 335.55	3 344.65	3 323.70	3 280.53	3 215.19
商业服务业	16 466.11	16 881.72	17 103.10	17 207.44	17 188.40
其他行业	22 543.47	23 631.40	24 408.10	25 032.00	25 484.23
总劳动力	69 205.20	67 821.36	66 373.79	64 785.24	63 030.74
总人口	145 830.10	147 204.09	147 873.53	147 741.12	146 820.43
一产比重/%	25.11	22.48	20.32	18.32	16.46
二产比重/%	13.71	12.85	12.13	11.42	10.74
三产比重/%	61.19	64.67	67.55	70.26	72.80
劳动力比重/%	47.46	46.07	44.89	43.85	42.93

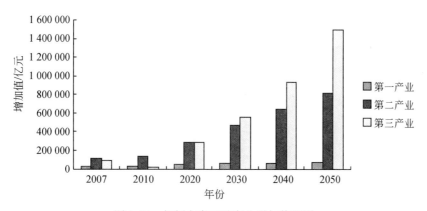

图 1-11　规划方案三种产业增加值预测

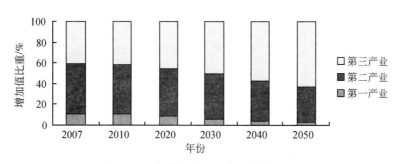

图 1-12　规划方案三种产业结构预测

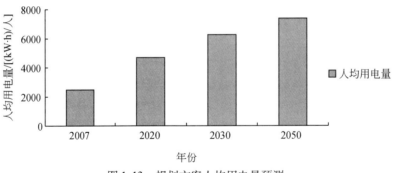

图 1-13　规划方案人均用电量预测

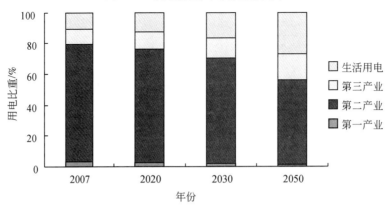

图 1-14　规划方案用电结构预测

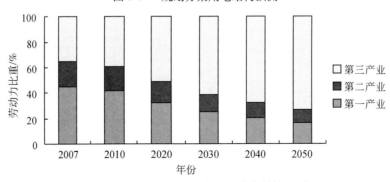

图 1-15　规划方案三种产业劳动力结构预测

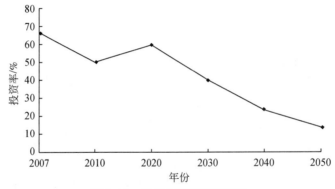

图 1-16　规划方案投资率预测

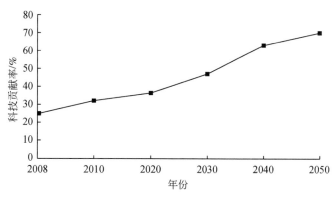

图 1-17　规划方案科技贡献率预测

二、预测结果分析

1. 经济发展水平

规划、高、低三种方案预测结果表明，2007～2050 年 GDP 年均增长率分别为 5.58%、5.85%、5.18%。其中，2007～2020 年分别为 7.75%、8.24%、7.34%；2007～2030 年分别为 6.97%、7.52%、6.43%；2020～2030 年分别为 5.9%、6.59%、5.3%；而 2030～2050 年规划与高速两方案年均增速基本相同，为 4%，低速发展方案为 3.75%。GDP 总量 2020 年分别达到 613 313.73 亿元、646 037.9 亿元、579 923.8 亿元，2030 年分别可达1 087 585.46亿元、1 222 868.4 亿元、968 157.2 亿元，2050 年分别为 2 387 109.79 亿元、2 664 463.9亿元、2 023 216 亿元。2020 年人均 GDP 分别为 6189.23 美元、6521 美元、5852 美元，2030 年人均 GDP 分别为 10 654.13 美元、11 989 美元、9478 美元，2050 年人均 GDP 分别为 23 226.72 美元、25 979.6 美元、19 648.3 美元（以上均为 2005 年价格，1 美元＝7 元人民币）。

根据这一预测结果，结合第一部分世界银行对发展阶段的划分方法，到 2020 年我国将实现全面小康，2050 年将进入上中等发达国家行列。

2. 产业结构变动趋势

从发展阶段特点分析，2007～2050 年将是中国经济结构发展迅速变化的时期。规划、高、低三种预测方案的差别主要在于 GDP 增长率的区别，产业结构差别不明显（表 1-22）。模拟结果表明，在 2007～2050 年产业结构发生变化的显著特点是，第一产业比重逐年下降，第二产业比重缓慢下降，从 2020 年以后下降幅度大，第三产业比重也逐年上升。根据三个方案的结果，第一产业比重由 2007 年 10.57% 下降到 2050 年的 2.73%，第二产业比重由 2007 年的 48.65% 下降到 2050 年的 34.27%，第三产业比重由 2007 年的 40.77% 上升到 2050 年的 62.99%。

这种产业结构特点及发展趋势与当今发达国家有一定的差距，如 1999 年美国、日本等国的第一产业比重为 2%，而 2050 年我国第一产业比重高于 2%，与韩国的数据比较接近。因而，单从产业结构变动趋势角度分析，我国在 2050 年也只能发展到中等发达国家水平，另外，这也与我国的国情相吻合，农村人口比重较大，城市化水平较低。

3. 人口、就业结构发展趋势

根据模型预测结果，21 世纪我国人口高峰期在 2040 年左右，最高达到 14.78 亿人，2040 年以后，人口为负增长，到 2050 年时，人口约为 14.79 亿人。伴随着产业结构的变动，劳动力结构也将发生变化，劳动力将由第一产业向第二产业、第三产业转移。劳动力人口的绝对数在 2040 年之后呈下降之势，2007 年为 58.27%，到 2050 年，劳动力人口占总人口的比重将降至 43% 左右。劳动投入对经济增长的贡献将逐渐下降。老龄化社会进一步发展，64 岁以上人口占总人口的比重将逐步上升，由 2007 年的 14% 上升到 2050 年的 36.7%。2020 年以后，经济增长速度将逐渐趋缓。

城市化发展水平指标逐渐上升，城市化率，即城镇人口占总人口的比重为 78% 左右。

4. 用电量需求预测

1）用电量需求趋势判断

未来较长时间内，我国未来电力需求仍将持续较快增长。这是因为：

目前，煤炭在全国终端能源消费中的比重在 40% 以上，远高于欧美发达国家，使用其他能源进行替代是必然趋势。由于我国油气资源有限，提高电力在终端能源中的比重，是我国终端能源结构优化的发展方向。我国终端能源消费中电力的比重应高于以油气为主的发达国家。

未来较长时间内，我国仍将处于工业化中期和城镇化进程加快发展的阶段。在基本完成工业化、城镇化之前，电力、能源需求仍将快速增长。

随着经济社会的发展，电气化水平将不断提高。我国电力需求的增长速度应高于能源需求总量的增长速度。

2）三个情景方案用电量需求预测值

全社会用电量从 2007 年的 32 588.62 亿千瓦时，2020 年增长为 66 399.00 亿千瓦时（规划方案）、70 382.55 亿千瓦时（高方案）、62 319 亿千瓦时（低方案），2030 年增长为 90 204.20 亿千瓦时、104 033.9 亿千瓦时、80 866 亿千瓦时，2050 年增长为 104 616.00、119 474、87 507 亿千瓦时。2007~2020 年年均增长率为 5.63%、6.1%、5.2%，2020~2030 年为 3.11%、3.99%、2.64%，2030~2050 年年均增长率为 0.4%~0.7%。也就是说 2030 年左右用电量开始处于低速发展阶段。2007~2030 年电量消费弹性系数为 0.65 左右（同期能源消费弹性系数为 0.48 左右），其中 2007~2020 年为 0.72 左右，2020~2030 年为 0.55 左右，2030~2050 年为 0.15 左右。

上述预测 2005~2050 年全社会用电量增长要高于同期能源需求的增长，主要考虑以下几个方面：

第一，从世界及中国 1990~2005 年能源消费弹性系数和电力消费弹性系数分析。世界 1990~1995 年、1995~2000 年、2000~2005 年三个阶段的能源消费弹性系数分别为

0.28、0.41、0.91，而同期电力消费弹性系数分别为0.99、0.89、1.29。中国1990～1995年、1995～2000年、2000～2005年能源消费弹性系数分别为0.43、-0.06、1.04，而同期电力消费弹性系数分别为0.87、0.78、1.46。

上述数据表明，世界和中国同一时期的电力消费弹性系数都是高于能源消费弹性系数。

第二，中国电力占终端能源消费的比重由1990年的8.6%上升到2005年的19%，而2005年中国台湾、中国香港、日本分别为26.9%、28.9%、24.1%。作为清洁、使用灵活便利的电力未来在中国的终端能源消费中的比重必将上升，将更有力地支撑中国经济发展与人民生活水平的提高。

第三，现代化的工业生产过程中，以电力作为动力逐步替代其他能源是必然趋势，因为这不仅能提高能源利用效率，更有利于环境保护。

第四，电动汽车是未来汽车工业的发展方向，是替代汽油汽车的有效措施。

第五，随着经济的发展，人均收入的提高，居民生活用电随之提高。2007年中国居民生活用电占全社会用电比重仅11%，而发达国家目前已达20%以上，有的甚至达到25%～35%，居民生活用电上升空间很大，尤其是农村居民生活用电上升空间更大。

3）人均用电量、人均生活用电量预测

按上述条件的预测值，我国2020年人均用电量4402～4973kW·h，2030年人均用电量5541～7139kW·h，2050年人均用电量为5949～8154kW·h。

与世界主要发达国家相比，未来我国人均用电量仍处于较低水平。2050年低方案的人均用电量（5949kW·h）相当于英国2007年水平（6000kW·h），高方案的人均用电量（8154kW·h）相当于日本2006年水平（8220kW·h）。

2050年我国人均生活用电量（1467～2066kW·h）相当于2006年日本、英国、法国的水平。

4）用电结构预测

随着经济的发展、人均收入的提高、工业化阶段的完成、产业结构的优化、用电结构变化趋势为以工业为主的第二产业用电比重下降，第三产业用电比重上升，生活用电比重上升。按上述条件预测用电结构变化为，2007年第二产业用电比重为76.56%，到2030年下降为70.23%，到2050年下降为57.20%。2007年第三产业用电比重为9.77%，2030年上升为13.21%，2050年上升为17.51%。2007年居民生活用电比重为10.67%，2030年上升为14.84%，2050年上升为24.35%。

第六节　6个地区（东北、华北、华东、华中、华南、西北）电量需求

一、6个地区2005年发展阶段定位

将全国划分为6个地区，即华东地区（包括上海市、江苏省、浙江省、福建省、安徽

省）、华北地区（包括北京市、天津市、河北省、山西省、山东省、内蒙古自治区）、东北地区（包括辽宁省、吉林省、黑龙江省）、西北地区（包括陕西省、甘肃省、宁夏回族自治区、青海省、新疆维吾尔自治区）、华中地区（包括河南省、江西省、湖北省、湖南省、四川省、重庆市）、华南地区（包括云南省、贵州省、广西壮族自治区、广东省、海南省、西藏自治区）。全国及 6 个地区 2005 年主要经济社会指标见表 1-26。

表 1-26　2005 年全国及 6 个地区主要经济社会指标比较

经济社会指标	全国	华东	华北	华中	东北	西北	华南
GDP/亿元	183 217.4	75 425.3	28 755.1	50 955.8	16 992.6	9 460.44	16 154.2
第一产业	22 420	6 933.2	2 565.4	6 889.8	2 192.6	1 391.2	3 031.33
比重/%	12.6	10.7	8.14	19.42	13.6	14.26	18.5
第二产业	87 364.6	39 941.6	13 436.6	23 991.5	8 505.8	4 398.5	6 649.26
比重/%	47.5	50.5	47.72	41.25	48.9	46.7	41.2
第三产业	73 432.9	28 540.5	12 753.1	20 074.4	6 442.4	3 573.5	6 478.17
比重/%	39.9	38.8	44.14	39.33	37.5	39.04	40.3
人口/亿人	13.07	3.73	1.52	3.61	1	0.945 6	1.945
城市化率/%	42.99	47.31	47.4	42	55	36	32.7
人均 GDP/元	14 012.2	20 203.8	18 966.5	14 129.5	15 803	10 004.4	8 306.4
人均 GDP/美元	2 001.7	2 886.3	2 709.5	2 018.5	2 257.5	1 429.2	1 186.6

注：GDP 为 2005 年价；美元汇率按 1 美元 =7 元人民币折算。

（1）从人均 GDP 分析。比较表 1-26 中 2005 年全国和 6 个地区的人均 GDP、产业结构等代表发展阶段的经济社会和人民生活等指标，全国 2005 年人均 GDP 为 14 012.2 元，合 2001.7 美元，而同期华东、华北、东北 3 个地区人均 GDP 已达 2200~2800 美元（华东为 2886.3 美元，华北为 2709.5 美元，东北为 2257.5 美元），高于全国平均水平，应属于初级小康向富裕小康（全面小康）迈进阶段，是工业化过程中的高加工度阶段。华中地区人均 GDP 与全国水平相当，而西北、华南地区人均 GDP 低于全国平均水平，尤其是西北地区仅为 1186.6 美元。

（2）从产业结构等经济指标分析。6 个地区的产业结构等指标也存在较大差别。3 个比全国发展较快的地区（华东、华北和东北）农业比重低于全国平均水平，第二产业比重较高，城市化率也高。

二、全国及 6 个地区 2005~2050 年经济发展趋势

影响地区经济社会发展的因素有资源条件、人口素质、教育水平、科技水平、基础设施、资金状况、经济效益、市场发育等。由于全国各地原有资源、经济基础不同，加之各时期政府采取的发展政策的差异，目前东部地区和中西部地区经济发展水平依然存在

差距。

针对我国沿海地区与内地之间的经济发展水平差距悬殊，并有进一步扩大的可能。1995 年国家在制定国民经济和社会发展"九五"计划和 2010 年远景目标时明确提出，今后我国应坚持区域经济协调发展的方针，逐步缩小地区差距，但如何实现我国各地区经济的协调发展是一个值得进一步深入研究的重大问题。坚持区域经济协调发展，逐步缩小地区差距，体现了我国的社会制度的本质要求，共同富裕是我们必须坚持的一个根本原则，国家采取的西部大开发战略正是为了区域间协调发展采取的区域经济发展战略。

针对以上分析，我们认为 2005～2050 年 6 个地区的经济发展差距仍然是存在的，而且到 2010 年地区间差距还将扩大。到 2020 年地区间差距扩大的可能性仍然存在，但扩大程度可能会逐步缩小，2020 年以后，地区间差距会继续缩小，到 2050 年时，地区间差距会较小。

三、全国及 6 个地区 2005～2050 年经济社会发展预测分析

采用全国 2005～2050 年经济社会发展预测规划方案（中方案），对 6 个地区 2005～2050 年经济社会发展预测进行模拟分析，比较分析其计算结果，将有利于我们对中国各地区未来经济社会发展趋势的判断与决策。

1. 2005～2050 年 6 个地区经济社会发展规划方案（中方案）预测

2005～2050 年 6 个地区经济社会发展规划方案（中方案）预测结果见表 1-27～表 1-32。

表 1-27　华北地区规划方案 GDP 预测结果

经济社会指标	2005 年	2010 年	2020 年	2030 年	2040 年	2050 年
第一产业/亿元	2 565.4	3 643.6	6 718.7	8 221.6	8 480.8	9 666.5
第二产业/亿元	13 436.6	21 406.4	43 191.4	70 705.8	94 500.6	11 738.9
第三产业/亿元	12 753.1	20 495.5	46 070.8	85 504.6	139 327.8	218 186.8
总计/亿元	28 755.1	45 545.6	95 980.9	164 432.0	242 309.3	345 232.2
一产比重/%	8.1	8.0	7.0	5.0	3.5	2.8
二产比重/%	47.7	47.0	45.0	43.0	39.0	34.0
三产比重/%	44.1	45.0	48.0	52.0	57.5	63.2
总人口/亿人	1.52	1.55	1.59	1.69	1.72	1.70
人均 GDP/元	18 966.5	29 384.3	60 365.3	97 297.0	140 877.5	203 077.8
人均 GDP/美元	2 709.5	4 197.7	8 623.6	13 899.6	20 125.3	29 011.1
GDP 年均增长率/%		9.63	7.74	5.5	3.95	3.6

注：2005～2050 年华北地区 GDP 年均增长率 5.67%。

表 1-28　东北地区规划方案 GDP 预测结果

经济社会指标	2005 年	2010 年	2020 年	2030 年	2040 年	2050 年
第一产业/亿元	2 192.6	3 241.6	5 692.7	7 892.7	8 701.9	10 305.4
第二产业/亿元	8 505.8	13 101.5	2 7324.8	45 383.2	62 363.7	82 443.5
第三产业/亿元	6 442.4	10 670.3	23 909.2	45 383.2	73 966.3	113 360.0
总计/亿元	17 140.8	27 013.3	56 926.6	98 659.2	145 031.9	206 108.8
一产比重/%	12.8	12.0	10.0	8.0	6.0	5.0
二产比重/%	49.6	48.5	48.0	46.0	43.0	40.0
三产比重/%	37.6	39.5	42.0	46.0	51.0	55.0
总人口/亿人	1.08	1.10	1.14	1.18	1.22	1.20
人均 GDP/元	15 802.5	24 557.4	49 935.2	83 609.4	118 878.2	171 757.3
人均 GDP/美元	2 257.5	3 508.2	7 133.6	11 944.2	16 982.6	24 536.8
GDP 年均增长率/%		9.52	7.74	5.7	3.92	3.6

注：2005~2050 年东北地区 GDP 年均增长率 5.7%。

表 1-29　华东地区规划方案 GDP 预测结果

经济社会指标	2005 年	2010 年	2020 年	2030 年	2040 年	2050 年
第一产业/亿元	6 933.2	10 770.8	20 175.8	26 426.6	26 247.2	28 365.7
第二产业/亿元	39 941.6	58 640.8	11 8533.1	198 199.3	262 472.4	340 388.6
第三产业/亿元	28 540.5	50 263.5	113 489.1	215 817.0	367 461.4	576 769.6
总计/亿元	75 425.3	119 675.1	252 198.0	440 442.8	656 181.0	945 524.0
一产比重/%	10.7	9.0	8.0	6.0	4.0	3.0
二产比重/%	50.5	49.0	47.0	45.0	40.0	36.0
三产比重/%	38.8	42.0	45.0	49.0	56.0	61.0
总人口/亿人	3.73	3.80	3.90	4.10	4.30	4.19
人均 GDP/元	20 203.8	31 493.0	64 666.0	107 424.8	152 600.0	225 661.8
人均 GDP/美元	2 886.3	4 499.0	9 238.0	15 346.4	21 800.0	32 237.4
GDP 年均增长率/%		9.67	7.7	5.73	4.07	3.72

注：2005~2050 年华东地区 GDP 年均增长率 5.78%。

表 1-30　华中地区规划方案 GDP 预测结果

经济社会指标	2005 年	2010 年	2020 年	2030 年	2040 年	2050 年
第一产业/亿元	6 889.8	12 966.4	23 909.2	36 785.8	46 870.1	55 031.0
第二产业/亿元	23 991.5	34 847.1	76 850.9	131 815.7	187 480.2	261 397.5
第三产业/亿元	20 074.4	33 226.3	70 019.7	137 946.7	234 350.3	371 459.6
总计/亿元	50 955.8	81 039.8	170 779.8	306 548.2	468 700.5	687 888.1
一产比重/%	19.4	16.0	14.0	12.0	10.0	8.0

续表

经济社会指标	2005 年	2010 年	2020 年	2030 年	2040 年	2050 年
二产比重/%	41.3	43.0	45.0	43.0	40.0	38.0
三产比重/%	39.3	41.0	41.0	45.0	50.0	54.0
总人口/亿人	3.61	3.67	3.75	3.81	3.85	3.80
人均 GDP/元	14 129.5	22 081.5	45 541.3	80 458.8	121 740.4	181 023.2
人均 GDP/美元	2 018.5	3 154.5	6 505.9	11 494.1	17 391.5	25 860.5
GDP 年均增长率/%		9.72	7.74	6.02	4.33	3.91

注：2005～2050 年华中地区 GDP 年均增长率 5.95%。

表 1-31　华南地区规划方案 GDP 预测结果

经济社会指标	2005 年	2010 年	2020 年	2030 年	2040 年	2050 年
第一产业/亿元	3 031.3	4 121.1	7 599.0	12 402.9	15 918.1	19 168.1
第二产业/亿元	6 649.3	10 817.9	22 797.1	41 342.9	60 488.9	86 256.5
第三产业/亿元	6 478.2	10 817.9	23 882.7	49 611.5	82 774.3	134 176.8
总计/亿元	16 154.2	25 756.8	54 278.8	103 357.2	159 181.3	239 601.5
一产比重/%	18.5	16.0	14.0	12.0	10.0	8.0
二产比重/%	41.2	42.0	42.0	40.0	38.0	36.0
三产比重/%	40.3	42.0	44.0	48.0	52.0	56.0
总人口/亿人	1.94	1.99	2.05	2.15	2.24	2.19
人均 GDP/元	8 306.4	12 943.1	26 477.5	48 073.1	71 063.1	109 407.0
人均 GDP/美元	1 186.6	1 849.0	3 782.5	6 867.6	10 151.9	15 629.6
GDP 年均增长率/%		8.61	7.74	6.65	4.41	4.17

注：2005～2050 年华南地区 GDP 年均增长率 6.18%。

表 1-32　西北地区规划方案 GDP 预测结果

经济社会指标	2005 年	2010 年	2020 年	2030 年	2040 年	2050 年
第一产业/亿元	1 391.2	1 960.0	3 812.8	6 107.5	7 782.2	9 120.3
第二产业/亿元	4 398.5	7 237.1	14 615.6	26 872.9	40 856.6	60 802.1
第三产业/亿元	3 573.5	5 880.1	13 344.7	28 094.4	48 638.8	82 082.8
总计/亿元	9 460.4	15 077.2	31 773.0	61 074.7	97 277.5	152 005.2
一产比重/%	14.3	13.0	12.0	10.0	8.0	6.0
二产比重/%	46.7	48.0	46.0	44.0	42.0	40.0
三产比重/%	39.0	39.0	42.0	46.0	50.0	54.0
总人口/亿人	0.95	0.99	1.02	1.04	1.06	1.05
人均 GDP/元	10 004.4	15 229.5	31 150.0	58 725.7	91 771.2	144 766.8
人均 GDP/美元	1 429.2	2 175.6	4 450.0	8 389.4	13 110.2	20 680.9
GDP 年均增长率/%		9.77	7.74	6.75	4.76	4.56

注：2005～2050 年西北地区 GDP 年均增长率 6.36%。

2. 2005～2050 年经济社会发展规划方案情景方案预测结果分析

从 2005～2050 年 6 个地区规划方案预测结果与全国同期预测结果对比分析：

（1）全国 2005～2050 年 GDP 以年均 5.9% 的速度增长，其中 2005～2020 年为 8.4%，2020～2030 年为 5.89%，2030～2050 年为 4.0%。到 2020 年时，全国 GDP 总量达 61.33 万亿元，人均 GDP 为 6189 美元（2005 年价及汇率），达到了经济翻两番和全面实现小康社会的目标；2050 年时为 23227 美元，基本实现现代化。

（2）6 个地区 2005～2050 年 GDP 年均增长率分别为：华东 5.78%、华北 5.67%、东北 5.7%、华中 5.95%、华南 6.18%、西北 6.36%。到 2050 年时，上述地区的人均 GDP 分别为：华东 32 037 美元、华北 29 011 美元、东北 24 536 美元、华中 25 860 美元、华南 15 629 美元、西北 20 681 美元（图 1-18）。除华南地区，其余地区人均 GDP 均超过 20 000 美元，基本实现现代化。

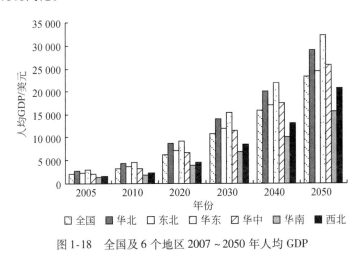

图 1-18 全国及 6 个地区 2007～2050 年人均 GDP

（3）从产业结构分析。全国及 6 个地区 2005～2050 年产业结构变动趋势基本相似（图 1-19），均表现为第一产业比重下降，2020 年前第二产业比重因处于工业阶段而变动不大，第三产业比重上升。2020～2050 年，第二产业比重明显减小，第三产业比重明显增大。经济发达地区的产业结构中，第一产业比重明显减小，第三产业比重明显增大，如华东地区第一产业比重由 2005 年的 10.69% 降至 2050 年时的 3%，下降近 8 个百分点，第三产业比重则由 2005 年的 39% 升至 2050 年时的 61%，上升近 20 个百分点；而经济欠发达地区则呈相似特征，仅变化幅度较小，如西北地区 2050 年时第一产业比重仍达 6%，第三产业比重为 54%。

（4）从城市化率分析。全国及 6 个地区 2005～2050 年城市化率均呈上升趋势，而且上升幅度较大。各地区的表现与产业结构特点相似，即经济发达地区城市化率高，如华东地区 2020 年城市化率达 58%，比 2005 年上升 11 个多百分点。而西北地区尽管增幅较高，2020 年城市化率比 2005 年上升 12～15 个百分点，但由于基数低，所以也只达到 42%～45%。2050 年经济发达地区城市化率上升到 70% 左右。

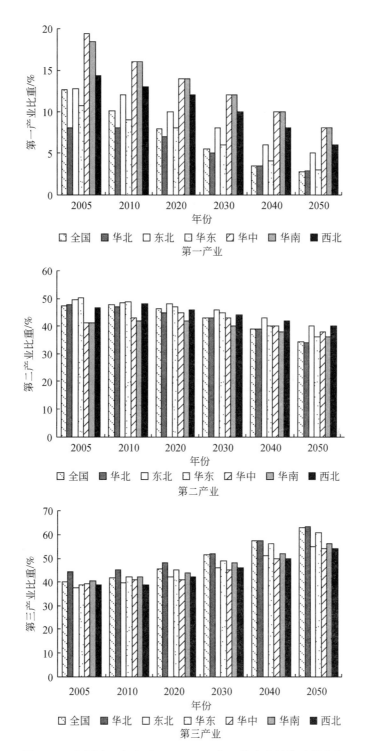

图 1-19 全国及 6 个地区 2007～2050 年三种产业结构比例变化

（5）地区间差距 2020 年前仍呈扩大趋势，2020 年后仍将存在，但差距在缩小。尽管西北、华南地区 2005～2020 年间经济发展速度也较快，但由于原有经济水平与发展程度较低，所以在一定时间内缩小与发达地区差距是难以实现的。例如，华东地区人均 GDP 在 2005 年时是华南地区的 2.4 倍，到 2020 年时则为 2.44 倍，到 2050 年时则为 2.11 倍。

四、全国及 6 个地区 2007～2050 年电力需求态势分析

1. 6 个地区 2007～2050 年电力需求与经济之间关系

研究电力工业与经济之间关系一般用以下指标：人均装机容量、人均用电量、人均生活用电量、用电结构、电力消费占能源终端消费的比重、发电能源占一次能源总消费量的比重等。为了更深层次地研究电力需求与经济关系，需计算与分析全国与 6 个地区单位产值（产品）消耗电能的大小（电耗系数）。究其产生差异的原因，在于产业结构、产品结构、用电效率、技术进步等差别，从而可以看出全国及 6 个地区电力消费与经济间关系的差异是否存在，以及产生差异的主要原因，为未来各地区的电力走势提供判断依据。

2007～2050 年 6 个地区与全国主要用电指标比较见表 1-33～表 1-39。

表 1-33　全国规划方案（中方案）电量需求预测

用电量指标	2007 年	2020 年	2030 年	2050 年
全社会用电量/亿千瓦时	32 588.6	66 399.0	90 204.2	104 616.0
增长率/%		5.63	3.11	0.74
城乡生活用电量/亿千瓦时	3 475.9	8 620.0	13 391.0	25 480.0
第一产业用电量/亿千瓦时	976.5	1 547.5	1 548.3	9 833.9
第二产业用电量/亿千瓦时	24 952.8	48 823.2	63 350.4	59 840.4
工业用电量/亿千瓦时	24 646.2	48 249.7	62 586.6	58 998.0
第三产业用电量/亿千瓦时	3 183.9	7 410.1	11 916.0	18 318.2
用电结构/%				
第一产业用电	3.0	2.3	1.7	0.9
第二产业用电	76.6	73.5	70.2	57.2
工业用电	75.6	72.7	69.4	56.4
第三产业用电	9.8	11.2	13.2	17.5
城乡生活用电	10.7	13.0	14.8	24.4
人均用电量/（kW·h）	2 466.4	4 690.4	6 185.6	7 300
人均生活用电量/（kW·h）	263.0	608.7	918.4	1 735.7

表 1-34　华北地区规划方案（中方案）电量需求预测

用电量指标	2007 年	2020 年	2030 年	2050 年
全社会用电量/亿千瓦时	8 280.7	15 614	19 200.0	21 207.0
增长率/%		5.0	2.09	0.5
城乡生活用电量/亿千瓦时	731.8	1 686.0	2 650.0	5 026.0
第一产业用电量/亿千瓦时	290.3	390.0	288.0	254.0
第二产业用电量/亿千瓦时	6 515.2	11 399.0	13 440.0	11 876.0
工业用电量/亿千瓦时	6 448.8	11 242.0	13 248.0	11 664.0
第三产业用电量/亿千瓦时	714.6	2 139.0	2 822.0	4 050.0
用电结构/%				
第一产业用电	3.5	2.5	1.5	1.2
第二产业用电	78.7	73.0	70.0	56.0
工业用电	77.9	72.0	69.0	55.0
第三产业用电	8.6	13.7	14.7	19.1
城乡生活用电	8.8	10.8	13.8	23.7
人均用电量/（kW·h）	3 332	6 071	7 084	7 972.0
人均生活用电量/（kW·h）	294	677	1 060.0	1 967.6

注：华北地区用电量包括山东省。

表 1-35　东北地区规划方案（中方案）电量需求预测

用电量指标	2007 年	2020 年	2030 年	2050 年
全社会用电量/亿千瓦时	2489.1	5311.9	8118.4	9200.0
增长率/%		6.0	4.3	0.63
城乡生活用电量/亿千瓦时	334.7	787.0	1248.1	2160
第一产业用电量/亿千瓦时	49.9	79.7	83.2	72
第二产业用电量/亿千瓦时	1868.2	3824.6	5682.9	5230.0
工业用电量/亿千瓦时	1848.8	3771.4	5601.7	5140.0
第三产业用电量/亿千瓦时	220.7	621.5	1104.1	1738.0
用电结构/%				
第一产业用电	2.0	1.5	1.0	0.8
第二产业用电	75.1	72.0	70.0	56.8
工业用电	74.2	71.0	69.0	55.8
第三产业用电	8.9	11.7	13.6	18.9
城乡生活用电	13.7	14.8	15.4	23.5
人均用电量/（kW·h）	2305.0	4660.0	6876.0	7667.0
人均生活用电量/（kW·h）	311.0	690.0	1057.7	1800.0

表 1-36 华东地区规划方案（中方案）电量需求预测

用电量指标	2007 年	2020 年	2030 年	2050 年
全社会用电量/亿千瓦时	7 983.2	16 334.2	21 951.0	24 139.0
增长率/%		5.7	3.0	0.48
城乡生活用电量/亿千瓦时	891.8	2 221.5	3 424.0	5 986.0
第一产业用电量/亿千瓦时	68.1	114.3	108.0	96.0
第二产业用电量/亿千瓦时	6 212.3	11 760.6	15 147.0	13 518.0
工业用电量/亿千瓦时	6 133.1	11 597.3	14 927.0	13 276.0
第三产业用电量/亿千瓦时	768.3	2 254.1	3 271.0	4 538.0
用电结构/%				
第一产业用电	0.9	0.7	0.5	0.4
第二产业用电	77.8	72.0	69.0	56.0
工业用电	76.8	71.0	68.0	55.0
第三产业用电	9.6	13.8	14.9	18.8
城乡生活用电	11.2	13.6	15.6	24.8
人均用电量/（kW·h）	2 791	5 691.0	7 312.0	7 711.0
人均生活用电量/（kW·h）	312	774.0	1 193.0	2 086.0

表 1-37 华中地区规划方案（中方案）电量需求预测

用电量指标	2007 年	2020 年	2030 年	2050 年
全社会用电量/亿千瓦时	5 825.6	11 951.8	16 236.8	21 840.0
增长率/%		5.7	3.11	1.49
城乡生活用电量/亿千瓦时	805.8	1 777.0	2 532.9	5 022.0
第一产业用电量/亿千瓦时	195.6	298.8	276.0	305.8
第二产业用电量/亿千瓦时	4 294.5	8 449.9	11 122.2	12 230.4
工业用电量/亿千瓦时	4 236.7	8 246.7	10 878.7	12 012.0
第三产业用电量/亿千瓦时	504.6	1 422.3	2 305.6	4 282.8
用电结构/%				
第一产业用电	3.4	2.5	1.7	1.4
第二产业用电	73.7	70.7	68.5	56.0
工业用电	72.7	69.0	67.0	55.0
第三产业用电	8.7	11.9	14.2	19.6
城乡生活用电	13.8	14.9	15.6	23.0
人均用电量/（kW·h）	1 614.0	3 187.0	4 261.6	5 747.4
人均生活用电量/（kW·h）	223.0	474.0	664.0	1 322.0

表 1-38 华南地区规划方案（中方案）电量需求预测

用电量指标	2007 年	2020 年	2030 年	2050 年
全社会用电量/亿千瓦时	5 603.1	11 287.8	15 334.7	18 425.0
增长率/%		5.5	3.11	0.92
城乡生活用电量/亿千瓦时	681.1	1 620.0	2 653.0	4 422.0
第一产业用电量/亿千瓦时	117.9	169.3	153.3	148
第二产业用电量/亿千瓦时	4 139.7	7 991.8	10 121.1	10 134.0
工业用电量/亿千瓦时	4 071.7	7 788.6	9 968	9 950
第三产业用电量/亿千瓦时	623.9	1 512.6	2 407.5	3 721.9
用电结构/%				
第一产业用电	2.1	1.5	1.0	0.8
第二产业用电	73.9	70.8	66.0	55.0
工业用电	72.7	69.0	65.0	54.0
第三产业用电	11.1	13.4	15.7	20.2
城乡生活用电	12.2	14.3	17.3	24.0
人均用电量/（kW·h）	2 859.0	5 506.0	7 132.0	8 413.0
人均生活用电量/（kW·h）	349.0	790.0	1 266.0	2 019.0

表 1-39 西北地区规划方案（中方案）电量需求预测

用电量指标	2007 年	2020 年	2030 年	2050 年
全社会用电量/亿千瓦时	2407.0	4913.5	6765.3	9800
增长率/%		5.6	3.2	1.87
城乡生活用电量/亿千瓦时	158.9	422.0	811.8	1783.0
第一产业用电量/亿千瓦时	141.4	186.7	135.3	147
第二产业用电量/亿千瓦时	1913.4	3734.3	5006.3	6272
工业用电量/亿千瓦时	1892.5	3685.1	4938.7	6076
第三产业用电量/亿千瓦时	185.2	570.0	811.8	1597
用电结构/%				
第一产业用电	5.9	3.8	2.0	1.5
第二产业用电	79.5	76.0	74.0	64.0
工业用电	78.6	75.0	73.0	62.0
第三产业用电	7.7	11.6	12.0	16.3
城乡生活用电	6.6	8.6	12.0	18.2
人均用电量/（kW·h）	2533.7	4817.0	6505.0	8621
人均生活用电量/（kW·h）	168.0	413.7	780.6	1699.0

通过表1-33、表1-35和表1-36可以看出，1990年以来，华东地区由于经济快速增长、东北地区由于原有经济基础较好，造成用电指标与全国平均水平差异增大，人均用电量、人均生活用电量指标均高于全国平均水平；而且在用电结构中，第一产业用电低于全国平均水平，第二产业用电高于全国平均水平。2002年前，华东、东北两地区用电水平高于全国平均水平，其他地区与全国平均水平差别不是特别明显。2003年以后，由于高耗能产业发展过快，6个地区用电水平发生很大变化，2007年高于全国平均水平的是华北、华东、华南与西北地区。2007年第二产业用电比重高的是华东、华北与西北地区。

2003年华北、华东、西北的工业用电比重与2000年相比反而上升，而生活用电比重除了华中、东北、西北地区，其他地区均下降，这是由于近几年高耗能产业发展过快，华东、华南地区缺电现象比较严重，这首先影响到居民生活用电，拉闸现象普遍存在，造成生活用电比重下降的不合理现象。

2. 全国及6个地区2007~2050年电力需求预测

6个地区全社会需电量预测结果。与经济社会发展相对应，对6个地区的产业需电量按三个产业、工业部门进行3种方案预测以及居民生活用电量预测，即可得到各地区全社会需电量，计算结果见表1-34至表1-39。3种用电量方案的设计主要考虑不同地区、不同技术条件下对不同产业、不同工业部门电耗系数的影响差异、产业用电比重变化以及人均生活用电量的不同需求。这里只列出中方案的预测结果。

3. 6个地区全社会需电量预测结果分析

我国未来较长时期内，中东部地区的电力需求总量仍将大大高于西部地区，全国电力需求格局基本不变。

1）全社会用电量年均增长率分析

2007~2020年全国及6个地区全社会用电量年均增长率差距不大，为5%~6%；2020~2030年则差距加大，如华中、华东、华南及西北地区用电年均增速3%左右，东北地区用电的增为4.3%左右，华北地区为2%左右；2030~2050年6个地区中（华中、西北除外）年均用电增速都小于1%，西北为1.87%，华中为1.49%。详见图1-20。

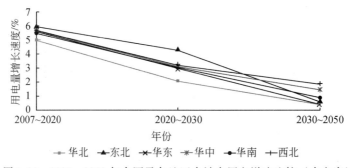

图1-20 2007~2050年全国及各地区全社会用电增速比较（中方案）

2）人均用电量分析

2020年全国人均用电量为4690（kW·h）/人，人均用电量明显高于全国的地区有华北、华南、华东，分别为 6071（kW·h）/人、5506（kW·h）/人、5691（kW·h）/人（中方案）。到 2020 年中方案下我国人均占有电量［4690（kW·h）/人］，略高于 21 世纪初世界人均平均水平［2479（kW·h）/人］，相当于美国 1952 年、英国 1962 年、法国 1972 年、西班牙 1982 年用电水平。2050 年时，中方案全国人均用电量为 7300（kW·h）/人，高于全国平均水平的地区有华东、华北、东北、华南、西北等，仅华中地区低于全国平均水平。

3）生活用电量分析

2020 年中全国人均生活用电量为 608.7kW·h。年人均生活用电量高于全国平均水平的地区有华北（677kW·h）、东北（690kW·h）、华南（790kW·h）、华东地区（774 kW·h），低于全国平均水平的有华中（474kW·h）与西北地区（413.7kW·h），西北地区最低。2050 年时，中方案下全国人均生活用电为 1735.7kW·h，高于全国平均水平的有华东地区（2086kW·h）、华北地区（1967kW·h）、东北地区（1800kW·h）、华南地区（2019kW·h），低于全国平均水平的有华中地区（1322kW·h），见图 1-21。

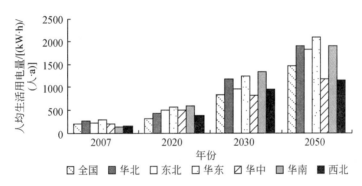

图 1-21 2007～2050 年全国及各地区人均生活用电量比较（中方案）

4）用电结构分析

中方案下的用电结构基本相似，这里以中方案为例进行分析。2007～2020 年全国及 6 个地区的用电结构总变动趋势为农业和工业用电比重呈下降趋势，第三产业（交通运输、商业和服务业）和生活用电比重呈上升趋势。2020 年全国生活用电比重比 2007 年增加近 2 个百分点，可见生活用电与经济发展水平紧密相关。2020 年工业用电比例比 2007 年减少幅度最大的地区有华东、华北，为 5 个多百分点。这与各地区原有的经济基础及经济发展水平相吻合。到 2050 年全国与 6 个地区用电结构进一步优化，第一产业用电比重降至 1% 以下，第二产业及工业用电比重下降至 60% 以下，生活用电比重上升至 24% 以上，第三产业用电比重上升到 17% 以上，6 个地区用电结构优化情况与全国相同。

5）2020 年及 2050 年 6 个地区用电水平差距仍将存在

2007 年人均用电量最高的是华北地区为 3332kW·h，最低的华中地区 1614 kW·h，华北 2007 年人均用电量是华中地区的 2 倍多。到 2050 年时，华北地区人均用电量为 8500kW·h，而华中地区为 5747.4kW·h，华北地区人均用电量仍为华中地区的 1.48 倍，差距在缩小，但差距仍存在。

第二章 我国中长期发电供应能力分析

第一节 我国电源发展情况

一、电源现状

1. 发电装机规模

截至 2009 年底，全国发电装机达到 87 407 万千瓦，同比增长 10.2%。近年来的全国发电装机容量及同比增长情况如图 2-1 所示。

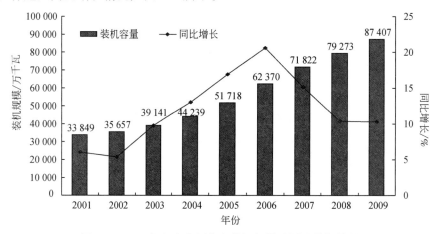

图 2-1　2001 年以来全国发电装机规模及同比增长情况

在全国各省（直辖市、自治区）中，广东、山东、江苏、浙江、内蒙古、河南、湖北、山西、四川、河北省的发电装机容量较大。其中，广东和山东的装机容量分别达到了6508 万千瓦和 6000 万千瓦。西藏自治区装机容量为 54 万千瓦，是电源装机容量最小的省区。2009 年各省（直辖市、自治区）装机容量见图 2-2。

从各省情况看，山东和江苏是我国火电装机容量最大的两个省，装机突破 5000 万千瓦。火电装机容量在 4000 万～5000 万千瓦间的 4 个省份中，广东和浙江属于能源严重匮乏的省份，内蒙古属于典型的火电送出省份。2009 年各省（直辖市、自治区）火电装机规模如图 2-3 所示。

从各省情况看，湖北是全国水电装机容量最大的省，达到了 2979 万千瓦。随着瀑布沟等一批水电项目的建成投产，四川的水电装机规模大幅上升，从 2008 年底的 2185 万千瓦增加到 2009 年底的 2729 万千瓦，接近湖北省的水电装机容量。而云南省由于华能景洪、小湾等水电站的部分建成投产，其水电装机容量也大幅增加，从 2008 年底的 1574 万千瓦增加到

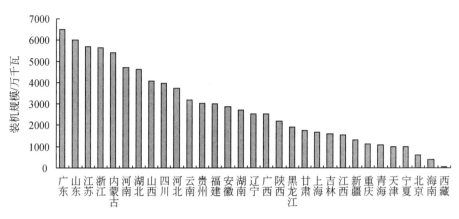

图 2-2　2009 年全国各省（直辖市、自治区）装机规模

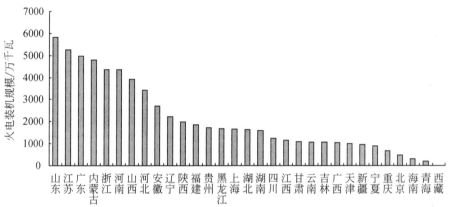

图 2-3　2009 年全国各省（直辖市、自治区）火电装机规模

2009 年底的 2113 万千瓦。2009 年底各省（直辖市、自治区）水电装机规模如图 2-4 所示。

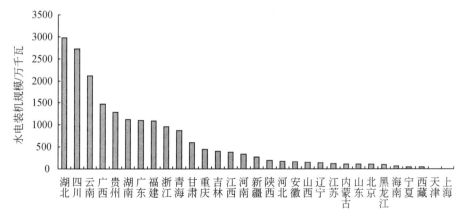

图 2-4　2009 年全国各省（直辖市、自治区）水电装机规模

2009 年，全国没有核电机组投产，核电总装机容量仍维持着 2008 年底的水平，为

907.82 万千瓦[①]。其中，浙江省共 301 万千瓦，包括秦山核电站 31 万千瓦，秦山第二核电站 130 万千瓦，秦山第三核电站 140 万千瓦；广东省共 394.82 万千瓦，其中，大亚湾核电站 196.76 万千瓦，岭澳核电站 198.06 万千瓦；江苏省田湾核电站装机容量 212 万千瓦。核电装机在这 3 个省份的分布如图 2-5 所示。

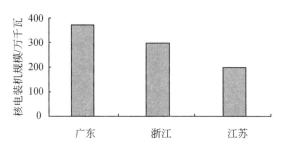

图 2-5　2009 年广东、浙江、江苏省核电装机情况

　　内蒙古、辽宁、吉林、黑龙江、河北、江苏、新疆、甘肃、山东、宁夏是我国风电装机规模最大的 10 个省（自治区），合计风电并网规模达 1446 万千瓦，占全国总规模的 89% 以上。其中，内蒙古继 2007 年底成为全国第一个风电并网规模突破百万千瓦的省区后，在 2009 年锡林郭勒盟风电项目建设装机规模近 200 万千瓦，2009 年底全区风电并网装机规模突破 500 万千瓦，达到 502.79 万千瓦，风电装机规模继续领先于全国其他省区，如图 2-6 所示。

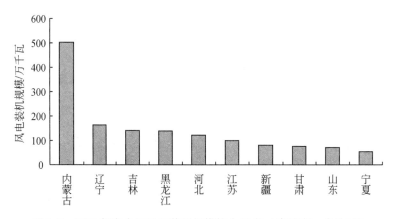

图 2-6　2009 年底全国风电装机规模较大的省（直辖市、自治区）

2. 发电量

　　2009 年，全国累计完成发电量 36 638 亿千瓦时，同比增长 6.2%。其中，火电累计完成 29 922 亿千瓦时，占全部发电量的 81.7%，同比增长 6.7%；水电累计完成 5747 亿千瓦时，占全部发电量的 15.7%，同比增长 1.6%；核电累计完成 700 亿千瓦时，占全部发

---

　　① 2009 年，国家能源局电力司以《关于核定我国运行核电机组额定功率的函》致函中电联，明确了 2009 年 7 月底前全国在运核电机组额定功率最新核定数据为 907.82 万千瓦。

电量的 1.9%，同比增长 1.1%；风电累计完成 269 亿千瓦时，占全部发电量的 0.7%，同比增长 106%。各类能源发电量所占比例如图 2-7 所示。

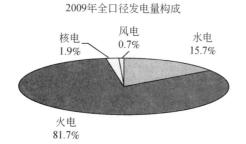

图 2-7　2009 年全国发电量构成

从总体情况看，在全球金融危机的持续影响下，上半年全国发电量呈延续下降趋势，除春节假期因素及 2 月严寒天气影响而负荷相对较高外，1 月、3~5 月全国发电量同比均为负增长；6 月后，随着相关经济刺激政策作用的显现，经济逐步回暖，发电量出现正增长，并在此后保持较快增速；四季度，在国民经济继续加速发展及寒冷天气的作用下，全国发电量均呈现出两位数的加速增长。2009 年全国发电量分月增长情况如图 2-8。

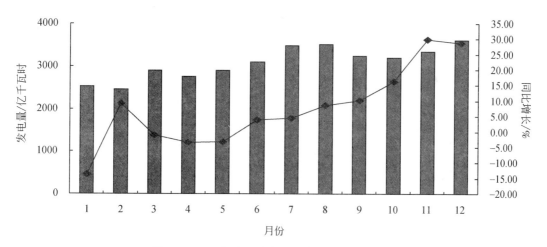

图 2-8　2009 年全国发电量及分月同比增长情况

3. 发电利用小时数

2009 年，受全球金融危机的影响，我国的电力需求同比增速放缓，同时由于年内仍有大量机组建成投产，全国发电设备平均利用小时数延续了近几年的下降态势。2000 年以来，我国发电设备发电利用小时变化如图 2-9 所示。

2009 年，全国 6000kW 及以上电厂累计平均利用小时数为 4527，同比下降 121h。其中，火电 4839h，同比下降 46h；水电 3264h，同比下降 325h；核电 7914h，同比增加 89h。水电机组利用小时数下降主要是因为全年水电站水库来水不同程度偏枯，特别是华中、华

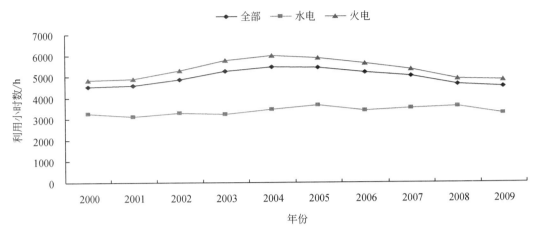

图 2-9　2000 年以来我国发电设备利用小时数变化情况

东电网各水电厂出现罕见秋旱，为保证灌溉、航运的需要，很少有水电机组保持满发运行，导致这些地区的发电利用小时数相比往年大幅下降。

从各省（直辖市、自治区）情况来看，6000kW 及以上电厂发电设备平均利用小时数普遍同比下降，部分省（直辖市、自治区）下降幅度较大。其中，下降超过 500h 的有：陕西、宁夏、黑龙江。而仅有四川、江苏、云南、贵州、湖南、山东、青海的发电利用小时数同比增加。具体情况如图 2-10 所示。

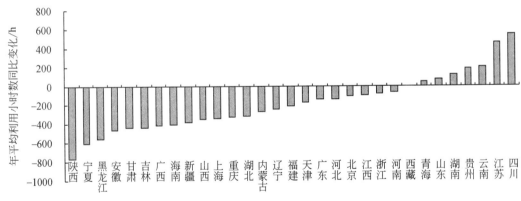

图 2-10　2009 年 6000kW 及以上电厂平均利用小时数同比变化情况

二、电源结构

2009 年底，我国水电装机达到 19 679 万千瓦，同比增长 14.0%（其中抽水蓄能发电装机 1424.5 万千瓦，同比增长 33.2%）；火电装机 65 205 万千瓦，同比增长 8.2%；核电装机 908 万千瓦，没有新增机组；风电并网装机 1613 万千瓦，同比增长 92.3%。水电、核电、风电等清洁能源发电装机占总装机的比重为 25.4%，同比上升 1.4%；火电装机占总装机的 74.6%，同比下降 1.4%。2007 年以来的电源结构变化如图 2-11 所示。

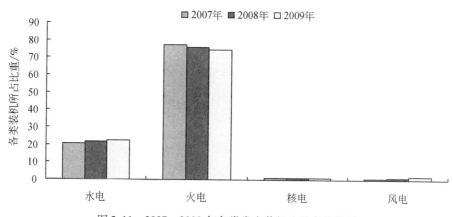

图 2-11 2007～2009 年各类发电装机比重变化情况

三、电源布局

2009 年底，华北、华东、华中电网依然是我国装机规模最大的三大区域电网，合计装机规模占全国的 65.5%。华北、东北、西北、南方的发电装机占全国的比重分别同比上升了 0.1%、0.2%、0.6% 和 0.3%，华东、华中的发电装机占全国装机的比重分别下降了 0.7% 和 0.4%。2008 年底和 2009 年底全国分区域发电装机分布对比情况如图 2-12 所示。

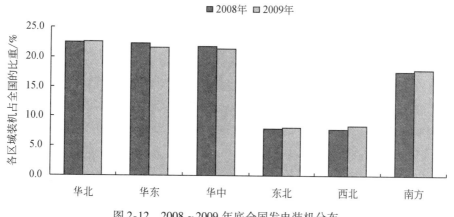

图 2-12 2008～2009 年底全国发电装机分布

我国火电装机主要分布在煤炭资源丰富的华北、经济发达的华东地区，分别占全国的 28.4% 和 24.4%。西北地区火电装机占全国的比重最小，但 2009 年增速最快。2008 年、2009 年底的全国火电装机地区分布情况如图 2-13 所示。

华中、南方地区是我国水电装机最多的地方，分别占全国的 40.7% 和 30.7%。2009 年，南方、华北、西北地区水电装机占全国的比重分别上升了 0.6%、0.8%、1.6%，东北、华东、华中的水电装机占全国水电装机的比重下降了 0.4%、1.1% 和 1.6%。2008 年底和 2009 年底全国水电装机分布情况如图 2-14 所示。

2009 年底，华北、东北和西北的风电装机占全国的比例变化较大。华北地区的风电装

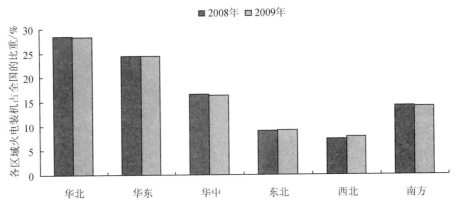

图 2-13　2009 年底全国各区域火电装机分布及与 2008 年对比情况

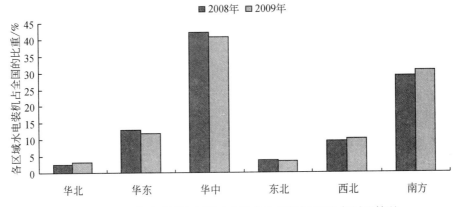

图 2-14　2009 年底全国各区域水电装机分布及与 2008 年对比情况

机占全国的比例由 35.35% 降为 32.95%，但蒙西风电装机大幅增加；东北的风电并网装机大规模增长，占全国风电装机的比例由 2008 年的 33.33% 上升为 2009 年的 37.88%，成为全国风电装机规模最大的区域。西北的风电装机比重由 15.88% 降为 13%。各区域的并网风电装机比例变化情况如图 2-15 所示。

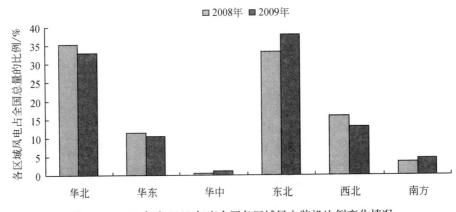

图 2-15　2008 年和 2009 年底全国各区域风电装机比例变化情况

第二节　我国中长期燃煤发电可供应能力分析

一、电煤可持续供应情况

1. 全国煤炭供应能力

我国煤炭资源非常丰富，2000m 以浅的预测煤炭资源量为 5.6 万亿吨。截至 2007 年年底，全国查明煤炭资源量 1.2 万亿吨。我国煤炭资源分布极不均衡，呈西多东少、北多南少的格局。在全国查明煤炭资源总量中，山西、陕西、内蒙古、宁夏和新疆、甘肃、青海分别占 41.6% 和 42.4%，是我国煤炭资源最为富集的地区。

我国能源消费以煤为主。长期以来，煤炭的大规模开采与消费带来了日益严重的生态环境破坏和污染、水资源短缺、土地荒漠化扩大、耕地大幅减少等一系列问题。未来我国煤炭开发规模主要受煤炭资源、开采条件、自然灾害、生态环境、水资源和开发经济性等多个方面因素制约。

2. 各地区煤炭开发潜力

就各地区煤炭开发约束来看，东部地区主要受到煤炭资源和地质灾害的影响；中部地区环境承载力弱，水资源短缺，开发规模也受到很大限制；西南地区开采条件和自然灾害是重要约束因素；新疆煤炭资源丰富，将是未来全国煤炭供应的重要支撑点之一，未来煤炭开发主要受生态环境制约。

综合考虑全国各地区煤炭开发约束，为保障我国煤炭的可持续协调发展，未来我国各地区的开发战略思路为：控制东部地区①开发规模、稳定中部地区②开发规模、加快西部地区③开发规模。

东部地区经济发达，是我国主要的煤炭消费中心。东部地区煤炭资源开发时间长、强度大，多数大中型矿井面临枯竭，尚未查明的预测资源量不仅分布零散，而且埋藏较深，难以有效开发利用，煤炭资源量和地质开采条件已成为煤炭可持续供应能力的主要制约因素。为延长煤炭开采服务年限，加强生态环境保护，2030 年和 2050 年，东部地区煤炭可持续供应能力应控制在 3.33 亿吨和 2.56 亿吨以内。

中部地区的煤炭资源主要集中在山西、安徽、河南。其中山西省煤炭资源丰富，赋存条件好，是我国煤炭主产区和调出区，对满足全国煤炭供应、调节煤炭市场起着主导作用。安徽省煤炭资源较为丰富，煤炭赋存条件好，主要集中在淮南、淮北矿区。河南省煤炭资源赋存较深，地质构造复杂，煤层稳定性差，大中型煤矿资源较少。2030 年和 2050

---

① 共14 个省、直辖市、自治区，分别为：东北三省、广东、广西、海南、河北、山东、江苏、浙江、福建、北京、天津、上海。

② 包括山西、河南、湖南、湖北、安徽、江西 6 省。

③ 包括陕西、内蒙古、宁夏、重庆、四川、贵州、云南、新疆、甘肃、青海、西藏 11 个省（自治区）。

年，中部地区煤炭可持续供应能力应稳定在9.87亿吨和9.39亿吨左右。

西部地区中，陕蒙宁地区资源储量丰富，具备大规模开发潜力，煤炭规模开发主要受生态环境和水资源的约束。西南地区煤炭资源较丰富，煤炭开发规模主要受煤层地质条件和开采技术条件的限制。新疆是我国煤炭资源最为丰富的地区，是我国未来重要的煤炭资源战略基地和煤炭供应主要增长地区。为满足全国煤炭需求，必须加快西部地区大型煤炭基地建设，加大西部地区的煤炭开发规模。2030年和2050年，西部地区煤炭开发规模将达到24亿吨和25.35亿吨。

综合各种开发约束，预计2030年和2050年，我国煤炭可持续供应能力可达到37.2亿吨和37.3亿吨。未来，随着煤炭清洁化利用水平的提高，我国煤电转化比例将进一步提高。2030年、2050年的煤电转换比例按70%考虑时，全国电煤可持续供应能力分别为26.0亿吨和26.1亿吨（表2-1）。

表2-1 未来我国煤炭可持续供应能力 （单位：亿吨）

区域	煤炭供应能力			电煤供应能力	
	2007年	2030年	2050年	2030年	2050年
西部地区	10.19	24	25.35	16.8	17.7
中部地区	10.18	9.87	9.39	6.9	6.6
东部地区	4.89	3.33	2.56	2.3	1.8
全国合计	25.26	37.2	37.3	26.0	26.1

二、燃煤发电的环境和水资源约束

我国正处在经济快速增长、工业化、城市化快速发展时期。由于自然、历史、技术、体制等众多原因，我国的生态环境问题已经呈现十分严重的局面：土地资源逐渐退化，水土流失严重；水资源短缺，尤其是北方地区缺水严重；大气污染严重，酸雨问题突出。未来我国燃煤电站建设，将受到环境空间和水资源供应能力等制约。

1. 环境约束

从布局上看，长期以来，我国煤电大量布局在东中部经济发达地区，导致东中部地区环境污染物排放超标、环境问题严重；而我国西部、北部能源资源富集地区经济发展落后，火电装机容量相对较小，地域辽阔，单位面积二氧化硫排放量较小。2007年，东部地区单位国土面积的二氧化硫排放量是西部地区的5.2倍，如图2-16所示。

二氧化硫是形成酸雨的主要原因。在二氧化硫排放及气候条件的综合作用下，我国华中、华东和南方地区酸雨问题严重，未来应该严格控制中东部地区的燃煤电厂建设规模。

就环境承载力而言，我国硫沉降最大允许量总体呈东低西高的趋势；就环境经济损失而言，环境污染给中东部经济发达地区带来的经济损失远大于西部、北部地区。大气污染造成的环境损失主要包括健康损失、农业减产和材料破坏等几部分，其数量与所在地区的人口密度、人均GDP呈正相关关系。研究表明，东中部地区环境污染造成的环境损失大

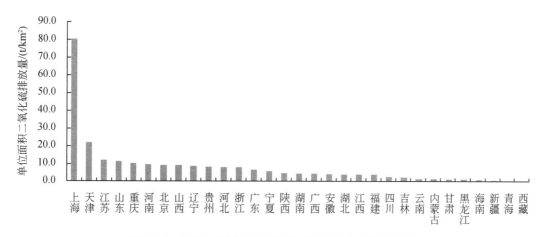

图2-16 2007年我国各地区单位面积二氧化硫排放情况

于西部和北部地区，东中部地区的单位二氧化硫排放造成的经济损失是西部和北部地区的4.5倍。

我国硫沉降最大允许量总体呈东低西高的趋势，中东部地区大气污染物排放大部分已超过其环境承载力，燃煤电厂应更多地向环境承载力较强的西部和北部煤炭富集地区布局。利用稳定状态质量平衡法得到0.1°×0.1°的中国土壤硫沉降临界负荷图，如图2-17（可见文后彩图）所示。

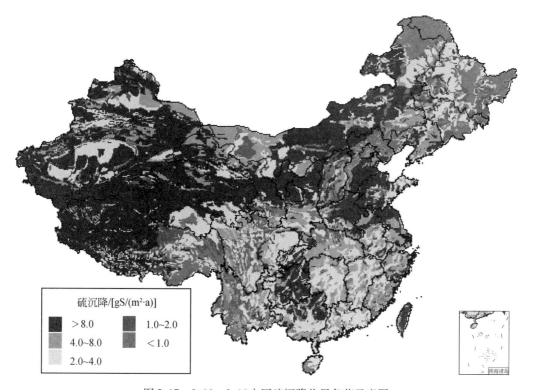

图2-17 0.1°×0.1°中国硫沉降临界负荷示意图

在保证95%的生态系统不受损害的情况下，根据各省污染物排放现状，西部和北部地区的多数省（区）还有较大的硫沉降空间，中东部地区大部分已经没有硫沉降空间，如图2-18（可见文后彩图）所示。

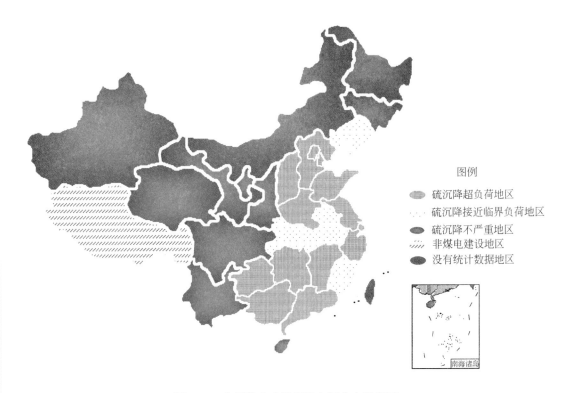

图例

硫沉降超负荷地区
硫沉降接近临界负荷地区
硫沉降不严重地区
非煤电建设地区
没有统计数据地区

南海诸岛

图 2-18　我国煤电建设环境空间分布示意图

2. 水资源供应情况

我国西部和北部的山西、陕西、内蒙古、宁夏、新疆、黑龙江等省（自治区）煤炭资源非常丰富。从煤炭资源赋存条件及所处区位看，未来可在这些地区集约化开发建设山西（含晋北、晋中、晋东南）、陕北、彬长、宁东、蒙西、锡林郭勒盟（锡盟）、呼伦贝尔盟（呼盟）、哈密、准东、伊犁、宝清等大型煤电基地。

西部和北部煤炭产区虽然大多处于干旱缺水地区，但是在这些煤炭产区落实了城市中水、矿坑排水、水权转换、黄河引水工程、水库工程等供水措施后，可以解决燃煤电厂发电用水。经分析计算，各规划水平年上述煤电基地水资源可支撑煤电装机规模2010年可达到3.2亿千瓦，2015年可达到5.4亿千瓦，2020年可达到8.1亿千瓦，2030年可达到10.7亿千瓦。其中，2030年伊犁、准东地区通过水利工程建设，供水量较2020年有较大增长，其他煤电基地水资源供应能力增长情况还需要进一步研究，可支撑规模暂按2020年水平考虑。各煤炭产区水资源可支撑煤电装机规模如表2-2所示。

表2-2　各煤炭产区水资源可支撑煤电装机规模　（单位：万千瓦）

煤炭产区	2010 年	2015 年	2020 年	2030 年
山西	11 300	17 800	23 900	23 900
陕北	1 300	3 100	5 000	5 000
蒙西	6 100	7 900	15 800	15 800
锡盟	1 200	2 800	5 100	5 100
呼盟	2 400	3 400	4 200	4 200
宁东	3 700	5 400	5 700	5 700
哈密	300	1 100	2 100	2 100
准东	1 400	2 300	2 800	11 800
宝清	567	2 165	5 000	5 000
彬长	187	1 080	1 400	1 400
伊犁	3 300	6 760	10 000	27 000
合计	31 750	53 800	81 000	107 000

　　根据相关发展规划，预计到 2020 年各煤电基地的规划装机容量约为 4 亿千瓦，大部分煤电基地建设所需要的发电用水量占当地总供水量的比重小于 5%，如图 2-19 所示。因此，采取相应的开源节流措施及采用空冷发电机组，在西部和北部地区建设大型煤电基地，不会对当地经济社会的用水需求产生大的影响。

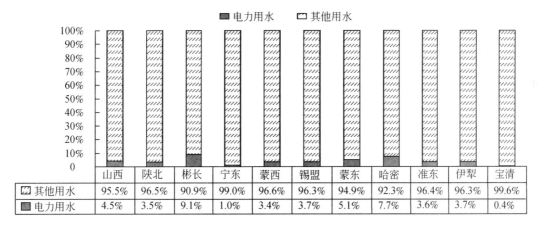

图 2-19　各地区发电用水供应情况

三、输煤输电综合比较分析

　　以煤为主的资源禀赋特点，决定了我国以煤电为主的电源结构。煤炭资源与经济发展在地域上的逆向分布，决定了我国能源的大规模、远距离输送不可避免。我国电力布局中输煤与输电的关系问题，是关系到国家能源布局、能源资源高效利用、环境保护和区域经济协调发展的重要战略问题。

　　新中国成立以来，有关部门曾组织过多次研究分析和技术经济性论证。近年来随着特高压输电技术的成熟、煤炭行业的市场化改革、经济社会发展以及日趋严峻的环保形势，输煤输电比较的外部条件发生了重大变化。其中，特高压输电技术的发展极大提高了输电方式的输送能力和经济性，为远距离、大规模的电力输送提供了必要的技术支撑。

基于新的外部经济社会环境和技术水平，最新研究结果表明：在采用特高压输电技术的情况下，从主要煤炭生产基地至中东部能源消费地区，输煤、输电方式的能源运输效率基本相当，但相对于输煤而言，输电具有更为良好的经济性，而且还具有减少大气污染造成的综合环境经济损失、促进区域经济协调发展、减少占地等综合社会经济效益。

1. 经济性比较

采用两种方法进行比较：

一是基于落地电价的比较方法，对输煤到达受端建设电厂的上网电价和在送端建设电厂并输电到达受端的落地电价进行全面分析比较。

二是基于输送环节价格的比较方法，对输电和输煤进行分析比较。

对于一定热值的煤炭，送、受端煤价差越大，输电的经济距离越长，输煤中间环节价格越高，输电的经济性越好。

1）基于落地电价的比较

在采用特高压交流输电的情况下，按全国原煤平均热值5000cal[①]考虑，输电方式的临界经济距离与送受端煤价差之间呈正相关关系。"三西"及宁东地区至华中、华东地区的煤价差与交流特高压输电临界经济距离如图2-20所示。

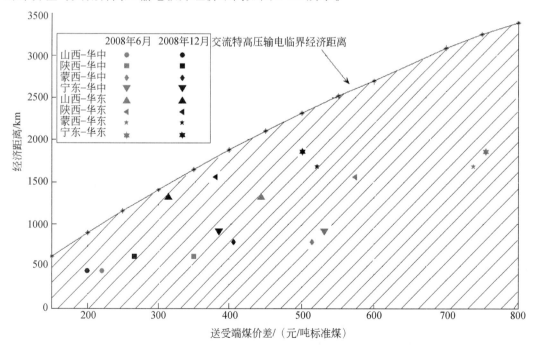

图2-20 特高压交流输电的临界经济距离与送受端煤价差之间的关系

---

① 1cal=4184J，后同。

在送受端煤价差为 250 元/吨标煤时，输送距离在 1200km 以内，采用特高压输电方式比输煤方式经济；当煤价差超过 450 元/吨标煤时，特高压交流输电的经济距离可提高到 2100km；当煤价差达到 800 元/吨标煤，输电方式的经济送电距离可达到 3400km[①]。

可见，特高压交流输电经济距离覆盖了"三西"煤电基地至东中部负荷中心的广大地区，输电落地电价比输煤在东中部建厂上网电价低 0.03~0.10 元/(kW·h)，输电经济性明显优于输煤。

新疆煤炭基地距离中东部主要能源消费地区在 2500km 以上，输电宜采用特高压直流。经测算，与铁路输煤相比，特高压直流输电落地电价低 0.04~0.06 元/(kW·h)，输电经济性优于输煤。

2）基于输送环节价格的比较

输煤输电经济性的差异主要是由中间输送环节的差异引起的，两种运输方式的特点差异显著。输煤方式链条长、环节多、费用名目繁多，中间环节费用比重大；除铁路运价由国家确定外，其他价格及费用均已市场化。输电方式"一站直达"，输电价格受国家严格监管，不可能频繁发生变化。

按照目前的价格水平，从主要煤炭产区到主要受端地区，输电价和输煤折算价之比为 1∶1.6~1∶3.0，输电的经济性优于输煤，如表 2-3 所示。

表 2-3 不同送受端之间的输电价与输煤折算价之比

输电价∶输煤折算价		送端地区			
		山西	陕西	宁夏	蒙西
受端地区	京津冀鲁	1∶1.9	1∶2.1	1∶2.3	1∶2.8
	华中东四省	1∶2.1	1∶2.4	1∶2.7	1∶3.0
	华东地区	1∶1.6	1∶1.9	1∶2.1	1∶2.3

2. 能源输送效率比较

采用国家标准和实际调研相结合的方法，对输煤和输电全过程的能源损耗进行了比较。其中，输煤损耗考虑了煤炭运输过程中的物理损失和牵引、装卸等环节的能耗两部分；输电损耗考虑了变电站（或换流站）损耗和线路损耗两部分。

（1）国家《煤炭送货办法实施细则》中规定了煤炭运输和换装的物理损失上限。随着技术和管理水平的提高，目前我国输煤的实际物理损失较小，按实际调研数据进行了输煤输电能源输送效率比较，详见表 2-4。

---

① 已超出交流特高压的技术可支持输送距离，这里只是反映输送距离与煤价差的理论关系。超远距离输电宜采用特高压直流输电。

表 2-4　煤炭运输各环节的损耗

主要参数	国家标准	调研数据
集运站装卸运输损失率	0.2%	0.1%
铁路干线运输损失率	1.2%	0.5%
中转港口装卸损失率	1.0%	0.5%
海运损失率	1.5%	0.1%
受端港口装卸损失率	1.0%	0.5%
受端煤炭运输损失率	—	0.3%
合计	4.9%	2.0%

（2）铁海联运输煤链条长、环节多，包括送端集运站装卸和运输、铁路干线运输、中转港口装卸、海运、受端港口装卸、受端电厂煤炭运输等环节。

（3）比较时考虑了技术进步因素，其中输煤考虑电气化煤运大通道①，输电采用特高压方式。

（4）考虑输煤的能源输送效率与煤炭发热量的关系。

1）从"三西"煤电基地到华东负荷中心，特高压交流输电方式和铁海联运输煤方式的能源输送效率基本相当。

从"三西"煤电基地输煤输电到华东负荷中心，距离为 1500～1800km，铁海联运输煤方式的煤炭损失与能源消耗合计综合损耗率为 3.3%～3.8%，能源输送效率为 96.2%～96.7%；输电采用 1000kV 特高压交流，能源损耗率为 3.2%～3.9%，能源输送效率为 96.1%～96.8%。两者能源输送效率相当。"三西"至中东部负荷中心的输煤、输电流程示意图如图 2-21 所示。

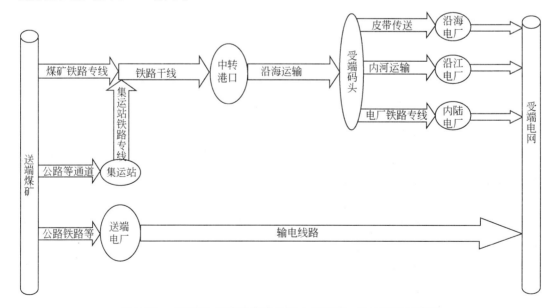

图 2-21　"三西"至中东部负荷中心的输煤、输电流程示意图

---

① 煤炭运输选择国内运能最大、能源运输效率最高的大秦铁路参与比较。

2）输煤输电合理分工，可最大限度提高煤炭的能源输送和利用效率

从图 2-22 可以看出，从"三西"和宁东向华东地区输煤，当煤炭热值高于 5500kcal/kg 时，煤炭能源输送效率高于输电，反之则低于输电。因此，洗精煤等热值较高的煤炭应该送往东部地区满足发电及其他需求，洗中煤、煤矸石等热值较低的煤炭及部分原煤（包括褐煤）应该就地发电，通过特高压电网送往受端。输煤输电二者合理分工，可有效提高煤炭的整体能源输送和利用效率。

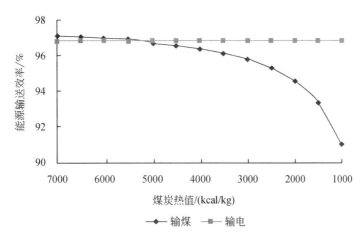

图 2-22　能源输送效率与煤炭热值之间的关系

3）输电还具有其他节能效益

交流特高压输电发展到一定阶段，将形成坚强的特高压同步电网，联网节能效益显著。

规划中的华北—华中—华东特高压交流同步电网将实现华北、华中、华东三大电网的紧密交流互联，可以获得减少装机、降低弃水电量等联网节能效益。预计到 2020 年，全国可减少装机超过 2000 万千瓦，节约大量的投资和土地资源；华北—华中—华东同步电网每年可减少弃水电量约 60 亿千瓦时，节约煤炭约 260 万吨。

3. 区域经济影响比较

采用动态可计算一般均衡模型（CGE）对输煤输电产生的区域经济效应做出评估，全面系统地反映地区内各部门或行业之间的相互依赖关系。

1）与输煤相比，输电对西部地区经济发展综合拉动作用十分明显

煤炭运输仅是初级资源的外流，对当地经济社会发展的带动作用相对较小。而在煤炭产区发展煤电向外区输电，可以延长煤炭开发利用产业链，促进当地经济社会的发展。与输煤相比，输电对西部地区经济发展综合拉动作用更为明显。以山西省为例，据测算，输煤输电两种能源输送方式对山西省 GDP 的贡献比约为 1∶6，对就业拉动效应比约为 1∶2。

2）增强跨区输电，将有利于受端地区电力供给成本的降低和能源消费结构的调整

区外来电的电价较低，使得受端地区相关用电行业生产成本降低，有利于增加当地产业的竞争力，促进经济的发展。同时，电力供应成本的下降导致电力的消费量增加，能源

消费结构得到优化，能源消费的经济效益不断提高。

3）跨区输电比输煤更有利于我国的区域合理分工

我国煤炭产区的工业化水平多处于工业化初级阶段（中国社会科学院，2007），其比较优势在于自然资源丰富。受端地区工业化水平多处于工业化中、后期阶段，发展的重点在于产业结构调整和优化升级，发展高新技术产业和现代化服务业。

在煤炭基地建设电厂，实现煤电就地转换，既可以发挥西部地区资源优势，又可以将受端地区原来用于电力行业的资源，如水、土地等置换出来，发展其他优势产业，促进产业结构的优化和升级。

4. 占地比较

输煤通道的占地包括送端集运站占地、输煤铁路干线占地、中转港口占地、受端港口占地和受端电厂铁路专线占地，其中铁路是地面输煤通道，全线直接占用土地，占地具有排他性。

输电通道是空中走廊，输电走廊下土地还可以作为耕地或植被加以利用。

（1）在输送相同能量的情况下，输电通道比输煤通道更节省土地占用面积。据测算，从"三西"及宁东地区至华东负荷中心地区，在输送相同能量的情况下，输煤通道占用土地是输电通道的 2~4 倍。

（2）扩大跨区电力输送规模，可以在大量节约土地资源的同时，通过产业布局在全国范围内的优化，进一步提高全国土地资源的整体利用效益。

我国西部地区地广人稀，土地资源相对较为丰富，建设燃煤电厂的土地使用条件较为宽松。中东部地区经济发达，人口密集，土地价值高，资源十分稀缺。逐步扩大跨区电力输送规模，可进一步提高全国土地资源的整体利用效率。

四、大型煤电基地供应能力分析

目前正在开展前期工作的大型煤电基地主要集中在山西、陕西、内蒙古、新疆等地区，主要有山西（晋东南、晋中、晋北）、陕北、宁东、准格尔、鄂尔多斯、锡林郭勒盟、呼盟、霍林河、宝清、哈密、准东、伊犁、彬长、淮南等大型煤电基地。上述煤电基地可开发总规模超过 6 亿千瓦，目前正在开展前期工作的装机规模约 4 亿千瓦。

1. 山西（晋东南、晋北、晋中）煤电基地

山西煤炭已探明保有储量 2663 亿吨，多年平均水资源总量 123.8 亿立方米，综合考虑煤炭和水资源，山西省晋东南、晋中、晋北三个煤电基地可开发电源装机规模约 1 亿千瓦。目前开展前期工作的电源项目规模 7520 万千瓦，其中，晋东南煤电基地规模约 3560 万千瓦，晋中煤电基地规模约 2200 万千瓦，晋北煤电基地规模约 1760 万千瓦。

2. 陕北煤电基地

陕北煤电基地煤炭储量丰富，煤质优良，主要有神东、榆神、榆横和府谷四个矿区，已探明保有储量 1291 亿吨，多年平均水资源总量 48.4 亿立方米。综合考虑煤炭和水资

源，可开发电源装机规模 4380 万千瓦，目前开展前期工作的电源项目规模 3000 万千瓦。

3. 宁东煤电基地

宁东煤电基地煤炭已探明保有储量 309 亿吨，主要包括石嘴山、石炭井、灵武、鸳鸯湖、石沟驿、横城、韦州、马积萌 8 个矿区。可用于宁东煤电基地的多年平均水资源总量 3.18 亿立方米。综合考虑煤炭和水资源，可开发电源装机规模 4880 万千瓦。目前开展前期工作的电源项目规模 3166 万千瓦。

4. 准格尔煤电基地

准格尔煤电基地煤炭主要由准格尔旗的哈尔乌素勘探区、石岩沟煤田、龙王沟煤田、城塔煤矿、罐子沟煤矿、青春塔井田、长滩川西井田等供应。矿区保有储量 256 亿吨，其中，已被占用 35 亿吨、尚未利用 221 亿吨。准格尔旗多年平均水资源总量（不含过境水资源）为 3.61 亿立方米，可利用总量为 1.35 亿立方米/年。综合考虑准格尔煤电基地煤炭和水资源，2020 年可开发电源规模超过 6000 万千瓦。目前开展前期工作的电源项目规模为 4840 万千瓦。

5. 鄂尔多斯煤电基地

鄂尔多斯煤炭已探明保有储量 560 亿吨，多年平均水资源总量 25.8 亿立方米。综合考虑鄂尔多斯煤电基地煤炭和水资源，可开发电源规模超过 6000 万千瓦。目前开展前期工作的电源项目总规模为 1920 万千瓦。

6. 锡林郭勒盟煤电基地

锡林郭勒盟煤炭资源丰富，开发潜力巨大，到 2005 年底，全盟煤炭资源保有储量为 484 亿吨，预测储量为 1882.8 亿吨。其中地质储量超百亿吨的东乌珠穆沁旗额煤田和宝力格煤田为 376.32 亿吨，锡林浩特市胜利煤田为 224.42 亿吨，西乌珠穆沁旗白音华煤田为 140.7 亿吨，西乌珠穆沁旗高力罕煤田为 138.31 亿吨；10 亿吨以上 100 亿吨以下的煤田有 21 个。锡林郭勒盟多年平均水资源总量为 26.06 亿立方米，地表水资源量为 7.1 亿立方米，地下水资源量为 22.35 亿立方米，地表水地下水重复计算量为 3.37 亿立方米。综合考虑煤炭和水资源，2020 年可开发电源装机规模约 5000 万千瓦。

7. 呼伦贝尔煤电基地

呼伦贝尔煤电基地包括扎赉诺尔、宝日希勒、伊敏、大雁 4 个矿区，已探明保有储量 338 亿吨，其中尚未开发量为 301 亿吨，大部分为低硫、低磷的绿色优质褐煤。呼伦贝尔地区水资源丰富，多年平均水资源总量为 127.4 亿立方米。综合考虑煤炭和水资源，2020 年可开发电源装机规模约 3700 万千瓦。目前开展前期工作的电源项目总规模为 3040 万千瓦。

8. 霍林河煤电基地

霍林河煤炭基地已探明保有储量 118 亿吨，其中已占用 25 亿吨。综合考虑矿区外部建设条件、现有资源储量及开采技术条件，矿区尚未利用保有储量 93 亿吨，估算其可采储量约 65 亿吨。霍林河地区具有可靠的水资源保障，多年平均水资源总量约 2.4 亿立方米。综合考虑煤炭和水资源，2020 年可开发电源装机规模约 1420 万千瓦。

9. 宝清煤电基地

宝清地区煤炭探明地质储量 52.2 亿吨，可采储量 25.5 亿吨，储量在 5000 万吨以上的大煤田有 10 个，主要分布在朝阳区、七星河南区、双和镇区和七星河区，易于开采的煤田主要位于前三个区。宝清煤电基地位于黑龙江省三江平原挠力河流域，流域多年平均水资源总量为 34.58 亿立方米，其中，地表水资源量为 26.1 亿立方米，地下水资源量为 13.68 亿立方米，重复计算水量为 5.2 亿立方米。综合考虑煤炭和水资源，可开发电源装机 1200 万千瓦。目前开展前期工作的电源项目为 1000 万千瓦，主要电源点有鲁能宝清电厂 600 万千瓦和华电宝清电厂 400 万千瓦。

10. 哈密煤电基地

哈密地区境内煤炭资源十分丰富，而且煤质好，煤层浅，可开发为露天煤矿，开采成本低。区域内煤炭资源预测储量为 5708 亿吨，探明储量为 388.5 亿吨，主要分布在三道岭、沙尔湖、大南湖、野马泉、三塘湖、淖毛湖一带。哈密煤炭生产基地主要包括哈密、大南湖 2 个矿区，基地查明保有资源储量为 159 亿吨。哈密地区多年平均水资源总量为 5.67 亿立方米，其中，地表水资源量为 4.559 亿立方米，地下水资源量为 2.69 亿立方米。综合考虑煤炭和水资源，可开发电源装机规模超过 2000 万千瓦。

11. 准东煤电基地

准东地区煤炭资源非常丰富，包括北山—帐篷沟、吉木萨尔和将军庙等矿区，已探明保有储量 789 亿吨，1000 米以浅预测远景资源量还有 2249.83 亿吨。准东煤电煤化工基地用水通过引额济乌及 "500" 东延供水工程来满足其用水需求，多年平均水资源总量为 13.85 亿立方米。综合考虑煤炭和水资源，2020 年可开发电源装机规模为 2800 万千瓦左右。目前开展前期工作的电源项目规模为 3168 万千瓦。

12. 伊犁煤电基地

伊犁煤田查明保有资源储量为 129.37 亿吨，1000 米以浅预测远景区资源量为 2073.36 亿吨。伊犁河流域是新疆水资源最丰富的地区，地表水年径流量约 170 亿立方米。综合考虑煤炭和水资源，可开发电源装机规模约为 8700 万千瓦。

13. 彬长煤电基地

彬长煤电地区煤炭资源位于陕西省咸阳市西北部，矿区保有储量 88 亿吨，其中，已被占用 17 亿吨、尚未利用 71 亿吨。彬长地区的多年平均地表水资源量为 1.02 亿立方米，多年平均地下水资源量为 0.29 亿立方米，扣除重复量后自产水资源总量为 1.05 亿立方米/年。考虑彬长地区入境水量为 14.01 亿立方米/年，则入境水量加自产水资源量为 15.06 亿立方米/年。综合考虑地区煤炭及水资源情况，可开发电源装机 1300 万千瓦。

14. 淮南煤电基地

淮南煤炭累计探明储量为 148.21 亿吨，已探明的保有储量约为 139 亿吨。淮南煤电基地位于我国淮河流域，水资源极其丰富，探明总量约为 58 亿立方米/年。综合考虑淮南煤炭和水资源状况，可开发电源装机规模为 2500 万千瓦。

第三节　我国水电可供应能力分析

一、水能资源及分布

我国水力资源非常丰富。根据 2005 年发布的我国水力资源复查成果：我国大陆水力资源理论蕴藏量在 1 万千瓦及以上的河流共 3886 条，水力资源技术可开发装机容量为 5.42 亿千瓦，年发电量为 2.47 万亿千瓦时，居世界首位。

我国水力资源地区分布不均衡，西部丰富，中、东部相对较少。其中，西南地区（四川、重庆、云南、贵州、西藏）是我国水力资源最为丰富的地区，技术可开发量占全国的 66.7%。

根据我国水力资源的分布特点，我国规划建设长江干流上游、金沙江、大渡河、雅砻江、乌江、南盘江红水河、澜沧江、黄河上游、黄河北干流、东北、湘西、闽浙赣、怒江 13 个大型水电基地，如图 2-23 所示。

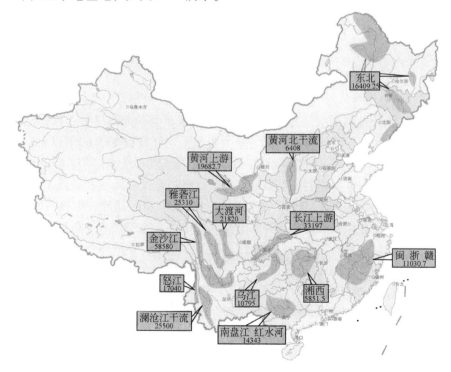

图 2-23　我国 13 个大型水电基地分布示意图（单位：MW）

统计口径为 5 万千瓦及以上大中型水电站

二、水电开发现状

截至 2009 年底，我国常规水电装机容量达 1.83 亿千瓦（不含抽水蓄能），从地区分布看，目前我国已开发的水电主要集中在华中电网和南方电网，两区域电网的水电装机规模合计占全国的 74%，其他区域电网的水电装机规模从大到小依次是华东电网、西北电网、东北电网、华北电网、西藏电网，如图 2-24 所示。

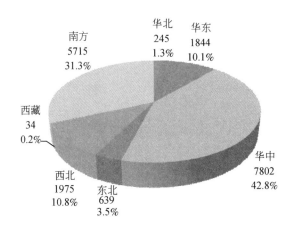

图 2-24　2009 年底我国各区域电网水电装机容量（单位：万千瓦）

三、水电开发潜力

截至 2009 年底，我国水电开发利用率仅为 34%，其中，西南地区（四川、重庆、贵州、云南、西藏）的水电开发利用率仅为 18.3%；西藏地区水电开发率仅为 0.003%，是我国水电开发率最低的地区。与发达国家相比（水力资源平均开发程度在 60% 以上），我国水力资源开发程度较低，未来开发潜力较大。

随着我国经济持续发展和电力体制改革不断深化，水电建设投资环境和融资条件不断改善，我国水电建设的投资能力不断增强。随着四川二滩水电站的建成，以及三峡、小湾、龙滩、水布垭等特大型高坝的建设，我国水电建设的设计和施工技术逐渐达到世界领先地位。我国水电机组的制造和安装技术水平也明显提高，三峡、龙滩等一批自主设计制造的单机容量为 70 万千瓦的机组也已投运。

从十三大水电基地的开发情况看，长江上游、乌江、南盘江红水河、黄河上游及中游北干流、湘西、闽浙赣和东北水电基地 8 个水电基地开发程度较高；金沙江、雅砻江、大渡河、澜沧江和怒江 5 个水电基地开发程度较低，开发潜力较大，这些水电基地均分布在西南地区。

虽然未来我国水电大规模开发具有资源潜力和开发技术优势，但也面临着如土地淹没、生态环境保护、移民安置、开发难度、国际河流开发等诸多方面的问题与挑战。未来我国水电的大规模开发，需要进行统筹规划，协调好水电开发与移民安置、生态环境等多方面的关系，实现和谐发展。

四、大型水电基地开发规划

1. 西南水电

我国西部水电资源丰富，其水能资源约占全国水能资源的81.46%，特别是西南地区云、贵、川、渝、藏就占66.70%，但由于经济欠发达，当地负荷占全国的比例较小；而用电负荷相对集中的华东、华中、广东地区能源资源相对匮乏，西南水电在首先满足当地负荷增长需要的前提下仍具备大规模外送的条件。

西南地区的水力资源主要富集于金沙江、雅砻江、大渡河、澜沧江、乌江、长江上游、南盘江红水河、黄河上游、湘西、闽浙赣、东北、黄河北干流以及怒江等水电基地，其总装机容量约占全国技术可开发量的51%，占经济可开发量的60%。四川省水力资源丰富，技术可开发装机容量为12 004万千瓦。

根据多年来的滚动规划研究结果，金沙江、雅砻江、大渡河、岷江上的梯级水电站及四川其他水电站的开发规模及送电方向基本上是明朗的。

金沙江下游向家坝（640万千瓦）、溪洛渡（1386万千瓦）、白鹤滩（1440万千瓦）、乌东德（870万千瓦）等大型水电站地处川滇交界，与四川、云南省内其他水电站相比，距离本省负荷中心较远，是最有条件实现外送的优质组合电源。华东、华中地区能源资源严重不足，市场潜力大，消纳水电能力较强，因此金沙江下游水电在华东、华中地区水电替代率高、弃水少、送电路径合理。从一次能源平衡、输电距离及资源使用效率等因素综合分析，金沙江下游电站主送华中、华东地区。2015年、2020年金沙江下游送华东电网容量分别为1360万千瓦、2260万千瓦；2020年送华中东四省地区1840万千瓦。

四川省内雅砻江、大渡河、岷江等的水电开发，在满足四川本省负荷发展需求的基础上，富余部分可送往重庆、华东及华中地区。2015年、2020年四川电网网对网方式外送电华中东四省400万千瓦、400万千瓦；送华东电网400万千瓦、600万千瓦。2015年雅砻江下游锦屏一、二级及官地水电打捆以直流方式送电华东720万千瓦，2015年四川凉山州地区水电汇集400万千瓦以直流方式送电华中东四省。

2030年西南水电外送保持2020年的规模不变。

2011～2020年西南水电总投产规模在1亿千瓦以上，2020年水电外送规模为7800万千瓦，其中，四川、西藏水电主要送华中、华东地区，云南水电主要送广东、广西地区。到2030年，全国除西藏外其他地区水电基本开发完毕。

2. 西藏水电

西藏境内河流众多，水力资源丰富，全区水力资源理论蕴藏量在1万千瓦以上的河流共363条，理论蕴藏量为20 135万千瓦，占全国的29%，居全国首位。2006年中国水电水利规划设计总院联合多家单位对雅鲁藏布江下游大拐弯河段进行了考察，重新计算并提出的西藏水力资源技术可开发量为14 000万千瓦，年发电量7260亿千瓦时，占全国的

24.5%，居全国首位。

按流域划分，雅鲁藏布江流域水力资源最丰富，理论蕴藏量为 11 389 万千瓦，占全区的 56%。根据 2006 年水电水利规划设计总院等单位考察提出的初步方案，重新计算的雅鲁藏布江干流的技术可开发量为 8966 万千瓦，占全区的 64%。其次是怒江、澜沧江、金沙江等。

西藏水电 2030 年规划送出规模达到 2520 万千瓦，其中川渝电网 720 万千瓦、华东电网 1800 万千瓦。

五、未来水电发展相关建议

1. 妥善处理水电工程移民安置问题，积极解决水电开发与生态环境的矛盾

要转变水电建设移民观念，建立水电开发移民的新思路，加强移民安置及损失补偿工作。一是建议完善移民补偿制度，建立有效的移民长效补偿机制。改变以往只补偿一定生活和生产资料，忽视人力资本和社会资本补偿的做法，进行长期有效的经济补偿，把水电开发与帮助移民脱贫致富、促进地方经济发展很好地结合起来。二是建议考虑水电开发周期较长，坚持移民搬迁和水电工程建设并重，有条件的可考虑先移民后建设。三是由于水电移民和其他资源开发地（煤炭、油气、各种矿产等）移民的不同，需要考虑不同时期、不同区域移民之间补偿标准不协调的问题。我国应加大水电建设环保工作力度，规划时给河流保留足够的生态空间，在建设中将促进生态建设作为水电开发的重要目标；加强组织研究和协调解决生态平衡和环境保护等问题，建立切实可行的生态环境补偿机制。

2. 抓紧编制修改流域综合开发规划，规范水电开发市场

我国西南水电开发规划在多年前已形成了一系列成果，在当前生态保护、开发条件、能源需求等外部条件发生较大变化的情况下，需要抓紧编制更新流域综合开发规划，反映现实开发需求。同时，为保证水电开发的有序进行，规划水电开发市场，需要研究制定水电开发管理条例，确保在投资主体多元化的情况下，实现流域的优化、有序、合理开发，提高资源利用效率和生态环境保护。

3. 合理规划西南水电开发进度，保障地区电力供应及实现大规模可持续外送

四川、西藏地区水电资源丰富，水电无法全部就地消纳，需要远距离外送到东中部负荷中心地区，在更大范围内实现水电优化利用。为保证大容量水电外送的持续性，实现水电开发、外送全过程的优化，需要协调好未来四川电力供需平衡、电源结构优化、西藏水电及西北火电送入间的平衡关系，在保护生态环境的前提下，有序、优化规划四川、云南、西藏水电开发时序和外送目标市场。

4. 加强水电开发与电网建设的统筹规划，保证水电外送和有效利用

在水电开发中，应加强与电网的统筹规划，保证水电的外送和有效利用。西部地区用电需求有较大的不确定性，并且水电工程涉及面广，大型、巨型水电站建设条件复杂，水

电开发及其外送规划需不断滚动研究，并及时进行相应的电网规划调整。

5. 加强小水电开发规划

小水电是解决边远地区清洁、高效用电的重要方式之一。我国小水电资源丰富，未来，在加强西南部地区大型水电基地开发建设及外送的同时，也需要因地制宜的加强东南部各省区的小水电开发。根据《可再生能源中长期发展规划》，到 2020 年，我国小水电开发规模将达到 7500 万千瓦。

小水电是我国重要的水力发电形式，支持小水电的就地开发，就近供电，把小水电纳入电网应急保障体系，在电力规划、建设、运行各阶段充分考虑小水电的分布式电源的应急供电优势，保障电网安全。

第四节　我国核能发电供应能力分析

2003 年之后，我国的核电发展逐渐从"适度发展"转为"积极发展"。根据我国 2005 年制定的《核电中长期发展规划（2005～2020 年）》（下称《规划》），到 2020 年，全国要建成核电机组 4000 万千瓦，在建 1800 万千瓦，核电机组装机容量占电力总装机容量的比例将达到 4%。争取到 2030 年，我国核电装机达 10 000 万～12 000 万千瓦，在技术和规模上接近世界先进水平。从目前的发展形势看，到 2020 年核电投产规模有望达到 7000 万～8000 万千瓦，占总装机容量比例达到 5%（张国宝，2004；王炳华，2008）。而从最近披露的消息来看，这一目标有可能还会增加（明茜，2009）。可以预见，未来 20～30 年内，中国将迎来一个核电建设的高峰。以下从铀资源、厂址资源、经济性方面论述核电发展的环境，并确定核电供应能力与规划目标。

一、发展现状

截至 2009 年底，我国已建核电装机容量达到 907.82 万千瓦，其中，浙江秦山核电厂 31 万千瓦，秦山第二核电厂 130 万千瓦，秦山第三核电厂 140 万千瓦，广东大亚湾核电厂 196.76 万千瓦，广东岭澳核电厂 198.06 万千瓦，江苏田湾核电厂 212 万千瓦。岭澳、红沿河、海阳、宁德等在建容量 2192 万千瓦。此外，包括内陆省份湖北、湖南、江西、四川、河南、辽宁、安徽等地区，都正在进行核电的厂址调查或者前期工作。五大发电公司的中电投（山东海阳核电站）、华电（三门核电、福清核电）、华能（山东石岛湾核电站）、国电（漳州核电项目前期）、大唐（宁德核电站）都在积极投资核电领域。我国正在运行和在建的核电厂分布如图 2-25 所示。

根据规划，未来中国核电发展主要采取合作引进、吸收、创新、自主化、赶超世界先进水平的路线。"十一五"期间通过两个核电自主化依托工程的建设，全面掌握了先进的压水堆核电技术，培育了国产化能力，未来将尽快形成较大规模批量化建设中国品牌核电站的能力。2007 年，国家核电技术公司成立，其主要职责在于消化吸收美国的第三代核电技术-AP1000 技术。目前，我国拥有自主知识产权的高温气冷堆式电站——山东荣成核电站（20

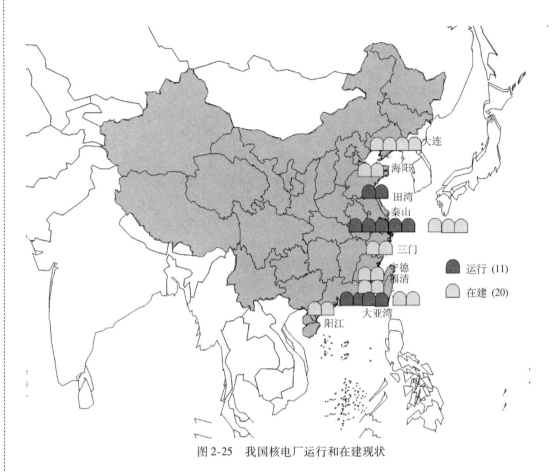

图 2-25　我国核电厂运行和在建现状

万千瓦），已于 2008 年 1 月通过可行性研究报告审查，2009 年 9 月开工，计划 2013 年建成。

二、铀资源

由于铀矿资源与核扩散具有政治上的联系，关于铀矿资源的储量、分布、利用的情况，相比石油存在着更多的不确定性与不准确的可能。

1. 世界铀资源状况

国际原子能机构和经济合作与发展组织发表联合调查报告指出，按照目前的开采速度，全球的铀矿还可供人类开采 85 年。如果使用快速反应堆技术，则这些铀矿可以使用2500 年[①]。世界上探明的铀资源量主要分布于澳大利亚、巴西、加拿大、哈萨克斯坦、尼日尔、南非、美国、纳米比亚、乌兹别克斯坦 9 个国家，占全球已探明铀资源总量的70.8%。这其中又主要集中于澳大利亚、加拿大、哈萨克斯坦 3 个国家。据世界核协会统计的数据，2004 年世界天然铀产量的 80% 以上都集中在国外的 8 大公司手中。

---

① 《铀资源、生产和需求（2005）》（*Uranium* 2005：*Resources，Production and Demand*），根据 2004 年全球对核电站发电量的需求计算。

2. 我国铀资源基本情况

我国至今已探明大小铀矿 200 多个，证实存在相当数量的铀储量。矿石以中低品位为主，0.05% ~0.3% 品位的矿石量占总资源量的绝大部分，矿床规模以中小型为主（占总储量的60%以上），探明的铀矿体埋深多在 500m 以内。2003 年经济合作与发展组织（OECD）公布的数据显示：中国的铀资源量（成本低于 130 美元/kg 铀）为 7.7 万吨铀，其中，成本低于 40 美元/kg 铀的储量约占 60%，主要分布在江西、新疆、广东、辽宁等地，如图 2-26 所示。表 2-5 给出了中国生产中的铀矿的信息。

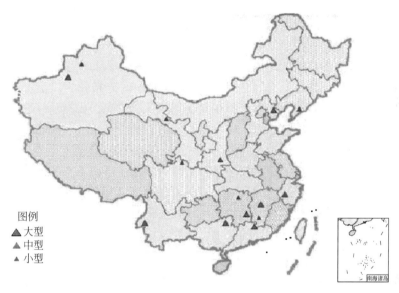

图例
▲ 大型
▲ 中型
▲ 小型

图 2-26 中国铀矿资源分布示意图

表 2-5 中国生产中的铀矿

矿井	类型	生产能力/（t 天然铀/a）	开采年份
江西抚州	地下和露天矿	300	1966
江西崇义	地下和露天矿	120	1979
新疆伊宁	原地浸出（ISL）	200	1993
陕西蓝田	地下	100	1993
辽宁本溪	地下	120	1996

资料来源：World Nuclear Association. 2009-04-17. Nuclear Power in China. http：//www. world-nuclear. org

2008 年初，在伊犁地区，中核集团旗下的核工业二一六大队实现了我国地浸砂岩型铀矿找矿的首次重大突破，发现并提交了我国第一个万吨级地浸砂岩型铀矿床，使伊犁盆地成为我国第一个特大型地浸砂岩型铀矿田。当前新一轮全国铀矿资源潜力预测评价正在进行。

3. 核电发展资源保障情况评估

就核燃料供应能力来看，我国是一个铀资源较为丰富的国家，具有良好的找矿前景。

经过50多年的发展，我国已探明铀矿床300多个，其中经济可采占有相当的比例。近年来，通过加大国内勘探力度，我国每年新增储量远大于近中期核电对天然铀的消费量。我国尚有近50%的铀矿地质勘察可查面积，潜在总量较大，前景广阔。我国与主要产铀大国和主要铀业公司建立了长期友好合作关系，在铀资源的海外勘查方面也开展了大量的前期工作。综合来看，通过加强铀资源勘探开发、加强国际合作、积极利用海外资源，天然铀供应不会成为我国核电大规模发展的制约因素。

三、厂址资源可得性

为了确保核安全与环境保护，核电厂址选择的工作量比常规火电要大得多，选址时间长、因素多、审查严格、程序复杂。

我国幅员辽阔，满足核电环境要求（包括人口分布、人口密度、工农业经济、军事设施、航线、可能外部事件等）适宜进行核电建设的地区分布较为广泛。当前我国已储备了一定规模的核电厂址资源，主要集中在浙江、江苏、广东、山东、辽宁、福建和广西等沿海省（自治区），并已较充分的开展了前期工作。除沿海厂址外，湖北、江西、湖南、吉林、安徽、河南、重庆、四川、甘肃等内陆省（自治区、直辖市）也不同程度开展了核电厂址前期工作。据不完全统计，我国已开工建设和通过可研审查的厂址资源已超过7000万千瓦；考虑备选厂址后，我国现有厂址资源可支撑核电装机1.6亿千瓦以上；通过进一步选址勘察，我国核电厂址资源可满足3亿~4亿千瓦的核电装机。

这些厂址今后将根据核电厂址的要求、依照核电发展规划，严格复核审定，按照核电发展的要求陆续开展工作。长期的核电发展有赖于对核电厂址资源的保护，特别是要与国民经济发展规划相结合，才能有效地确保厂址资源的可得性。

四、核电的经济性

核电只有具有更好的经济性、改进的安全条件、成功的废物管理、低的核扩散风险之后，才能成为未来发电能源的重要选择（Deutch et al.，2003）。而经济性的好坏是决定核电从长期来看是否可堪大任的重要因素。大部分研究（IEA，2005；Deutch et al.，2003；孙振清，唐奇，2003；Ma Chengbin et al.，2002）结论都倾向于核电的成本要（略）高于煤电以及天然气发电，但是其成本有望通过技术进步与采用新技术使得固定投资减少以及缩短建设时间得以降低。考虑到核能的近零排放的特点，如果存在碳排放限制，核电的吸引力会更大。在我国，由于近年来燃煤价格上涨很大，造成煤电成本大幅上升，核电的上网电价竞争力增强。

另外，核电的高投资成本也是一个必须考虑的因素。我国自主建设二代改进核电，比投资约1100欧元/kW。而在中国三代核电招标中赢得先机的西屋公司AP1000，比投资预计要在3000欧元/kW左右，造价昂贵，有一定的不确定性。

总之，在我国要实现成本的可控性与可接受，自主化生产是唯一的途径与出路。

五、核电发展前景分析

基于以上问题的分析，核电的发展尤其需要处理好技术路线、安全、经济性、资源等方面的关系，从国家整体能源与核电发展上统筹考虑。

按照目前的最新进展，2020 年，核电装机要达到 7000 万千瓦左右，江西、湖南、湖北、安徽与河南等内陆省份核电占到一定比例。2030 年，核电总装机达到 16 000 万千瓦左右，沿海发达地区和华东地区新增电力装机以核电为主。中部地区（包括湖南、湖北、江西、河南等地）核电数量继续增加。2050 年，核电装机容量争取达到 40 000 万千瓦左右。随着电力的供需形势的发展，以及我国对 AP1000 等先进第三代乃至第四代技术掌握程度的推进，核电的发展空间将更加广阔。

我国可以利用现有的、成熟的核电技术，实现核电的快速发展。现在世界上正在运行的 400 多台核电机组中，绝大多数应用的是所谓的二代核电技术。二代核电技术已经是经实践检验证实、可以安全可靠运行、具有市场经济竞争力的核能利用技术。经过不断的改进提高，我国现在已经掌握可以大规模应用的改进二代技术，安全性和可靠性已经比国际上多数正在运行、或将把运行寿命从 40 年延长到 60 年甚至 80 年的核电站更高。即使完全利用现有成熟技术，也可以支撑近中期核电的快速发展。如果正在引进的更先进"三代"核电技术能够较快的得到实际应用的验证，同时经济性也达到预期，则我国的核电发展就有了更多的选择。

六、未来核电发展的相关建议

1. 建立和完善核能法律体系，保障核电政策的可持续性

我国已经提出"积极发展核电"的方针，并制定了核电中长期发展规划，但一直未能出台核能基础法律法规。目前核电的发展还是以政府指令为主，缺乏法律支撑。有必要加速建立和完善核能法律体系，以法律的形式将核能在我国能源体系中的地位和发展前景确定下来，为核电的长久发展提供保障。

2. 尽快明确核电发展技术路线，鼓励投资主体多元化

核电发展将走热堆、快堆、聚变堆三步走的发展道路。目前，在热堆核电发展阶段，逐步实现由二代向三代过渡。2020 年以前，积极发展我国已经掌握技术的二代改进型压水堆核电站，抓紧引进掌握三代核电技术，实现自主化，尽快实现三代核电的批量化建设。同时，创新核电建设体制，加快培育扶持核电投资主体，对具备投资资质和核电业主能力的企业，尽早赋予其核电控股投资主体的资格，实现核电投资多元化与业主的多样性，以扩大投融资渠道，增强核电建设实力，为核电的规模化发展提供强大的资金及综合实力支持。

3. 始终高度重视核安全

核安全是核电发展的生命线，是实现核电规划发展目标的根本保证，对安全性的高度关

注必须贯穿于核电设计、建造、运行及退役的全过程。应高度重视规划建设项目的安全，提高在役核电站的运行安全性，抓好在建核电设备的生产安全，完善核事故应急管理体系。

4. 加强核电厂址的规划和保护

做好核电厂址的规划，对核电的大规模开发非常重要。核电厂址需要结合国民经济发展、能源需求及环境保护的要求进行合理布局，规范核电厂址的选择。未来我国核电开发应坚持统筹规划，不断加强厂址规划与开发，有序推进沿海与内陆地区的核电建设。另外，由于核电站从选址、前期开发到开工建设的周期很长，应处理好厂址保护与当地经济发展规划与建设的关系，落实对已确定厂址的保护工作。

5. 充分保证铀资源和核燃料供应

要提高铀资源与核燃料的保障能力，确保铀资源不会成为我国核电发展的制约因素。加大铀资源勘查技术的研发，实现国内铀资源的勘探开发突破。加强与加拿大、哈萨克斯坦、澳大利亚等国家的铀资源合作开发，保障海外铀资源的供应。进一步加强国内核燃料企业的科技研发和产能建设。建立铀资源战略储备体系，保证核燃料供应满足核电发展需求。

6. 加强核电科技研发，提高自主装备制造能力

我国是否具有自主知识产权的核电技术，直接影响到我国核电发展的速度。应重点针对我国核电设备设计与制造分离的现状，积极引导设计院所和制造企业间的资源整合，加快建立以核电机组设计为核心的设计、制造、研发三结合的核能装备产业集群，培育多家具有研发、设计和制造能力的核电设备成套供应企业，提升核电的设备成套供应能力。积极推进联合攻关，把引进国外先进技术与消化吸收再创新相结合，加快掌握核心技术，实现核电设备国产化，提高核电经济性，保障我国核电发展目标的实现。

7. 加强核电发展的人才队伍建设，夯实核电发展的基础

核电产业良性发展的基础是强大的核电科研设计能力，对上下游工艺衔接十分紧密的核电工业，必须集中优势力量进行技术攻关。需要加紧培养、提升和扩大核电科研设计等人员队伍，制定强有力的培养核电高层次人才的培养计划与政策措施，加快打造核电研究、设计、建造、运行及维护队伍，为自主创新和核能持续发展奠定坚实的人才基础。

第五节　我国非水电可再生能源发电可供应能力分析

一、风电

1. 风能资源及分布

我国风能资源丰富，据气象部门最新风能资源普查成果初步统计，我国10米高度可

开发和利用的风能资源总储量超过 10 亿千瓦。我国陆地风能资源丰富区主要分布在三个地带：一是北部地区（包括西北地区大部、华北北部、东北大部）风能资源丰富带，这些地区年平均风功率密度在 150W/m² 以上的区域面积大，有效小时数达 5000～6000h，是我国最大的成片风能资源丰富带。二是沿海风能资源丰富地带，这一风能资源丰富带在陆上仅限于离海岸线 2～3km 范围内，可供风能资源开发利用的面积有限。三是青藏高原腹地。另外，在内陆地区由于湖泊和特殊地形的影响，局部地区风能资源也较丰富。如图 2-27（可见文后彩图）所示。

2. 开发现状

1）风电装机快速增长

近年来，我国风电发展十分迅速。2006～2009 年，我国风电装机容量连续四年实现翻番式增长。据中国电力企业联合会统计快报数据，2009 年全国风电并网装机容量达到 1760 万千瓦。其中，内蒙古风电并网装机容量突破 500 万千瓦，达 503 万千瓦，居全国首位。辽宁、吉林、黑龙江、河北四省风电并网装机容量也已突破百万千瓦，分别达到 163 万千瓦、141 万千瓦、140 万千瓦、121 万千瓦。

2）风电设备制造能力不断增强

在风电市场快速发展的拉动下，近年来国内风电机组制造业得到迅速发展，风电设备制造能力不断增强。除控制系统和主轴轴承仍然依赖进口外，现已可批量生产发电机、齿轮箱、叶片、塔架、变桨和偏航轴承等零部件，初步形成了风电设备制造和配套部件专业化产业链。

3）风电定价机制逐步完善

2009 年 7 月底，国家发展和改革委员会发布了《关于完善风力发电上网电价政策的通知》（发改价格〔2009〕1906 号）。文件规定，全国按风能资源状况和工程建设条件分为四类风能资源区，相应设定风电标杆上网电价。四类风电标杆价区水平分别为 0.51 元/（kW·h）、0.54 元/（kW·h）、0.58 元/（kW·h）和 0.61 元/（kW·h），2009 年 8 月 1 日起新核准的陆上风电项目，统一执行所在风能资源区的标杆上网电价；海上风电上网电价今后根据建设进程另行制定。采用标杆电价的管理模式，给项目公司提供了一个明确的预期回报，鼓励优先开发优质资源，从而引导风电开发的有序进行。同时也将激励企业管理创新和技术更新，有效降低风电投资和运行费用并增加收益。

虽然我国风电发展已经具备了一定的基础和条件，但风电大规模开发还面临着风电设备制造自主研发能力不足、规划开发存在着无序现象、风电规划与其他电源及电网规划不协调、风电产业建设水平低、配套政策法规和技术标准不完善等一系列的问题和挑战。

3. 开发潜力

从我国风能资源的总体分布来看，风能资源高值区主要分布在三个地带，即"三北"地区、沿海风能资源丰富带和青藏高原腹地。这些地区 10 米高度风能资源储量和技术可开发量分别占到了全国的 85% 和 95%，区域风能资源开发潜力较大，仅从风能资源利用

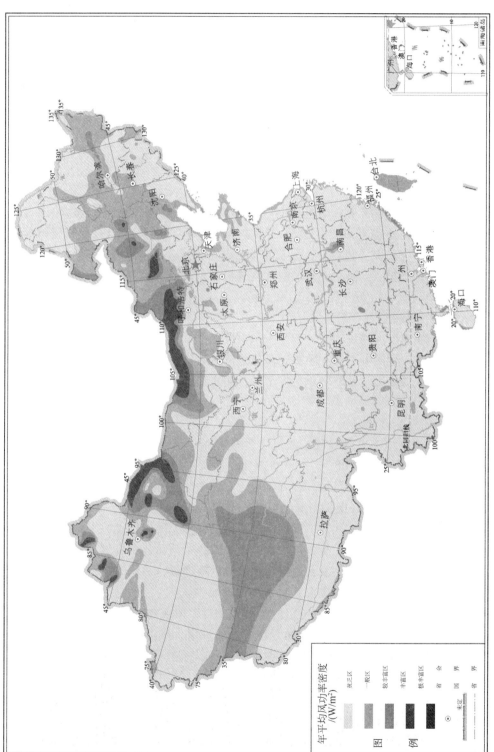

图2-27 全国风能资源区划

的角度来看，我国的风电开发应主要集中在这些地区。

但考虑到我国部分风能资源丰富和较丰富的区域存在场址建设条件相对较差，如青藏高原腹地，对外交通条件较差，区域电网接纳风电能力弱等不利条件。因此，我国具有风电开发潜力且具备建设大型风电基地场址条件的区域，应从风能资源、工程地址、场址范围、土地或近海开发利用、电网接入等多方面的因素来进行综合考虑。根据全国风电建设前期工作成果，我国具备建设大型风电基地场址条件的区域主要集中在内蒙古、吉林的西部、甘肃酒泉地区、新疆哈密地区、河北的张家口地区以及江苏和山东沿海区域，这些区域场址建设条件均相对较优，适合进行大规模的风电开发；而全国其他地区则由于受不同的条件制约，开发规模相对要小一些。根据对场址风能资源、工程地质、交通运输、施工安装及工程投资等条件综合分析，预计2020年全国风电开发潜力为1.7亿千瓦，其中，七大基地为1.4亿千瓦；2030年全国风电开发潜力为2.7亿千瓦，其中，七大基地为2.1亿千瓦。该潜力是综合考虑风能资源和开发条件约束下的开发规模；若仅从风能资源的角度考虑，未来我国风电开发潜力有较大的增长空间。七大风电基地开发潜力见表2-6、图2-28。

表2-6 未来我国风电开发潜力 （单位：万千瓦）

全国及地区	2020年	2030年
全国	17 275	26 788
河北	1 413	1 813
蒙东	2 081	2 731
蒙西	3 830	5 130
吉林	2 132	2 729
江苏沿海	1 075	2 218
甘肃酒泉	2 191	3 998
新疆哈密	1 080	2 080
山东	1 081	1 458
其他地区	2 392	4 631

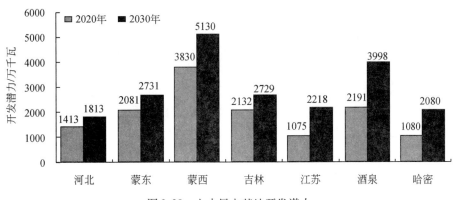

图2-28 七大风电基地开发潜力

4. 风电发展面临的问题及保障措施

（1）大规模并网风电的开发建设，需要综合考虑其他电源的调峰能力及系统负荷特性，合理确定电力系统对并网风电的接纳能力。

我国风能资源丰富且分布集中，具备开发大型风电基地的条件。电力系统能够接纳多大容量的风电装机，与系统规模、电源结构和布局、负荷特性等密切相关。风电具有间歇性、随机性特点，其大规模开发将带来系统调峰问题，系统需要留有足够的可调节容量来平衡风电的波动，以确保电网的安全稳定运行。大规模风电场并网运行还对无功平衡、电压稳定产生较大影响。因此，为实现大规模风电的开发建设，需要进行系统调峰平衡、无功平衡、电压稳定等方面的适应性研究，以此为基础，科学合理地提出风电场建设时序和布局、建设规模、无功补偿装置和安全自动装置配置等。

（2）风电开发需要与电网规划相协调，风电规划与电网规划需要同步进行。

我国风电规划规模大，而且集中，风电场通常位于电力系统的末端，当地负荷较低，电网规模小，风电无法全部就地消纳，需要远距离外送。大规模、高集中开发，远距离、高电压输送至负荷中心是我国风电发展的重要特征。随着大规模风电的建设，风电不可能全部就地消纳，必须在大区电网或全国范围内消纳，对电网的网架规划和电网结构带来影响。为了保证风电利用效率，并保证电网的安全稳定运行，客观上要求电网规划和风电开发相协调。

（3）风电单独远距离输送经济性较差，技术上也存在较大难度，需要与火电等电源"打捆"送出。

风电单位千瓦投资高，发电设备利用小时数较低，平均在 2000h 左右。建设输电线路，远距离、大规模单纯输送风电，不但不经济，而且难于控制输电线路电压。因此，要实现对千万千瓦级风电基地的科学合理开发，需要结合风电所处电网内电源的具体情况、输电线路的输电形式、规模及受端电网的接纳能力，配套建设风电送出端的火电电源，合理确定风电、火电等电源开发容量的配比，确保风电安全、可靠、经济地送出。

（4）大规模风电发展给系统安全稳定运行带来新的技术问题，需要进行深入研究。

由于目前风电场还不能进行有效的发电出力预测，风电大规模接入电网给电力系统各类电源的调度运行方式、无功和电压调节方式等造成影响。风电机组运行过程中受湍流、尾流效应等影响，造成并网点电压波动和闪变，变速风电机组中的电力电子变频设备带来的谐波和间谐波问题，严重影响电能质量。这些问题，除了依靠电网加装必要的控制设备、实施协调控制策略等技术措施外，风电机组也必须采用先进技术，风电场需具备有功功率调节与低电压穿越能力，避免风电机组的成片切除。同时，风电场也应具备无功功率及电压控制的能力，具有在系统故障情况下调节电压恢复至正常水平的足够无功容量，避免并网点电压的暂态变化引起风电机组的切出。

二、太阳能发电

1. 太阳能资源及分布

我国太阳能资源十分丰富。据估算，我国陆地表面每年接受的太阳辐射能约为 1.47×10^8 亿千瓦时，相当于 4.9 万亿吨标准煤，约等于上万个三峡工程年发电量的总和。我国各地的太阳能年辐射量达 $933 \sim 2330$（kW·h）/m^2，中值为 1620（kW·h）/m^2。

我国太阳能资源分布如图 2-29（见文后彩图）所示，其主要特点是：太阳能的高值中心和低值中心都处在北纬 $22° \sim 35°$ 这一带，青藏高原是高值中心，四川盆地是低值中心；太阳年辐射总量，西部地区高于东部地区，而且除西藏和新疆两个自治区外，基本上是南部低于北部；由于南方多数地区云雾雨多，在北纬 $30° \sim 40°$ 地区，太阳能的分布情况与一般的太阳能随纬度而变化的规律相反，太阳能不是随着纬度的增加而减少，而是随着纬度的增加而增长。

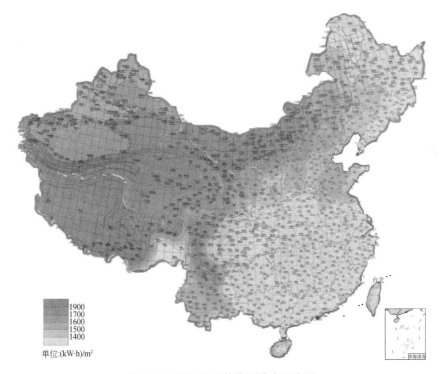

1900
1700
1600
1500
1400
单位:(kW·h)/m^2

图 2-29　我国太阳能资源分布示意图

根据接受太阳能辐射量的大小，全国大致上可分为五类地区。其中，一类、二类、三类地区年日照时数大于 2200h，年辐射总量高于 1390（kW·h）/m^2，是我国太阳能资源丰富或较丰富的地区，面积较大，占全国总面积的 2/3 以上。其中，西北的青藏高原、甘肃北部、宁夏北部和新疆南部等地区全年日照时数为 $3200 \sim 3300h$，年辐射量在 $1860 \sim 2330$（kW·h）/m^2，相当于 $225 \sim 285kg$ 标准煤燃烧所发出的热量，是我国太阳能资源最丰富的地区，具有利用太阳能的良好条件。

2. 开发现状

截至 2008 年底，中国光伏系统的累计装机容量达到 140MWp，不足世界累计安装量的 1%。2008 年中国光伏系统的安装量总计约 40MWp，仅为当年太阳电池生产量 2000MWp 的 2%，意味着太阳电池产量的 98% 需要出口。图 2-30 为我国 1990～2008 年光伏系统年安装量和累计安装量发展情况。2002～2003 年启动"送电到乡"工程，年安装量有较大增长。

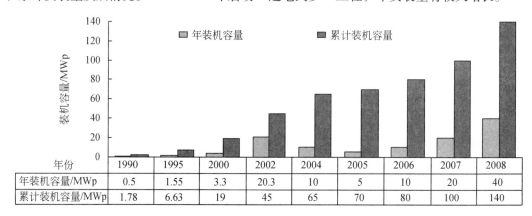

年份	1990	1995	2000	2002	2004	2005	2006	2007	2008
年装机容量/MWp	0.5	1.55	3.3	20.3	10	5	10	20	40
累计装机容量/MWp	1.78	6.63	19	45	65	70	80	100	140

图 2-30　1990～2008 年我国光伏系统的年装机容量和累计装机容量

目前，我国光伏产业发展迅速，与此同时，也存在着一些影响我国太阳能发电发展的主要障碍，如国家主管部门尚未明确太阳能发电的战略地位和相应的战略发展路线以及相应的政策和机制；当前太阳能发电的成本仍然居高，需要政策性的扶持和规模化市场的拉动；尚未就太阳能发电做出适当的发展规划，尚未开展相应的机制、规范、标准等方面的基础性准备工作，落后于市场的发展；部分核心技术有待掌握；人才队伍建设亟待加强。

3. 开发潜力

从资源的角度看，我国未来太阳能光伏发电的发展潜力巨大。我国具有大量的建筑物屋顶，在西北部太阳能资源富集地区具有大面积的荒漠荒地可用于太阳能开发。粗略估计我国现有建筑屋顶面积总计约 400 亿平方米，假如 1% 安装光伏系统，可安装光伏发电装机容量 3550 万～6620 万千瓦，年发电量 287 亿～543 亿千瓦时。我国荒漠化土地面积约 264 万平方千米，其中干旱区荒漠化土地面积 250 多万平方千米，主要分布在光照资源丰富的西北地区。按利用我国戈壁和荒漠面积 3% 的比例计算，太阳能发电可利用资源潜力可达 27 亿千瓦，年发电量可达 4.1 万亿千瓦时。

从经济性的角度看，2020～2030 年光伏发电成本将与煤电成本相当，进入规模化发展阶段。成本偏高是影响我国光伏发电规模化发展的主要因素之一，未来随着光伏发电技术逐步成熟，成本不断下降，其经济性将不断提高。考虑燃煤火电燃料成本上涨，并计入其发电外部成本，燃煤火电的发电成本将呈不断增长趋势。而光伏发电初始投资将逐步下降，发电效率也将得到提高，光伏发电成本将呈下降趋势。按单位发电量成本计算，

2015～2020年光伏发电成本将与燃煤火力发电成本相当。然而，光伏发电只有配备适当规模的储能设施，才能提供与燃煤火电相当的电力电量输出。因此，仅以单位发电量成本为依据，进行光伏发电成本与燃煤火力发电成本的比较，结论可能偏于乐观。总体判断，在综合考虑各种因素的情况下，2020～2030年，光伏发电将具有经济竞争力，进入规模化发展阶段。

三、生物质能发电

1. 资源储量及发展目标

中国的生物质能资源主要有农业废弃物、森林和林产品剩余物和城市生活垃圾等。据2006年资源数据，我国生物质资源折合约5.4亿吨标准煤，可用于生物质资源量约为2.8亿吨；随着有机废弃物的增加和低产、边际土地的开发，估计2050年我国生物质资源最高可达14亿吨，可供清洁能源化利用的生物质能资源潜力可达8.9亿吨标准煤。

与煤电、水电等当前主流电力相比，生物质发电不具备成本优势。与风电、太阳能发电等未来可再生能源电力技术相比，生物质发电不具备资源优势和成本下降空间，经济竞争力较弱。因此，发展生物质发电技术应根据各地的条件采取不同的技术方案，鼓励生物质发电技术的多样化发展。在规模上，应该根据原料供应的可能性，以中小规模为主。我国生物质发电2020年装机规模大约1500万千瓦，2030年装机达2000万千瓦后保持基本稳定。如表2-7所示。

表2-7　我国生物质能源可利用资源的潜力估算　（单位：亿吨标准煤）

项目		2010年	2020年	2030年	2050年
现有可用生物质资源潜力		2.8	2.8	2.8	2.8
新增生物质能资源潜力	新增各类有机废弃物	0.6	1.7	2.2	2.7
	现有低产林地增产量	0.05	0.7	0.7	1.37
	新开发边际土地产量	0.05	0.3	0.7	2.0
生物质能资源潜力合计		3.5	5.1	6.7	8.9

2. 发展生物质发电的保障措施

为大力发展生物质发电，需要采取以下保障措施：

（1）开发高效的中小型生物质直燃/气化发电技术装置，在资源丰富区建立集中式生物质发电模式，在广大农村地区逐步建立分散的生物质发电产业。

（2）在粮食主产区、大型农场、林场，开发成熟稳定的中型生物质发电技术，建立集中生物质发电系统。

（3）生物质混燃发电技术比较成熟，鼓励在条件具备地区开发应用煤与生物质混燃发电技术，实现燃煤电站节能和减排的目标。

（4）开发可离网独立使用的生物质发电技术，为有资源条件的偏远农村地区使用生物质电力提供有效途径。

（5）完善提高沼气发电技术水平，加快发展畜禽养殖场沼气发电。

四、其他可再生能源发电

地热能：我国地热资源比较丰富，已发现的地热显示区有3200多处，其中热储温度达150℃、可用于发电的有255处。我国地热可采储量约相当于4262.5亿吨标准煤，资源潜力占全球总量的7.9%。

海洋能：包括波浪能、潮汐能、潮流能、温差能等。我国沿岸波浪能资源理论量为1285万千瓦。潮汐能资源蕴藏量为1.1亿千瓦，可开发利用量约2100万千瓦，每年可发电580亿千瓦时。沿岸海流潮流资源理论蕴藏量为1.4亿千瓦。我国海洋温差能资源丰富，如按热效率取7%、工作时间取50%、利用资源10%估算，装机容量可达13.2亿～14.8亿千瓦。

第六节　天然气发电供应能力分析

一、天然气储量

据新一轮油气资源评价结果，我国常规天然气资源量约为56万亿立方米，可采资源量22万亿立方米，主要分布在塔里木、四川、鄂尔多斯、柴达木、松辽、东海、琼东南、莺歌海和渤海湾九大盆地。其中，塔里木、四川、鄂尔多斯三大盆地天然气资源丰富，资源量共计29.2万亿立方米，占总资源量的52.3%。1990年以来，天然气勘探取得可喜成果，相继在前陆盆地、海相碳酸盐岩、大面积地层岩性、火山岩等领域发现了克拉2、普光等储量规模上千亿方级的特大和大型气田，新增天然气探明储量4.9万亿立方米。

截至2007年底，我国累计探明天然气地质储量5.86万亿立方米，探明天然气可采储量3.61万亿立方米，资源探明率10.46%，探明程度较低，未来勘测潜力大，发现大气田的概率高。预计未来我国天然气探明储量还将快速稳步增长，四川、鄂尔多斯、塔里木等九大盆地依然是常规天然气勘探的主要对象，前陆盆地、卡拉通内隆起、大面积地层岩性带、生物成因气、陆架海域等将是今后勘探的主要领域。

我国未来勘探潜力大。利用翁氏旋回模型等方法预测了2050年前我国天然气探明地质储量增长趋势，如表2-8所示。预计2008～2020年全国将累计新增天然气探明地质储量6.5万亿立方米，年均增长5000亿立方米；2021～2030年将累计新增探明地质储量6.5万亿立方米，年均增长6500亿立方米；2021～2050年累计新增探明地质储量17万亿立方米，年均增长约5600亿立方米。2020年我国天然气资源探明率将达到22%，2030年为34%，2050年为53%。探明储量的快速增长将为天然气开发奠定雄厚的资源基础。

表 2-8　我国天然气探明地质储量预测表 （单位：万亿立方米）

时间	2008~2020 年	2020~2030 年	2030~2050 年	2008~2050 年
常规天然气煤层气新增探明地质储量	6.5	6.5	10.5	23.5
煤层气新增探明地质储量	1.1	0.8	2.0	3.9

二、天然气供给能力

我国天然气资源主要分布在中、西部地区，塔里木、鄂尔多斯和四川等三大盆地资源量预计 2030 年产量将占国内总产量的 68%。而我国天然气的主要消费区域集中在长江三洲角、珠江三角洲、环渤海湾等中东部地区。

根据国家能源局相关研究报告的结果，从已探明储量和预计新增探明储量分布来看，四川、鄂尔多斯和塔里木三大盆地，2008~2050 年累计新增常规天然气产能 5300 亿立方米。

已探明未开发储量是近中期天然气增产的最现实目标，应以三大盆地为重点，加大未开发储量评价和动用，力争新建天然气产能 400 亿立方米。其中，鄂尔多斯盆地的苏里格、大牛地、子洲和榆林北区，全部为低渗岩性气藏，开发潜力较大，应作为近期重要的建产阵地。

2020 年前逐步实现煤层气商业化开采，2050 年基本形成产业化规模，成为天然气资源的重要补充。

三、天然气输配情况

我国未来天然气总体流向为"西气东输，北气南下，海气登陆，就近供应"，未来将形成以西气东输系统、陕京线系统、川气出川系统、进口天然气管道和沿海管道为主线的供应格局。主要建设西气东输二线、川气出川、进口中亚气管道、进口俄气管道、进口缅气管道等干线输气管道；完善联络和各区域的直线管道系统；加强沿海管网系统建设；海底管道、煤层气管道进一步发展；我国西部、中部、中南、西南、东北、环渤海湾、长江三角洲和珠江三角洲分别形成各自较为完善的区域管网系统。预计 2020 年全国天然气管道里程数超过 6.0 万千米，2050 年天然气管道总里程达到 10 万千米。

四、天然气发电供应能力分析

国内常规天然气：到 2020 年，累计新增探明地质储量 6.5 万亿立方米，气层气产量 1900 亿立方米；到 2030 年，累计新增探明地质储量 13 万亿立方米，气层气产量 2400 亿立方米；到 2050 年累计新增探明地质储量 23.5 万亿立方米，气层气产量保持稳定。溶解气年产量 2050 年以前基本保持在 100 亿立方米左右。

煤层气：到 2020 年累计新增探明地质储量 1.1 万亿立方米，产量达到 300 亿立方米；到 2030 年累计新增探明地质储量 1.9 万亿立方米，产量达到 500 亿立方米；到 2050 年累计新增探明储量达到 3.9 万亿立方米，产量上升到 800 亿立方米。

海外资源引进：2020 年预期可以引进管线和 LNG（液化天然气）700 亿立方米左右，2030 年进一步增加到 900 亿立方米；2040 年后国内供需缺口加大，应进一步加大引进力度。

总体来看，到 2020 年我国天然气供应量可达到 3000 亿立方米左右，2030 年为 3900 亿立方米，2050 年为 5000 亿立方米，海外资源将成为我国天然气供给重要的组成部分，煤层气将成为重要的补充资源。预计 2020 年，燃气发电装机约 5200 万千瓦；2030 年，燃气发电装机约 7300 万千瓦。

五、天然气发电发展面临的问题

鉴于我国天然气供应的压力，天然气发电面临以下问题：

（1）我国具有缺油少气的特点，使得天然气发电的燃气供应、发展规模具有较大的不确定性。

（2）天然气发电成本尚难以与煤电大机组竞争，难以承受天然气价格波动的风险，较难发挥应有的经济效益和社会效益。

（3）我国的天然气勘探投入不够，天然气勘探潜力巨大，国内天然气产量有待提高。

（4）由于我国天然气产量较少，应考虑通过国际合作的方式，加大进口天然气力度；同时还需要加快天然气基础设施的建设。

（5）由于目前天然气发电缺乏经济竞争力，需要考虑给予燃气电厂特殊政策解决。

第七节　我国中长期发电能力综合评价

一、我国电源发展指导思想、原则和分阶段目标

1. 指导思想

以科学发展观为指导，以建设资源节约型、环境友好型社会为目标，为保证经济可持续发展，电源建设应适度超前，并构建科学的电力供应体系，不断优化电源结构和布局，与资源、环境相互协调。

2. 指导原则

1）调整电源结构，不断提高清洁能源发电比重

为适应我国的发电能源资源供应，与环境协调发展，应积极优化电源结构，不断提高水电、核电、气电、风电、太阳能等清洁能源的发电比重。

2）电源布局与资源、需求、环境相互适应，有利于区域经济协调发展，并充分发挥电网优化配置资源的优势

我国发电能源资源存在着地理分布上的不平衡，以及与地区经济发展水平之间的不平

衡，经济发展的不平衡也带来地区环境问题的差异性。为促进各地区经济的协调发展，电源布局应统筹考虑社会因素、资源条件和环境空间，建设强大的电网，实现全国范围内的资源优化配置。

3）实现煤电发展的技术升级

火电发展应重视自身优化，加快大型煤电基地建设，鼓励煤电一体化建设，促进煤电集约化发展；重点发展大容量、高参数、高效率的机组；在水资源短缺地区优先发展空冷机组；充分利用煤矸石、洗中煤发电，提高能源综合利用效率；加快技术改造的革新以应对未来火电机组的退役问题；大力发展洁净煤燃烧（如整体煤气化联合循环技术等）替代常规燃煤发电方式，建成零排放燃煤电厂；实现碳捕捉技术的重大突破，减少常规燃煤电厂的温室气体排放。

4）在保护生态的基础上科学有序的开发水电

水电的重点问题是生态问题，应高度重视水电开发中的生态保护与移民问题，在科学规划的同时注重相关政策的具体落实，尽可能地降低对当地生态及人民生活的影响。

5）加快发展核电

为了实现核电的跨越式发展，我国必须尽快统一核电发展的技术路线。通过国际合作，引进技术，在2020年以前具备批量建设符合国际上第三代技术要求的核电站，适当加大核电站项目市场化改革力度。在核电项目投资、建设中，引入竞争机制，形成投资主体多元化、竞相发展核电的竞争格局，核燃料加工、制造满足国内需求，掌握第四代核电技术；在国际市场上从核电技术和装备输入转为输出。未来核电大规模发展，必须积极开拓国外市场，从富铀国家进口铀资源，保证我国核电发展的需要。

6）在有燃料供应能力的前提下适度发展天然气发电

中长期来看，随着我国天然气开发程度的不断提高，积极开拓国外市场，我国的天然气供应能力将得到加强。从改善环境状况、优化电源结构的角度出发，在有燃料供应能力的前提下可因地制宜建设适当规模的天然气发电项目，尤其在有大型核电基地建设及大规模可再生能源发电设施接入情况下，配置合理规模的天然气发电，可提高电网运行的稳定性和灵活性。

7）加强政策、资金等方面的扶持力度，促进可再生能源发电快速发展，并合理配置抽水蓄能及储能设施

风电、太阳能等可再生能源发电快速发展的同时，不仅要加强政策、资金等方面对其发展的扶持，更重要的是要认识到其对电网运行的影响，配置合理规模的抽水蓄能及储能设施，保证系统的安全稳定运行。

8）因地制宜发展分布式发电

发展小型燃气轮机、燃料电池以及太阳能发电等，为城市配电网的工业、商业、企事业以及居民等用户提供电力；发展小型燃气轮机、风力发电以及太阳能发电等，为农业、山区、牧区以及偏远用户提供电力；利用分布式发电启动快、分布广、发电调节容易等特点，为电力系统紧急控制提供后备容量以及事故后的支撑点和启动点。分布式电源是大电网的有效补充，两者应协调发展。

3. 分阶段目标

电力在能源战略中的地位：电力是优质的二次能源，也是人们重要的生活基础。针对

传统能源的不可再生性造成的我国化石能源长期供应面临的严峻形势，我国需要从基本依赖传统的化石能源发展到大力发展清洁能源，各种清洁能源大规模转化为电力，使电力在国民经济和社会发展中的作用越来越大。

我国电源的分阶段目标：未来20～40年是我国电力工业继续保持较快发展的重要时期，也是发电能力实现可持续发展的关键时期。我国核电及风电等清洁能源发电将获得较快发展，在电力供应结构中所占比重不断提高。在2030年之前、2030～2050年，每个阶段的发电能力各有侧重。

2030年之前：我国核电及风电等新能源发电将获得较快发展，在电力供应结构中所占比重不断提高。由于风电出力通常具有反调峰特性，核电出于安全性和经济性的考虑而一般带基荷运行，因此未来风电及核电的大规模发展将加大系统的调峰压力，需要加大抽水蓄能等调峰电源建设。同时，为保障能源和电力工业的协调可持续发展，必须转变电力发展方式，优化煤电布局，加快发展输电，实行输煤输电并举，以提高电煤供应保障度、降低电力供应总成本、优化利用全国环境资源、促进区域经济的协调发展。

2030～2050年：除部分水电之外，核电、风电和太阳能发电成为满足新增发电需求的三大主力电源。同时，需要保障发电能源供应和电源布局合理、满足环保和应对气候变化等外部环境要求，最大限度地满足经济社会发展对电力供应的要求。

二、全国电源发展规模及结构

1. 电源结构优化思路

优化电源结构的基本思路是：优先发展水电，大力开发风电及太阳能等其他可再生能源，大力发展核电，适度发展天然气发电，尽量减少新增燃煤装机。

1）提高清洁能源发电比重，优先发展水电、核电、气电、风电、太阳能等发电

高度重视生态保护，积极、有序地开发利用水电；在技术路线统一、发展方向明确、核燃料可靠供应的基础上，实现核电的大规模发展；在天然气供应有保障的前提下适度发展天然气发电；建立并完善法规、政策，通过资金扶持、税收优惠等方式，积极促进可再生能源发电技术开发，降低成本，提高经济性，实现可再生能源发电的产业化和规模化发展。

2）加大煤电自身结构的优化调整，加快清洁发电技术的开发应用

一方面要加大煤电集约化开发，重点发展大容量、高参数、高效率的机组，并加快现有火电机组改造技术的自主创新以改善机组运行效率、提高运行寿命；另一面大力发展洁净煤发电［如整体煤气化联合循环发电系统（IGCC）、循环流化床（CFB）等］替代常规燃煤发电方式，实现碳捕捉和储存技术的重大突破，发展零排放燃煤电厂。

2. 电源结构优化方法

1）目标函数

以社会总体成本（指发电与跨区输电全社会总成本）最小为原则，构建目标函数如下：

$$\min \sum_{z \in Z} \sum_{i=1}^{R} \left[\sum_{t \in \text{Type}} \left(C_{\text{old},t,i,z} - C_{\text{out},t,i,z} + C_{\text{new},t,i,z} \right) \cdot H_{t,i,z} \cdot P_{t,i,z} \cdot (1 + \gamma)^{-y_t} \right.$$

$$+ \sum_{k \in T_{i,Z}} C_{k,i,Z} \cdot H_{k,i,Z} \cdot P_{k,i,Z} \cdot (1 + \gamma)^{-y_t} + \Phi_{i,Z} \cdot (1 + \gamma)^{-y_t} \Big]$$

其中，Type 表示电源类型，如火电、水电、核电、可再生能源发电等；

Z 表示研究的区域，如煤炭产区（山西、陕西、内蒙古、宁夏、新疆）、风电基地（河北、江苏、吉林、蒙东、蒙西、甘肃、新疆等）、受电地区（京津冀鲁、华东地区、华中东四省）；

R 表示规划周期总数，即进行电力电量平衡分析的时间间隔；

$C_{\text{old},t,i,z}$ 为子区域 z 中在规划期初 i 上，已实际投产的 t 类型电源的装机容量；

$C_{\text{out},t,i,z}$ 为子区域 z 中，在第 i 周期规划年上与规划期初相比，退役的 t 类型电源总装机；

$C_{\text{new},t,i,z}$ 为子区域 z 中，已规划在第 i 周期规划年之前投产但在规划期初尚未实际投产的 t 类型电源的总装机；

$H_{t,i,z}$ 为子区域 z 中，t 类型电源装机在第 i 周期规划年上的利用小时数。此值经系统生产模拟后求得；

$P_{t,i,z}$ 为子区域 z 中 t 类型电源在第 i 年的单位电量全社会成本，包括平均上网电价（考虑发电燃料及其运输成本的变化、启停运行费用）、发电环境污染物排放的外部成本等。此值经系统生产模拟后求得；

γ 为折现率；

y_i 表示第 i 个周期的第一年与规划期初之间的时间距离；

$T_{i,z}$ 表示子区域 z 第 i 个周期与区外互联线路的集合；

$C_{k,i,z}$ 为子区域 z 与外区互联的线路 k 在第 i 周期规划年上的最大传输容量，若 $C_{k,i,z}$ 由区内送至区外则为负值，否则为正值；

$H_{k,i,z}$ 为子区域 z 与外区互联的线路 k 在第 i 周期规划年上的最大传输容量利用小时数。此值经系统生产模拟后求得；

$P_{k,i,z}$ 表示子区域 z 通过线路 k 在第 i 年输送单位电量的全社会成本，即上网电价（送出端）或落地电价（接受端），其中输电价测算时考虑满足环境标准带来的成本增加。此值经系统生产模拟求得；

$\Phi_{i,z}$ 表示子区域 z 在第 i 周期规划年上的系统不供电量损失。

2）优化求解方法

根据构建的目标函数，确定合理的电源结构、布局、规模、时序和跨区电力交换规模、方向、方式，包括风电开发和消纳规模、方向、时序、方式，是一个复杂的非线性优化问题。本研究通过 GESP-Ⅲ 电力系统整体优化规划软件和调峰分析软件全面深入分析电源结构和系统调峰能力优化配置，进而确定各风电基地合理可行的开发、消纳规模及其目标市场，如图 2-31 所示。具体求解如下：

第一步，确定输入数据：根据我国主要煤电基地、水电基地、风电基地等能源基地的资源及开发条件，确定各能源基地未来各水平年的开发潜力。

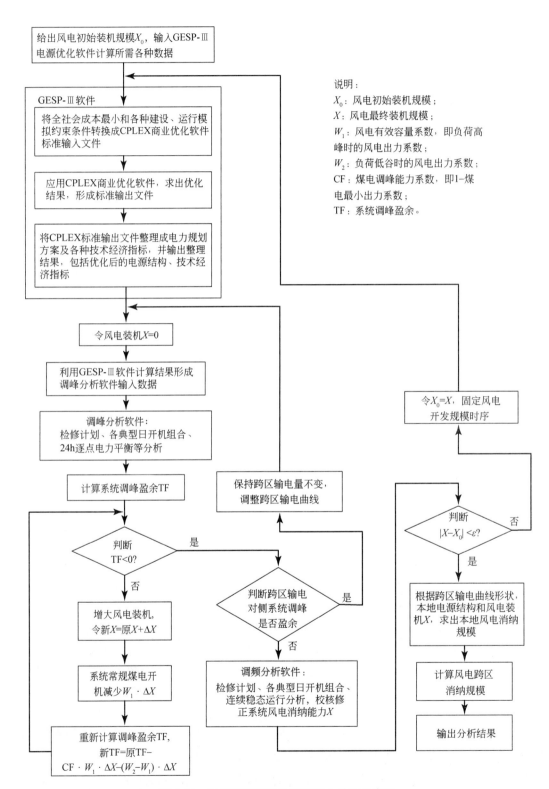

图 2-31　电源结构及风电消纳能力分析示意图

第二步，优化电源结构：根据各地区的风电初步开发方案和风电出力特性，运用GESP-Ⅲ软件，从全社会总成本最小角度优化未来各水平年各区域的电源结构，包括风电的开发规模和时序。

第三步，风电消纳规模分析：运用调峰、调频分析软件，进行逐月典型日24h的系统电力电量平衡和调峰调频分析，并根据系统调峰调频容量盈亏情况确定各地区各水平年的风电消纳规模。

第四步，判断收敛情况：检验调峰分析软件前后两次得到的未来各水平年风电开发规模的误差，包括规划期总量误差和各年最大误差，直至误差小于某一设定值。

第五步，输出分析结果：根据系统负荷特性、电源结构、跨区输电曲线形状计算各风电基地本地消纳规模和跨区消纳规模，并输出各种分析结果，包括风电消纳规模和市场、系统电源结构和布局，以及各种技术经济指标。

3. 各区域电网风电消纳能力

根据以上分析方法，2020年华北电网、华东电网、华中电网、东北电网、西北主网、南方电网的风电消纳能力分别为2373万千瓦、1539万千瓦、95万千瓦、2538万千瓦、3275万千瓦、403万千瓦，如表2-9所示。2020年、2030年全国风电可消纳规模分别为10 223万千瓦、16 079万千瓦。

表2-9 各水平年各区域电网风电消纳能力 （单位：万千瓦）

区域电网	2010年	2015年	2020年	2030年
华北	893	1 892	2 373	3 415
华东	281	915	1 539	2 862
华中	33	60	95	175
东北	688	1 047	2 538	3 929
西北	733	2 132	3 275	5 295
南方	120	263	403	403
全国合计	2 748	6 309	10 223	16 079

从目前情况看，我国风电发展势头很猛，如果按照2020年我国风电装机达到1.5亿千瓦考虑，为满足如此大规模的风电开发，必须进一步加大调峰电源的建设规模，增强区域电网间的联网强度，否则将在更多月份、更多时段出现限制风电出力的情况，对风电的经济效益将产生较大影响。另外，如果按此规模开发风电，必须增大系统在电源、电网环节的投资和运行费用，整个电力系统的投资和运行成本也随之显著增加。

经初步分析，通过加大风电基地的开发和外送规模、加大其他地区的风电分散式开发规模，2020年全国风电开发规模基本可以达到1.5亿千瓦。在此情况下，为满足电力系统的安全稳定运行，一方面要增大能源基地电力外送通道的建设，增大风火打捆外送的风电规模；另一方面要在"三华"同步电网统一规划运行的基础上，增大华北、华东等负荷中心地区的抽水蓄能电站建设规模，在外来电力规模增大的情况下满足系统的调峰需求；最后要增大东北、西北等风电集中地区的抽水蓄能电站建设规模，扩大风电的就地消纳能力。

4. 风火打捆外送分析

1）风电打捆外送规模

根据风电出力特性和风火打捆外送比例分析，通过风火打捆外送的方式，哈密、酒泉、锡林郭勒盟、赤峰各风电基地 2015 年可外送风电 1460 万千瓦，2020 年可外送风电 2326 万千瓦，2030 年可外送风电 3326 万千瓦。如表 2-10 所示。

表 2-10　各风电基地的风电外送规模　（单位：万千瓦）

风电基地	2015 年	2020 年	2030 年
新疆	580	1080	2080
酒泉	475	475	475
锡林郭勒盟	405	405	405
赤峰		366	366
合计	1460	2326	3326

2）风火打捆外送经济性分析

我国未来规划建设的千万千瓦风电基地，除江苏沿海基地外，其余都分布在"三北"地区，距离东部负荷中心距离较远，其中西北风电外送东中部负荷中心地区的距离多在 1000km 以上。由于风电是间歇性、随机性能源，风电的年利用小时数较低，单独远距离输送，将导致输电通道的利用率很低，输电经济性较差，加上风电上网电价较高，单独输送风电到受端电网的落地电价将不具有竞争优势。

我国西北地区煤炭资源丰富，具有足够的水资源支撑能力。根据国家煤炭开发及煤电开发整体布局，未来我国将在西北地区建设大型煤电基地，电力远距离外送到东中部负荷中心地区。考虑到西北煤电基地与大型风电基地在地理上的布局基本相同，为提高输电通道的利用率和实现风电的远距离消纳，风电外送可采用风电和火电"打捆"的外送方式，通过合理规划，共用输电通道。

以嘉酒—泰州 ±800kV 和准东—豫北 ±1000kV 两条直流输电通道为例，进行风电外送的经济性分析。

a. 受端火电标杆上网电价

2008 年，我国东中部受端地区江苏省的火电标杆上网电价为 0.4358 元/（kW·h），河南省为 0.3942 元/（kW·h）。

b. 单独送风电的落地电价

西北风电单独外送时，嘉酒—泰州的纯风电外送到达江苏省的落地电价为 0.9239 元/（kW·h），是受端标杆上网电价的 2.1 倍；准东—豫北纯风电外送到达河南省的落地电价为 0.8793 元/（kW·h），是受端标杆上网电价的 2.2 倍。

c. 风火打捆的落地电价

与纯风电外送相比，风火"打捆"外送具有两点优势：一是火电上网电价较低，能大幅降低平均上网电价；二是火电参与风电调节，能保证输电通道的利用小时数，有效降低输电电价。

风火"打捆"外送方案中,嘉酒直流和准东直流输电通道都不参与受端电网调峰,"打捆"的风电规模按最大消纳能力考虑。具体而言,嘉酒地区为720万千瓦煤电和252万千瓦风电,准东地区为900万千瓦煤电和315万千瓦风电。

从表2-11可以看出,当输电小时数为5000h,嘉酒—泰州输电通道风火"打捆"输电到受端的落地电价为0.4572元/(kW·h),当输电小时数增大到6400h,则落地电价降低到0.4217元/(kW·h)。当输电小时数为5000h,准东—豫北输电通道风火"打捆"输电到受端的落地电价为0.4296元/(kW·h),当输电小时数增大到6400h,则落地电价降低到0.3897元/(kW·h)。

表2-11 风火打捆送电经济性比较 [单位:元/(kW·h)]

比较类型			江苏	河南
当地上网电价	火电标杆上网电价		0.4358	0.3942
落地电价	单独送风电		0.9239	0.8793
	风火打捆	5000h	0.4572	0.4296
		6400h	0.4217	0.3897

在纯送风电的情况下,风电落地电价是江苏省标杆上网电价的2.1倍,是河南省标杆上网电价的2.2倍。而在风火打捆的情况下,在输电小时为6400h,风火打捆落地电价分别比江苏、河南省的标杆上网电价低1.41分/(kW·h)和0.45分/(kW·h),风火打捆具有一定的电价优势。此外,在风火打捆送电情况下,火电利用小时数可达到5630h和5560h,处于火电的可接受利用小时数范围内。

由此可见,风火"打捆"外送不仅扩大了风电消纳范围和消纳规模,而且可以解决风电远距离输送的经济性问题,是一种可行的风电消纳方式。

5. 风电开发规模及布局

我国风能资源和多数大风电基地主要分布在经济发展落后、负荷水平较低、系统规模较小的地区,当地电网的风电消纳能力十分有限,必须通过跨省跨区的电网互联把风电送入更大的范围内消纳。经分析,华北、东北、西北的风电开发规模受系统消纳能力的约束,风电推荐开发规模按系统消纳能力考虑;华东、华中、南方电网的风电开发规模不受系统消纳能力的约束,风电开发规模按初步设想的开发规模考虑。

预计到2020年我国风电装机容量将达到1亿千瓦以上,2030年将达到1.6亿千瓦左右。未来各水平年各省区的风电推荐开发规模如表2-12所示。

表2-12 未来我国风电开发规模及布局 (单位:万千瓦)

区域	2009年	2010年	2015年	2020年	2030年
全国	1 614	2 748	6 309	10 223	16 079
华北	525	893	1 892	2 373	3 415
京津唐	101	365	1 043	1 325	2 030

续表

区域	2009 年	2010 年	2015 年	2020 年	2030 年
河北南	20	22	35	65	90
山西	5	14	20	40	60
山东	70	107	191	260	410
蒙西	329	385	603	683	825
华东	169	281	915	1 539	2 862
上海	4	31	110	150	220
江苏	99	135	585	1 075	2 218
浙江	20	30	80	130	180
安徽	0	0	10	24	44
福建	46	85	130	160	200
华中	19	33	60	95	175
河南	5	8	15	25	40
湖北	4	5	10	15	35
湖南	0	5	10	15	30
江西	9	10	15	20	30
四川	0	0	5	10	20
重庆	1	5	5	10	20
东北	618	688	1 047	2 538	3 929
辽宁	163	172	250	290	350
吉林	141	176	293	747	1 330
黑龙江	140	140	160	200	260
蒙东	174	200	344	1 301	1 989
西北	210	733	2 132	3 275	5 295
陕西	0	15	15	45	60
甘肃	75	472	1 162	1 555	2 215
青海	0	10	10	60	90
宁夏	54	103	195	215	330
新疆	81	133	750	1 400	2 600
南方	73	120	263	403	403

　　需要注意的是，对每一系统而言，由于各月负荷水平、负荷特性不同，开机组合也不同，每月的风电消纳能力也不同。本报告中用各月最小风电消纳能力作为各系统的风电消纳能力，这样可保证全年风电的电量能够比较充分地被系统消纳。如果采用其他月份的风电消纳能力作为系统的风电消纳能力，那么在风电消纳能力小于采用的系统风电消纳能力的月份，风电需要在较多时段显著限制出力，出现较大"弃风"，以满足系统调峰的总体要求，风电的投资效益将受到影响。

6. 风电消纳市场

分析结果表明：2010 年、2015 年、2020 年、2030 年七大基地的风电开发规模分别占全国总规模的 68%、74%、78%、82%，我国风电开发的集中度将日益增大。2020 年，如果仅考虑本省内的风电消纳能力，全国可开发的风电规模为 4773 万千瓦；通过跨省跨区的电网互联，全国风电开发规模可增大 5450 万千瓦，达到 10 223 万千瓦，如表 2-13 所示。

表 2-13　2020 年七大基地风电消纳市场　　　　（单位：万千瓦）

地区	开发规模	省内消纳	跨省跨区消纳
合计	10 223	4 773	5 450
新疆	1 400	320	1 080
甘肃	1 555	330	1 225
蒙西	683	278	405
蒙东	1 301	129	1 172
吉林	747	301	446
河北	1 325	768	557
江苏	1 075	510	565
其他地区	2 137	2 137	0

2030 年，如果仅考虑本省内的风电消纳能力，全国可开发的风电规模为 7464 万千瓦；通过跨省跨区的电网互联，全国风电开发规模可增大 8615 万千瓦，达到 16 079 万千瓦，如表 2-14 所示。

表 2-14　2030 年七大基地风电消纳市场　　　　（单位：万千瓦）

地区	开发规模	省内消纳	跨省跨区消纳
新疆	2 600	520	2 080
甘肃	2 215	572	1 643
蒙西	825	420	405
蒙东	1 989	313	1 676
吉林	1 330	636	694
河北	2 030	1 368	662
江苏	2 218	763	1455
其他地区	2 872	2 872	0
合计	16 079	7 464	8 615

7. 总体电源结构及变化趋势

立足我国一次能源供应的基本格局，在没有重大能源科技突破之前，未来 20 年甚至

40 年，构建"洁净煤发电 + 核电 + 可再生能源"的总体发电能源供应格局，是适合我国国情、满足资源及环境承受力的战略选择。2050 年之前，煤电仍将是我国电力系统的主力电源，但煤电装机及发电量比重将呈大幅度下降趋势。

1）电源装机情况

为满足电力需求预测水平，全国发电装机总规模 2020 年约 17.1 亿千瓦，2030 年 23.5 亿千瓦左右，2050 年约 31.7 亿千瓦。2020 年、2030 年、2050 年的全国各类电源装机规模如表 2-15 及图 2-32 所示，装机比例如图 2-33 ~ 图 2-35 所示。

表 2-15　2020 ~ 2050 年我国发电装机情况　　　　（单位：万千瓦）

年份	合计	水电	抽蓄	煤电	燃气	核电	风电	太阳能	生物质能等
2020	171 420	34 775	5 319	104 395	5 168	8 030	10 233	2 000	1 500
2030	234 916	43 134	8 414	134 975	7 259	16 055	16 079	7 000	2 000
2050	316 906	43 000	12 000	136 906	13 000	40 000	40 000	30 000	2 000

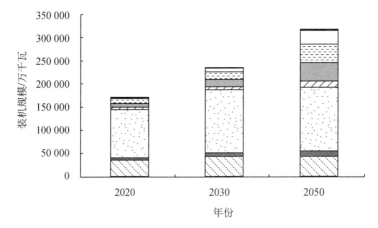

图 2-32　未来 20 ~ 40 年我国发电容量总体规模

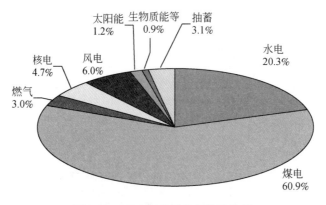

图 2-33　2020 年我国发电装机比例

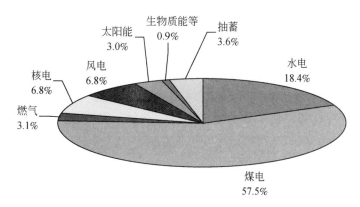

图 2-34 2030 年我国发电装机比例

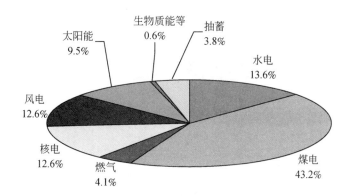

图 2-35 2050 年我国发电装机比例

各类电源未来 20～40 年新增发电容量情况如图 2-36 所示。

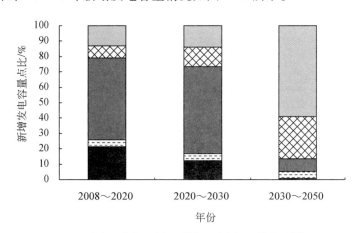

图 2-36 未来 20～40 年新增发电容量构成情况

通过上述分析可以看出，2030～2050 年，风电、太阳能发电等非水电可再生能源发电以及核电所占的比重大幅上升，新增份额分别占到全国新增装机的 58.9% 和 27.7%，成为新增发电的绝对主力。

2）各类电源发电量情况

采用第一章第四节电力需求预测高方案，未来全国各类电源发电量2020年约7.0万亿千瓦时，2030年10.4万亿千瓦左右时，2050年约12.0万亿千瓦时。2020年、2030年、2050年的全国各类电源发电量情况如表2-16及图2-37所示。

表2-16　2020～2050年我国各类电源发电量情况　（单位：亿千瓦时）

年份	合计	水电	抽蓄	煤电	燃气	核电	风电	太阳能	生物质能等
2020	70 660	11 500	-80	48 500	1 820	6 000	2 040	280	600
2030	104 520	14 200	-120	70 900	2 560	12 000	3 200	980	800
2050	120 360	14 200	-180	58 900	4 580	29 900	7 960	4 200	800

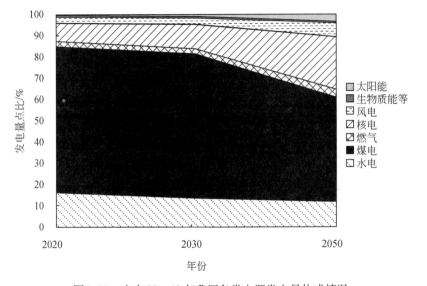

图2-37　未来20～40年我国各类电源发电量构成情况

预计2020年，全国发电装机总容量中，燃煤机组的发电量比重由2006年的83%下降到69%，水电、核电及其他可再生能源（风能、生物质能及太阳能等）发电量由17%提高到28%，天然气发电量约占3%；2030年，水电、核电、气电及其他可再生能源（风电、太阳能和生物质能等）等非燃煤发电装机的发电量所占份额上升到32%以上，煤电的发电份额下降到68%以下；到2050年，核电、水电、气电及其他可再生能源（风电、生物质能及太阳能等）机组的发电量所占份额上升到50%以上，煤电发电份额下降到50%以下。

3）发电能源消耗情况

2020年、2030年和2050年，全国需要发电能源分别约23亿吨、30亿吨、38亿吨标准煤（按发电煤耗法折算），占同期全国一次能源需求的50%～55%。电煤占各水平年煤炭供应能力的比重接近70%。2020年、2030年、2050年的全国各类电源消耗的一次能源情况如表2-17及图2-38所示。

表 2-17　2020～2050 年我国各类发电能源消耗的一次能源情况　（单位：亿吨标准煤）

年份	合计	水电	煤电	燃气	核电	风电	太阳能	生物质能等
2020	23.46	3.53	16.65	0.56	1.83	0.62	0.09	0.18
2030	30.38	4.18	20.5	0.75	3.5	0.93	0.29	0.23
2050	37.89	4.07	20.29	1.31	8.52	2.27	1.2	0.23

注：各类发电一次能源均由发电煤耗法进行测算得到。

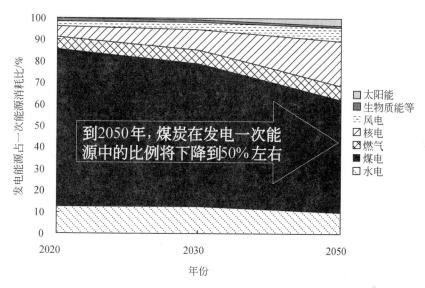

图 2-38　未来 20～40 年我国发电能源需求及构成

从以上分析可见，按照从以煤电为主逐步过渡到以核电及可再生能源发电为主的电源接替性发展技术路线，未来 20～40 年，我国电源结构将逐步实现优化及多元化，至 2050年，煤电在发电能源中的比重可望下降到 50% 以下。

三、全国电源布局分析

1. 燃煤电站

在具备条件的西部煤炭基地集约化开发建设煤电基地，实现输煤输电并举，优势互补；视当地煤炭资源情况在中部地区合理建设燃煤电厂；控制东部沿海地区的燃煤电站建设规模。

我国中东部地区煤炭资源相对匮乏、人口密度较大、煤炭运输紧张、环境容量不足，不宜继续大规模建设燃煤电厂。立足于提高能源资源的高效、综合利用水平，未来的煤电开发建设宜重点考虑在水资源供应等外部环境条件允许的情况下，在西部和北部煤炭基地布局和建设煤、电一体化的大型煤电基地，采用大容量、远距离、低损耗的特高压输电技术送至中东部负荷中心。一是有利于通过集约化开发提高煤炭资源的综合开发效率；二是有利于燃煤电厂所需燃煤的充足供应；三是可以把低质煤、洗中煤和煤矸石就地发电，通过电网实现能源输送，洗精煤通过铁路运力外运，从而提高煤炭资源的综合利用效率，提高铁路运输效率和效益，实现输煤输电并举。同时，集约化煤电基地开发建设可减轻电厂分散建设带来的电厂接入困难以及生态环境影响等问题。

我国北方的山西、陕西、内蒙古、宁夏、新疆等各省（自治区）是我国煤炭资源的富集区，目前五省（自治区）的煤炭保有资源储量共7828亿吨，占全国的76%，是满足我国未来新增煤炭需求的主要供给区。我国大型煤电基地也将主要布局在这五省（自治区），目前前期工作开展比较深入的主要有山西、陕西、宁夏及内蒙古的蒙西、锡林郭勒盟、呼盟以及新疆的哈密等，上述煤电基地的煤炭资源保有储量合计约6379亿吨，占五省（自治区）总量的81.5%。

由于上述地区是水资源较为缺乏的地区，水资源的可获得性是制约煤电基地开发建设的关键因素。通过对上述各煤电基地所开展的水资源供需综合平衡研究表明：在大力发展空冷机组和采取水利工程建设、水权转换，以及加大城市中水和矿坑排水利用等措施的基础上，上述煤电基地未来可获得的新增发电用水量大约可支持超过4亿千瓦的新增装机规模。

2. 水电

加大重点流域开发力度，优先开发调节性能好的大中型水电站，因地制宜开发中小型水电站。

水电开发要贯彻科学发展观，坚持"开发中保护，保护中开发"；坚持"流域、梯级、综合、协调"的开发方针，全面规划、统筹兼顾、综合利用、讲求效益；加大重点流域开发力度，加快推进对黄河上中游、长江中上游及其干支流、红水河、澜沧江中下游和乌江等资源富集并居"西电东送"战略性地位的水电基地的开发建设；优先开发调节性能好的大中型水电站；因地制宜，积极开发中小型水电站；尽早启动并深入开展西藏水力资源开发的前期论证和技术准备工作，在条件具备时，加快推进对西藏水电的开发利用。

3. 核电

重点在一次能源资源缺乏的负荷中心地区开发建设，尽量避免远距离电力输送，并按基地布局。

核电站应采用"大规模电站布局、分布开发实施"的方式进行规划布局和开发建设。从能源供需情况以及对受端电网提供支撑等角度出发，重点考虑在我国中东部负荷中心地区布局若干核电基地。近期主要在东南沿海地区建设，然后逐步向能源资源匮乏、经济条件与厂址条件较好的中部内陆地区延伸布局。

4. 风能、太阳能及生物质能等可再生能源发电

风电：随着未来常规能源成本持续上升，在诸多可再生能源发电中，风电的优势更为明显，发展将更快。我国风能资源丰富地区主要分布在东南沿海及附近岛屿、华北的内蒙古地区、西北的新疆及甘肃河西走廊地区、青藏高原以及内陆个别地区。风电开发的重点地区是东北、西北、华北和东南沿海等，在条件具备的地区应尽量采取规模化建设、采用

与煤电基地联合开发、利用特高压输电通道联合输送的方式进行开发，近海风电的开发建设实现规模化。

太阳能、生物质能等其他可再生能源发电：太阳能光伏发电、生物质能与沼气发电、垃圾发电、地热发电、潮汐发电等应根据资源条件，因地制宜开发，就地分散接入当地电网。或在偏远的山区、牧区以及海岛地区等，作为主力电源为用户直接供电。在技术成熟、经济性显著提高的基础上，在西部地区的戈壁、荒滩建设大规模太阳能发电基地。

5. 燃气电站

在气源充足、燃料供应有保障的情况下，在负荷中心地区建设一定规模的燃气电站；并鼓励发展高效的分布式热电冷综合能源系统。

相对燃煤电站而言，天然气发电高效、清洁，运行灵活，有利于提高电力系统的能源综合效率，提高运行灵活性。在天然气资源充足、供应有保障的前提下，应鼓励在负荷中心建设一定规模的天然气发电站。尤其在有大型核电基地建设及大规模可再生能源发电设施接入情况下，配置一定规模的天然气发电，结合一定规模的抽水蓄能电站建设，可提高电网运行的稳定性和灵活性。

第三章 我国电网中长期发展战略

第一节 我国电网发展现状

新中国成立以来，我国电网发展经历由小到大、由弱到强的过程，保持了持续、健康的发展态势，为满足国民经济的快速发展和人民生活水平的不断提高提供了安全可靠的电力。电网从城市孤立电网逐步发展到地区电网，再发展到省内电网，进一步发展到大区电网，目前已经初步形成以六大电网互联为主要形式的全国联网格局。

电网规模不断扩大，电压等级不断提高，电网技术不断升级，电网可靠性、灵活性和经济性得到显著提高。

截至 2008 年年底，全国发电装机容量达到 79 253 万千瓦。其中，水电 17 152 万千瓦，约占总容量 21.64%；火电 60 132 万千瓦，约占总容量 75.87%；水、火电占总容量的比例同比分别上升 1.00% 和下降 1.55%，风电并网总容量达 894 万千瓦。全国电网 220 千伏及以上输电线路回路长度达到 36.48 万千米，同比增长 11.10%，220 千伏及以上变电设备容量达到 138 714 万千伏安，同比增长 17.80%。

一、全国形成以超高压输电为主网架的六大区域电网

20 世纪 50 年代，浙江新安江水电站的建成，促成了浙江与上海电网的互联，为整个华东电网奠定了基础；60 年代，丹江口水电站的建成，实现了湖北与河南电网的互联；70 年代初，为配合刘家峡水电站的投运，于 1972 年建成了刘家峡—关中 330 千伏输电工程，逐步形成了"陕甘青宁"电网；1981 年，平顶山—双河—武昌 500 千伏输电工程投产，开辟了我国 500 千伏超高压电网建设的新阶段，华中、东北、华北、华东的 500 千伏跨省电网相继得到了大发展；90 年代初，随着天生桥水电站的建成和天广 500 千伏输电工程投产，促成了南方联营电网；2001 年 10 月，华东电网与福建电网通过 500 千伏交流线路联网；2002 年 5 月，"川电东送"工程实现了川渝与华中电网互联；2005 年 3 月，山东电网联入华北电网。

近年来，伴随着中国电力发展步伐不断加快，全国形成了东北电网、华北电网、华中电网、华东电网、西北电网和南方电网 6 个跨省的大型区域电网。其中西北电网以 330kV 和 750kV 为主网架，而其他五大电网以 500kV 输电线路为主网架。以超高压输电为主网架的完整的区域电网系统已经成型。

现在全国 500 千伏输电线路长度已达到 107 993km，500kV 变压器容量达到 52 581 万千伏安；其中跨区域输电线路 12 608km、变压器容量 2934 万千伏安。

尽管近几年我国各大区电网中电源和负荷增长都超过两位数，但是以 500kV 作为主网

架的区域电网很好地承担了电源的发展和负荷的高速增长。

六大区域电网的基本情况如下所述。

1. 东北电网

东北电网覆盖东北地区的黑龙江、吉林、辽宁三省和蒙东的呼伦贝尔市、兴安盟、通辽市和赤峰市。

1）电网规模

截至 2008 年年底，东北电网已有 500 千伏变电站 30 座，变压器 47 台，总变电容量约 3670.7 万千伏安，全网 500 千伏线路 76 条，线路总长约 9827.5km。

2）电源规模

截至 2008 年年底，东北电网装机容量为 6305.6 万千瓦，其中，水电装机容量为 657.3 万千瓦，火电装机容量为 5331.4 万千瓦，新能源 312.95 万千瓦（其中风电装机容量为 298.3 万千瓦），其他 4 万千瓦。

3）主要经济指标

2008 年东北电网全社会用电量总计为 2776 亿千瓦时，同比增长 6.06%；2008 年东北全网最大负荷为 3909.2 万千瓦，同比增长 4.49%。

2008 年东北电网向华北电网净送电量 52.5 亿千瓦时，约占本区同期用电量 2%。

4）电网主网架结构

2008 年，东北电网 500 千伏主网架已初步形成。北起呼伦贝尔市的伊敏，南至大连的南关岭，跨越达千余公里。西至赤峰的元宝山，东达黑龙江的佳木斯、七台河，东北电网 500 千伏主网架已经覆盖了东北地区的绝大部分电源基地和负荷中心；辽吉、吉黑省间 500 千伏联络线分别达到 3 回和 4 回；东北与华北电网实现直流背靠背联网运行。

东北电网内主要电力走向为西电东送、北电南送。在东北电网内部，黑龙江电网、吉林南网和辽宁电网均已形成各自较强的 500 千伏主干电网。

2. 华北电网

华北电网由京津唐电网、河北南部电网、山西电网、内蒙西部电网和山东电网组成，供电区域包括北京、天津两直辖市和河北、山西、山东三省及内蒙古自治区西部地区。

1）电网规模

截至 2008 年年底，华北电网已有 500 千伏变电站 79 座，变压器 151 台，总变电容量约 11 966 万千伏安，全网 500 千伏线路 229 条，线路总长约 21 996.99 千米。

2）电源规模

截至 2008 年年底，华北电网网调及各省调直调装机容量达 15 202 万千瓦，其中，火电 14 676 万千瓦，水电（含抽水蓄能）453 万千瓦，风电 72 万千瓦，直调装机容量中直接接于 500 千伏系统的容量达 4909 万千瓦。

3）主要经济指标

2008 年华北电网最高发电负荷为 11 870 万千瓦，同比增长 6.12%；全年全社会用电量 8389 亿千瓦时，同比增长 3.4%。

2008 年华北电网从东北电网净受电 52.56 亿千瓦时。

4）电网主网架结构

2008 年，华北 500kV 电网已形成以京津冀区域为受端负荷中心，以内蒙古西部电网、山西电网为送端，省网间西电东送有 11 回 500kV 线路（不包括托克托、岱海、上都等直送线路）的较坚强电网；山东电网电力供需基本自平衡，通过辛安—聊城双回 500kV 线路与主网相连。

华北电网内主要电力走向为西电东送、北电南送。华北电网共有七个西电东送通道：内蒙古电网外送通道由丰镇—万全—顺义双回路、汗海—沽源—太平双回路组成；托克托电厂外送通道由托克托—浑源—安定（霸州）4 回路组成；山西电网外送通道由大房双回、神保双回、侯石单回、潞辛双回共计 7 回组成。上都电厂—承德的双回 500kV 线路开辟了一条独立的北电南送通道。

在华北电网内部，京津唐电网、河北南网、山西电网、蒙西电网和山东电网均已形成各自较强的 500kV 主干电网。山西电网以大同至运城的南北之间 500kV 双回线路组成华北电网西部纵向通道；河北南网以保北至辛安的南北之间 500kV 双回线路组成华北电网中部纵向通道，并通过房保双回向北延伸至京津唐电网；由京津唐电网的姜家营—安各庄—芦台—滨海线路和河北南部的黄骅—沧西—武邑—辛安线路逐渐形成华北电网南北之间的第三纵。

华北电网"七横三纵"主网架格局已初具规模。

3. 西北电网

西北电网包括陕甘青宁新五省（自治区）电网。目前，陕甘青宁电网已经联网，新疆电网仍为孤网运行，未联入西北主网。

1）电网规模

截止到 2008 年年底，西北电力系统 750kV 线路总计 4 条，长度 826.396km；西北电网 330kV 线路总计 252 条，长度 16 624.918km，其中网调调管 129 条；220kV 线路总计 198 条，长度 9393.51km；跨省联络线 19 条，其中 750kV 2 条，长度 534.364km，330kV 16 条（含与华中联网的罗灵线），长度 1888.164km，220kV 1 条，长度 149.139km。

2）电源规模

截至 2008 年年底，西北电力系统五级统一调度（含新疆）的总装机容量为 5751 万千瓦，其中，火电装机容量 3918 万千瓦，占总装机容量的 68.1%；水电装机容量为 1581 万千瓦，占总装机容量的 27.50%；风电装机容量 154 万千瓦，占总装机容量的 2.68%；其他装机容量 97 万千瓦，占总装机容量的 1.69%；直接接入 330kV 电压等级的发电容量 2708 万千瓦，占总装机容量的 47.11%；直接接入 220kV 电压等级的发电容量 1247 万千瓦，占总装机容量的 21.65%。

2008 年年底西北电网（四省）总装机容量 4438 万千瓦，其中，火电装机容量 3122 万千瓦，占总容量的 70.3%；水电装机容量 1174 万千瓦，占总容量的 26.5%；风电机组装机容量 98 万千瓦，占总容量的 2.2%；其他机组装机容量 44 万千瓦，占总容量的 1.0%。2008 年陕甘青宁四省（区）电网用电量 1886.5 亿千瓦时，同比增长 6.53%。

新疆电力工业经过几十年的建设,取得了显著的成就,截至 2008 年年底全区发电装机总容量 1120 万千瓦,其中,火电装机 828 万千瓦,占 74%;水电装机 241 万千瓦,占 21.5%;风电装机 49 万千瓦,占 4.4%;其他装机 1 万千瓦,占 0.1%。

3)主要经济指标

2008 年西北电网(含新疆)全社会用电量达 2619 亿千瓦时,同比增长 8.8%。其中陕甘青宁四省(区)全社会用电量达 2140 亿千瓦时,同比增长 7.3%;陕甘青宁四省(区)最大负荷达 2618 万千瓦,同比增长 3%。

4)电网主网架结构

陕甘青宁电网是全国六大跨省电网之一,东起陕西韩城,西到青海格尔木,东西长 1400km,南北宽 900km,地域跨度全国最大。电网已覆盖四省(自治区)的大部分经济较发达地区,西安、兰州、西宁、银川等地区是电网的核心地区,目前电网最高电压等级为 750kV。陕甘青宁电网主网电压等级为 330 千伏,另外在陕西的关中、汉中,甘肃的兰州、白银,宁夏的中北部地区还有部分 220kV 电网。根据陕甘青宁电网目标电压系列,这些地区的 220kV 电网基本不再发展,局部地区已计划逐步取消。

新疆电网尚未联入西北电网,也未与周边国家形成跨国联网。目前新疆主电网已经实现 220kV 全疆电网联网,形成以乌鲁木齐为中心,沿天山北坡东西展开,南北延伸,最东至哈密,最西至伊犁,最南至和田,最北至阿勒泰,东西约 2000km,南北约 3300km,供电范围覆盖全疆的大电网。在新疆主电网覆盖范围内,还有一些隶属于兵团、石油和地方的 110kV、35kV 独立小电网,以及企业自备小电网。

4. 华东电网

华东电网包括上海、江苏、浙江、安徽和福建四省一市,是我国最大的跨省市区域电网。

1)电网规模

截至 2008 年年底,华东全网 500kV 变电站 85 座,变压器共 177 台,变电容量 13 772.94 万千伏安,500 千伏线路长度 21 630km。

2)电源规模

截至 2008 年年底,华东电网总装机容量为 17 712 万千瓦,其中,水电 2224 万千瓦,火电 14 639 万千瓦,核电 507 万千瓦,新能源及其他 342 万千瓦。

3)主要经济指标

2008 年华东四省一市全社会用电量 8493 亿千瓦时,同比增长 6.4%;全社会最高负荷 13 750 万千瓦,同比增长 5.0%。

4)电网主网架结构

华东电网的交流 500kV 骨干网架已基本形成,网架结构进一步完善。至 2008 年年底,华东电网主网架已形成两个 500kV 跨省市环网(武南—瓶窑—繁昌—东善桥—武南和武南—斗山—石牌—黄渡—泗泾—南桥—王店—瓶窑—武南),500kV 当涂—惠泉输电通道的建成,加强了安徽电网电力东送的能力。江苏苏北和苏南亦形成东中西共四个 500kV 通道 8 回线路,苏锡常地区已形成 500kV 双环网,苏南沿江 500kV 通道已贯通,形成了"四横四纵"的电网结构；浙江钱塘江南北有 500kV 二个通道 4 回线路，并随着双龙—瓯海的第二回 500kV 线路投产，浙南地区已形成 500kV"日"字双环网；上海在 500kV 双环网基础上形成三个同华东主网的受电通道，增强了上海电网的交流受电能力；安徽电网 500kV 西通道建成，形成 6 回 500kV 线路联络皖南和皖北、皖中，电力过江南送能力得到了加强；福建继续完善 500kV 链式结构并通过二回 500kV 线路同华东主网联系。

5. 华中电网

华中电网包括河南、湖北、湖南、江西、四川和重庆五省一市，是我国供电人口最多的区域电网。

1）电网规模

截至 2008 年年底，华中电网拥有 500kV 变电站 90 座（含开关站 7 座），500kV 主变 130 台，总容量 10 105.1 万千伏安（不含升压变压器、换流变压器）。全网 500kV 输电线路 265 条，总长度为 24 657.69km（不含 500km 直流输电线路）。

2）电源规模

截至 2008 年年底，华中电网全口径装机容量为 17 473.42 万千瓦，同比增长 12.53%；其中，水电装机为 7388.36 万千瓦，约占 42.3%；火电装机为 10 056.35 万千瓦，约占 57.6%。华中电网统调总装机容量为 14 451.88 万千瓦，同比增长 14.53%；其中，水电装机为 5635.2 万千瓦，火电装机为 8807.97 万千瓦。

3）主要经济指标

2008 年华中电网全社会用电量 6201 亿千瓦时，最大用电负荷 9900 万千瓦。

4）电网主网架结构

华中电网目前已形成了以三峡和葛洲坝电站外送为中心，北起河南洹安变，南至江西赣州变，东达江西上饶变，西至四川二滩水电站的 500kV 电网，并在湖北中部形成具有一定支撑作用的骨干网架。

6. 南方电网

南方电网覆盖广东、广西、云南、贵州和海南五省区，供电面积 100 万平方千米，供电总人口 2.3 亿。南方电网的特点是远距离、大容量、超高压输电，交直流混合运行。目前南方电网已经形成"五条直流、八条交流"13 条 500kV 西电东送大通道，每条都在 1000km 及以上，最大输电能力超过 2300 万千瓦。目前南方电网通过三峡—广州直流输电工程与华中电网相连，并且与中国香港、中国澳门电网以及东南亚国家电网实现互联。

1）电网规模

截至 2008 年年底，南方电网 500kV 变电容量 9850 万千伏安，同比增长 19.4%，500kV 线路总长度 26 419km，同比增长 21.2%。

2）电源规模

截至 2008 年年底，南方电网全社会装机容量为 13 986 万千瓦，其中，水电为 4768 万千瓦，占 34.1%；抽水蓄能为 240 万千瓦，占 1.7%；火电为 8000 万千瓦，占 57.2%；燃机 555 万千瓦，占 4%；核电 378 万千瓦，占 2.7%；风电等新能源 44 万千瓦，占 0.3%。

3）主要经济指标

2008 年南方电网全社会用电量为 5898 亿千瓦时，同比增长 5%，全社会最大负荷 9920 万千瓦，同比增长 14%。

4）电网主网架结构

目前，南方电网已形成天广Ⅰ、Ⅱ、Ⅲ、Ⅳ回，贵广Ⅰ、Ⅱ、Ⅲ、Ⅳ回共八回 500kV 交流，天广 ±500kV 直流，贵广Ⅰ、Ⅱ回 ±500kV 直流以及三广 ±500kV 直流的"八交四直"西电东送主网架。

二、区域电网互联逐步形成

六大区域电网间的互联随着电网的发展逐步形成。

通过直流输电或背靠背方式互联的有：华中电网和华东电网通过葛上直流工程、三上两回直流联网；华中电网和南方电网通过三广直流工程联网；华中电网和西北电网通过灵宝背靠背直流、宝德直流工程联网；华北电网和东北电网通过高岭背靠背直流联网。

通过交流互联的是华北电网和华中电网，两网通过 1000kV 特高压交流输电线路互联。

1989 年，葛洲坝—上海南桥 ±500kV 直流输电工程建成投运，实现了华中、华东两大区域电网通过直流输电线互联；2004 年 2 月，华中电网通过三峡—广东直流输电工程与南方电网相连；2005 年 6 月，华中、西北电网通过直流背靠背相连。2001 年 5 月，华北与东北电网曾经通过单回 500kV 线路（后增加至双回线）实现了第一个跨大区交流同步联网；2006 年 6 月华中电网与华北电网在河南安阳洹安变电站实现 500kV 交流联网。随着东北、华北、华中、川渝电网互联，形成了从伊敏到川渝的绵延四千余千米的长链式交流同步电网，低频和超低频振荡问题成为制约区域电网间功率送受的决定因素。2008 年 11 月华北与东北电网间又改成直流背靠背联网。至此，六大区域电网间五处联网中有四个是直流联网，全国区域电网间以直流输电或背靠背方式为主的互联格局逐步形成。

2009 年 1 月交流特高压试验示范工程投入试运行，华北—华中电网间又改为通过 1000kV 交流输电线在晋东南与湖北荆门间同步联网。

随着三峡—常州、宜都—华新直流的投产，目前华中—华东电网间已通过三回 ±500kV 直流实现异步联网。截至 2009 年 1 月的六大区域电网互联情况见图 3-1。

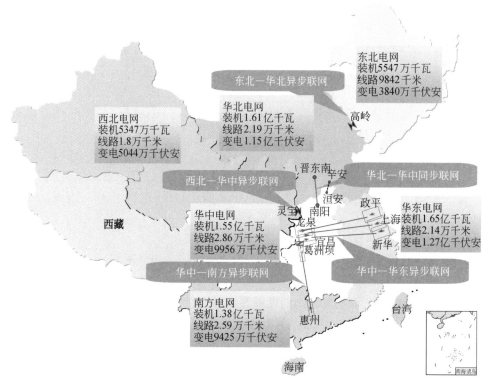

图 3-1　2009 年 1 月六大区域电网互联示意图

图中给出各区域 500/330kV 及以上电网装机、线路和变电规模

三、我国电网发展的主要特点

1. 电压等级逐步提高

随着省网及跨省、区电网的发展建设，我国电网电压等级逐步提高。1981 年华中电网建成我国第一个 500kV 工程，标志着我国由省网向跨区电网迈进；1989 年 ±500kV 葛沪直流工程建成，率先实现华中—华东电网的直流异步联网；2005 年 9 月，西北电网官亭—兰州东 750kV 输变电示范工程正式投产，使我国电网最高电压等级提高到 750kV；2009 年 1 月，晋东南—荆门 1000kV 特高压交流试验示范工程正式投产运营；±800kV 向家坝—上海特高压直流示范工程、云广特高压直流示范工程成功投产运营，我国输变电技术和运行管理站在了世界的最前端。我国输电电压等级发展过程如图 3-2 所示。

2. 网架结构不断优化

随着电网电压等级的不断提高，各级电网功能定位逐步明确，网架结构不断优化。交直流 500kV 已成为跨省、跨区输电的重要线路，除西北形成 750/330kV 主网架外，其他区域电网均已形成 500kV 为主干、220kV 为骨干、110kV 或 66kV 为高压配电的电网结构。华北 500kV 主网基本形成以京津冀鲁为受端负荷中心，以蒙西、山西为送端的坚强电网；

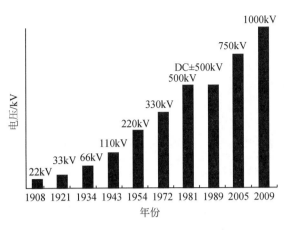

图 3-2 我国输电电压等级发展示意图

华中形成以湖北为中心的辐射状跨省电网；华东主网形成两个 500kV 跨省市环网结构；东北 500kV 主网架覆盖绝大部分电源基地和负荷中心；西北实现陕甘青宁四省区联网；南方形成 500kV "强直强交" 西电东送网架及覆盖五省的供电网络。

3. 电网规模快速增长

改革开放三十年来，我国电网建设步伐不断加快，电网规模迅速扩大。220kV 线路长度从 1978 年的 2.27 万千米发展到 2008 年底的 23.67 万千米，增长了近 10 倍；500kV 线路 1985 年为 2539km，2008 年迅速发展到 10.96 万千米，增长了约 43 倍；220kV 及以上变电容量从 2528 万千伏安增至 13.87 亿千伏安，增长了约 54 倍。电网覆盖范围从 1978 年的局部重点城市发展至今覆盖全国 31 个省（自治区、直辖市）。我国 220kV 及以上线路规模、220kV 及以上变电容量发展情况如图 3-3、图 3-4 所示。

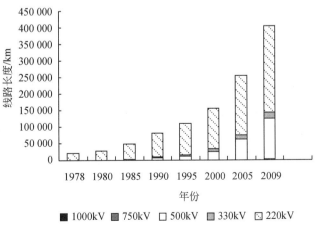

图 3-3 全国电网 220kV 及以上线路规模

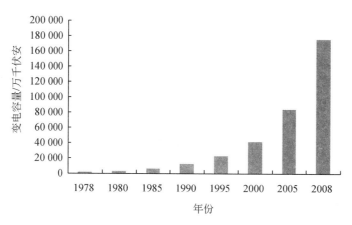

图 3-4　全国 220kV 及以上变电容量

4. 供电能力与质量显著提升

随着电网的快速发展，电网供电能力与质量显著提升，安全稳定水平大幅提高。220kV 及以上继电保护装置正确动作率由 20 世纪 80 年代的 90% 左右上升至 99% 以上，确保了电网安全稳定运行。电网稳定破坏事故率 1981～1987 年平均每年 6.6 次，1997 年后主要大区电网未发生全网性的稳定破坏事故。

5. 远距离大容量输电规模大

我国是个一次能源和电力负荷分布不均衡的国家。西部能源丰富，全国三分之二以上的可开发水能资源分布在四川、西藏、云南，煤炭资源三分之二以上分布在山西、陕西和内蒙古西部；东部经济发达，全国三分之二以上的电力负荷集中在京广铁路以东地区。西部能源基地与东部负荷中心距离为 500～2000km。这就决定了我国实行远距离大容量输电的必要性。

经过改革开放三十年，特别是"西电东送"战略实施后，我国远距离大容量输电能力得到极大提升。西部地区丰富的煤炭、水电资源，通过距离超过 1000km 的"西电东送"南、中、北三大通道输往东部地区，三大通道的输电能力都在 2000 万千瓦以上。

6. 电网新技术广泛应用

近年来，我国建设了一批 ±500kV 直流输电工程，包括 20 世纪 90 年代建设的葛上工程，2000 年及随后建设的天广工程，三常工程，三广工程，三上工程，贵广一、二回工程等一大批重点工程项目。这些 ±500kV 直流输电工程的建设和投产，我国基本掌握了 ±500kV 直流输电工程的设计、施工、调试、运行等关键技术，直流输电技术水平处于世界前列。

在柔性输电方面，串补、静补、动态无功装置等已有广泛的应用；同塔多回、紧凑型等先进适用技术应用更为普遍。

高电压大容量远距离输电技术达到国际领先水平，通过自主创新，我国建成西北

750kV 输变电示范工程，基本实现国产化；建成目前世界上运行电压最高、代表国际输变电技术最高水平的 ±800kV 特高压直流和 1000kV 特高压交流试验示范工程，掌握了特高压输变电及其装备制造的核心技术，形成了一批具有国际领先水平的自主知识产权成果。我国已建立了较为完整的特高压标准体系，建设了世界一流的特高压交直流试验基地。电网的自主创新能力大大提高，电网科技含量不断提高。

第二节　我国电网电力流发展的基本特点和格局

一、区域电网内部电力流平衡和输出输入电力流分析

东北电网：蒙东地区有丰富的煤炭资源，可以借助本网的资源优势以及核电和可再生能源的建设满足本网内电力平衡，并有外送的电力流。

华北电网：所覆盖地区的煤炭资源丰富，基本可满足本网内电力平衡。除接受东北的部分电力，也有接受毗邻的西北电网东部地区部分电力的可能。

西北电网：网内资源丰富，本网负荷相对较轻，加上新疆煤电基地的开发和甘肃风电基地开发有较大电力流外送。

华中电网：网内东部水电已基本开发完毕，西部主要是四川省境内的水电开发量大。本网内煤炭资源相对缺乏，且运输条件不好。网内电力流主要是西部向东部输送。西部水电大量开发以后，还有送电华东电网的可能。本网已有接受西北、华北电网的部分煤炭基地的电力流。

华东电网：该网是接受外来电力的主要电网之一，其电力流主要来自于三峡工程（已建）、金沙江流域还有西部煤炭基地以及蒙东煤炭基地的电力流。但本网地处沿海沿江，交通便利，在建电厂规模大，核电运行和待建设的规模都处于全国前列。

南方电网：除接受三峡 300 万千瓦电力外，其他电力流均是本网内流动，未来的趋势也大致如此。云南境内的水电开发是东送广东、广西的主要电力流向，远期也有接受西藏水电电力流的可能。此外，境外的缅甸、老挝等地水电开发送电南方电网的可能性也很大。

二、我国能源资源和电力流的关系

远距离输电的电力流主要来自于水电开发、燃煤电站集约性开发，以及可能的大风电基地的远方输送。

1. 水电的远距离输送

我国水电的技术可开发容量为 5.42 亿千瓦，经济可开发容量为 4.02 亿千瓦，至 2008 年年底已开发 1.72 亿千瓦。未来的 20 年或更长一段时间能够完全实现经济可开发容量，也就是说，还有 2.3 亿千瓦的规模。考虑西部的经济发展速度加快，尚有近 9000 万千瓦需要外送。

2. 集约性开发的大型燃煤电站电力的远距离输送

我国北方的山西、陕西、内蒙古、宁夏、新疆等五省（自治区）是我国煤炭资源的富集区，目前五省区的煤炭储量共 7828 亿吨，占全国的 76%，是我国未来煤炭需求的主要供给区，我国大型煤电基地也将主要分布于这五省（自治区）。目前主要规划有山西、陕西、宁夏及内蒙古的蒙西、锡林郭勒盟、呼盟和新疆的哈密等。由于上述地区为水资源较为缺乏的地区，水资源的可获得性是支撑煤炭基地开发建设的关键因素，对上述各煤炭基地所开展的水资源供给综合平衡研究表明，在大力发展空冷机组以及其他技术和政策措施，上述煤炭基地未来可获得的新增发电用水量可支撑新增装机规模 4 亿千瓦以上。在满足当地电力需求的基础上，外送规模超过 2 亿千瓦。

3. 核电

核电应重点建设在能源资源缺乏的负荷中心地区，应尽量避免远距离输送。

4. 风能、太阳能及生物质能等可再生能源发电

风电开发的重点地区在东南沿海、东北、西北和华北等，在条件具备的地区可以采取规模建设，就近接入电网的方式进行开发，近海风电的开发建设实现规模化就地上网。大规模风电建设需要远距离输送。

太阳能发电，近期以就地开发和示范工程为主，就地消纳。应研究远期大规模、基地式开发和远距离输送的可行性和经济性。

生物质能等其他可再生能源发电应因地制宜开发，就地分散接入当地电网，不规划远距离输送。

三、境外电力流概况

境外电力流主要是俄罗斯远东、东西伯利亚、蒙古跨国电力送电东北、华北地区；哈萨克斯坦送电华中地区；缅甸、老挝水电送电南方地区。这部分的送电规模存在不确定性。

四、远距离输电电力流估计

从以上分析可以看出，预计到 2020 年我国跨区、跨国电力流规模约 3 亿千瓦；2030 年跨区、跨国电力流规模 4 亿千瓦左右；2030 年以后跨区跨国电力流将无显著增长。

第三节　我国未来电网发展思路和可能的发展模式

一、我国未来电网发展思路

以国家能源发展战略为指导，将电网发展与国家能源发展、经济社会发展有机衔接，

注重资源节约和环境保护，坚持电网的科学发展。

发展以大型能源基地为依托，输煤输电并举，继续实施西电东送、南北互济，促进煤电、水电、核电基地的集约化开发和可再生能源的广泛接入，提高大范围资源优化配置的能力，为送端电源的分散接入与负荷的分散下载提供相适应的网络支撑平台，为国民经济又好又快发展以及和谐社会建设提供优质可靠的电力保障。

在电网发展上落实科学发展观，结合我国国情和电力工业实际，转变电网发展方式，推广先进适用技术，积极开展技术创新与应用，将电网建设与技术改造并举，提升电网技术装备水平和利用效率。

坚持市场经济的普遍规律和电网自身的客观规律相结合，坚持技术性和经济性综合比较的原则，使电力用户得到安全、可靠、经济、优质的电力供应。

全国电网的发展应由国家统一规划，重点抓好跨大区的电力输送和区域电网的发展规划。进一步增强电力规划的权威性和可操作性，通过政府产业政策的引导，促进煤电、水电、核电、可再生能源基地的集约化开发，建立完善的网厂协调机制。

电网结构要安全、合理，满足安全稳定导则规定的各项安全稳定标准。加强安全自动装置建设。因地制宜、因网制宜，有针对性地开展差异化规划建设。加强故障应对措施的研究，提高电网快速应对能力和抵抗严重自然灾害的能力。

二、我国未来电网可能的发展模式

综合考虑资源分布、能源环保效益以及地区经济社会协调发展等问题，坚持"统一规划、统一标准、统一建设"的原则和"统筹规划、统一标准、试点先行、整体推进"的工作方针，自上而下地统筹编制好我国电网发展规划，深化电网发展方式转变。

建设结构合理、安全可靠、经济高效、智能环保的电网主网架，支持煤电基地、水电基地、核电基地的电力安全可靠送出和可再生能源的广泛接入，适应电力市场发展需要，电网技术装备和运行指标达到国际先进水平，为经济社会发展及人民生活提供稳定、可靠、高效、经济、清洁的电力，满足国民经济发展和社会进步对供电的要求，推动建立科学合理的现代能源资源利用体系。

对于我国未来电网的发展模式业内主要有以下两种观点：

第一种观点认为，不必要在现有交流500kV电网之上再构建一层特高压交流1000kV网络，更不宜将华北、华中、华东三大电网构筑成"三华"同步电网。以免电网发生严重故障，影响整个电网安全运行，并且事故容易扩大，一旦造成电网大面积停电则后果极为严重。

我国应该保持六大区域电网的基本格局，区域电网之间进行边际互联，这是符合我国经济发展需求较好的模式；应该充分发挥500kV网架的设备利用率，对其进行柔性输电改造，提高输电能力，提高接受大容量外来电力能力，提高抵御电网事故和自然灾害的能力。这样发展我国电网既充分继承了我国大电网几十年来规划、运行的成功经验，又具有前瞻性，也兼具技术先进性；既经济高效又能够保障电网的安全可靠性。

第二种观点认为，实现我国新能源发展和节能减排目标，能源电力远距离、大容量跨区域输送不可避免。500kV电网不能满足未来电网安全运行和社会经济发展需要。构建特高压电网，是我国未来电网发展的必然选择。

特高压交流1000kV可以形成坚强的网络结构，理论上其规模覆盖面不受限制，其电力的传输、交换、疏散十分灵活，能够大容量远距离传输，更具有接受大容量输电的能力。以"三华"（华北、华中、华东）特高压交流同步电网为核心，通过直流和东北、西北、南方电网互联，连接各煤电基地、水电基地、核电基地、可再生能源发电基地和主要负荷中心，各级电网协调发展的坚强现代化电网，满足跨大区电力输送需求和电力市场发展需要。特高压1000kV电网联网后，安全问题更有保证。可以提高抵御电网事故和自然灾害的能力。

相应于上述两种观点分别有两种电网发展模式。

1. 模式一

以六大区域电网为核心，以500kV为主网架（西北电网以330kV、750kV为主网架），充分发挥500kV输电网的潜力、提高现有输电设备的利用率，同时通过对500kV电网进行柔性输电技术改造，大幅度提高输电能力、接受远距离输电安全落地能力和应对各类电网事故能力。六大区域电网之间在现有联网的基础上，逐步加强边际互联如图3-5、图3-6所示。

2. 模式二

加快与形成"三华"同步电网有关的特高压交流工程建设，实现"三华"特高压同步电网的形成，即形成华北—华中—华东特高压1000kV交流同步互联电网。全国形成四个同步电网，即以"三华"同步电网为核心，通过直流和东北、西北、南方电网互联。晋陕蒙宁新煤电、西南水电、西北风电等能源基地通过特高压交直流混合系统向东中部负荷中心地区送电，如图3-7、图3-8所示。

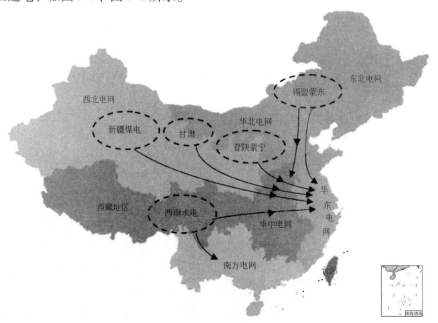

图3-5 模式一：我国未来跨区域电力流向示意图

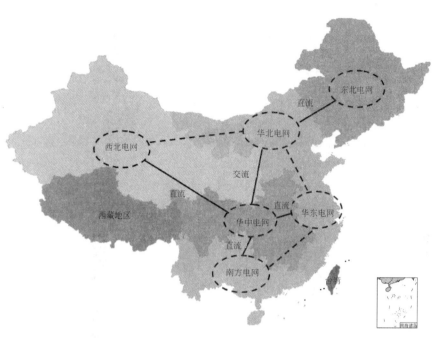

图 3-6 模式一：我国区域电网互联格局示意图

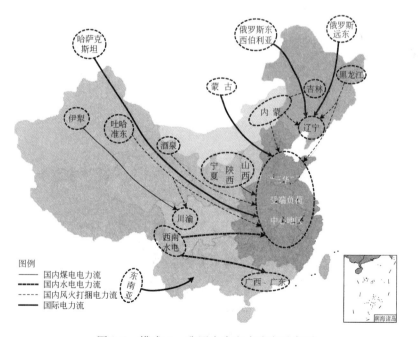

图 3-7 模式二：我国未来电力流向示意图

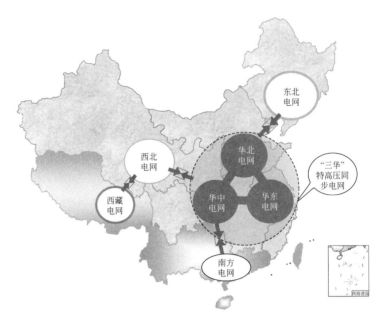

图3-8　模式二：我国未来电网互联格局

第四节　制定我国电网中长期发展战略建议考虑的几个问题

（1）落实节能减排承诺，慎重合理地估计未来电力负荷增长。2009年底哥本哈根联合国气候变化大会上中国领导人郑重承诺，到2020年单位国内生产总值二氧化碳排放要比2005年下降40%~45%。上述的减排目标应作为约束性指标纳入能源中长期规划。电力发展规划应综合考虑今后节能减排、压缩能源消耗、电力在终端能源消费中比重提高等多种因素。

（2）我国电网现有的以超高压电网为主干的主网架发展水平已经处于世界前列，已经形成六大区域电网及其主网架结构，电网的基本结构符合我国经济发展现状和电力发展规律，所形成的巨大的网络资源是一笔宝贵的财富，为我国未来电网的规划和技术升级提供了物质基础和技术基础。

（3）我国配电网的建设相对落后，必须引起充分的重视。这个问题希望在智能电网的发展中加以解决。

（4）我国西电东送战略实施以来取得了丰硕的成果和成功的经验，独具特色的交直流、远距离、大容量输电系统满足了远距离输电的需要，为我国未来大型水电基地、火电基地的电力远距离输送提供了物质基础和成功经验。规划和发展未来远距离输电时，应该认真总结和吸取这方面的经验。

（5）在制定未来电网发展规划时，应特别注意西部地区的后发优势和用电负荷快速增长的可能性。这直接影响到西电东送的能力，特别是远距离输电的实施方案。在可预见的未来，西电东送将出现拐点。例如，贵州省到2012年将没有新增东送容量；云南省虽然资源丰富，但据预测，在2025年以前也没有新增东送容量。

（6）智能电网是当今世界能源产业发展变革的新趋向。其基本动因在于：充分利用当代高度发展的信息技术和控制技术成果，保障电网的安全稳定运行，降低大规模停电的风险；使间歇式可再生能源和分布式电源（包括分布式发电、分布式储能和电力用户的需求响应）得到有效的利用；提高电网资产的利用率；提高用户用电的效率、可靠性和电能质量。这将大大改变电力系统的生产方式和消费方式，带来巨大的经济效益和社会效益。未来电网发展规划应考虑智能电网技术发展和智能电网建设的诸多有利因素。

（7）我国未来电网的发展模式需要进一步认真研究并做决策。在本战略研究中列出了两种发展模式，这两种发展模式决定了不同的技术发展走向，对未来电网发展的技术性、经济性、安全性有不同的评价。

我国未来电网规划牵涉到未来全国的能源发展战略和能源布局，牵涉到各省、区的经济发展和区域间经济合作的发展，牵涉到对西部地区发展进程的预测，牵涉到对一些原能源富集内陆省份转为能源短缺省份的估计，牵涉到全国产业转型和结构调整的走势，牵涉到各大发电集团的发展规划，更要以全国节能减排的成效为依据，影响因素多，影响深远，需要通盘考虑。

建议在国家主管部门主持下，将"中国电网中长期发展规划"作为国家发展战略，集合多方面人力加以进一步研究，并由国家权威部门做出决策。

第四章　电力科技与重大装备

第一节　智能输变电技术

一、技术现状

在输电领域，全面掌握了特高压输电核心技术，研制了代表世界最高水平的全套特高压交流设备，1000kV 晋东南—荆门交流试验示范工程正式投运；特高压直流输电技术取得重大突破，±800kV 向家坝—上海特高压直流示范工程、云广特高压直流示范工程成功投运；开展了输电线路状态检修、在线监测等重大技术研究，提升线路安全运行水平；积极采用大截面导线、钢管塔等新技术、新材料、新工艺。可控串补（TCSC）、静止无功补偿器（SVC）等灵活交流输电（FACTS）技术在 500kV 及以下电压等级输电系统中开展示范应用；同塔多回、紧凑型等先进、适用技术在电网中应用越发广泛。

与国外先进水平相比，我国输电线路规划、设计、施工、运行等全过程技术和管理标准化存在差异；运行维护与装备管理较为粗放，线路巡视检测、评估诊断与辅助决策的技术手段和模型不够完善；对线路运行状态、气象与环境监测面不够；750kV 及以上电压等级的灵活交流输电技术有待突破。

在变电领域，我国的保护、自动化技术已居国际先进水平，具有自主知识产权的变电站自动化系统和设备完全实现了国产化。部分电网的 110kV 及以上变电站无人值班率达到85% 以上。数字化变电站技术在工程化和实用化方面走在世界前列，已在 200 多座变电站开展试验示范工作。设备状态监测覆盖面逐步扩大，可靠性水平和检修效率显著提高，初步构建起资产全寿命周期管理体系。

目前变电站系统信息共享程度较低，综合利用效能还未充分发挥；设备检修模式较为落后，需要加快由定期检修向状态检修过渡；一次装备的智能化技术水平有待提高。

二、战略需求和技术发展趋势

1. 战略需求

根据我国中长期经济社会发展预测，直到 2030 年我国工业用电的需求都会保持较高的增长速度，电力系统基本完成常规大型电源基地建设，核电、水电及可再生能源（如风能、太阳能）等发电技术已经形成规模化发展，并且基本实现对电源结构的优化。未来电网将具备以下特点：①大规模的跨区电力流的格局进一步加强；②可再生能源装机容量增长迅速；③电网规模持续扩大，结构更加复杂。

为满足经济、社会发展需要，构建清洁、坚强、自愈、优化、交互、经济的电网，应积极采用特高压交直流输电技术、灵活交流输电技术，在更高电压等级、更大范围内推广使用同塔多回、紧凑型等输电技术，以进一步有效提高线路输送能力，提升电力输送的灵活性、安全性和经济性。采用先进的传感器和量测技术、信息通信技术使信息采集更加准确、完整和及时，为输变电系统智能控制构建坚强的信息平台。在此基础上，采用智能决策控制技术，使输变电系统具有强大的抗扰动和快速自愈能力。

另外，节约型社会的建设也需要加强电网设备管理，提高资产利用率，在满足安全、效能的前提下实现资产全寿命周期成本最优。

2. 技术发展趋势

输变电系统数字化、信息化范围将得到进一步扩展，涵盖一、二次设备运行状态；通过夯实变电站信息技术和通信技术体系，支撑信息的无损采集、流畅传输、有序应用，打造系统化、层次化的信息通信架构，实现信息的互通共享；平行推进输变电系统信息模型与信息交互技术、输变电系统信息采集与实时监控技术、信息高级应用技术、一次设备的智能化等技术领域的研究与应用，完成功能分解与重构；应用先进控制理论全面提升输变电系统的信息采集与信息应用功能，实现电力流、信息流、业务流的一体化融合。

一次设备的运维模式从关注设备可靠性转变为关注电网可靠性，通过状态监测，加强对设备状态准确判断和故障预警能力，通过反馈设备故障概率、故障风险和负荷能力的预报信息，实现输变电设备与电网运行管理的双向互动。

2030 年之前灵活交流输电技术的重点是实现智能电网中的潮流控制技术、系统阻尼技术、动态无功补偿技术、短路电流限制技术、过电压抑制技术、集成储能的功率平滑调节技术等关键技术的突破，具备强大的电网抗扰动和快速自愈能力，保障多元化电源和不同特征电力用户的可靠接入和方便使用。当基于碳化硅的新一代电力电子器件基本成熟，满足高压、大容量 FACTS 装置应用需求时，将改变 FACTS 装置常规设计思路，极大促进第二代和第三代 FACTS 装置在超/特高压电网的应用。通过 FACTS 技术与储能技术进一步融合，可为建设清洁、坚强、自愈、优化、交互、经济的电网提供坚强支撑。

随着相关技术的研究、发展和应用，2030～2050 年将是智能电网的完善、成熟阶段，电网完全具备清洁、坚强、自愈、优化、交互、经济的基本特征。

三、技术发展途径

1. 第一阶段（2020 年前）

加强基础研究，进一步提升国内电工装备制造业的整体水平及电力设备的可靠性水平。继续加强特高压电网建设及超高压电网技术改造，提升设备健康水平。完善资产全寿命周期管理，实现基于资产全寿命周期管理的状态检修模式；在试点积累经验基础上，进一步提升智能设备的可靠性水平、自诊断结果的可信度水平；初步实现对输变电系统具有相互关联的设备集的智能化诊断，初步实现智能变电站信息与调度信息的交换和共享。构建系统化、层次化的信息通信架构，实现信息的无损采集，互通共享。

完成基于广域信息的 FACTS 装置自适应控制和协调控制技术研究，实现传统 FACTS 装置的智能化；完成特高压可控串补（TCSC）、特高压静止无功补偿装置（SVC）和特高压可控并联电抗器（CSR）的示范应用并推广；静止无功发生器（STATCOM）和静止同步串联补偿器（SSSC）整体技术取得突破，装置达到实用化并规模应用；统一潮流控制器（UPFC）取得关键技术突破，部分技术完成示范应用。

2. 第二阶段（2030 年前）

建成以特高压电网为骨干，各级电网协调发展的坚强电网；全面实行资产全寿命周期管理；全面提升智能设备的可靠性水平、自诊断结果的可信度水平及智能化功能等，实现智能设备与调度系统的互动。基本完成基于信息共享的功能分解与重构。

UPFC、线间潮流控制器（IPFC）和可转换式静止补偿器（CSC）整体技术取得突破，装置达到实用化并规模应用；基于碳化硅电力电子器件的多功能复合型 FACTS 装置取得关键技术突破，部分技术完成示范应用；超导磁储能系统（SMES）取得关键技术突破，部分技术完成示范应用。

3. 第三阶段（2030 年后）

完成基于信息共享的功能分解与重构，采用一体化分布协调控制，全面提升输变电系统信息综合分析应用的智能化水平，具备强大的电网抗扰动和快速自愈能力，全面满足多元化电源的灵活接入和方便使用。

基于碳化硅电力电子器件的多功能复合型 FACTS 装置大规模应用于超/特高压电网；SMES 装置达到实用化并规模应用。

四、技术发展目标

智能输变电系统以坚强电网为依托，以先进的信息化、自动化和管理技术为基础，集成应用新技术、新材料、新工艺，灵活、高效、可靠地满足发电、用电对电网提出的各种变化要求，达到提高电网安全性、可靠性、灵活性和资源优化配置水平的目标。

通过对电网设备状态的可靠、有效监控，广泛采用灵活交流输电技术及智能决策，实现电网运行的柔性控制和调节，支撑由大区互联、风电和光伏发电等新能源大规模集中接入所带来的系统运行方式多变、潮流走向转换频繁的电网运行需求，实现各类电源的无扰接入、有序退出。

枢纽变电站全面建成或改造成为智能化变电站；通过全网运行数据分层分级的广域实时信息统一断面采集，实现变电站智能柔性集群及自协调区域控制保护，支撑输变电实时控制、智能调节和各类高级应用，保障各级电网安全稳定运行。

输变电主要设备逐步实现智能化，为坚强电网提供坚实的设备基础；设备信息和运行维护策略与电力调度全面互动，实现基于状态的全寿命周期优化管理。

第二节 智能配用电技术

配用电系统直接面向用户，担负着分配电能、服务客户的重要任务，并具有点多面广、构成复杂等特点。智能配用电系统是智能电网的重要组成部分，也是我国智能电网建设与发展的瓶颈。在电动汽车、智能设备、智能家电、智能建筑、智能交通、智能城市等成为未来发展趋势的情况下，更需要开发先进的供用电技术，不断满足客户对供电服务的多样化、个性化和互动化需求。

一、技术现状

近年来城乡电网改造与建设取得了长足进步，配电网规模持续增长，网架结构进一步改善，配电网供电能力得到提升，配电网设施设备状况得到较大改善。

在配电自动化技术方面，配电自动化主站系统、配电开关装备和配电终端单元已经取得了长足进展，能够满足配电网安全监控的基本需要，但在实用性方面仍未达到国外发达国家水平，在智能分析、自愈控制及智能调度等方面仍需深入研究；配电设备在可靠性与智能化等方面与国外还有较大差距，在设备缺陷自诊断以及状态检修等方面仍不能满足智能配电网发展需要。

在配电网通信技术方面，在窄带和宽带电力线载波通信技术、无线通信技术、光纤通信技术、传感器网络通信技术等方面取得了研究成果。无线传感网络（WSN）通信技术已成功应用于用户用电信息采集，为解决中低压电网的多点分散通信问题提供了有效技术手段。高速电力线载波（PLC）应用研究刚刚起步，具有很大的发展前景。

在分布式电源及微网技术方面，"十一五"期间，"分布式能源系统微电网技术研究"列入国家"863"计划研究项目，"分布式发电供能系统相关基础研究"列入国家"973"计划研究项目，"支撑绿色奥运科技专项行动"列入国家科技支撑计划项目。通过这些项目的实施，在各类分布式能源在电网中的运行特性及微型电网理论方面获得了初步研究成果。

在智能用电技术方面，我国负荷控制与管理技术处于世界领先水平，可实现远方集中监控、电力和电量抄收、电费结算及有序用电。国内在智能用电服务方面开展了一定的研究和实践，如建设具有交互性的智能用电服务试点，建立用户与电网之间实时连接、互动开放的宽带网络，实现三表抄收和查询、物业、配送、网络增值、医疗等一系列特色服务。国内已研制成功具有统一支撑平台的电动汽车充电监控系统和系列充电机，建成目前国际上最大的充电站——北京奥运会电动公交车充电站。但智能用电技术方面研究与国外差距仍较大，欧美发达国家在高级量测体系、双向互动技术研究与实践方面均处于领先地位，已经有实质性成果和应用。

二、战略需求和技术发展趋势

1. 战略需求

一方面，随着我国经济社会快速发展，家庭电气化的不断普及，配用电系统规模不断扩大；另一方面，智能电网的发展使得配用电系统在结构上大量接入分布式电源、微网、电动汽车、储能系统，系统运行应满足自愈、互动、兼容、即插即用等智能化需求，因此在电网规划、建设、运行、管理等方面发生了重要变化，迫切需要研究与之相适应的智能配用电关键技术，以满足城乡用电量持续快速增长需求，提高配电网防灾减灾能力，适应需求侧电力市场发展，提高能源利用效率。

1）我国配用电供电可靠性差、降损节能水平低

目前我国配电网供电可靠率不足 99.99%，与发达国家供电可靠率 99.999% 以上相比，仍有较大差距。国外中低压供电半径短、设备节能水平高，配电网网络损耗很小，但我国配电网损耗占电网总损耗的 80%，节能降损空间较大。我国配用电系统规模较大、构成复杂，还存在线路设备功能分散且可靠性较差、多点分散通信瓶颈、系统建模与分析研究薄弱等问题，在自愈控制、安全预警、优化运行等技术方面距离智能配电的目标相差甚远。

2）开放互动的电能利用新模式需要配用电互动化技术支撑

随着经济社会不断发展和科学技术全面进步，社会文明程度日益提高，电力客户对电网企业的服务理念、服务方式、服务内容和服务质量不断提出新的更高要求。尤其是在清洁能源、电动汽车、智能设备、智能家电、智能建筑、智能交通、智能城市等成为未来发展趋势的情况下，智能配电网应具备支持大量的分布式电源、微网、电动汽车、储能系统接入的特征，智能家居将实现家电与电网的交互式智能控制，灵活互动的电能利用新模式已成为智能用电的发展趋势。现有配用电技术尚不能适应这种发展需要，亟须研究供用电互动化技术，实现用户与电网之间的信息集成共享和实时双向互动，合理引导终端用户用能方式，实现分布式电源和储能装置的灵活接入，实现电网透明开放、友好互动。

3）智能配用电环节需要分布式电源接入配电网的技术支撑

2009 年，我国推出"金太阳工程"，预计到 2020 年，全国建成 2 万个屋顶光伏发电项目，总容量 100 万千瓦。大量的太阳能光伏发电分散接入配电网，需要坚强的智能配用电系统作为后盾。分布式电源/微网/储能元件大量接入配电网有助于电网灾变时对重要负荷持续供电，有助于可再生能源优化利用和电网节能降损，但导致配电系统结构更加复杂，运行方式多变，且彻底改变了传统的配电系统单向潮流的特点，线路中的潮流是双向的；同时由于分布式电源的间歇性电源特性决定其功率的不稳定以及本身不具有可调度性。传统的配用电分析方法已不满足分布式电源/微网/储能元件接入的需要，迫切需要研究与之相适应的支撑技术。

2. 技术发展趋势

配用电技术总体向集成性和智能化方向发展，需灵活接纳分布式电源，实现自愈控制和互动化。通过先进的测量技术、先进的设备、先进的控制方法和先进的决策支持系统，提高配电网的供电能力，实现配电网经济运行、确保供电可靠性和提高供电质量，增强配电网的灾害应急能力，实现配用电系统安全可靠、节能高效、灵活互动的智能化目标。

1）自愈控制

"自愈"是智能电网最重要的特征，发现隐患后需要采取措施消除隐患使设备"愈合"到健康状态。在故障/灾害实际发生前给出预警并转移负荷尽量减少故障可能造成的影响。发生故障后，切除故障元件并且在很少或不用人为干预的情况下迅速恢复受影响的健全区域供电，避免长时间大面积断电。提高配电网自愈控制能力，增强配电网安全供电可靠性，是配电网安全运行技术发展的必然趋势。

2）多能源互补的能量优化

随着清洁能源的跨越式发展，分布式电源/微网/储能元件大量分散接入配电网，提高配电网灵活接纳清洁能源的能力，实现多能源互补的能量优化，是配电网经济运行技术的发展趋势。

3）供用电互动化

供用电互动化是智能电网主要特征之一。智能用电技术的发展趋势是以双向、高速的数据通信网络为支撑，建设灵活互动的智能用电平台，实现分布式电源、电动汽车、智能电器安全可靠用电，建立标准规范、灵活接入、即插即用、友好开放的互动用电模式，实现电力流、信息流、业务流的高度融合，提升供电服务水平，改善能源使用效率。

三、技术发展途径

围绕智能电网建设与发展需求，立足构建安全可靠、节能高效、灵活互动的智能配电网的总体目标，以支撑和引领智能配电网发展为核心，重点实现智能配用电系统支撑技术、智能配电网高可靠高效供电技术、灵活互动的智能用电技术、智能配用电系统高性能通信技术4个研究方向的关键技术突破；解决构建智能配电网的重要理论方法与关键技术问题；研制具有自主知识产权的系列智能配电设备，开发先进的配电网自愈控制系统与灵活接入的智能用电互动平台；建设具有国际领先水平的智能配用电示范城市或园区；提高配电网供电可靠性、运行效率和资产利用率，增强供电能力和改善供电质量，提高配电网安全预警及灾害应对能力；为加快建设具有国际领先水平的智能配电网奠定技术基础。

四、技术发展目标

1. 第一阶段（2011～2020年）

实现智能配用电关键技术突破；提出智能配用电重大理论及方法；研发智能配用电系统关键设备及系统，配电自动化系统技术、智能用电高级量测系统及电能双向转换平台技术达到或接近国际领先水平；建设一定规模具有国际领先水平的智能配用电示范城市或园区；提高供电安全可靠性，增强自愈控制及应急处理能力，配电网供电可靠率达到99.99%以上，降低损耗1%～2%；实现即插即用、灵活互动的供用电模式，满足分布式电源/储能元件/微网灵活接入的供用电需求。

2. 第二阶段（2021～2030 年）

智能配电高可靠高效供电、双向互动供用电等关键技术达到国际领先水平，在城乡电网中建设已具相当规模的国际先进智能配用电城市或园区。配电网供电可靠率达到99.999%以上，实现分布式电源/储能元件/微网、电动汽车、智能家居即插即用、灵活接入的供用电模式。

3. 第三阶段（2030～2050 年）

国内全面实现智能配用电城市或园区建设，配电网供电可靠率达到 99.9999%以上，在全国范围实现透明开放、灵活互动的智能用电模式。

第三节 智能调度技术

电网调度控制技术是电网建设的重要组成部分，对于保障电网的安全稳定经济运行，提高资源优化配置能力具有重要作用。随着我国电力工业的快速发展，电网规模持续扩大，结构日趋复杂，安全稳定经济运行问题日益突出，而可再生能源的大规模开发、电网开放互动引发的电力服务新需求等因素，更对电网的调度控制技术提出了严峻的挑战。同时，电力电子设备及储能设备的广泛应用，使电网调度控制手段更加多样灵活，先进传感及量测技术、信息通信技术以及智能分析决策技术的迅速发展，也为电网调度控制领域的整体技术突破提供了更加坚实的技术支撑。

一、技术现状

近年来，我国电网的调度控制技术水平不断提升，技术装备总量持续增加，覆盖范围进一步扩大，应用水平不断向纵深拓展，先进的计算机、信息通信、电力系统分析及控制技术获得广泛应用，极大地提高了调度生产运行控制水平。

目前，我国在电网调度控制领域开展了大量的研究和应用工作，为电网的安全稳定运行提供了坚实的技术支撑。自主研发的能量管理系统（EMS）总体达到国际先进水平，广域相量测量系统（WAMS）得到成功应用，部分省级以上调度机构建设了电网动态稳定监测预警系统，为提高驾驭大电网能力、保障电网安全稳定运行提供了先进的技术手段；建成了以光纤环网为骨干网架的电力通信专网，电网运行信息化水平显著提升。与国外电网运行控制系统相比，我国在自动电压控制、继电保护和安控装置、在线稳定分析和预警等领域具有一定技术优势。

但与国际先进水平相比，我国的电网调度控制技术在部分领域仍存在一定差距。主要表现在电网实时运行控制能力不足，智能化预警能力和精细化调度控制水平有待进一步提升，信息综合利用与可视化技术应用尚需进一步提高。

二、战略需求和技术发展趋势

1. 战略需求

未来电网的发展形态，决定电网调度控制领域的技术走向。目前，作为新一轮能源革命的引擎，坚强的智能电网的建设将使电网发展方式发生革命性变化，也将深刻影响电网调度控制领域的技术发展。

1）清洁能源装机容量增长迅速，需要提高大电网接纳间歇式电源能力

发展清洁能源，构建科学合理的能源利用体系，已经成为世界各国应对气候变化、解决能源和环保问题的一致选择。近年来，我国水电、风电、太阳能等清洁能源发展迅猛，预计到 2020 年，我国清洁能源装机将达到 5.7 亿千瓦，占总装机容量的 35%。大规模间歇式电源接入，导致电力系统运行控制难度加大，给电网运行带来新的挑战。

2）电网规模持续扩大，将促进大范围优化配置资源

目前，我国能源结构以煤为主，但煤炭资源主要分布在北部和西部地区，而能源消费需求主要集中在经济较为发达的中东部地区。同时，我国可再生能源资源具有规模大、分布集中等特点，需要走集中开发、规模外送、大范围消纳的发展道路，需要显著提高电网的输送能力和运行控制的灵活性，最大限度发挥互联大电网优化配置资源的作用，促进节能减排。

3）大电网互联是必然趋势，需要提供更加多样灵活的调度控制手段

我国未来将建成世界上电压等级最高、系统规模最大、资源配置能力最强的特大型电网，交直流互联大电网结构日趋复杂，运行控制难度也逐渐加大。需要先进的大电网智能调度及控制技术，提升驾驭大电网安全稳定经济运行的能力。

4）电力市场逐步建立完善，提供高效电力增值服务成为电网发展新趋势

随着电力市场化改革的深入和智能电网建设的推进，电力工业将由提供单一电力产品的传统生产模式转向提供电力产品和高效的电力增值服务，电网将由被动地满足电力负荷需求转向与用户的双向友好互动，以满足用户对供电服务的多样化、个性化和互动化需求，实现高品质的电力服务。

2. 技术发展趋势

电力能源将在人类未来的能源消费方式中占据更加重要的位置，使用范围将更为广泛和普遍，经济社会发展和人类文明进步对电力安全可靠供应的依赖程度将显著增强。

满足未来电力工业发展和电网安全经济运行的要求，是电网调度控制技术发展的根本目标。充分利用先进技术成果和新型技术装备，提高电网的输送能力和运行控制的灵活性，提升大电网驾驭能力；实现新能源发电的灵活高效接入，提高大规模间歇电源的运行控制能力；实现大电网经济优化运行，提高能源利用效率，大幅度降低碳排放量，提供开放互动的高品质电力服务是电网调度控制技术发展的必然选择。

随着智能电网建设的全面开展，输电网的控制手段将更加灵活多样，配供电网的独立运行能力将极大提高，电网的分布控制效率将显著增强。特别是大规模储能技术的突破，

将对电力系统的安全稳定运行和可靠供电产生重大和积极影响，从而降低大电网调度控制的技术难度和复杂程度。

先进的传感量测技术、信息通信技术在电网调度控制领域得到广泛和深入应用，信息采集将更加准确、完整和及时，调度控制手段更加灵活多样，智能决策控制技术的发展进步，将使智能调度控制成为可能。

从总体上看，未来电网调度控制技术将向一体化分布协调控制、智能分析控制、经济优化控制等方向发展。

1）一体化分布协调控制

分布协调控制可以有效降低控制难度和控制风险，是解决复杂大系统控制的重要技术，一体化集成则有助于信息共享的完整性、及时性以及协调控制的高效性和灵活性，因此，一体化分布协调控制技术是未来电网调度控制技术发展的必然选择。

在电网一体化分布协调调度控制技术领域，我国已经开展了大量的研究和开发工作，涵盖了实时监控、运行计划、分析预警和调度管理的智能电网调度技术支持系统研发，集成了监控、保护和管理功能的数字化变电站研发等，为构建更大规模和涵盖更大领域的一体化分布协调调度控制系统奠定了良好基础。

一体化分布协调调度控制系统未来将在系统规模、应用功能和应用范围等方面深入拓展，在纵向上贯通国家、区域、省、地以至县级调度机构，在横向上覆盖调度、变电、配用电等所有涉及调度控制和生产运行的业务和部门，在应用服务上更加强调分布配置的科学合理和协调机制的灵活高效。

2）智能控制技术

实现智能调度控制，一直是电网调度控制技术领域的重要课题，也是未来技术发展的必然趋势。电网调度控制的标准化和规范化是实现智能调度控制的基础，调度控制策略的数字化是实现智能调度控制的关键。

在智能调度控制领域，国内外已经开展了大量的理论研究和应用系统开发工作，但从理论技术研究和应用效果上看，均与电网调度运行的实际需求有较大差距。其主要的症结在于目前的人工智能技术研究水平尚处于比较初级的阶段，难以满足电网调度控制的复杂要求。单纯从智能化技术的研究进展看，在未来相当长的历史时期，还很难实现显著的理论和技术突破。因此，未来的技术发展将通过广域智能分布协调控制方式，降低决策控制的难度和复杂程度，实现决策控制策略的简约化和数字描述化，从而实现智能调度控制。

3）经济优化控制

电力市场的建立和运营，电网与用户的双向互动，使电网的经济运行成为未来电网的重要任务，经济高效、公平友好的市场调配能力成为今后调度控制技术的重要发展方向。通过电力市场和电力交易的有效开展，实现资源的合理配置，降低碳排放和电网损耗，提高能源利用效率。

电网的经济运行一直是电力系统的重要研究课题，但在传统垂直垄断的运营管理模式下，电网运行的经济性往往让位于安全稳定性，没有受到充分的重视。而电力市场化改革已经成为电力工业发展的必然，市场化的电价机制是未来智能电网建设运营的基础条件，因此电网的经济优化控制将成为未来电网调度运行控制技术的重要研究内容。

三、技术发展途径

　　紧密结合智能电网发展的实际以及相关领域的技术进展和装备应用水平，满足电网发展对调度控制技术的要求。重点开展一体化支撑平台关键技术、信息标准化建模技术、在线安全分析技术、大系统智能优化决策技术以及可视化展示技术、节能环保优化调度技术等领域的研究工作，研发具有自主知识产权的一体化分布协调智能调度技术支持系统。以标准规范为基础先行，通过试点应用逐步完善提升，以实用化为关键指标开展推广应用。

四、技术发展目标

　　未来电网调度控制领域的技术发展必须紧密结合智能电网发展的实际以及相关领域的技术进展和装备应用水平，以满足电网发展对调度控制技术的要求。

　　毋庸置疑，新技术的发展进步和广泛应用，智能电网的建设和运营，必然引发电网发展方式的革命性转变。为适应电网发展的新需求，电网调度控制技术必然也必须实现突破。

　　预计到 2030 年，智能电网建设初具规模，一体化分布协调控制关键技术可以实现整体突破，控制范围全面覆盖整个特高压交直流互联大电网，控制功能完整涵盖电网生产运行以及调度管理各个环节，能够全面满足电力市场和用户互动需求的一体化分布协调调度控制系统具备实用化条件。

　　预计到 2050 年，借助电动汽车的推广普及，电能的大规模储存成为现实，电网的安全稳定问题得到有效改善，智能调度控制关键技术实现整体突破，智能调度控制系统基本具备实用化条件。

第四节　电能大规模储存技术

　　电能大规模储存技术包含大规模储能装备以及大规模储能应用两个层面的技术。到目前为止，人们已经探索和开发了多种形式的电能存储方式，主要可分为电化学储能、物理储能和电磁储能。电力系统引入大规模储能环节，可以有效地实现电能的供需管理（调峰填谷）、维护系统运行的安全与稳定、提高系统设备资源利用率、提高供电质量和增大清洁能源的大规模接入。因此，大规模储能装备技术的发展和储能系统的广泛应用将给电力系统带来革命性的变化。

一、技术现状

　　应用场合不同对储能功率和储能容量要求也不同，各种储能技术都有其适宜的应用领域。适合于规模储能的技术主要有液流电池、钠硫电池、铅酸电池、抽水和压缩空气储能。近几年来，随着锂离子电池技术的进步，将锂离子电池用于分散储能及用于大规模储能的研究开发也引起人们的关注。

抽水储能最早于 19 世纪 90 年代在意大利和瑞士得到应用。全世界目前共有超过 90 GW 的抽水储能机组在运行，抽水蓄能占总装机容量的 3% 左右，部分国家超过了 10%，其中，法国占 18.7%，奥地利达到 16.3%，日本达 10%。技术水平以日本最为先进。和欧美国家及日本等发达国家相比，我国抽水蓄能电站建设起步较晚，20 世纪 90 年代才开始发展。到目前为止，我国抽水蓄能电站装机容量约 5.7 GW，占全国装机容量的 1.8%。我国 250 MW 以下的抽水蓄能机组监控、励磁、调速、保护及自动化系统国产化已达到一定水平，但有待提高；而 250 MW 及以上设备国产化尚属空白，不能适应电网快速发展的需要。

铅酸电池经过百余年的发展与完善，技术比较成熟，具有价格低廉、安全性能相对可靠的优点；但循环寿命较短、不可深度放电、运行和维护费用高、容量与放电的功率密切相关是其最大弊端。全世界共建造过十多个 MW 级以上的铅酸电池储能系统示范工程，由于上述弊端，基本上都已停止运行。针对提高铅酸电池比功率和深放电时循环寿命，开展新型铅酸电池和应用研究是铅酸电池技术发展的重要方向。如新型铅碳超级电池，与传统的铅酸电池相比，充电速度更快、使用寿命更长。

钠硫电池具有比功率和比能量高、原材料成本低、温度稳定以及无自放电等方面的优势，是重要的储能技术之一。但因其正、负极活性物质的强腐蚀性，对电池材料、电池结构及运行条件的要求苛刻，需要进一步研究以降低成本，提高安全性。从 1983 年开始，日本 NGK 公司和东京电力公司合作研制钠硫电池。自 1992 年第一个示范储能电站运行至今，已有 140 余座 500kW 以上功率的钠硫电池储能电站在日本等国家投入商业化示范运行。目前最大的钠硫电池储能站达到 34MW，用于平抑风力发电的功率波动。

锂离子电池因其高电压和高能量密度特性成为电动汽车用动力电池的主力军，技术发展迅速，具备大规模储能应用能力。美国已有使用磷酸铁锂电池建成 1MW（0.5MW·h）移动储能电站的先例，中国第一座 MW 级磷酸铁锂电池储能示范电站于 2009 年 7 月在深圳建成。

液流储能电池具有循环寿命长、蓄电容量大、选址自由、可深度放电、系统设计灵活、安全环保等优点，在输出功率为数千瓦至数十兆瓦，储能容量数小时以上级的规模化固定储能场合，液流电池储能具有明显的优势。目前，世界范围内已经开展多项示范应用。降低成本、提高市场竞争力是该技术面临的挑战。

目前，在大规模储能技术中只有抽水蓄能技术相对成熟，但是由于地理资源限制，其广泛应用受到制约。而其他储能方式还处于实验示范阶段甚至初期研究阶段，相关产业处于培育期，储能装置的可靠性、使用寿命、制造成本以及应用能力等方面有待突破，所以短期内无法满足诸如大规模调峰填谷、平抑大型风电场的间歇性等商业应用需求。

二、战略需求和技术发展趋势

我国人口众多，又处在经济高速发展阶段，能源供需问题突出，电力发展与环境保护之间的矛盾日益紧张。"节能与减排"是我国能源的可持续发展的战略指导方针。可以预期，我国未来的电力能源结构和电力消费方式将发生重大变革，电力系统的发展面临巨大挑战：

（1）发电电源多元化，清洁能源的接入比例不断增大。大规模集中式和分散式清洁能源的接入和利用将对电网安全稳定运行带来影响。

（2）用电模式多元化。不同特征电力用户的灵活接入，产生了对供电可靠性、电能质量、用电形式个性化和互动化及用电服务便利化等多元需求。

（3）随着经济发展以及工业化和城镇化进程的不断推进，用电需求不断增加，电力峰谷差也越来越大，以新增发、输、配电设备来满足日益增长的高峰（包括尖峰）需求变得愈发困难，同时基础设施的利用率变低。

（4）电网结构日益复杂化，使电力系统的安全与稳定运行面临巨大压力。

从本质上讲，传统电力常用的发、输、配、用链式结构，使得电力供需必须满足实时平衡，没有储能的参与，上述问题将越发突出。将大规模储能装备引入电力系统是解决问题的有效手段：

a. 储能系统有助于抑制风能、太阳能等可再生能源的波动性和间歇性，可以提高清洁能源的接入比例。

b. 分布式储能系统由于更加接近用户，不仅有助于供电可靠性和电能质量的极大改善，还可以满足用户对电能的个性化和互动化需求。

c. 储能系统可以减小负荷峰谷差，提高系统效率以及设备利用率。

d. 储能系统可以增大系统的应急备用容量，提高电网的安全稳定裕度。

大规模储能系统可以贯穿电力系统发、输、配、用的各个环节，不仅对传统电力起到改善和改良的作用，而且储能技术的发展和应用也将给电网的规划、设计、布局、运行管理及使用带来革命性的变化。

各种储能技术在能量密度和功率密度方面具有不同的表现，而同时电力系统也对储能系统不同应用提出了不同的技术要求，很少能有一种储能技术可以完全胜任在电力系统中的各种应用，因此，必须兼顾双方需求，选择匹配的储能方式与电力应用。

目前储能装置在电力系统中应用较少的主要原因一是设备规模还较小，二是设备的价格较贵，三是有些技术和性能指标尚达不到要求。大容量、快速、高效、低成本、绿色环保等是储能技术的发展趋势。

三、技术发展途径

研究智能电网储能的关键技术、储能系统集成共性技术，提出储能系统应用的优化配置、储能装置大容量化和大规模化、储能装置多元化的柔性组合、应用方式和协调运行的建设性方案；研究储能单元扩容、能量转换、状态监测和能量管理、控制保护、用户储能元件接入和管理、电池阶梯利用、电网储能成组电池特性及评价方法、维护技术等，是技术发展的途径。

四、技术发展目标

为实现可再生能源和核能的大规模接入，进一步发展和应用大规模蓄水电站。随着电池储能的规模化集成技术突破以及成本的下降，大规模电池储能电站将以风电和光伏能源发展为契机，相继得到示范应用和逐步推广，并在未来成为储能的主力。

2020年，随着核电、风电和光伏发电的迅速发展，以及电网调峰、调频等需求的增长，抽水蓄能电站的规划、设计、建设、运维水平得到综合提升，能够全面、协调、可持续地支撑电源和电网的发展。同时，以锂离子电池、钠硫电池、液流电池为代表的大容量电化学储能的容量将达到规模化，容量达到数十兆瓦至上百兆瓦，而100kW到兆瓦级的中小容量分散式储能装置等则实现"即插即用"，转换效率超过90%，电池储能的应用也将在集中式调峰、调频、应急以及分布式负荷管理得到广泛应用。

到2030年之前，大容量电化学储能系统在经济性上和抽水蓄能机组相当，并接近于常规火电机组的成本，最终实现大规模、高效、快速、低成本的储能技术在发电侧、输电网、配电网及用户侧的全面应用。储能电站装机规模将达到1.5亿~2亿千瓦，蓄水占50%以上，电池储能和压缩空气等占50%左右。

到2050年，大容量电池储能技术性能全面超过蓄水储能。在电网中储能的装机容量将达到5亿~7亿千瓦，其中，电池储能占70%，蓄水储能占20%，压缩空气和飞轮等其他储能占10%。

第五节　超导电力技术

超导电力技术是主要利用超导材料，基于超导体零电阻和完全抗磁性的基本属性，与现代电工/电力技术紧密结合而形成的新兴技术，构造超导输电线路和储能、限流、变压器等先进电力设备，用于输、配、用、储、发等电力相关领域。

一、技术现状

目前，高温超导电力技术在所能实现的技术指标、装置的经济性、工程可行性等方面，尚不能满足实际需求和显著提高现有技术水平的需要，不具备大规模实际应用的可能，处于研发、试验和示范的阶段，在装置性能、核心技术和经济性上有待突破。

1. 超导线路及其输电技术

美国、日本、丹麦、韩国等国家先后研制出长度为数十米至百米、0.8~3kA、12.5~138kV的超导电缆，并在美国Albany、Columbus和长岛进行了试验示范，其中长岛的610m、2.4kA三相超导电缆是目前世界上第一个在138kV电压等级输电网中应用、长度最长的超导电缆，为30万户、600MW容量的家庭用户供电，自2008年4月起稳定运行至今。

2. 超导磁储能系统（SMES）

液氦温区工作、1～5MJ/MW SMES 已实现商品化，100MJ/500（kW·h）SMES 通过性能测试，而 20K 以上温区工作的 SMES 仍在发展中。在系统应用方面，2000 年 6 台 3MJ/8MVA SMES 安装在美国威斯康星州北方环型输电网，改善了该地区供电可靠性和电能质量，使输送容量提高了 15%；2002～2004 年美国田纳西州 500kV 输电网安装了 8 台 3MJ/8MW D-SMES，以维护系统电压稳定性；2006 年日本 Hosoo 电站安装了 10MW SMES，用以提高系统稳定性和供电品质。

3. 超导限流器

工作原理和结构种类繁多，各有其优缺点，多为中低压、小容量原理样机，实用化技术有待突破。试验示范方面，2004 年 Nexan 公司研制的 10kV/10MVA 电阻型限流器在德国 Netphen 变电站进行了为期一年的试验，2007 年 IGC 公司与其合作研制的矩阵式 138kV 电阻型超导限流器并网成功。

4. 超导飞轮储能系统

采用自稳定高温超导磁浮轴承，不断提高载荷能力和动态稳定性，用于高效飞轮储能系统构建，但进展缓慢。2005 年，波音公司研制出目前最大的 100kW/5（kW·h）超导飞轮储能装置，用于电能质量管理和调峰。

5. 高温超导变压器

1996 年日本九州大学、富士通和住友公司研制出 500kVA 单相变压器，77K 时的运行效率为 99.1%；1997 年瑞士 ABB 公司率先研制成功三相 630kVA 超导变压器，安装在日内瓦电网，稳定运行了一年。

6. 超导发电机

日本通产省研制的 70MW 低温超导发电机在 1999 年接入了 77kV 电网，创造了单机最大出力 79MW、连续运行 1500h 的世界纪录，验证了低温超导发电机作为调相机运行对稳定电压的作用。相比而言，高温超导发电机的研究基本是个空白。

二、战略需求和技术发展趋势

1. 战略需求

目前，我国电网正向超大规模方向发展。然而，常规电力设备和系统自身缺陷阻碍了电力工业的发展，突出表现在以下几个方面：

（1）随着电力系统的扩展、发电机/负荷数量的增加和电网的互联，系统短路容量和故障短路电流呈不断上升趋势，华东地区不少 500kV 高压母线短路电流已超过该等级高压开关额定遮断容量，采用部分线路停运、减少出线回路、分段/分片运行、加装串联电抗和采用 FACTS 装置等常规措施可能造成线路潮流不均，降低电网安全稳定性能，因此必须需求新的技术手段。

（2）常规电力技术缺乏快速功率调节能力，使得电力系统功率只能维持基本相对平衡，一旦发生扰动可能导致严重功率失衡、引起系统崩溃，依赖机组惯性、继电保护和自动控制维持系统稳定已不能适应电力系统发展的需要，必须寻找新的稳定措施以缓和和消除系统扰动的影响。

（3）常规电力系统输电的效率受到铜、铝等基本导电材料的限制，进一步提高难度很大。我国电网功率损耗约占总发电量的 7.5%。2010 年，我国总发电容量约 550GW，其中 75% 来自燃煤发电，造成了严重的环境污染。采用新的技术手段降低网损不仅可以提高电网效率，而且可降低燃煤发电量，从而减少污染排放量。

（4）常规电气设备占地面积大，而负荷中心多分布在人口密集的大中城市。一方面，随着经济的不断发展，城市人口和较发达地区的人口密度会越来越大；另一方面，随着电力需求量的不断增长，城市和中、东部地区对电网建设占地的需求量也越来越大。要解决这一矛盾，必须对电力系统进行根本性的变革。

（5）可再生能源如太阳能发电、风力发电和潮汐能发电能量密度低，且受气候条件的影响。如要充分有效利用这些可再生能源，必须采用新的技术措施改善可再生能源发电的品质并使其有效地与大电网联结。

（6）现有电力系统存在多电压等级和交直流输电共存的局面，经历了从局部小电网到区域大电网的发展过程，存在设备老化、超载严重、事故增多、供电能力不足、线路损耗率高和电压质量低等问题，必须借助新的技术改善这一局面。

采用超导电力技术，可以增大单机容量和以特高压电网为主干网的输配电线路的输送容量，降低网损，提高系统运行的灵活控制能力、稳定性、可靠性和安全性，增加能源效率，明显改善电能质量，降低电压等级、电网造价和改造成本，减少占地面积，解决高海拔和重污染等问题，有利于环境保护，并使坚强的超大规模智能电网的实现成为可能。

2. 技术发展趋势

高温超导电缆商业化运行，限流器试验示范，超导变压器和储能等装置取得技术突破，但整体上超导电力技术仍处于研发、试验和示范的阶段。超导电力技术发展呈现出以下趋势：一是采用新型超导材料和高效制冷方式，提高装置的运行温度，以减少装备投资和运行成本；二是探索导体高载流复合化、装置集约化的有效方法和途径，降低运行经济容量；三是实现多功能化，探索装置的新原理、新结构和系统中的应用。

三、技术发展途径

在目前高温超导材料价格较为昂贵、国内技术水平有限和超导电力技术尚未成熟的条件下，发展超导电力技术需以电网相关企业为主导，国家予以重点支持，立足电网实际需求，选择有限目标，重点研发 110kV 及以上电压等级冷绝缘超导电缆及其输电技术、MJ 容量高温运行 SMES、500kV 及以上电压等级大容量故障限流等先进超导电力装备，利用

5~10年时间掌握关键核心，建立科学的研发体系和平台，形成自主知识产权。通过特征容量装备的构造、电网试验和示范，积累实践经验，实现与特高压等常规电力技术的有机结合，并跟踪意义重大、应用期限较为长远的技术，稳步推进我国超导电力技术的发展。

（1）材料方面。开展绝缘、绝热等材料工艺和高载流、低损耗超导复合化导体研究，推进高温区运行、大容量超导储能、限流器等先进电力装备应用技术发展。

（2）关键技术方面。重点研究低温高压电气绝缘、大电流引线、高效可靠低温系统和集约化制冷技术。

（3）装置构建和系统应用方面。紧密结合需求，合理选择试验地点，系统研究超导输电、装备设计、制造工艺、试验测试、运行控制和含超导电力装备的电力系统理论等一系列科学和技术问题。

（4）工程化低温制冷技术方面。通过装备试验示范及其长期运行，积累经验，在总体设计、集成、运行和维护上不断创新和提高。

四、技术发展目标

我国则需要重点研发高电压等级、大容量、功能化高效超导电力装置及其与常规电网相适应的超导输配电技术，力求在冷绝缘超导电缆、复合导体、高温区运行兆焦容量储能系统、500kV电压等级/数万安培超导故障限流器等装置的构建和系统应用技术上取得突破。总体上，近5~7年内国内外超导输电技术和超导电力装备仍将处于原理创新、性能优化和试验示范运行阶段。

随着超导涂层导体成材和复合化工艺的成熟，2015~2017年超导电缆和SMES等电力装备逐步走向实用化，并形成商品，同时推动超导输电技术和低温电力器件的发展。2020年前后，超导输电技术获得小规模应用，超导储能、限流等电力装备大容量化成为现实。到2030年，超导电力装备向功能化、集约化方向发展，以统一低温制冷站为中心、多功能超导输变电/FACTS系统呈辐射状分布。2050年，超导电力和低温电力电子装置紧密结合，在输、配、送、用和储等环节得到普遍应用。

第六节　分布式供电技术

大力发展可再生能源已成为我国重要的能源战略，分布式供电技术是有效利用可再生能源的重要方式之一，是电网适应国家能源战略调整、实现电网智能化的必要技术手段。电力系统能否适应分布式电源的大规模接入，并使分布式能源的效能得到最大程度的发挥，是智能电网建设必须面对的重大技术问题，这一问题在一定程度上甚至影响着电网未来的发展方向。

一、技术现状

大规模分布式电源的接入必将给电网带来深刻影响，使配电网的规划、运行、控制、保护面临新的挑战，为此，国内外对分布式供电技术进行了广泛的研究。

在分布式供电技术领域，国外已制定相关分布式供电并网标准，分布式供电运行及控制技术的研究已取得大量理论及实用成果，微网关键技术研究取得了一定突破并已建立了相关试验示范工程；国内已制定光伏及风电并网标准，但仅进行了分布式供电运行及控制技术相关理论的研究，微网研究尚处于起步阶段。

在电网应对分布式供电技术领域，国外在含分布式电源的配电网规划、运行控制、继电保护、虚拟电厂、能量管理、通信技术等方面的研究处于起步阶段，已取得一定成果，但离实用化还存在较大差距；国内在含分布式电源的配电网技术研究、分布式供电通信技术研究等方面基本处于空白，在分布式电源并网对电网的影响方面"十一五"期间已开展了相关理论研究。

在分布式供电试验及工程领域，国外通过建设有针对性的示范工程逐步积累了分布式供电系统的建设和经营经验；国内与分布式供电相关的试验检测、认证机构或实验室等的功能主要集中于风电、光伏发电的产品检测，用于实验研究的分布式供电及微网实验室基本处于空白。

二、战略需求和技术发展趋势

1. 战略需求

未来几十年内，面临节能减排、加快能源转型的巨大压力，我国将积极发展可再生能源及充分利用分布式能源，分布式供电必将持续高速发展，分布式供电渗透率将达到很高的水平，分布式电源将从目前的辅助能源转变成主要能源之一。在建成坚强智能电网的基础上，电网形态不断向"绿色、智慧"的方向发展。

1）分布式电源的迅猛发展，迫切需要深入研究电网对分布式电源并网的应对技术

根据中国 2007 年制定的可再生能源中长期发展规划，2010 年太阳能光伏发电总容量达到 30 万千瓦，2020 年光伏发电总容量达到 180 万千瓦。高渗透率的分布式电源接入配电网，将对配电网的规划、继电保护、系统运行、电网盈利水平以及电能质量等产生重大影响。因此，迫切需要深入研究分布式电源并网带来的影响，并研究电网对分布式电源并网的应对技术，以解决凸显的分布式电源大规模接入和电网被动接纳的矛盾。

2）满足不断增长的个性化用电需求，需要微网技术的坚强支撑

随着社会对电力和能源的需求日益增加，不同的用户对供电的质量与安全可靠性也提出了差异化的要求。当大电网发生失步、低压、振荡等异常情况时，需要利用微网的"孤岛"运行保证其内部负荷的供电不受影响。随着用电设备数字化程度的提高，其对电能质量也越来越敏感，为满足不同用户对供电质量的不同需求，需要采用不同的微网供电模式。

2. 技术发展趋势

国内可再生能源的利用发展呈现加速趋势。分布式供电技术正从小规模试点示范、实验室建设与研究向大规模发展和实用化方向推进。从未来市场竞争和管理的需要来看，分

布式供电将呈现规模化、集约化、统一管理、灵活互动的发展趋势，具体表现为以下几方面：

（1）分布式电源接入与规划技术将考虑大规模分布式电源的综合利用和对电力系统的整体影响。基于尽可能利用现有技术资源的原则，通过技术改进、提升、集成，提前规划协调，促使分布式供电与大电网协调发展。

（2）分布式供电运行将向集中监控、大范围优化运行方向发展。微网和虚拟电厂将成为分布式供电技术发展的重要方向。虚拟电厂将不同种类的分散电源用一个统一的新能源电网连接起来，组成一个统一的单位，提供了一条实现分布式发电协调运营的途径。

（3）分布式供电技术将向灵活互动、即插即用的方向发展。在未来智能配电网的平台上，分布式供电将参与电力市场竞争，与电网双向互动，根据电网和负荷的需求及时调整运行方式，实现资源的优化合理运行。随着分布式电源的大量接入，基于电力电子模块化技术的分布式电源"即插即用"将成为发展趋势。

三、技术发展途径

研究不同类型分布式电源和分布式供电系统的运行特性，掌握分布式供电系统与电网的相互作用机理，提出分布式供电对电网影响的量化指标；研究含分布式供电系统的配电网运行、保护、控制以及需求侧管理技术；研究分布式供电的评估、规范、检测、通信等相关技术；研究分布式供电系统及含分布式供电系统的配电网仿真、试验技术；研究微电网的主要装备关键技术；建设基于虚拟电厂技术的分布式供电管理系统和微网示范工程。研究智能配电网中多种形式分布式电源及储能的优化数学模型及控制策略；研究各种电源的功率优化匹配方法；研究含多类分布式电源及储能互补的配电网能量优化管理技术。研究实现虚拟微电网的架构及虚拟微电网作为一种未来配电网新形态的可行性；研究从空间、容量上改变配电网运行状态的动态微电网技术；研究基于计算机及双向通信技术实现虚拟微电网系统的规划、设计、运行和管理技术。

四、技术发展目标

预计到2020年，分布式风能、太阳能等可再生能源及分布储能和电动汽车等已具有一定规模。分布式电源仿真技术已成熟，配电网在规划、运行、保护等方面应对分布式电源并网的能力得到综合提升；微电网控制、通信、能量管理等关键技术得到突破，具有良好的可调度性，并能在电网故障时实现安全稳定的自治运行；虚拟电厂技术在基础理论方面进一步完善，基于虚拟电厂的分布式能量管理技术取得实质进展。

到2030年，随着风电、光伏发电和储能成本的下降，分布式电源的渗透率进一步提高，已成为集中式供电的重要补充和支撑。微电网得到广泛的商业应用，微网能量管理技术进一步优化，适应不同用户需求的微网规划设计方法已成熟，微网各种能源的综合利用率达到90%以上。虚拟电厂运行的技术标准和商业框架确立，已建成一批初具规模的虚拟电厂示范工程。

到 2050 年，分布式电源规模进一步发展，移动式电源和储能装置大量应用，并实现对配电网即插即用的灵活接入方式。微电网实现高度智能化；科学的电价体系基本形成，分布式电源自动运行在安全经济的状态，并积极参与电力市场竞争，在提高能效的同时通过其"削峰填谷"作用提高电网的资产利用率，为用户和电网实现利益的双赢。虚拟电厂技术将得到广泛的商业化应用。

第 二 篇
油气战略

第五章　专题基本情况

随着国民经济的持续快速发展，我国能源供需矛盾和环境压力日益突出，并在一定程度上制约了经济和社会的健康发展，成为我国可持续发展的重大瓶颈问题之一。为此，中国工程院于2008年2月正式启动了《中国能源中长期（2030、2050）发展战略研究》重大咨询研究项目。项目共设立七个专题，油气中长期发展战略研究是其中的专题研究项目之一，由邱中建院士担任组长，韩大匡、童晓光、康玉柱、曾恒一院士和赵文智教授担任副组长。由来自三大石油公司的专家、学者共40余人组成项目实施组，依托中国石油天然气集团公司勘探开发研究院负责项目研究的协调和技术支撑。这次由中国工程院组织的中国能源中长期（2030、2050）发展战略研究是在新形势下，为满足国家长期能源安全并做好近、中期战略规划和决策，而提供重大咨询性研究。与以往相关研究相比，这次研究的新形势有以下几个特点：一是研究周期很长，时间跨度达40年以上。各项预测的细节可以有偏差，但判断方向一定要正确。同时，由于时间周期长，存在较多不确定性，尤以技术和国际、国内形势发展的不确定性影响最大；二是预测要充分考虑环境与资源供给的承受能力，并为建设"两型"社会提供科学依据。

为了做好油气专题的咨询研究，此次中长期能源战略研究项目综合组对油气专题提出了总体要求，即以中国工程院2003年和2005年油气战略研究为基础，对2020年以前的预测进行再思考，对2030年、2050年油、气供需平衡、石油替代、油气储备、能源安全等进行量化分析；此外，还提出六项具体要求：①2030年、2050年中国油气资源及其可能产量；②2030年、2050年中国油气勘探生产加工的技术能力和水平；③中国石油、天然气发展所面临的主要问题；④两个市场、两种资源利用策略、对外依存度的控制、油气安全和储备问题；⑤石油替代技术发展潜力、目标及实现条件；⑥中国石油、天然气发展战略与政策。

为搞好本次油气中长期发展战略研究，油气专题组在邱中建院士的领导和具体组织下，为圆满完成项目综合组提出的各项任务，一共分解设立了八个子专题。专题研究过程中，为促进各子专题研究工作和成果的交流，专题组多次组织了子专题阶段研究成果交流会。围绕一些关键问题还组织召开了一系列研讨会，广泛听取专家、学者意见。主要有《中国石油供应前景研讨会》、《我国石油对外依存度研讨会》、《我国石油替代前景研讨会》。为了保证一些关键判断和结论能够客观把握形势，准确把握要点，专题实施组还派出小组进行了5次专家访谈，相互交流资料、信息和观点，达成共识。在各子专题研究成果及研讨会形成的共识基础上，2009年5月完成了《中国油气中长期（2030、2050）发展战略研究》专题报告初稿。2009年5月13日，专题组在中国工程院组织的项目成果交流会上，报告了研究的主要结论和建议。会后，根据中国工程院有关领导的指示和要求，专题组又对相关内容作了补充和完善，并在2009年11月2日中国工程院组织的项目成果交流会上，报告了补充、修改和完善的主要结论和内容。在此基础上，于 2010 年 6 月完成了油气专题报告的编写。历时两年多时间的研究，形成的主要观点如下：

一是我国油气消费需求目前正处于快速增长期。根据我国社会、经济发展态势，参考主要经济发达国家油气消费历史，判断认为，我国 2030 年前油气需求仍将保持快速增长态势，2030 年的石油需求量在 6.5 亿 ±0.5 亿吨。之后增长有可能趋缓，2050 年的石油需求量大致在 7.5 亿 ±0.5 亿吨。

二是我国天然气工业体系正在形成中，现阶段已进入快速发展期。国内天然气资源丰富，且开发利用比石油晚近 30 年，具备大发展的资源基础。我国地理位置又毗邻全球三大富气区，具有多元化利用国外天然气资源的地域优势。未来 30 年左右的时间内，将是我国天然气开发利用大发展期。要把天然气放在有效推进我国能源结构调整的重要地位，积极推动，加快发展。2030 年以前立足常规天然气资源，同时发展煤层气和页岩气，国内天然气年产量有条件搞到 3000 亿立方米左右；通过管道气和沿海 LNG 引进并重，进口量搞到 1500 亿立方米左右。2030~2050 年依靠常规气和非常规气资源并重，后期依靠科技进步，努力实现对天然气水合物资源的商业性开发，实现天然气年产量 3000 亿立方米长期稳产至 2050 年；进口量保持已经形成的规模并有所扩大。通过自产与引进并重，预计 2030~2050 年，天然气在我国一次能源消费结构中的比例有望升至 13%~15%，对有效减缓石油安全压力、改善能源消费结构和推动低碳经济发展都将发挥重要作用。

三是我国石油"长期稳产"比"短期高产"更好。我国石油产量已进入高峰期，未来产量还有小幅度增长的可能性，但总体以稳定为主。如果把近期产量搞得过高，未来原油产量递减幅度会更大。从可持续发展角度看，适度控制我国原油高峰产量，并尽可能延长产量高峰平台期，对保障我国石油供应安全更有利。

四是石油是一种重要的战略物资，不能等同于一般商品。我国石油对外依存度应该设置安全上限。从全球油气资源潜力、全球石油贸易量未来变化、经济发达国家（OECD）与新型经济国家未来石油需求趋势等多方面预测，结合对美、日等石油消费大国的应对策略分析，建议我国石油对外依存度的安全上限以 60% 为宜，最好不突破 65%，缺口可由发展石油替代来弥补。

五是发展石油替代是弥补我国石油需求缺口的重要途径之一，综合判断认为，天然气燃料替代、电动力替代与生物质替代是比较现实、可规模发展的石油替代类型，应积极推动发展。如果发展顺利，预计到 2030 年前后，我国石油替代量可能达到 1.0 亿 ±0.2 亿吨左右，2050 年可达到 1.2 亿 ±0.3 亿吨左右，占当时石油需求总量的 15% 左右，对保证我国石油供应安全具有重要作用。

六是我国已着手建立石油战略储备体系，并已取得实质性进展。未来可根据需求发展趋势，酌情增加石油战略储备规模和类型，同时要注意储备库选址安全。近期建立以政府储备为主、机构储备为辅的储备体系，储备量以上年度石油净进口量的 60 天规模来考虑，2020 年总储备量 5800 万吨左右。远期储备规模应考虑国情和国际形势变化，酌情增加储备规模，可以当时净进口量的 90 天规模来规划，2030 年储备量预计为 1.11 亿吨左右、2050 年为 1.36 亿吨左右。同时，国家应考虑将庞大的外汇储备部分转为石油资产储备，积极发展石油资源储备，2030 年以前以 8 亿~10 亿吨规模为宜。

　　七是虽然石油科技的未来发展还有很大的不可知性和不确定性，但是回顾科技在世界石油工业过去一百多年历史发展中所发挥的作用，有理由相信，科技进步可以有效改善油气资源的经济性，增加对低品位资源的利用规模；可以改善现有认识和技术盲区的资源发现率；可以实现对非常规油气资源的大规模开发利用。科技也可以使很多新能源的利用成为可能。科学技术在未来石油安全供应方面将发挥建设性的保证作用。如果未来科技发展顺利，将更有利于我国石油供应的长期安全。

　　八是随着我国经济实力、军事实力与综合国力的不断增强，社会文明的不断发展，长远看，我国石油安全形势和利用国际油气资源的外部环境不一定变差，有可能转好。判断认为，2030 年以前是我国石油需求增长较快期，也是面对挑战最多、最严峻的关键时期，科学、有序和稳妥地解决该阶段我国石油安全面临的诸多矛盾和问题，顺利度过高风险期，中国的石油安全将会改善，有可能转入良性发展期。

　　九是要实现我国油气资源利用的长期安全和可持续发展，建议国家应采取如下政策措施：①继续采取积极政策，推动国内石油资源的勘探开发，保持国内石油供应的基础地位。②加快天然气资源开发利用的步伐，把天然气工业发展作为独立工业体系和石油工业二次创业的机遇，加大力度，推动加快发展，成为改善我国能源结构、实现低碳经济发展的重要途径。③进一步完善鼓励和支持油气跨国经营的政策，继续鼓励油公司采取多种方式"走出去"，尽最大可能，多分享利用国外油气资源。同时尽早培养队伍，积极参与国际石油期货贸易运作，以增加我国在国际油价定价与控制油价走势中的话语权，降低国家油气供应与经济发展的风险。④采取多种措施，继续推进构筑多元稳定油气供应体系，保障国家油气供给安全。⑤积极推进油气勘探开发的科技进步。要依靠科技进步改善低品位油气资源的经济性，扩大开发利用规模，夯实可持续与安全发展的资源基础；要依靠科技进步增加对现阶段认识和技术盲区的油气资源的发现率，进一步扩大油气稳产和上产的基础；要依靠科技进步提高油公司在分享利用国外油气资源上的竞争力，扩大利用国外油气资源的机会，为我国经济长期健康、安全发展提供资源保证。

第六章　对 2030～2050 年我国石油
发展形势的基本判断

石油是关系到一个国家经济、政治和军事安全的重要战略物资，也是现代工业和经济发展的主要动力和"血液"。自 20 世纪 60 年代开始，石油在世界一次能源消费结构中比例达到 40% 以上，石油就成为世界第一大消费能源。自那时以后，石油的安全供应就成为世界各国普遍关注的热点问题。近年来，世界石油供需一直处于十分脆弱的平衡状态，极易受到各种突发事件和国际投机炒作的影响，国际油价宽幅震荡，石油供应安全越来越受到各国政府的高度重视，围绕石油资源的争夺也愈演愈烈。新中国成立以来，我国石油工业取得了巨大成就，为国民经济和社会发展作出了巨大贡献。但是，改革开放以来，随着我国国民经济的持续快速发展，石油消费量增长很快，供需缺口不断扩大，对外依存度不断上升。2008 年我国石油对外依存度已突破 50%，石油供需矛盾已经成为制约我国国民经济和社会发展的重大瓶颈问题之一。面对这一严峻形势，客观分析我国石油供需形势，积极提出有效应对各种安全挑战的措施和建议，对保证我国石油长期安全稳定供应、确保我国中长期发展目标的实现具有十分重要的意义。为此，中国工程院继 2003 年受温家宝总理委托，组织完成 2020 年中国可持续发展油气资源战略研究之后，从 2008 年 2 月起又启动了《中国能源中长期（2030、2050）发展战略研究》。在历时一年半的时间里，专题研究组从国内、外油气资源潜力与保证程度、油气需求发展趋势、满足长期供求平衡实现途径与为确保国家中长期油气供应安全，我国应采取的措施与对策等方面完成了相关研究，取得以下基本判断。

一、2050 年我国石油需求量有可能控制在 7.5 亿 ±0.5 亿吨

2050 以前我国石油需求将持续增长，但增长趋势将逐步放缓，如果控制得好，预计 2030 年和 2050 年石油需求量分别达到 6.5 亿 ±0.5 亿吨和 7.5 亿 ±0.5 亿吨。

1. 我国石油需求正处于快速增长期，预计 2030 年前石油需求仍将快速增长，之后增长可能趋缓

改革开放以来，我国石油消费增长大体经历了三个阶段：1978～1990 年，为石油消费缓慢增长阶段。石油消费量从 1978 年的 0.91 亿吨增长到 1990 年的 1.15 亿吨，年均增长 199 万吨，年均递增 2.0%（图 6-1）；1991～2002 年，为石油消费较快增长期。石油消费量从 1990 年的 1.15 亿吨增长到 2002 年的 2.39 亿吨，年均增长 1033 万吨，年均递增 6.3%。2003 年以来，为石油消费快速增长期。石油消费量从 2002 年的 2.39 亿吨增长到 2008 年的 3.86 亿吨，年均增长 2453 万吨，年均递增 8.3%。2008 年石油对外依存度已达

52%，提前两年超过 2003 年战略研究预测的 2010 年对外依存度水平。分析这个阶段导致我国石油消费过快增长的原因，首先是国民经济持续快速发展，推动我国石油消费规模加大，增长速度加快。此外，这个阶段也是国际油价一路攀升的时期，我国国内原油与成品油价格未能协调一致，特别是成品油价格低于同期国际石油市场价格所带来的"非规范性市场行为"，也是导致消费过快增长的一个因素。但究竟发挥了多大作用，目前难以判断。在外推预测我国未来石油需求增长走势时，应予考虑。

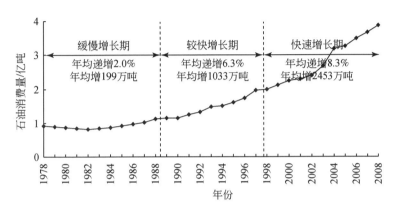

图 6-1　1978～2008 年我国石油消费量增长趋势

纵观世界经济发展历史，能源需求总量增长与经济总量的增长一直保持密切相关性。石油作为全球第一大消费能源，其需求总量的变化与世界经济增长态势也保持着较好的相关性（图 6-2）。1980～2007 年，世界经济总量由 11.7 万亿美元增长到 51.1 万亿美元，年均增长 5.6%，石油需求总量由 29.8 亿吨增长到 39.5 亿吨，年均增长 1.1%。大体上，世界经济总量每增长 1%，石油需求量增长约 0.2%。我国石油需求增长与经济增长之间的关系也基本符合上述规律（图 6-3），GDP 每增长 1%，石油需求增长大体增加 0.3%。近期增长有些偏高，达到 0.6%。应该说，随着科学技术的进步和发展，以及能源利用效率的提高，经济增长对石油需求依赖程度会有所降低，这是预测未来需求趋势时，应该认真考虑的。

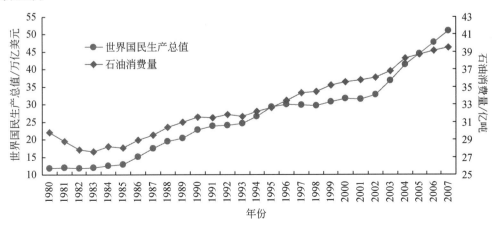

图 6-2　世界经济与石油需求关系

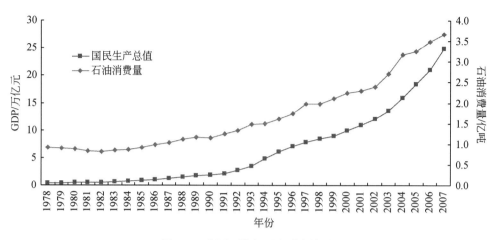

图 6-3　中国经济与石油需求关系

通过对美国、日本等 14 个主要石油消费国 30 多年来人均 GDP 与石油消费量的关联分析，发现各国石油消费变化主要受本国工业化程度、能源结构、产业结构及能源政策等多种因素的控制。其中，一个国家的工业化程度对石油消费变化的影响最明显。当一个国家基本完成了工业化，进入经济发展的成熟期，石油消费增长便趋缓，甚至出现负增长。例如韩国，1977～1997 年的工业化阶段，人均 GDP 由 2987 美元增长到 10 017 美元（图6-4），年均增长 6.2%，石油需求则由 1900 万吨增长到 11 140 万吨，年均增长达 9.2%。之后韩国经济仍继续增长，但石油消费量基本稳定在 1.0 亿～1.1 亿吨，增长速度很低。日本也是如此，20 世纪 70 年代初完成了工业化以后，最近 40 年间，石油消费量总体呈缓慢下降趋势。

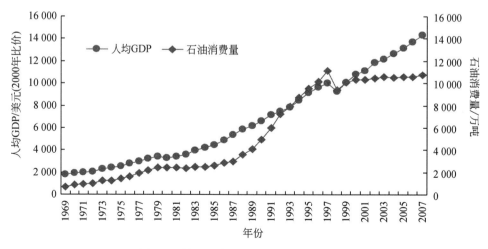

图 6-4　韩国人均 GDP 与石油消费量关系

根据国务院发展研究中心、国家信息中心、中国社科院、国家计生委等机构研究，2030 年前将是我国国民经济和社会发展的重要时期，是工业化进程明显加快、经济结构发生重大调整的时期。预计到 2040 年前后，我国国民经济和社会发展可能达到中等发达国家水平，基本实现现代化。从经济发展情景看，2030 年以前我国经济仍将保持快速增长态势，GDP 年均增长率有望保持在 7% 以上（表 6-1），2030～2050 年增长速度可能会有所放缓，多家预测在 3% 左右。从人口增长预测情景看，2030 年前后我国人口可能达到高峰，高峰人口大约在 14.7 亿人。这之前人口将保持持续增长态势。2030 年之后人口数量将趋于稳定或略有下降，预测 2050 年我国人口总数大约在 14.3 亿人。从汽车保有量发展趋势看，2000 年以来汽车保有量年均增长率达到了 15% 以上，我国汽车保有量目前已进入快速增长期，预计 2030 年以前汽车保有量仍将快速增长，2030 年有可能达到 1.9 亿～2.0 亿辆，之后随着每千人乘用车数量趋于饱和，增长速度有可能减缓，预测 2050 年汽车保有量有可能在 2.5 亿～2.6 亿辆。上述因素决定了 2030 年以前我国石油需求量增长很难减低下来，并将保持快速增长，2030 年以后需求增长有可能减弱，速度可能减缓。

表 6-1　宏观经济预测

年份	2010～2020	2021～2030	2031～2040	2041～2050
宏观经济/%	8～9	5～6	4～5	3～4
人口/亿	14.35	14.7	14.69	14.32
汽车保有量/亿辆	1.2～1.3	1.9～2.0	2.3～2.4	2.5～2.6

2. 我国经济增长的基本面没有重大变化，近期因全球金融危机导致实体经济危机引发的石油需求下降，不会改变我国石油需求长期增长的大趋势

世界经济发展具有周期性和波动性。从世界经济发展历史看，每隔 10～15 年就发生一次规模和影响不等的经济危机。受危机影响，石油需求相应出现下降，但都没有改变石油消费长期增长的大趋势（图 6-5）。20 世纪 70 年代和 80 年代，由石油禁运引发的两次经济危机，使世界原油消费量出现明显下滑，但随后很快恢复到原有水平并保持增长势头。90 年代末的亚洲金融危机，使东南亚各国经济普遍受损，但并未对世界经济发展产

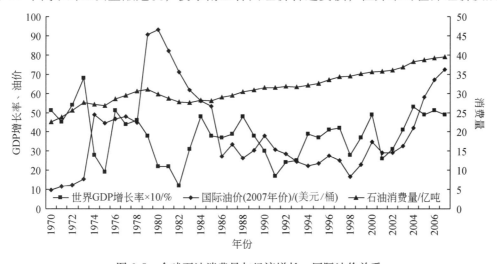

图 6-5　全球石油消费量与经济增长、国际油价关系

生重大影响，因此对世界石油需求的影响也比较弱。这充分说明世界各国发展对石油资源的依赖存在刚性需求。短期的波动或局部出现的经济衰退，虽然对短期的石油消费有影响，但从长远看，都不会改变石油需求持续增长的大趋势。

从 2008 年四季度开始，因美国次贷危机引发的全球实体经济危机，对我国经济发展和石油消费产生了深刻影响。由于美国、欧盟、日本等全球主要经济体经济发展出现负增长，世界原油需求减少。作为全球经济兴衰变化的一个重要指标，国际原油价大幅下跌，由 2007 年最高 147 美元/桶跌至 2009 年年初的 35 美元/桶。我国对外贸易量也因此出现下滑，国内经济增长速度明显放缓，经济增长率由 2007 年第三季度的 11.5% 一路跌至 2009 年一季度的 6.1%，原油需求多年来首次出现负增长，由 2008 年第三季度的 9200 万吨降低到 2009 年第一季度的 8500 万吨（图 6-6）。近期随着全球实体经济危机触底止滑，国际油价已经止跌回升，正处于高位宽幅振荡状态。可见，这次经济危机导致的石油消费减少是个短期事件。危机过后新一轮全球经济发展迟早会出现，这与历史上前几次出现的情形基本一致。我国现阶段经济发展的基础没有重大变化，加之国家对经济具有强有力的宏观调控能力和较雄厚的外汇储备，尽管当前经济发展遇到一些困难，但经济发展的基本面没有根本变化。很多经济学者预测，我国将率先走出经济危机，实现经济发展的新一轮较快速增长。未来的石油需求也将随经济复苏而出现新增长。我们把这次经济危机导致的石油需求减少，看作局部变化，不影响对未来长期需求发展趋势的预测和判断。

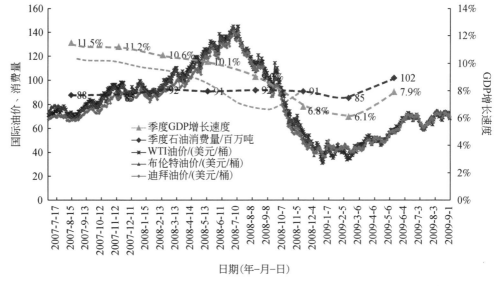

图 6-6　我国经济增长与原油价格、需求关系

3. 通过努力，我国 2030 年石油需求量有望控制在 6.5 亿 ±0.5 亿吨左右，2050 年控制在 7.5 亿 ±0.5 亿吨左右

对我国未来石油需求增长趋势的预测，有国内、外很多机构用不同方法进行过研究。如国际能源机构（IEA）采用世界能源模型（WEM）、日本能源经济研究所（IEEJ）采用经济能源环境模型（3E）和美国能源信息署（EIA）采用国家能源模型（National Energy

Modeling System）等进行的预测。多数预测周期限于 2030 年以前，部分研究结果如表 6-2 所示。

表 6-2　国内外不同机构对我国石油需求预测的结果　（单位：亿吨）

年份	中国社会科学院	IEEJ	IEA	EIA
2010	4.07	3.66		4.54～4.93
2015	4.80		5.43	
2020	5.63	5.92		5.20～7.11
2030		9.45	8.08	6.60～9.37

此次油气专题组研究，采用弹性系数法和消费系数法两种方法，在对油气需求总量有重要影响的关键因素的未来发展做深刻研究基础上，设定约束条件，分高、中、低三种发展情景，对我国未来石油需求总量作了预测，预测结果列于表 6-3 中。

表 6-3　我国未来石油需求增长趋势预测　（单位：亿吨）

年份	低情景		中情景		高情景	
	弹性系数法	消费系数法	弹性系数法	消费系数法	弹性系数法	消费系数法
2020	5.7	5.1	5.8	5.4	6.0	6.0
2030	6.6	6.4	6.9	6.7	7.2	6.8
2040	7.2	6.9	7.5	7.1	7.9	7.5
2050	7.6	7.1	8.1	7.4	8.6	7.9

高情景：设定国民经济快速增长，GDP 年均增长速度 6.1%，能源利用政策较为宽松，节能降耗措施效果不明显，石油消费弹性系数维持较高水平。在此情景下，弹性系数法预测我国 2020 年、2030 年、2040 年和 2050 年石油需求量将分别为 6.0 亿吨、7.2 亿吨、7.9 亿吨和 8.6 亿吨，消费系数法预测石油需求量将分别达到 6.0 亿吨、6.8 亿吨、7.5 亿吨和 7.9 亿吨。

中情景：设定国民经济较快增长，GDP 年均增长速度 5.6%，建设节约型社会的政策措施可逐步落实到位，节能技术和替代燃料技术进一步发展，石油利用效率有较大提高。在此情景下，弹性系数法预测，我国 2020 年、2030 年、2040 年和 2050 年石油需求量分别为 5.8 亿吨、6.9 亿吨、7.5 亿吨和 8.1 亿吨；消费系数法预测，我国石油需求量将分别达到 5.4 亿吨、6.7 亿吨、7.1 亿吨和 7.4 亿吨。

低情景：设定国民经济以较低速度平稳增长，GDP 年均增长速度 5.1%，政府出台严格的节能措施并大力推进节能技术和替代燃料技术的进步和发展，石油消费弹性系数相对较低。在此情景下，弹性系数法预测，我国 2020 年、2030 年、2040 年和 2050 年石油需求量分别为 5.7 亿吨、6.6 亿吨、7.2 亿吨和 7.6 亿吨；消费系数法预测我国石油需求量将分别达到 5.1 亿吨、6.4 亿吨、6.9 亿吨和 7.1 亿吨。

统筹考虑未来世界石油供应状况和我国经济与技术发展形势，综合预测我国 2020 年、2030 年、2040 年和 2050 年的石油需求总量大致为 5.5 亿±0.5 亿吨、6.5 亿±0.5 亿吨、

7.0 亿 ± 0.5 亿吨和 7.5 亿 ± 0.5 亿吨。实现这一目标还需要以下约束条件：①2030 年以前，我国汽车的总保有量控制在 1.9 亿 ～2.0 亿辆，2050 年控制在 2.5 亿 ～2.6 亿辆；②新生产乘用车的燃油经济性到 2030 年时应在现有基础上提高 20% 左右，达到 6.5 升/百千米；2050 年提高 50% 左右，达到 4 升/百千米；③2030 年乘用车单车行驶里程控制在 1.7 万 ～1.8 万千米/年、商用车 4 万 ～5 万千米/年，2050 年乘用车乘用车单车行驶里程控制在 1.5 万 ～1.6 万千米/年、商用车 4 万 ～5 万千米/年；④2030 ～2050 年我国乙烯自给率保持在 55% ～60%，其他部门用油需求适度增长。

需要特别说明的是，汽车保有量是影响石油需求总量预测准确性最重要的因素之一。目前，世界主要发达国家每千人汽车保有量与人均 GDP 增长之间的关系可以分为四种模式：一是以美国为代表的北美模式，千人汽车保有量随人均 GDP 的增长迅速增长，饱和值达 800 辆/千人，称为高增长模式；二是欧洲模式，受欧洲国家人口密度较高和紧凑的城市发展空间影响，千人汽车保有量随人均 GDP 增长的增长速度略低，饱和值约为 600 辆/千人，称为中高增长模式；三是日本模式，由于人口密度高，城市公共交通系统发达，千人汽车保有量饱和值约为 500 辆，称为中低增长模式；四是以韩国为代表的低增长模式，千人汽车保有量随人均 GDP 增长的增长速度较低，饱和值约为 400 辆/千人（目前韩国约为 340 辆/千人）。我国是一个人口众多、人均耕地很少、城乡二元结构比较明显的国家，按照欧美国家、日本等发达国家的模式，资源、环境都难以承受。综合考虑经济发展水平、人口状况、人均 GDP 增长与交通发展模式选择等，我国液态燃料车的千人汽车保有量饱和值以 200 辆左右为宜。考虑到现阶段电动车的经济技术性已有重大突破，未来具有规模发展的良好前景。综合报告预测 2050 年我国汽车保有量为 5.6 亿辆左右，如果增加部分主要是电动车，届时我国千人汽车保有量约为 390 辆，大致与韩国模式相当，专题组研究后认为这种情景也是有可能的。

二、国内 1.8 亿 ～2.0 亿吨原油产量有望稳定到 2050 年

我国石油产量已进入高峰期，未来产量虽有小幅增长的可能性，但总体以稳定为主。2030 年以前立足常规石油资源，保持探明石油储量稳定增长，控制石油年产量在 2.0 亿吨左右；2030 ～2050 年依靠常规和非常规石油资源，努力推动石油探明储量最大化增长，保持石油年产量 2.0 亿吨左右稳定发展。

1. 我国石油资源丰富，但石油资源丰度和品位总体偏差，分布有多样性，发现难度大，周期很长

2004 年《中国可持续发展油气资源战略研究》课题组，汇总全国三大石油公司 2000 年以前的最新油气资源评价成果，同时采用平均采收率法和翁氏（Weng）模型法，综合确定全国的最终石油可采资源总量为 150 亿吨。

最近几年，专家学者在国土资源部的统一组织下，又开展了全国新一轮油气资源评价，石油和天然气的最终可采资源量又有增加。本次研究做了两方面工作：一方面是从深化对含油气盆地地质特征、油气分布规律认识入手，结合对已发现油气田开采数据的分

析，对 150 亿吨石油可采资源量的内涵、时间含义与经济性进行了研究。得出的结论是，150 亿吨石油可采资源总量是把握性较高的最终经济可采资源量，也是在中高油价（油价 70～80 美元/桶）条件下可勘探利用的经济可采资源量。这一预测结果的有效期限至 2020～2030 年。另一方面，是对国土资源部公布的最新油气资源评价结果进行了认真审视和分析。在多方征求专家意见基础上，确定从长期看，我国最终的石油技术可采资源量为 200 亿吨。预测的有效期至 2050 年，而且是在高油价（油价 80～100 美元/桶以上）条件下，经济性才可能趋好的资源总量。对 200 亿吨最终石油技术可采资源量的确定依据有以下几点：一是以美国联邦地质调查局（USGS）为代表的权威机构 1984 年以来的 15 年中，对全球石油资源总量作了五次评价，总体是随着地质认识深化和技术进步，石油资源总量会增加。例如，1984 年 USGS 评价全球石油可采资源总量为 2355 亿吨，2000 年评价结果增至 4582 亿吨，15 年内全球石油可采资源总量增加了近一倍。二是我国最近几年针对岩性地层油气藏、前陆盆地、叠合盆地中下部组合和成熟盆地精细勘探等勘探领域，开展了一系列理论研究与技术攻关，取得了一批重要理论和技术成果，已有效指导了勘探发展和储量增长。新理论和新技术在勘探中应用见到的实际效果，让石油地质家们看到了我国油气资源总量增加的潜力。三是我国陆上和海域尚有一些新区、新领域未充分开展油气勘探工作，包括南海南部海域，青藏与南方等地区，对油气资源潜力与分布的认识还很初步，未来有增加的潜力和前景。四是未来油气勘探开发技术进步将有效改善低品位资源的经济性，增加可采石油资源总量。截至 2008 年底，全国已探明低品位（低渗透）石油可采储量大约为 18 亿吨，占全国总探明储量的 23%。根据对我国待发现油气资源品位的评价，未来发现的石油储量中，低品位储量会大幅度增加，随着技术进步和油价的进一步升高，这部分资源的经济性将得到改善，可成为开发利用的经济资源。

以 200 亿吨最终石油可采资源量计算，我国石油资源量大约占全球资源总量的 4%，在国家排名中位居第五位。因此就总量而言，我国石油资源是比较丰富的，但是客观的地质条件决定了我国石油资源丰度和品位总体偏差。我国含油气盆地的石油地质特征，总体表现为：①沉积盆地数量不少，但有利的勘探面积占比例偏低；②以陆相沉积为主，沉积相带变化快，储层物性总体较差，一是油气田富集规模不够大，二是单位面积拥有的石油数量偏低，资源丰度不够好；③我国地处欧亚、太平洋与印度三大板块的结合部位，在漫长的地质历史中，经历过数次大的构造变动和改造，加之第三纪以来强烈的喜马拉雅造山运动，在中西部地区的很多盆地中堆积了巨厚的红层沉积，使很多含有油气的层系被埋藏至很深的部位，增加了发现的难度和成本。我国沉积盆地独特的演化历史，对油气资源总量、分布、经济性和发现历程都有重要影响，表现为，一是导致油气分布的复杂性；二是使相当多的油气资源赋存于沉积盆地的深层；三是增加勘探发现的成本，影响了资源的经济性与可采出总量。这些因素决定在中国勘探发现油气的技术要求更高，发现难度更大，同时勘探发现油气的成本更高。

2. 我国石油勘探尚处于早—中期阶段，未来还有较大发展潜力。但我国油气资源分布具有多样性，储量增长趋势总体以稳定为主，周期很长

我国是世界上沉积历史最长、形成的沉积层系最多的沉积区之一，也是构造演化历史最为复杂的地区之一。沉积盆地类型及沉积盆地中的油气分布也最具多样性。这一方面决定了我国油气资源比较丰富，勘探发现新储量具有比较雄厚的资源基础；另一方面又决定了油气勘探具有较大的艰巨性和长期性。因此，我国沉积盆地的地质特征，决定了我国油气储量增长具有多高峰和多阶段的特点，储量稳定增长的历史会相当长。以鄂尔多斯盆地石油探明储量增长为例，在 1970 ~ 2008 年近 40 年间，通过不断深化地质认识和依靠勘探技术进步，勘探领域和勘探层系不断发展，先后出现了四个储量增长高峰，分别是 20 世纪 70 年代早期针对侏罗系河道砂岩，开展古地貌油藏勘探，出现第一次储量增长高峰；到了 80 年代中期，上三叠统延长组长 6 砂体突破出油关，带来第二次储量增长高峰；到了 90 年代后期，延长组长 6 砂体扩大勘探范围，又出现了第三次储量增长高峰。2000 年至今伴随着勘探技术进步和深层延长组长 8 与中浅层长 4 + 5 段的发现，又迎来第四次储量增长高峰（图 6-7）。而且，勘探几十年过去了，随着不断攻克低渗透油层工业油流关，储量增长的潜力还在扩大，储量高峰的规模在增长，储量高峰期还在延长。我国陆上和海域的几个大型含油气盆地，如塔里木、四川、渤海湾和珠江口、莺 – 琼等盆地，油气分布的复杂性比鄂尔多斯盆地更强。油气发现的过程和储量增长保持的周期也会很长久。

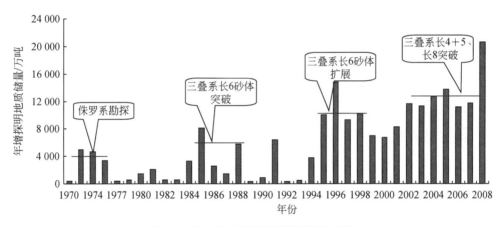

图 6-7　长庆油田新增探明储量增长态势

对美国本土 48 个州（不含墨西哥湾深水区）石油工业近 150 年发展历史的分析发现，石油储量增长大体可以分为上升期、稳定期和下降期三个阶段（图 6-8）。如果把资源的探明程度纳入分析，发现储量增长的上升期，稳定期和下降期分别对应于资源探明率小于 20%、20% ~ 60% 和大于 60%，其中稳定增长期维持了 40 年左右。美国石油工业走过的历程可作为分析判定我国石油工业未来走势的重要参照系。如果不考虑南海南部深水地区（可与美国墨西哥湾的勘探相比），我国到目前为止石油工业发展所走过的历程与美国本土 48 州具有很好的可比性。此外，考虑到我国主要含油气盆地的发育历史比美国本土沉积盆地更长，油气分布更具多样性。因此，预计我国的石油储量稳定增长期比美国的稳定增长期还要更长。

经过 50 余年的油气勘探工作，我国已经发现了一批大中型油田。截至 2008 年底，累计探明石油可采储量 78 亿吨，若以石油可采资源量 150 亿吨为基础，石油资源的探明率

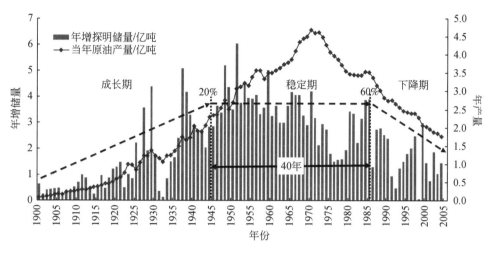

图 6-8　美国石油储量增长阶段划分

为 52%，若以 200 亿吨为基数，石油资源探明率仅为 39%。综合判断，我国石油勘探还处于中期阶段，与美国本土发展历史相比，目前正处于石油储量稳定增长阶段，未来稳定发展期还可以保持相当长时间，估计有可能超过 30 年。如果考虑到我国含油气盆地类型多、发展具有多旋回性，不同层系、不同类型盆地中油气分布具多样性的特点，同时考虑技术进步对储量增长的贡献，我国石油储量稳定增长的时间可能比 30 年还要长。

为综合预测我国石油储量未来增长趋势，我们还利用翁氏旋回模型、HCZ 模型两种方法预测石油储量的未来走势，结果示于图 6-9、图 6-10 中。可以看出，我国石油探明可采储量的增长在相当长时期可保持高基值稳定发展。大致在 2035 年以前年增探明石油可采储量规模保持在 1.8 亿～2.0 亿吨，之后增长有所降低。到 2050 年前后，我国年增探明石油可采储量的规模有望保持在 1.4 亿～1.6 亿吨。

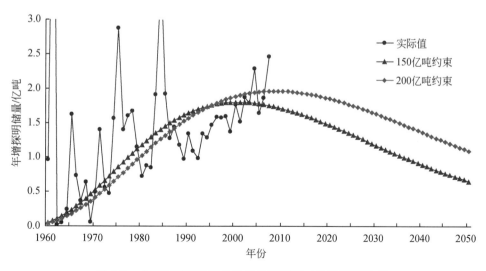

图 6-9　全国石油可采储量增长趋势预测（翁氏旋回模型）

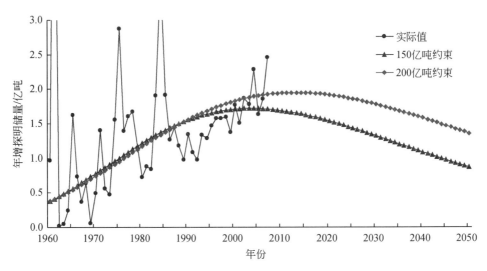

图 6-10　全国石油可采储量增长趋势预测（HCZ 模型）

3. 我国石油产量已进入高峰期，未来产量还有小幅增长的可能性，但从可持续发展看，适当控制高峰产量、保持较长稳产期对国家安全更有利

我国石油工业经过近六十年的发展，取得了令人瞩目的成果。石油年产量由 1949 年的 12 万吨增长到 2008 年的 1.89 亿吨（图 6-11），增长了 1500 多倍，成为世界第五大产油国。回顾我国石油产量发展历史，大体可以分成三个阶段，一是 20 世纪 60 年代中期至 70 年代末的十年时间，原油产量快速增长阶段。原油产量快速增长到 1 亿吨以上；二是 80 年代的十年时间，为原油产量稳定增长阶段，十年时间全国原油年产量稳定增长到 1.4 亿吨；三是 90 年代以来的近 20 年，为产量平缓增长阶段，尽管陆上东部老油田逐渐进入产量递减阶段，但西部和海洋石油勘探开发进程加快，保证了全国石油产量总体稳中有升，1990～2008 年全国原油产量年均增长率 1.8% 左右。

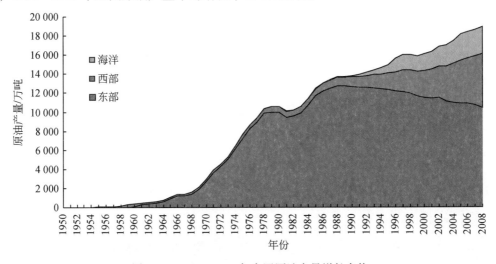

图 6-11　1950～2008 年全国原油产量增长态势

从美国本土 48 州 150 余年石油工业发展历程看，原油产量起步阶段经历了 51 年。如果以石油年产量 4 亿吨作为美国石油生产的高峰期，那么它的产量快速期大体经历了 40 年左右、稳产期持续了近 30 年。与美国石油产量变化历史相比，我国石油工业的发展大约要晚 40 年的时间。未来原油产量还有一定的上升空间（图 6-12）。如果把产量高峰控制在合理水平，未来我国原油产量稳产期至少还有 30 年以上。

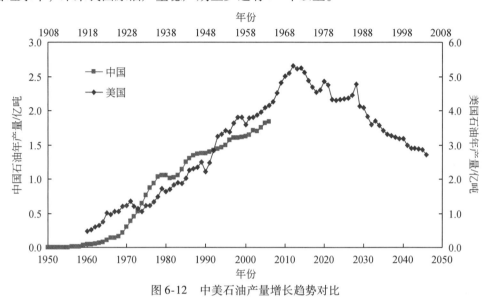

图 6-12　中美石油产量增长趋势对比

对我国今后一个时期原油产量的走势，尤其是高峰期产量规模的预测，存在不同观点。中国工程院 2003 年我国可持续发展油气资源战略研究及后续课题（2020～2050）均预测，我国原油高峰年产量为 1.8 亿～2.0 亿吨，现今已经进入产量高峰期，并可能延续至 2035 年以后。国土资源部油气研究中心预测认为，我国常规石油产量高峰产量大约为 2.2 亿吨，大致出现在 2025 年前后，之后产量呈下降趋势；国际能源机构预测，我国原油高峰产量在 1.92 亿吨左右，大致出现在 2015 年前，之后产量以较快速度下降。2030 年原油产量仅有 1.35 亿吨左右。国内三大石油公司对本公司未来原油产量发展也有近、中期规划，从三大石油公司原油产量增长趋势看，我国原油高峰年产量很可能会突破 2.0 亿吨。按照目前原油产量的发展趋势，如果国家不采取措施适度控制，预计我国原油高峰年产量很有可能达到 2.1 亿～2.3 亿吨。

专题组在综合分析了我国油气资源分布特征、原油储量增长趋势、已开发老油田的生产形势之后，认为从可持续发展角度，适当控制原油高峰产量，在较长时期内保持原油产量的稳定，对国家石油安全更有利。主要有以下两方面的考虑：一是我国已开发主力油田总体已进入"高含水和储量高采出程度"的"双高"开发阶段，大多数主力油田已进入产量递减期。全国原油产量的综合递减速度达到 5%～6%，亦即如果没有新储量投入原油产能建设，我国每年原油产量净减少达到 1000 万～1100 万吨。换句话说，要在现阶段产量规模基础上保持稳产，每年需要新投入的石油地质储量至少应在 8 亿吨。而同期全国新增探明石油地质储量大致在 10 亿吨左右（图 6-13），基本上只能满足稳产要求。考虑到未来我国原油储量增长难有超过这一规模的可能性，综合看，我国原油产量以在现有水平或略高于现有水平的

1.8亿~2.0亿吨，长期稳产为好；二是通过对我国石油地质特征、剩余石油资源潜力与品位的综合分析，认为未来我国新增探明石油储量的总体趋势应该是平稳发展，储量增长规模大体与现阶段相当。如果把近期原油产量搞得过高，就意味着把留给未来使用的储量提前动用，其结果是，因未来储量出现亏空而使产量递减速度会更快。相反，如果适度控制原油高峰期产量，原油稳产期会相应拉长。为进一步说明"长期稳产"与"短期高产"在可持续发展中的利弊关系，专题组采用储采平衡法，分别按高峰产量2.1亿~2.3亿吨和1.8亿~2.0亿吨两种情景，对我国未来原油产量走势进行了预测，同时将两种情景与我国石油需求增长态势作比较，发现若将高峰产量控制在1.8亿~2.0亿吨，则这一高峰平台有望保持到2050年前后，届时我国国内原油需求的自给率可保持在四分之一（24%）左右。若将高峰产量搞到2.1亿~2.3亿吨，则2030年以后原油产量将迅速下降，到2050年原油产量有可能在1亿吨以下，届时国内原油需求的自给率仅有十分之一（11%）（图6-14），这对国家石油安全是不利的。因此，从超长期石油安全看，适度控制我国原油高峰产量规模，将高峰产量保持在1.8亿~2.0亿吨，并尽可能延长高峰产量平台期，对保障我国石油安全更为有利。

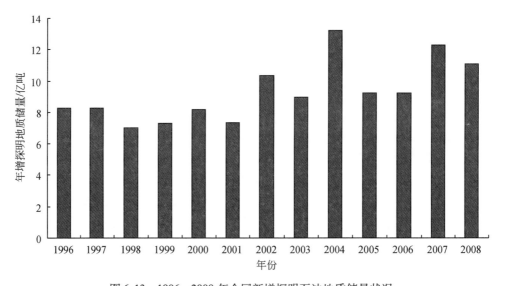

图6-13　1996~2008年全国新增探明石油地质储量状况

4. 我国原油产量1.8亿~2.0亿吨既是一个把握性较高、又是在较长时间可以稳定保持的目标

截至2008年底，全国共发现油田614个，累计探明石油可采储量78.4亿吨，累计动用可采储量63.4亿吨，累计生产原油50亿吨，剩余可采储量28.4亿吨；已投入开发油田剩余可采储量13.4亿吨，总体已经进入开发的后期阶段。

根据对已开发油田生产形势分析，结合对未来可投入开发的原油储量增长趋势研究，用储采比保持控制法预测，我国常规原油生产现阶段已经进入高峰期，如果将高峰年产量控制在1.8亿~2.0亿吨，则高峰平台有可能保持到2050年前后。从产量构成看，我国常

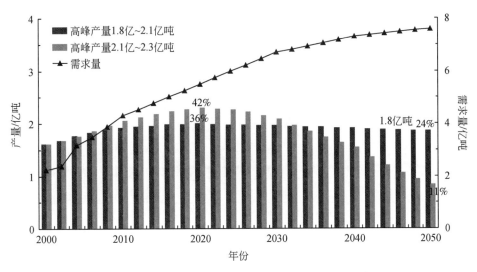

图 6-14　我国不同高峰原油产量及发展趋势预测

规原油产量主要由三部分组成（表 6-4，图 6-15）：一是已开发油田的产量。根据对已开发油田提高水驱采收率和三次采油提高采收率潜力的分析，结合"八五"以来我国陆上老油田增加可采储量的形势判断，老油田产量年均下降速度有望控制在 5% 左右，到 2020 年产量还有 0.65 亿吨左右，2030 年产量下降到 0.4 亿吨，到 2050 年仅剩 0.17 亿吨左右。二是已探明未动用储量投入开发提供的产量。截至 2008 年底，我国已探明未动用的石油可采储量为 15.0 亿吨，主要是低品位难采储量，也包括一部分不落实、待核销的储量。根据未动用储量品位、地质条件复杂程度，再考虑未来技术进步、油价走高以及转换开发经营方式等措施情况下，未动用储量中预计有 4.6 亿吨可投入开发，到 2030 年的产量贡献约 0.10 亿吨，2050 年下降至 0.03 亿吨左右。三是从现在到 2050 年的 40 余年间，依靠勘探新增探明储量投入开发提供的产量。依据翁氏和 HCZ 模型对储量增长趋势预测结果，预计到2050 年左右，可累计增加探明石油可采储量 72 亿吨左右。把这些储量分阶段投入开发，2030 年可建原油年产量 1.42 亿吨左右，2050 年产量贡献为 1.66 亿吨左右。上述三部分之和，就构成了未来我国原油产量的总值及其变化（表 6-4，图 6-15）。

表 6-4　储采比控制法预测全国常规石油产量构成　　　　（单位：亿吨）

年份		2005	2010	2020	2030	2040	2050
已开发油田	基础产量	1.81	1.09	0.38	0.14	0.05	0.02
	提高采收率		0.17	0.29	0.26	0.21	0.15
未动用储量开发			0.11	0.16	0.10	0.06	0.03
新增探明储量开发			0.54	1.09	1.42	1.59	1.66
总产量		1.81	1.91	1.92	1.92	1.91	1.86

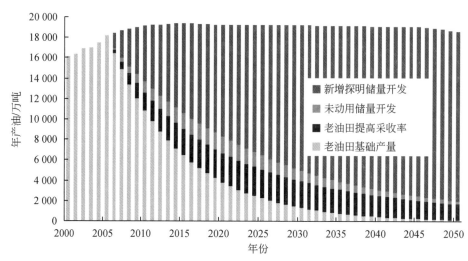

图 6-15　储采比控制法预测全国常规原油产量构成

从预测结果看，新增探明石油地质储量的投入开发，在未来石油产量保持中占有重要地位。根据预测，2030 年前后新增探明储量投入开发提供的产量占当时石油总产量的比例在 75% 左右。2050 年前后，这一比例进一步升至 90% 左右。因此，加强石油勘探，多找探明储量，并确保有足够多的石油储量持续投入开发，是实现未来我国石油产量目标的关键所在。

5. 我国非常规石油资源比较丰富，但品位偏差，2030～2050 年非常规石油资源的贡献是常规石油供应有益而重要的补充

非常规石油资源是指在现今经济、技术条件下，不能完全用常规方法和技术手段进行勘探、开发与加工利用的石油资源，主要包括油页岩和油砂矿。

1）油页岩

是一种高灰分的固体可燃有机岩石，含油率一般为 4%～20%，经过提炼即可获得液体石油，称为页岩油。我国油页岩资源比较丰富。据全国新一轮油气资源评价结果，我国页岩油地质资源量 476 亿吨，页岩油可采资源量约 120 亿吨。我国油页岩分布范围比较广泛，在全国 20 个省（自治区）的 47 个盆地中均有分布，主要的地区和盆地有松辽、鄂尔多斯、伦坡拉、准噶尔、羌塘、茂名、柴达木 7 个盆地，这 7 个盆地共有页岩油可采资源量 113 亿吨，占全国的 94%。但我国油页岩品位总体偏差，含油率大于 5% 的油页岩，页岩油可采资源量 81 亿吨左右，占全国页岩油资源总量的 68%；而含油率大于 10% 的油页岩，页岩油可采资源量 35 亿吨左右，仅占全国页岩油资源总量的 29%（表 6-5）。

目前，世界上提炼页岩油比较成熟的技术是通过地面干馏获得页岩油，但适合地面干馏技术的油页岩，埋深一般小于 100m。而对埋深大于 100m 的油页岩，主要是在原地通过地下转化来提取页岩油，目前这一技术正在美国科罗拉多州进行小规模示范性试验，预计到 2015 年左右才能确定该技术是否可用于商业开发。按我国油页岩资源基础和未来技术发展趋势，预计到 2020 年我国页岩油产量有可能达到 300 万吨左右，2030 年可能达到 600 万吨，2050 年达到 1500 万吨左右。

表 6-5　全国油页岩、油砂资源品位分布情况

油页岩			油砂		
品位（含油率）/%	页岩油/亿吨	占全国比例/%	品位（含油率）/%	油砂油/亿吨	占全国比例/%
3.5～5	38.5	32	3～6	11.7	52
5～10	46.7	39	6～10	10.5	46
>10	34.6	29	>10	0.4	2
合计	119.8	100	合计	22.6	100

2）油砂矿

一般是指有较多沥青含量的砂岩矿产或赋存于其他岩石孔隙或裂隙中的天然沥青。据全国新一轮油气资源评价，在我国已进行油砂矿资源评价的 24 个盆地中，共有油砂油地质资源量约 60 亿吨，可采资源量 22 亿～23 亿吨。目前我国已发现的 100 余个油砂矿带主要分布在准噶尔、塔里木、羌塘、柴达木、松辽、四川、鄂尔多斯 7 个盆地中。这 7 个盆地共有油砂油可采资源量近 20 亿吨，占全国总量的 88%。我国油砂油品位总体更差，含油率大于 6% 的油砂，油砂油可采资源量约 11 亿吨，占全国油砂油资源总量的 48%；而含油率大于 10% 的油砂，油砂油可采资源量只有 0.4 亿吨，仅占全国油砂油资源总量的 2%（表 6-5）。

目前，油砂油的分离技术比较成熟。从油砂矿的开采方式看，主要有露天开采和原地开采两种，露天开采一般要求油砂的厚度较大（30～45m），埋深不超过 100m，含油率 >8%；原地开采尽管适用于埋藏较深的油砂矿，但采掘成本高，要求油砂矿有较高的含油率和含油饱和度。目前世界油砂资源露天开采技术已比较成熟，加拿大、委内瑞拉等国已形成大规模工业开采。地下开采及其他开采技术也正在不断进步。按我国油砂资源状况及未来技术发展趋势，预计到 2020 年我国油砂油产量可能达到 150 万吨左右，2030 年达到 250 万吨左右，2050 年达到 1000 万吨左右（表 6-6）。

表 6-6　全国非常规石油产量增长趋势预测　　　　（单位：万吨）

年份	2020	2030	2040	2050
页岩油	300	600	1000	1500
油砂油	150	250	500	1000
合计	450	850	1500	2500

总体来看，我国非常规石油产量 2020 年有可能达到 450 万吨左右，2030 年达到 850 万吨，2050 年达到 2500 万吨左右。可见，未来我国非常规石油供给能力虽然有限，但从保证国家石油供应安全角度看，非常规石油产量的贡献对保持我国原油产量的长期稳产是个重要的补充。

三、我国石油需求应设置对外依存度上限，对外依存度最好不突破65%

1. 世界石油主要消费国家的石油安全策略值得借鉴

1）主要经济发达国家石油安全策略

经济合作与发展组织（OECD）是全球最大的经济组织，成员国均是经济发达国家，都已经完成了工业化，经济发展已进入成熟期。他们在石油安全上采取的应对策略值得我们学习和借鉴。

从石油消费量来看，OECD国家2008年石油消费总量为21.9亿吨，占世界石油总消费量的55%。美国是第一大石油消费国，2008年的消费量达8.85亿吨，占世界消费总量的22.5%，是影响世界石油供需关系的重要因素。除美国外，其他OECD国家石油消费总量占世界消费总量的33.5%，但每个国家所占比例均小于6%（图6-16）。

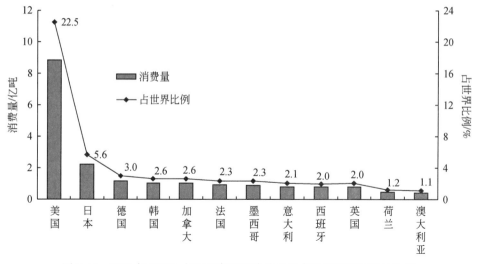

图6-16　2008年OECD主要国家石油消费量及占世界石油消费量比例

从石油净进口量来看，OECD国家2008年石油净进口量为13.2亿吨，占世界贸易总量的48.8%。美国是第一大石油进口国，2008年净进口量5.8亿吨，占世界贸易总量的21.5%，也是影响世界石油贸易市场的重要因素。日本是第二大石油进口国，2008年进口量为2.2亿吨，占世界贸易总量的8.2%。除美国和日本外，其他OECD国家石油净进口量占世界贸易总量的19.1%，每个国家所占比例均小于5%（图6-17）。

除英国和澳大利亚外，OECD国家2008年石油对外依存度普遍高于60%，最高达100%（图6-18）。我们把OECD国家分作两组作分析，一组是本国拥有石油资源，但供需不能完全自给，石油对外依存度采取了安全控制措施；另一组是本国石油资源匮乏，石油供应几乎完全依赖进口，石油供应安全不是靠控制对外依存度水平，而是通过军事和经济同盟的方式来分散和化解风险。前者以美国、加拿大、澳大利亚和英国为代表，我们重点剖析美国的石油安全策略，并以此为鉴。后者以日本、德国、法国、西班牙等为主，我们重点分析

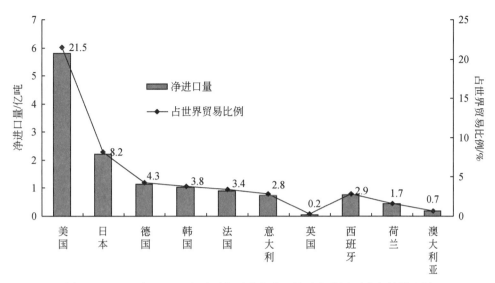

图 6-17　2008 年 OECD 主要国家石油净进口量及占世界石油贸易量比例

日本的策略，并从中吸取有益做法。日本是一个石油资源匮乏的国家，石油产量很少或基本没有。日本在保证本国石油安全方面，采取了一系列行之有效的措施。一方面严格控制石油消费增长。2000 年以来，石油消费量年均增长速度出现负增长，由 2000 年的 2.56 亿吨下降至 2008 年的 2.22 亿吨，年均递减 1.8%。德国的石油消费量也由 2000 年的 1.30 亿吨下降至 2008 年的 1.18 亿吨，年均递减 1.2%。另一方面，政府积极采取各种政策和措施，大力发展新能源和可再生能源利用，鼓励发展各种节油替代技术，以提高燃油效率，推动天然气和核能等低碳能源的开发利用。日本计划将可再生能源消费比重由 2004 年的 3% 提高到 2010 年的 10% 左右，2020 年进一步提高到 20% 左右。欧盟也计划将可再生能源发电数量占总发电量的比重从 2004 年的 5%～8% 提高到 2010 年的 10%～20%，2020 年将提高到 20% 以上。此外，包括日本在内的这些石油资源短缺的国家，还通过军事和经济同盟关系（如经合组织、北约、欧盟等）协调行动，积极参与建立石油储备，共同应对石油供应过程中可能发生的供应短缺甚至供应中断等问题，从而保障国家石油供应的长期安全。

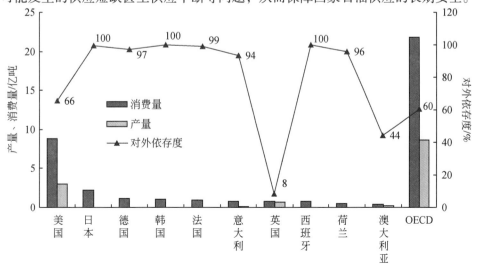

图 6-18　2008 年 OECD 主要国家石油消费量、产量与对外依存度

2) 美国的石油安全策略

美国既是世界上第一大石油消费国，也是重要的石油生产国。2008 年石油消费量达到 8.85 亿吨，占当年世界石油消费总量的 21.5%。2008 年美国自产原油 3.1 亿吨，仅次于沙特阿拉伯和俄罗斯，位列世界产油国第三位。我国既是原油消费大国，也是原油生产大国，与美国有很多相似之处。因此，剖析美国石油安全策略和应对风险的成功做法，对我们科学选择适合本国国情的石油安全战略十分必要，是我们关注和学习的重要参照系。

纵观美国石油消费的历史，发现 20 世纪 80 年代受石油危机影响，美国石油对外依存度出现短期下降，由 1977 年的 47% 下降到 1985 年的 31%。此后由于国内原油产量出现大幅度递减，石油对外依存度开始一路攀升，但其石油对外依存度始终未突破 70%（图 6-19）。而且美国在国内建设有大型石油战略储备库，通过石油储备防范短期供应风险。统计显示，美国石油进口量虽在不断增长，但其进口量占世界石油贸易总量的比例也始终未破 25%（图 6-20）。

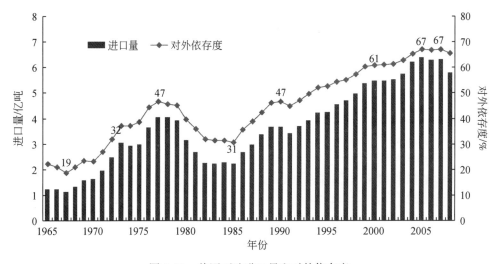

图 6-19　美国石油进口量和对外依存度

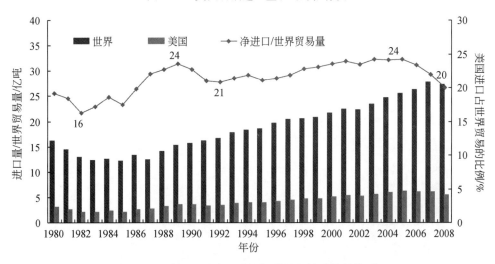

图 6-20　美国石油净进口量与世界贸易总量的关系

此外，美国政府也采取多项政策措施，加强本国石油供应的安全。一方面，美国通过大力实施石油进口的多元化，分散石油供应的风险。2008 年美国共进口原油 6.37 亿吨，其中，来自加拿大 1.22 亿吨、墨西哥 0.65 亿吨、拉丁美洲 1.19 亿吨、北非 0.33 亿吨、西非 0.91 亿吨，这五个地区占美国石油进口总量的 67.5%；而从中东地区进口原油 1.19 亿吨，仅占其进口总量的 18.7%，有效规避了中东地区可能发生的局势动荡带来的石油供应风险。另一方面，美国通过政策激励，加强对本国边际储量的开发利用，尽量保持和提高国内石油产量，从而抑制石油对外依存度的上升。目前，美国有 40 万口低产油井，平均单井日产量只有 0.27t，占全美生产油井总数的 80%，这些低产井的石油年产量约为 0.5 亿吨，占全美石油总产量的 16% 左右，对保持美国石油产量的稳定具有重要作用。此外，美国政府还通过出台相关政策法规，促进能源效率的提高和可再生能源的利用，以减少石油的消耗量。2007 年 12 月，美国颁布了《2007 能源独立和安全法案》，法案规定 2020 年美国轿车和轻型卡车平均燃油经济性标准要比目前提高 40%，达到 15km/L；可再生燃料年产量要从 2008 年的 0.29 亿吨提高到 2022 年的 1.17 亿吨。此外要求提高电器设备的能源消耗标准等。

2. 我国石油需求仍将快速增长，如果不加控制，石油对外依存度会迅速增大，有可能突破 70%

20 世纪 90 年代以来，随着国民经济的持续快速发展，我国石油消费量呈现快速增长态势，石油消费量由 1990 年的 1.15 亿吨增长到 2008 年的 3.86 亿吨，年均增长率达到 7.0%（图 6-21）；而同期国内石油产量却增长缓慢，年均增长率仅为 1.8%。从 1993 年开始，我国石油消费量超过产量，再次成为石油净进口国，并成为不可逆转之势。而且随着时间发展，石油供需缺口越来越大，石油对外依存度不断上升，2008 年石油对外依存度已达 52%。

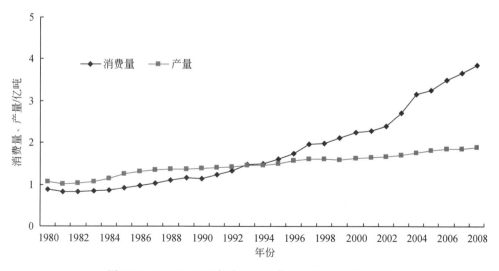

图 6-21　1980～2008 年我国石油产量和消费量变化趋势

如前述，我国改革开放30年来，原油消费增长大体经历了三个阶段，增长速度最高的是2003～2008年的6年间，年均达到8.3%，GDP增长对石油消费的弹性系数达到0.57；最低的是1978～1990年的13年间，增长速度为2.0%，石油消费的弹性系数为0.13。如果对我国未来石油需求增长不加严格的控制，任其发展，2030年、2050年的需求总量很可能超过我们的预测，达到很高的水平。假若我们把未来需求增长速度选为5%，4%和3%，2030年我国石油消费总量就将达到11.3亿吨、9亿吨和7.4亿吨（图6-22）。而同期我国石油的产量预计只有1.8亿～2.0亿吨。届时我国的石油对外依存度将高达82%（对应需求增长速度5%），78%（对应增长速度4%）和73%（对应增长速度3%）。可见，对石油需求增长控制与不控制，对我国石油对外依存度的走势影响非常大，对国家石油安全也有深远影响。

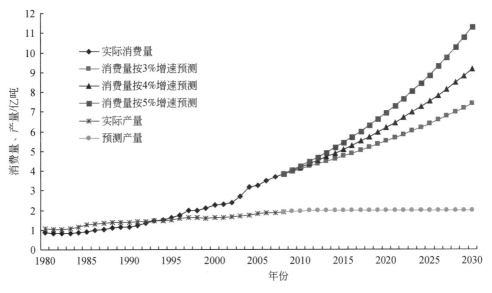

图6-22　未来我国石油供需关系预测

3. 全球石油资源可以满足未来需求，但供求不平衡矛盾将加剧，我国石油进口难于想要多少，就有多少，面临较大挑战

1）全球石油资源总量相当丰富，基本可以满足未来需求

世界石油资源总量十分丰富。美国联邦地质调查局（USGS）2000年对全球常规石油可采资源量作了评价，总量为4582亿吨。我们分析研究了这一评价结果，感到评价偏于保守。例如，对中国的评价，仅选择了松辽盆地、渤海湾盆地等6个含油气盆地，评价我国石油可采资源量只有89亿吨，而到目前为止，我国已发现油气流的盆地就有43个，已见油气显示和地质评价具有发现潜力的盆地86个。石油资源总量肯定比他们预测的高。世界其他地区，评价也有类似情况。为此，2005～2006年，中国工程院中国可持续发展油气资源战略研究后续研究（2020～2050）课题组对全球油气资源总量进行了复核研究。基本思路是，美国联邦地质调查局已评价的盆地，如果近几年没有新数据则予以保留。他

们已经评价、但近几年有新资料使数据发生改变的，用新数据替代。没有评价的盆地，用可获取的最新数据补充完善。重新复核以后，全球常规石油可采资源总量升至 5031 亿吨，净增了 449 亿吨。此外，全球还有重油和沥青等非常规石油可采资源量 2174 亿吨。二项合计达 7205 亿吨。若考虑其他非常规石油资源（如页岩油），世界石油资源总量会更大。截至 2008 年年底，全球已累计采出石油 1462 亿吨，按全球石油最终可采资源量 5031 亿吨计算，目前采出程度只有 29%，尚有 70% 以上（约 3569 亿吨）的石油资源有待发现和开采，其中包括已探明未采出的石油可采储量 1708 亿吨，未来发展潜力还很大。在过去 17 年间，世界石油产量已由 1991 年的 31.6 亿吨增长到 2008 年的 39.3 亿吨，年均增长 1.3%，而这期间全球已探明未采出的石油储量不仅没有减少，反而在上升，储采比一直保持在 40～50（图 6-23），说明世界石油工业虽然已有 150 年的发展历史，但现阶段每年新发现的石油储量与当年采出的石油总量相比，大致相当，而且还略高于采出量。

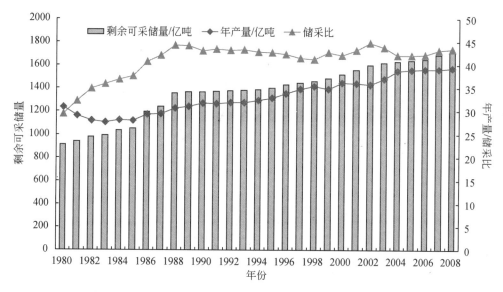

图 6-23　1980～2008 年全球石油储量、储量及储采比变化趋势

在过去几十年间，世界石油供需形势总体上基本保持了平衡状态，且供略大于求。基于此，根据多家权威机构预测，也基于我们长期对全球油气供需形势的观察研究，至少在未来 30 年内，全球石油供应不存在供不应求问题。统计过去十几年间全球石油需求的增长率，基本上变动在 1%～1.5%。我们设定未来全球石油需求增长的三种情景，即消费增长按 1.0%、1.5% 和 2.0% 的速度发展，预计到 2050 年，全球石油累计采出量将分别为 3555 亿吨、3822 亿吨和 4131 亿吨，按照世界常规石油可采资源总量 5031 亿吨计算，届时常规石油资源的采出程度将达到 71%、76% 和 82%。如果再加上非常规石油资源，采出程度会大幅度降低（表 6-7）。仅就资源潜力而言，未来 50 年内全球石油需求都是有保证的。

表 6-7 不同增速下的世界石油采出程度

消费增长速度/%	至 2050 年累计采出/亿吨	石油资源采出程度/%		
		按 USGS（4582 亿吨）	按工程院（5031 亿吨）	常规＋重油、沥青（6756 亿吨）
1.0	3555	78	71	53
1.5	3822	83	76	57
2.0	4131	90	82	61

2）全球石油供需不平衡的矛盾将进一步加剧

世界石油资源虽然丰富，但分布非常不均衡，主要分布在中东、中亚—俄罗斯和北美地区（表 6-8）。全球剩余石油探明可采储量主要分布在中东、中亚—俄罗斯和北美地区。据 BP《世界能源统计 2009》统计，截至 2008 年年底，中亚—俄罗斯地区剩余探明石油可采储量 433 亿吨，中东地区 414 亿吨，北美地区 388 亿吨，分别占全球剩余探明石油可采储量的 23.3%、22.3% 和 20.8%，三者合计达 66.4%。全球待发现石油资源主要分布在中东、北美和中亚—俄罗斯地区，其中中东地区待发现资源总量 1840 亿吨，北美地区 859 亿吨，中亚—俄罗斯地区 826 亿吨，分别占全球待发现资源总量的 36.6%、17.1% 和 16.4%，三者合计占 70.1%。总之，中东、中亚—俄罗斯和北美地区的已探明未采出的石油可采储量，加上待发现的资源量分别占全球总量的 40.2%、17.0% 和 13.6%，三个地区合计占 70.5%。石油资源地域分布的不均衡性决定了上述三个地区在未来全球石油供应中的重要地位。这也是大国长期角力中东和中亚地区，以求控制石油资源，从而导致这些地区不得安宁的主要原因之一。

表 6-8 2008 年年底世界石油资源、储量情况

地区	剩余探明可采储量		待发现可采资源量		总可采资源量	
	储量/亿吨	百分比/%	资源量/亿吨	百分比/%	资源量/亿吨	百分比/%
北美	97	5.7	388	20.8	859	17.1
中、南美	176	10.3	211	11.3	519	10.3
中东	1020	59.7	414	22.3	1840	36.6
中亚—俄罗斯	174	10.2	433	23.3	826	16.4
欧洲	19	1.1	81	4.4	183	3.6
非洲	166	9.7	117	6.3	409	8.1
亚太	56	3.3	217	11.6	395	7.9
合计	1708	100.0	1861	100.0	5031	100.0

从主要石油消费的地域分布看，全球石油消费区与主体石油资源分布区在地域上有很大错位。亚太、北美和欧洲地区是全球三大石油消费中心。2008 年石油消费量分别占全球

消费总量的 30%、27% 和 19%，合计达 76%。这种资源富集区与消费集中区的错位，导致全球石油供需关系不平衡，矛盾突出。尽管北美地区自身石油资源比较丰富，但由于美国消费石油总量过高，总体看，不能满足自身需求，仍然是主要的石油进口区。亚太和欧洲地区资源相对短缺，需求量远大于生产量，也是主要的石油净输入区。据 IEA 预测，2030 年经济发达国家（OECD 国家）和亚洲的石油缺口总量将达到 30.4 亿吨，届时将超过全球石油供应总量的一半，也就是从目前的 46% 升至 2030 年的 52%，石油供需不平衡的矛盾将进一步加剧（表 6-9）。

表 6-9　OECD 国家和亚洲地区未来石油需求缺口预测

年份	1980	2000	2006	2010	2015	2030
世界石油供应总量/亿吨	32.5	38.2	42.1	45.4	49	57.9
OECD + 亚洲缺口量/亿吨	13.0	15.0	18.1	20.8	23.7	30.4
OECD 北美	3.3	4.6	5.5	6.2	6.8	7.4
OECD 欧洲	6	3.7	4.5	5.2	5.6	6.1
OECD 太平洋	2.9	3.7	3.7	3.7	3.8	3.8
中国	−0.1	0.7	1.7	2.5	3.5	6.5
印度	0.3	0.9	0.9	1.1	1.5	3
其他亚洲国家	0.6	1.4	1.8	2.1	2.5	3.6
占世界供应量比例/%	40	39	43	46	48	52

资料来源：《世界能源展望 2007》。

世界石油供需地域不平衡的矛盾难免会导致石油进口大国围绕控制和掌握石油资源的竞争。我国分享国际油气资源的外部环境并不平和，要获取我们发展所需的石油资源面对严峻的挑战，并不容易。

3）世界石油贸易量增速减缓，我国石油进口难以想要多少，就有多少

由于世界上各主要石油生产国的产量增长能力减小，加之资源国自我消费量增加，近十几年来，世界石油贸易量增速明显减缓。据统计，石油主要出口国家 2000 年以来的石油产量增长速度明显放慢，年均增长仅为 1.6% 左右，而同期这些国家自身的石油消费量年均增长率却达到 3.2%，是产量增长的 2 倍，因而导致出口能力下降（图 6-24）。以石油出口大国阿联酋为例，1990~2008 年，原油产量从 1.075 亿吨增至 1.395 亿吨，年均增长 1.46%。原油消费量则由 1270 万吨增加到 2290 万吨，年均增长达 3.33%。在此情况下，虽然阿联酋石油净出口能力有所上升，但出口增速明显放缓。沙特阿拉伯也有类似情况。此外，世界主要石油出口国现阶段正处于工业化初期或中期发展阶段，自我发展对石油需求的增长很快，如果石油产量没有大幅度增加，预计未来石油出口能力会进一步下降。

根据国际能源研究机构（IEA）、OPEC、美国能源情报署（EIA）等机构研究，预计

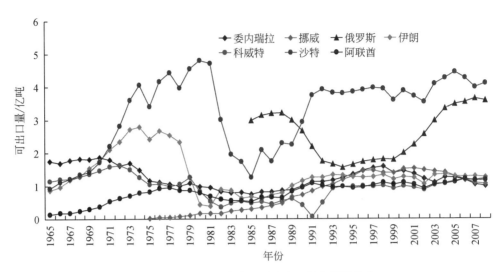

图6-24　主要石油出口国石油出口能力增长趋势

2007～2030年全球石油贸易量年均增长速度为2.0%左右，2030～2050年的贸易增长速度仅有0.1%。据此可以测算，未来全球石油贸易的规模与变化，列于表6-10中。可以看出，从现在到2050年的40余年间，全球石油贸易总量净增加值在10亿吨左右。这期间，OECD国家的进口量约净增5亿吨左右，印度石油净进口量增加3亿吨以上。根据我们的预测，在适度控制条件下，我国2030年的石油净进口量将达到4.7亿吨左右，比现阶段净增大约2.5亿吨，到2050年石油净进口量有可能达到5.6亿吨，比现阶段净增3亿～4亿吨。上述三大石油消费国和地区到2050年前后，石油净进口量增加值已超过10亿吨，达12亿～13亿吨。可见，世界石油贸易市场并不允许我们想要多少石油就可以得到多少石油。此外，按照我们对我国石油需求增长的预测，我国石油净进口总量占世界石油贸易总量的比例，将由现阶段的10%左右增至2030年的14.7%和2050年的17.2%。这也预示着世界石油市场上的风吹草动，都将对我国经济发展产生重要影响。

表6-10　石油贸易量占产量比例预测结果　（单位：亿吨）

年份	2007	2020	2030	2040	2050
世界石油产量	42	49	58	61	65
贸易总量	20.3	26	31.9	32.3	32.5
OECD国家进口量	13.5	16.9	17.3	18.1	18.9
印度进口量	1.1	1.9	3	3.9	4.4
中国进口量	1.9	3.5	4.7	5.3	5.6
其他	3.8	3.7	6.9	5	3.6

4. 从保证国家石油安全和保持大国地位看，我国应设置石油安全对外依存度上限，以60%为宜，最好不突破65%

石油作为重要的战略物资，不同于一般商品，供应安全除受市场因素影响外，还与地缘政治和综合国力有关。美国尽管国力、军力都很强，但是为保证本国石油供应安全，始终把石油对外依存度控制在 70% 以内，石油年净进口量占当年全球石油贸易量的比重也控制在 25% 以内。我国作为一个新兴的发展中国家，经济实力、军事实力和国际影响力都不能和美国相比。因此我国更应该认真关注石油对外依存度问题，应根据国情和外部环境，确定合理的石油安全对外依存度上限。

专题组设定了三种对外依存度情景（表 6-11），用于分析我国石油进口情况：

（1）设定石油对外依存度为 60%，2020 年、2030 年和 2050 年，我国石油净进口量将分别达到 3.3 亿吨、3.9 亿吨和 4.5 亿吨，石油进口量占世界贸易量的比例将达到 13%、12% 和 14%，净增石油进口量占世界石油贸易净增总量的比例分别为 25%、18% 和 22%。在此情况下，2050 年我国石油需求将有 1.0 亿吨左右的缺口。

（2）设定石油对外依存度为 65%，2020 年、2030 年和 2050 年，我国石油净进口量将分别达到 3.5 亿吨、4.2 亿吨和 4.9 亿吨，石油进口量占世界贸易量的比例将达到 13%、13% 和 15%，净增石油进口量占世界石油贸易净增总量的比例为 29%、20% 和 25%。2050 年我国石油需求将有 0.63 亿吨左右的缺口。

（3）设定石油对外依存度为 70%，2020 年、2030 年和 2050 年，我国石油净进口量将分别达到 3.5 亿吨、4.5 亿吨和 5.3 亿吨，石油进口量占世界贸易的比例将达到 13%、14% 和 16%，净增石油进口量占世界贸易净增总量的比例分别为 29%、23% 和 28%。2050 年我国石油需求将有 0.25 亿吨左右的缺口。

表 6-11　三种不同对外依存度条件下石油供需平衡预测

对外依存度	年份	需求量/亿吨	可进口量/亿吨	占世界贸易总量比例/%	占世界贸易增量比例/%	需求缺口量/亿吨
60%	2020	5.5	3.3	13	25	0.2
	2030	6.5	3.9	12	18	0.6
	2050	7.5	4.5	14	22	1.0
65%	2020	5.5	3.5	13	29	
	2030	6.5	4.2	13	20	0.27
	2050	7.5	4.9	15	25	0.63
70%	2020	5.5	3.5	13	29	
	2030	6.5	4.5	14	23	
	2050	7.5	5.3	16	28	0.25

综合全球石油供需形势以及我国石油替代发展的潜力（详述见后），借鉴美国石油安全战略的有关做法，为保证我国石油供应安全和经济社会平稳健康发展，我们建议我国石油对外依存度上限最好控制在 60% 为宜，千万不要突破 65%。主要基于以下考虑：①石油进口总量尽量不超过美国，避免成为世界石油市场上关注和攻击的焦点，对国家和平发展更有利；②如果石油进口量过快增长，意味着争抢其他石油消费国的市场份额，容易引起市场的过度反应和价格大幅波动，不利于我国经济的长期稳定和健康发展。分析认为，

只要国家采取积极有效的应对措施加以控制和推动，把我国石油对外依存度控制在60%以内是完全可以实现的，相应出现的需求缺口可通过发展石油替代来弥补。

四、2050年我国石油替代量有可能达到1.2亿±0.3亿吨

发展替代是弥补我国石油需求缺口的重要途径之一。以天然气、电动力和生物质能二代替代发展为重点，积极推进石油替代实现规模发展，增强国内液体燃料的供应保障能力。预计到2030年前后，我国石油替代规模可以达到1.0亿±0.2亿吨，2050年替代量可达到1.2亿±0.2亿吨。加上石油自主生产，有可能成为控制我国石油对外依存度不突破60%的重要推手。

1. 发展石油替代是弥补我国石油供应缺口的重要途径之一

石油作为高热值液体燃料，具有易运输、易存储的特点，在交通运输领域具有难以替代的地位。在当前我国石油对外依存度不断攀升、国际油价宽幅震荡且不断走高的情形下，发展石油替代是弥补我国石油需求缺口、缓解石油供需矛盾，增强国内液体燃料供应能力、控制石油对外依存度过快增长的重要途径之一。

石油替代主要包括内燃机液体燃料替代和化工原料用油替代两大方面。

（1）内燃机液体燃料替代，主要包括：①天然气燃料，主要是压缩天然气（CNG）、液化天然气（LNG）和液化石油气（LPG）直接作为车用燃料以及天然气合成油（GTL）等；②电动力替代，包括电网电给蓄电池充电的Plug-in电油混合动力车（PHEV）、纯电动车（BEV）和燃料电池车（FCEV）；③生物质能替代，主要是乙醇燃料和生物柴油；④煤基液体燃料（CTL），主要是煤制气再通过费托FT合成油（煤间接液化）和煤的直接加氢液化，以及煤低温干馏和煤制醇醚燃料等。

（2）化工原料用油替代，主要包括：以煤或天然气生产甲醇，再以甲醇为原料制乙烯（MTO）和丙烯（MTP）等低碳烯烃；利用生物质转化成石油化工原料和精细化工原料等。

20世纪80年代以来，世界上许多国家，特别是发达国家就开始了石油替代燃料技术的研发工作，石油替代技术得到了快速发展，石油替代燃料的开发利用也取得了较大成绩。如欧盟在生物柴油方面、巴西在乙醇汽油方面以及南非在50~60年代以煤炭液化成燃油方面都取得了一批重要成果。预计未来在高油价压力下，石油替代技术将保持快速发展，石油替代量也将会快速增长，石油替代量占世界能源消费结构的比重也将不断攀升。

2. 我国石油替代有较广阔的发展前景，2030~2050年有望成为增强国内石油供应能力的重要途径之一

本报告从原料来源的可获得性、技术可行性、投资和成本、能源利用效率以及二氧化碳排放与处理等方面，研究确定了天然气、电动力替代燃料、生物质燃料、煤基替代等作为未来我国石油替代的发展重点，其中前三项是发展的重中之重，有更好的可实现性。

1）天然气替代石油

我国天然气资源丰富，发展天然气替代拥有丰厚的资源基础。我国常规天然气可采资

源 22 万亿立方米、煤层气可采资源 11 万亿立方米，若再考虑页岩气、天然气水合物等资源，未来潜力更大。同时，天然气替代石油技术比较成熟，其作为车用液体燃料和石油化工原料替代石油有良好的发展空间，应重点发展，努力实现规模发展。天然气替代石油有以下三种途经：

天然气经压缩（CNG）、液化（LNG）或液化石油气（LPG）直接用于汽车燃料：国外在汽车代用燃料中天然气和液化气占的份额较大，如美国 2002 年代用燃料的车辆中，天然气和液化气车辆占 78%。国内燃气汽车相关技术成熟，基本实现了燃气汽车由改装到整车生产的过渡，已进入商业化阶段。预计到 2030 年我国燃气汽车保有量将达到 1000 万辆左右，占汽车总保有量的 5% 左右；燃气替代汽、柴油大致在 1500 万吨左右。2050 年我国燃气汽车保有量有望达到 1500 万辆左右，占汽车总保有量的 6% 左右；燃气替代汽、柴油大致在 2200 万吨左右。

天然气合成液体燃料（GTL）：随着原油资源的短缺，油价持续高位运行，天然气经费托工艺合成油（GTL）技术已成为当今最关注的技术之一。一些天然气资源国正在积极发展天然气合成油工业。目前世界上大约有 50 个天然气合成油项目处于施工、设计和前期可行性研究阶段，在今后 10～15 年能够投产的天然气合成油生产能力大约为 5000 万吨/年。国际能源机构预计，2030 年全球天然气合成油的总生产能力可达到 1.15 亿吨/年。我国以天然气为原料合成油的研发工作正在进行。预计随着天然气合成油技术的不断进步和投资力度的加大，我国天然气合成油应有比较大的发展规模。

天然气生产甲醇，用于制取低碳烯烃：研究表明，当石脑油采用布伦特原油 30 美元/桶的对应价格，天然气价格按 1.0 元/m³ 测算时，天然气制烯烃的成本和石脑油生产烯烃大致相当。因此，随着技术进一步成熟，在油价高、天然气资源供应渠道有保证的情况下，以天然气为原料制低碳烯烃的工艺有可能为乙烯工业发展开辟一条新的技术路线，有良好发展前景。

综合上述，我国通过天然气直接替代车用燃料、合成燃料和生产石化原料，2030 年可替代石油 4000 万～5000 万吨，2050 年可替代石油 5000 万～6000 万吨。

2）电动力替代燃料

电动力替代是一种既能实现能源多元化，又能消除环境污染的有效技术。电动力车可分为纯电动车（BEV）、油电混合动力车（HEV）特别是电网充电的电油混合动力车（PHEV）和燃料电池车（FCEV）等。

（1）纯电动车（BEV）：纯电动车完全由电驱动，其动力使用的是电能。目前，我国纯电动车已取得产品准入，在特定区域载客示范运行，并进入小批量生产应用阶段。锂离子电池循环寿命可达 1000 次，在寿命期内可行驶近 10 万千米，按 1000 次循环后，更换一组新电池，在目前正常电价和油价的情况下，电动车运行费与同级汽油车大致相当。目前我国具有技术、资源和市场优势，同时电动车也可作为电力调峰的重要途径之一，应抓住机遇尽早实现产业化和规模发展。

（2）油电混合动力车（HEV）：油电混合动力车的主动力是内燃机，辅助动力是二次电池。HEV 目前发展最迅速，与普通汽油车相比，油耗可降低 15%～50%。在国外，尽管混合动力车比普通车贵，但由于政府的补贴和相关政策支持，市场前景看好。在国内，经过几轮样车研发已取得很大进展，初步具备产业化条件。混合动力车经过示范运营，比同级车省油30%，达到欧Ⅲ排放标准，目前已具备了小批量生产能力。PHEV是国外尚处于研究开发阶段的电油混合动力车，既可以锂蓄电池为动力，也可以内燃机为动力。每天头60~80km完全由电（电网低谷电）驱动，不需用油，到电池容量还剩20%时，改由内燃机驱动。我国绝大多数大中城市，都可以用电驱动开车，只有远距离行驶才用汽油。PHEV已引起国内的广泛重视，随着锂离子蓄电池性价比的提高，将向BEV过渡。

（3）燃料电池车（FCEV）：燃料电池车的主动力是质子交换膜燃料电池（PEMFC），以高纯度氢气作燃料，辅助动力是锂离子电池，使用的是氢能。燃料电池车是目前研究的热点，国际上燃料电池车正处于演示阶段。我国研发的燃料电池样车，主要技术指标已达到国际先进水平。但如何获得低成本纯氢、如何运输和贮存氢气，开发供氢的基础设施，研制长寿命、高性能、低成本燃料电池，发展低Pt和无Pt电催化剂等都是亟待解决的几大难题。

综合以上分析，燃料电池车的产业化前景尚难预料，混合动力车在技术上和经济上不具备与日美竞争的优势，纯电力电动车是我国在激烈的国际竞争中难得的一次历史机遇。我国要充分发挥自身的技术、资源和市场优势，加快推进，尽快实现规模发展。

3）生物质替代石油

生物质替代发展应坚持"不与民争粮，不与粮争地"的原则，充分利用较大规模闲置的非农耕、宜能边际土地，积极发展"能源植物"种植，用非粮食作物为原料，重点发展生物质二代替代，生产乙醇和柴油。根据农业部有关机构预测，我国非农耕、宜能边际土地约3420万公顷，其中，宜能冬闲田740万公顷，宜能荒地2680万公顷（其中，不需要改造或施一定改造即可开垦种植能源作物的荒地1307万公顷）。通过合理布局，把这些闲置的非农耕土地利用起来，开展能源作物种植，推动发展能源林业和能源农业，可以有效推动我国生物质替代产业的规模发展，使之成为我国石油替代发展的重要构成。同时，做好用棉籽、菜籽和木本植物油及其他油脂，适度发展生物柴油。同时，生物质替代石油具有二氧化碳排放量少，对环保有利，且属于可再生性能源的优势。相信在合理规划和政府指导下，该项替代有望实现较大规模发展。

（1）燃料乙醇：目前我国的变性燃料乙醇生产能力已经达到102万吨/年，2005年全国销售车用乙醇汽油810万吨。试验证明，汽油中掺入10%的燃料乙醇，即E10乙醇汽油技术成熟可行，汽车也不需要改装。2030年预计我国消耗的6.5亿吨石油中，汽油约占20%，即汽油消费量为1.3亿吨，若全部使用E10乙醇汽油，则只需要1300万吨燃料乙醇。由于燃料乙醇的实际利用效率仅相当于汽油的58%，因此1300万吨燃料乙醇相当于对汽油的实际替代量约为750万吨。2050年预计我国消耗石油7.5亿吨左右，其中汽油仍约占20%，即汽油消费量1.5亿吨，全部使用E10乙醇汽油只需要1500万吨燃料乙醇，可替代870万吨石油。

（2）生物柴油：我国生物柴油产业起步较晚，生产规模很小。未来我国发展生物柴油最有可能的原料是棉籽油、菜籽油、木本植物油料及其他油脂。根据欧洲国家试验和使用经验，生物柴油用作汽车发动机燃料，掺入比例一般为5%~20%，柴油发动机不需改装。如果2030年柴油消费量为汽油的1.8倍，即2.3亿吨，若按10%掺入生物柴油，则需要生物柴油 2300 万吨。另据美国能源部的生命周期研究结果，1L 生物柴油可以代替 0.95L 的石油，生物柴油的热值约为石油柴油的 87%。因此，2300 万吨生物柴油实际可替代 1900 万吨石油。如果 2050 年柴油消费量仍为汽油的 1.8 倍，即 2.7 亿吨，若按 10% 掺入生物柴油，则需要生物柴油 2700 万吨，可替代 2200 万吨石油。

综合以上分析，预计到 2030 年我国生物质替代燃料有可能达到 3500 万吨，可替代汽、柴油量大约在 2500 万。2050 年生物质替代燃料有可能达到 4200 万吨，可替代汽、柴油量 3000 万吨左右。

4）煤基替代石油

包括煤基替代汽车发动机燃料和化工原料油。我国化石燃料中，煤炭资源最丰富，但要作为替代燃料则受二氧化碳排放高、投资大、需要水资源量大以及技术不够成熟等因素制约，替代潜力有限。煤基替代石油包括以下五个方面：

（1）煤基替代化工轻油：甲醇不宜作为汽车替代燃料，但可作为替代化工轻油的原料。以甲醇为原料制乙烯（MTO）和丙烯（MTP）以替代化工原料油技术在国内外备受关注。目前国外有 UOP/Hydro 公司的 MTO 工艺和鲁奇公司的 MTP 工艺，但都没有工业装置投产；国内也已开始进行试验研究，其中中国科学院大连化学物理研究所已完成了 60～100kg/a 中试试验，取得了与 UOP 相接近的结果。预计 2020 年，我国用煤和天然气为原料生产甲醇、甲醇制烯烃工艺的生产规模约为 120 万吨烯烃/年，可替代约 350 万吨化工轻油。估计到 2030 年，煤对化工轻油的替代量可能达到 2000 万吨左右。

（2）煤的间接液化（煤制气经 F-T 合成油）：德国第二次世界大战期间通过煤的间接液化合成燃料达 60 万吨/年；我国 1959 年利用日本侵略者在锦州建立的煤间接液化装置生产合成油 5 万吨/年。目前，国外煤的间接液化技术已比较成熟。南非有三个工厂，年处理煤炭 4590 万吨，生产油品 460 万吨，化学品 308 万吨。我国神华和兖矿集团已分别进行生产油品 300 万吨/年和 100 万吨/年煤间接液化项目的前期工作。

（3）煤的直接液化（煤加氢液化生产汽柴油）：德国第二次世界大战期间曾用煤加氢直接液化生产人造石油，年生产能力达 400 万吨。近期美国、德国和日本都在开发煤液化技术研究，但尚未有工业化生产装置投产。我国神华集团公司的鄂尔多斯煤直接液化项目于 2005 年 5 月开工，工程规划总规模为 500 万吨，首条百万吨示范生产线已于 2009 年底建成，投料试车取得一次性成功，稳定运行 200h。

（4）煤低温干馏：是把煤在隔绝空气的条件下用气体作热载体在 560℃ 左右加热分解，得到气体、液体和焦炭，气体可以作为燃料或化工原料，液体（通常称低温焦油）可进一步加工成汽油、煤油和柴油，焦炭（通常称半焦或兰碳）可作为铁合金的还原剂或代替无烟煤作气化原料。1959 年，我国依靠自己的技术力量，将第二次世界大战期间日本侵略者在锦西修建的煤干馏炉开工运转，生产低温焦油 6 万吨。从目前情况看，煤低温干馏技术需要从规模化、清洁化的高度建设示范装置，并完善低温焦油加工技术，才能生产出合格的油品。

（5）煤基醇醚燃料：煤基醇醚燃料主要是甲醇和二甲醚。生产甲醇和二甲醚必须把煤气化生成氢和一氧化碳，然后再合成产物，这些过程存在着水耗高、二氧化碳总体排放量大和能源利用效率低等问题。国外经过 20 多年的研究和试用，由于对人体有危害、成本高和对现有发动机不适应等原因，现在对甲醇作为车用燃料的试验已萎缩或停止。我国目前仍在作行车运行试验，但尚不能科学证明对人体的危害程度，未解决对发动机部件的腐蚀以及长距离储运加注系统等问题，不宜推广使用。

3. 预计到2030年我国石油替代量有望达到1.0亿±0.2亿吨，2050年石油替代规模有望达到1.2亿±0.3亿吨

1）汽车燃料替代量2030年有望达到6000万吨左右，2050年有望达到7200万吨左右

根据前面分析，预计到2030年，生物质燃料在"不与粮食争地、不与民争食"的原则下，有望达到3500万吨，可替代汽、柴油量2500万吨左右；天然气和液化气直接用作汽车燃料或发展电动力汽车可以替代石油约2500万吨；利用天然气或煤炭采用费托合成方法合成油，有可能替代石油1000万吨左右。2050年，生物质燃料有望达到4200万吨，可替代汽、柴油量3000万吨左右；天然气和液化气直接用作汽车燃料或电动力汽车可以替代石油约3200万吨；天然气或煤炭采用费托合成方法合成油，有可能替代石油1000万吨左右。

2）石油化工原料用油替代量2030年有望达到3000万吨左右，2050年有望达到3600万吨左右

石油化工原料用油替代主要是以天然气或煤炭生产甲醇，再以甲醇为原料制乙烯、丙烯等低碳烯烃。当前国内生产乙烯的原料主要是石脑油，供应很紧张。用甲醇制乙烯的工艺国内外都正进行研发，近期有可能商业化。预计到2030年，用煤或天然气制甲醇，再用甲醇制烯烃可代替石化原料用油3000万吨左右，2050年可代替石化原料用油3600万吨左右。

3）以工业部门为主的其他用油替代量2030年有望达到1000万吨左右，2050年有望达到1200万吨左右

预计2030年，以天然气或电替代工业等其他部门用油量大约为1000万吨左右；2050年有望达到1200万吨左右。

总之，2030年以前替代石油燃料技术将会快速发展，但在石油资源能基本满足需求的情况下，应对替代燃料的竞争力进行评估。我国的替代燃料发展应先侧重于技术的研发，抢占技术前沿，而不要过早地产业化。替代总量取决于我国在国内和国际上可获得的石油资源状况，也随可供资源量和技术进步的变化而有所变化。本次预测到2030年石油替代量为1.0亿±0.2亿吨，2050年石油替代量为1.2亿±0.2亿吨（表6-12），若替代燃料有较强的竞争力，也可以发展得更多些、更快些。

表6-12　我国2020～2050年石油替代量预测表　　　　　　（单位：亿吨）

项目		2030年	2040年	2050年
燃料替代量	生物质	0.25	0.28	0.30
	气体燃料、电	0.35	0.38	0.42
化工用油替代量	煤替代	0.10	0.11	0.12
	天然气替代	0.20	0.22	0.24
其他用油替代量		0.10	0.11	0.12
合计		1.00	1.10	1.20

第七章　对 2030～2050 年我国
天然气发展形势的基本判断

天然气作为清洁、优质的化石能源，对改善我国能源结构、减少温室气体排放、推动实现低碳经济发展都具有重要作用。面对我国石油对外依存度不断攀升、煤炭资源开发利用在一次能源消费中所占比重过大、环境保护和碳排放的国际压力越来越大的形势，进一步采取积极有效措施，加快国内天然气资源的勘探开发、加大国外天然气资源的引进力度，较大幅度增加天然气在一次能源消费结构中的比重，不仅可以看作未来 30～50 年我国石油工业发展二次创业的重要机遇，而且有条件成为我国能源领域发展和结构调整的新亮点。

一、2050 年我国天然气需求量有可能达到 5500 亿立方米左右

1. 我国天然气发展比石油大约晚 30 年，目前正处于大发展期

天然气作为一种清洁、高效的化石能源，其开发利用越来越受到世界各国的重视。2008 年世界一次能源消费结构中，天然气所占比例已达 24%。目前，国际上多数研究机构预测，不久的将来，天然气将超过石油，成为世界第一大消费能源。与世界平均水平相比，我国现阶段天然气在一次能源消费结构中的比重还很低，2008 年仅为 3.8%。

随着天然气勘探开发理论与技术的进步，我国天然气勘探开发取得了重大突破与进展。2000 年以来，先后发现了靖边、苏里格、大牛地、乌审旗、克拉 2、迪那 2、普光、广安、徐深等一批大中型天然气田。近十年来，天然气年增探明可采储量一直保持在 2600 亿～3500 亿立方米的高水平，天然气年产量也以年均两位数的增长速度在发展，2008 年我国天然气产量已达 761 亿立方米，成为全球第 9 大生产国。与此同时，随着陕—京一线、陕—京二线、西气东输、忠—武线、涩—宁—兰等长距离输气管线的建成投产，川气东送、西气东输二线、中亚等长距离输气管线的开工建设，以及相关配套设施的建设，全国天然气输送管网系统也已初具规模。总体来看，我国集资源、管网与消费市场于一体的天然气工业体系已初步形成，发展已进入快车道。但是，与石油工业发展相比，我国天然气工业起步较晚，目前仅相当于石油工业发展初期大庆油田发现的阶段，时间滞后近 30 年，储量、产量增长都处于快速发展阶段（图 7-1）。

2. 进入新世纪以来，我国天然气消费进入快速增长阶段，预计 2030 年前我国天然气需求仍将快速增长

自 20 世纪 80 年代以来，我国天然气消费大体经历了两个阶段：①1980～1999 年天然气消费缓慢增长阶段。消费量从 1980 年的 141 亿立方米增长到 1999 年的 215 亿立方米，

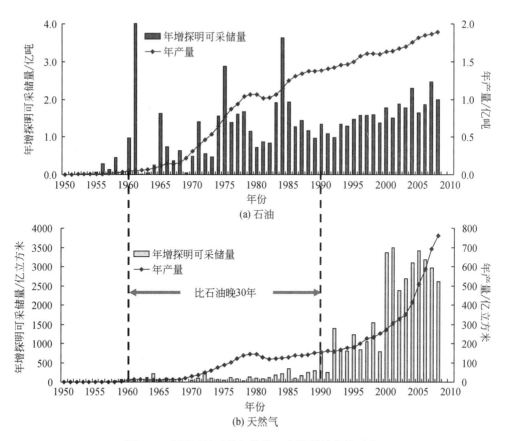

(a) 石油

(b) 天然气

图 7-1　我国石油天然气储量、产量增长态势对比

年均增长 3.9 亿立方米，年均递增 2.3%。②2000 年以来的 9 年间，天然气消费进入快速增长阶段。2008 年天然气消费量达 807 亿立方米，年均增长 70 亿立方米，年均递增 16.1%（图 7-2）。与此同时，我国天然气利用范围不断扩大。截至 2008 年年底，除西藏、

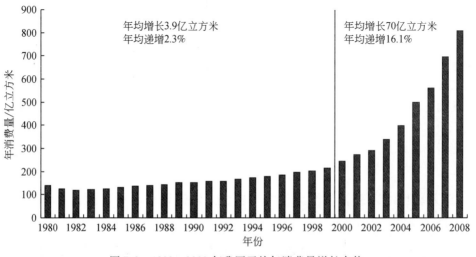

图 7-2　1980～2008 年我国天然气消费量增长态势

澳门尚未使用天然气外，全国（不含台湾）共 31 个省（自治区）、205 个地级及以上城市都已使用了天然气。其中，经济较为发达的长三角、东南沿海以及环渤海湾地区的天然气消费量占全部消费总量的 43%。

此外，我国天然气消费结构也出现变化，开始从以化工和工业燃料为主向多元化发展，城市燃气和天然气发电发展较快。工业燃气虽然消费总量逐年上升，但所占比重却有所下降，从 2000 年的 41.1% 下降到 2008 年的 30.5%；化工用气也呈下降趋势，所占比重由 2000 年的 37.2% 降低到 2008 年的 31.5%。与此同时，城市燃气和发电用气所占比重稳步上升，城市燃气所占比重由 2000 年的 17.6% 上升到 2008 年的 26.7%，增长了 9.1%；发电用气由 2000 年的 4.1% 上升到 2008 年的 10.8%（图 7-3）。随着我国城市化建设规模和水平的提高，预计城市燃气占消费总量的比重还会继续上升。随着沿海 LNG 项目投产后，配套天然气电厂会投入运营，预计发电用气量也会有一定增长。

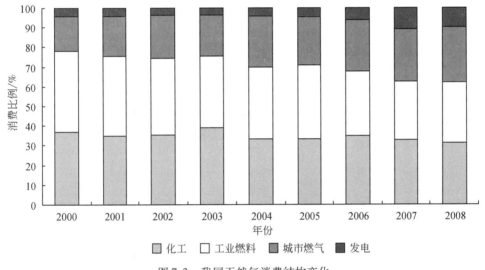

图 7-3 我国天然气消费结构变化

根据我国社会经济发展形势分析，预计 2030 年以前，GDP 增长速度平均可保持在 7% 以上；城市化率将不断提高，城市人口比例将逐渐增加。从科学和可持续发展角度看，国家对温室气体排放的约束和控制将会越来越严格。清洁、低碳发展方式越来越受到重视和鼓励，这些因素都将助推我国天然气需求的快速增长，为推动我国天然气工业的快速发展提供动力。

3. 预计 2030 年我国天然气需求将达 4500 亿立方米，2050 年达 5500 亿立方米，在一次能源结构中的比例将上升至 10% 以上

针对 2030 年以前我国天然气需求情况，相当多的部门都作过预测。中国石油规划总院（2008 年）利用项目分析与延伸预测法，在分析各个行业天然气消费量发展趋势基础上，结合宏观经济走势研究和对各地区能源消费结构与消费水平分析，按照移动平均法预测，我国 2010～2020 年天然气消费总量将快速增长，年均增长达 170 亿立方米，年均增长率为 9.4%；2020～2030 年增速放缓，但仍保持年均增长 4.2% 左右的水平。到 2030

年，预测我国天然气需求总量将达到4300亿~4500亿立方米。

中国石油经济技术研究院（2008年）根据我国经济发展形势，运用情景分析法对我国天然气需求趋势按三种情景作了预测：①基准情景：即现行政策及执行力度保持不变，未来政策走向明确。在此情景下，2020年、2030年我国天然气需求量将分别达到2455亿立方米、3482亿立方米。②清洁情景：即清洁低碳发展方式取得共识，并采取强有力的政策措施予以推动。在此情景下，天然气消费量会相应增加，预计2020年、2030年将分别达到2564亿立方米、3808亿立方米。③粗放情景：即现行政策执行严重不到位，经济发展方式未能有效转变。在此情景下，天然气消费需求将比基准情景低，2020年、2030年需求量分别为2302亿立方米、3096亿立方米。

此外，美国石油能源情报署（2007年）、日本能源经济研究所（2007年）、国际能源署（2008年）、中国石油技术经济研究院（2006年）、国家能源办（2007年）等多家机构都对我国未来天然气需求量也进行过预测。各家数据列于表7-1中。对比各家预测结果，国外预测机构较偏于保守，国内机构预测偏于积极。

表7-1　不同预测机构对我国未来天然气需求量预测结果　　（单位：亿立方米）

预测机构、时间	情景	2010年	2015年	2020年	2030年
日本能源经济研究所（2007年）	基准	667		1600	3944
	技术进步	655		1467	3700
美国能源情报署（2007年）	基准	792	1047	1302	1981
	高经济增长	821	1075	1358	2151
	低经济增长	792	1019	1245	1811
	高油价	821	1132	1500	2066
	低油价	821	1047	1274	1896
国际能源署（2008年）	基准		1211		2211
	替代政策		1400		2500
	高经济增长		1389		3066
中国石油经济技术研究院（2006年）	基准	1055	1489	1989	3822
	技术推动	1244	1700	2200	3633
	环境优先	1622	2089	2600	3655
	和谐地球	1400	2055	2522	3489
国家能源办（2007年）	基准	1210		3000	3900
	低方案	1000		2400	3300
	高方案	1400		3600	4400
中国石油经济技术研究院（2008年）	基准	1146	1843	2455	3482
	清洁情景	1157	1887	2564	3808
	粗放情景	1148	1767	2302	3096
中国石油规划总院（2008年）	基准	1165	2250	2860	4299

专题组在综合分析各家预测结果基础上，结合对我国天然气资源潜力、低碳经济发展的迫切性以及对未来天然气市场发展前景的研究和思考，经与国内多位知名天然气专家交流、讨论，提出 2020 年、2030 年和 2050 年我国天然气需求量预测结果，分别为 2800 亿立方米、4500 亿立方米和 5000 亿～5500 亿立方米。

此次预测，还对未来我国天然气消费结构作了趋势分析，其中城市燃气和发电所占比重会逐渐增加，天然气化工和工业燃料消费所占比重会有所下降。2030 年城市燃气、发电、化工和工业燃料用气所占比重预计在 41%、22%、15% 和 22%（图 7-4）；到 2050 年城市燃气、发电、化工、工业燃料所占比重基本保持，变化不大。

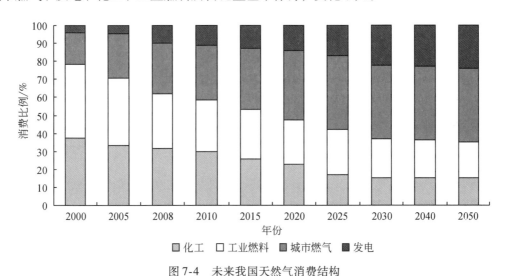

图 7-4 未来我国天然气消费结构

二、2030 年以后我国天然气年产量有望维持在 3000 亿立方米左右

我国天然气储量和产量正处于快速增长期，考虑煤层气、页岩气等非常规资源的贡献，预计 2030 年前后天然气年产量有可能达到 3000 亿立方米，按当量计，将超过石油产量，在我国能源供需态势发生转折的关键期，天然气将发挥重要作用。

1. 我国天然气资源比较丰富，勘探领域比石油更多

近年来，随着勘探认识的深化和勘探技术的进步，在前陆区构造气藏、台盆区大面积岩性气藏和叠合盆地深层碳酸盐岩和火山岩气藏勘探中获得了一系列重大突破，对我国天然气资源潜力的认识又有新发展。为此，中国可持续发展油气资源战略研究后续研究（2020～2050）课题组，在国土资源部主持完成的全国新一轮油气资源评价成果基础上，结合油气勘探最新进展、地质认识和勘探技术进步给资源潜力与分布预测带来的变化，综合确定我国常规天然气可采资源量为 22 万亿立方米，较 2003 年战略研究预测价的 14 万亿立方米，净增加了 8 万亿立方米。天然气资源量增加主要来自以下几方面。

一是新区、新领域增加的资源量。根据全国新一轮油气资源评价结果，我国南海南部

海域有天然气可采资源量 5.45 万亿立方米，青藏地区有天然气可采资源量 1.03 万亿立方米。此外，华北地区古生界、南方等高－过成熟烃源岩区也存在一些相对稳定的有利勘探区，初步估算天然气可采资源量在 2 万亿~3 万亿立方米以上。上述这些资源未计入 14 万亿立方米的资源总量之中。

二是在主要含气盆地内，随着勘探理论和技术进步，勘探认识得到深化，新增加了一部分资源量。例如，前陆盆地为逆掩冲断带所掩盖的沉积盆地部分、有机质"接力成气"理论改善了高—过成熟层系勘探的价值与潜力，使叠合盆地深层等领域也增加了天然气资源量。

此外，从天然气成因看，类型更多、分布更广泛。天然气既有生物气、煤层吸附气、油田伴生气，也有煤成气、原油裂解气、分散液态烃热成因气，还有致密气、页岩气。生气窗范围比石油生成范围要宽很多。天然气的成藏条件也比石油更宽松。从统计看，油藏的最低孔隙度一般在 10% 以上，渗透率大于 0.3 毫达西，而气藏要求的最低孔隙度可以降至 6% ~8%，渗透率可以降低至 0.001 毫达西。只要成藏地质条件合适，天然气的生成范围和成藏范围都更多、更广泛。未来勘探发现的潜力应该比石油更大、更有远景。

2. 我国天然气勘探目前处于早期阶段，储量可以长期保持高水平快速增长

我国天然气勘探有近五十年的历史，但前期勘探主要是伴随石油勘探进行的，是在找油为主的钻探过程中，多是兼探发现的天然气田。天然气作为一个相对独立的勘探领域，应该是从 20 世纪 80 年代末，随着煤成气理论的引入、发展与勘探实践的成功才正式开始，至今仅有 20 年左右时间。目前已相继发现并建成了四川、鄂尔多斯、塔里木、柴达木和近海海域等大型气区。截至 2008 年年底，我国已累计探明天然气（气层气）可采储量 3.87 万亿立方米，剩余可采储量 3.22 万亿立方米，按全国常规天然气可采资源量 22 万亿立方米计算，现阶段可采资源的探明程度只有 17.6%。总体看，我国天然气勘探尚处于早期阶段，未来发展潜力很大。

根据美国天然气工业近百年的发展历史，天然气储量增长可依据资源探明率、探井密度和年增储量规模等，分为成长期和稳定期两大发展阶段（图 7-5）。其中成长期的资源探明率低于 20%，稳定期的资源探明率超过 60%。目前，美国天然气储量增长的下降期尚未出现，储量稳定增长期持续的时间会比石油更长，可能在 60 年以上。将美国的石油产量和天然气产量变化历史作比较后发现，天然气稳产期比石油持续得更长（图 7-6）。究其原因，这是由于油、气资源的自身特征决定的。按当量计算，美国的石油资源总量与天然气资源总量大体相当，都是 400 亿吨左右，但天然气产量规模却大体是石油产量的 1~1.5 倍。这是因为天然气的成藏和赋存条件比石油更宽，天然气的易流动性使天然气的开采条件比石油更容易，在相同埋藏深度与相似地质条件下，天然气的产量一般比石油更高。这些因素促使美国的天然气储量和产量的稳定增长期都比石油更长，天然气产量也比石油更高。2000 年以来，我国天然气储量开始进入快速增长阶段，连续 9 年天然气探明可采储量保持在 2600 亿立方米以上，平均达 3020 亿立方米。我国天然气发展目前尚处于成长期，储量稳定增长期尚未出现，与美国天然气工业发展相比，天然气探明储量可以长期保持快速增长，持续时间有可能在 40 年以上。

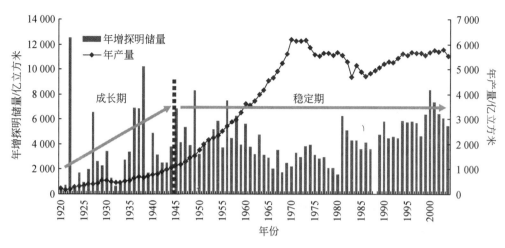

图 7-5　美国历年新增探明天然气储量变化趋势

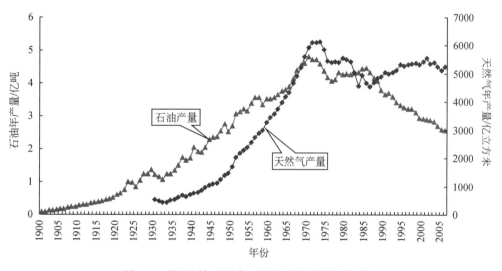

图 7-6　美国历年石油与天然气产量增长态势对比

依据翁氏模型、逻辑斯谛模型、龚巴兹模型和特尔菲法等方法预测，我国天然气储量增长处于快速增长期，天然气探明可采储量增长高峰预计可达到 3000 亿立方米左右（图7-7、表 7-2）。如果以年增探明可采储量 2500 亿立方米作为储量增长高峰期的基线，预计从 2010～2045 年的 35 年间，我国年增探明天然气可采储量的规模有望保持在 2500 亿立方米以上；之后天然气储量增长速度趋缓。到 2050 年前后，我国累计探明的天然气可采储量将达到 15 万亿～16 万亿立方米左右。

从预测结果看，不论是储量增长规模，还是储量稳定增长持续的时间，天然气都有可能好于石油。因此，21 世纪上半叶，应该是我国天然气大发展的时期，是石油工业实现二次创业发展的重要机遇。天然气将在改善我国能源结构、推动低碳经济发展中发挥重要作用。

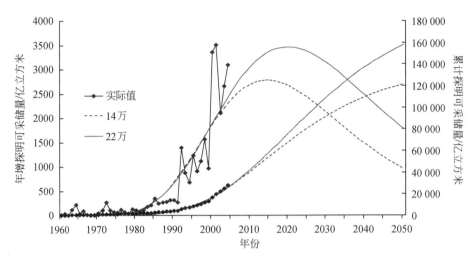

图 7-7　龚巴兹法预测全国天然气探明可采储量增长趋势

表 7-2　全国天然气探明可采储量增长趋势预测结果　（单位：亿立方米）

时期	特尔菲法	翁氏	逻辑斯谛	龚巴兹	综合结果
2006～2010 年	8 500	12 860	15 410	14 370	12 500
2011～2015 年	8 500	14 470	20 650	16 340	12 500
2016～2020 年	9 250	15 570	24 830	17 230	12 500
2021～2025 年	8 000	16 140	26 260	17 100	15 000
2026～2030 年	7 500	16 190	24 240	16 180	17 500
2031～2035 年	6 250	15 790	19 730	14 740	15 000
2036～2040 年	5 250	15 030	14 480	13 040	15 000
2041～2045 年	5 250	13 990	9 840	11 260	12 500
2046～2050 年	4 250	12 770	6 340	9 550	10 000
合　计	62 750	132 810	161 780	129 810	122 500

3. 预计到 2030 年前后，我国常规天然气年产量有望达到 2500 亿立方米，按标准油当量计算，将超过石油产量，并有可能保持到 2050 年

近年来，随着天然气储量的快速增长，我国天然气年产量以两位数的增长速度持续保持快速增长。根据对天然气储量增长趋势的预测，2008～2050 年，我国一共可新增探明天然气可采储量 10 万亿～13 万亿立方米。随着我国天然气管网建设的进一步完善和天然气消费市场的进一步发展，加上国家积极推动低碳经济发展的政策引导，我国天然气工业建设必将迎来大发展的春天。

按照世界上一些产气大国的经验，在油气资源规模相当时，天然气产量将超过石油。以美国为例，石油可采资源量为 392 亿吨，天然气可采资源量为 43.98 万亿立方米，按当量计，石油和天然气资源总量大致相当。2008 年，美国的原油产量为 3.05 亿吨，天然气产量为 5822 亿立方米，天然气产量高出石油产量近一半。我国天然气和石油的可采资源总量也基本相当，2008 年石油产量已达 1.89 亿吨，以美国的经验判断，未来我国天然气产量也可以超过石油产量，预计将在 2500 亿立方米以上。

利用储采比控制法、HCZ 模型和翁氏模型等方法对我国天然气产量未来发展趋势进行预测，示于表 7-3 和图 7-8。预测显示，未来我国天然气产量将持续快速增长，大致于 2030 年左右进入产量高峰期，届时天然气年产量有望达到 2500 亿立方米，并可持续到 2050 年以后。按标准油当量计算，我国天然气产量将超过石油。未来天然气的产量构成主要有四部分：

表 7-3　我国未来天然气产量预测　　　　　　　　　（单位：亿立方米）

时期	储采比控制法			HCZ 模型	翁式模型	综合结果
	方案 1	方案 2	方案 3			
2010 年	900	950	1000	914	907	950
2020 年	1900	2000	2100	1503	1694	2000
2030 年	2400	2600	2800	2017	2473	2500
2050 年	2400	2600	2800	2396	3103	2500

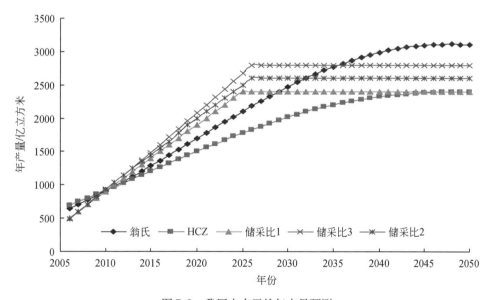

图 7-8　我国未来天然气产量预测

一是已开发气田的产量。截至 2007 年年底，全国已动用气层气可采储量 1.4 万亿立方米，累积采出 5759 亿立方米，可采储量采出程度 41%，剩余可采储量 8312 亿立方米，储采比 13.7。根据开发指标判断，已开发气田近期具备持续稳产的基础。

二是已探明未动用储量的开发产量。截至 2007 年底，全国已探明未动用气层气可采储量为 2.255 万亿立方米，占探明可采储量的 62%，可建产能约 600 亿立方米/年。

综合来看，已探明天然气储量具备建设年产 1000 亿~1200 亿立方米的天然气生产能力。如果合理布局和安排，将产能建设逐步投放到位，便能够在较长一段时期内保持天然气产量的不断增长。

三是新增探明储量投入开发的产量。按照本次预测结果，未来年增探明储量将保持高水平、长期稳定增长。采用储采比平衡法预测未来天然气产量的贡献，预计到 2020 年左右，新增加的天然气探明储量投入开发，年产量可望达到 1000 亿立方米以上；到 2030 年前后，产量可望达到 1800 亿立方米左右，2040 年达到 2000 亿立方米左右，2050 年达到 2100 亿立方米以上。

四是油田溶解气产量。根据原油产量预测结果，以目前我国溶解气产量占原油产量比例来估计，2020~2050 年，我国溶解气年产量可望保持在 100 亿立方米左右。

上述四项天然气产量贡献，可保证 2030~2050 年，我国天然气年产量在 2500 亿立方米左右。从产量构成看，新增探明天然气储量在天然气上产建设中占有十分重要的地位。因此，持续不断加强天然气勘探的投入和推动理论技术的进步，每年保证有足够多的天然气新发现和储量增长是保持天然气工业稳定发展和我国天然气产量持续增长的关键所在。

4. 2030 年以前，以煤层气、页岩气为主的非常规天然气资源将进入规模化发展期，2030 年产量有望达到 500 亿立方米以上。届时我国天然气总产量有望达到 3000 亿立方米左右

非常规天然气资源是指在现有经济技术条件下，不能完全用常规方法和技术手段进行勘探、开发和利用的天然气资源，主要包括煤层气、页岩气和甲烷水合物等。

1）煤层气

我国煤层气资源丰富，全国共有东部、中部、南部和西部 4 大煤层气聚集区，42 个聚煤盆地以及 119 个煤层气评价区块，评价认为埋深 2000m 以内的煤层气总资源量为 36.8 万亿立方米，埋深 1500m 以内的浅层煤层气可采资源量为 10.87 万亿立方米。

截至 2008 年，我国煤层气累计探明地质储量 1343 亿立方米，可采储量 621 亿立方米。采用翁氏旋回法、龚巴兹法和历史趋势预测法等三种方法对未来煤层气储量增长趋势进行长期预测，结果显示我国煤层气储量将经历缓慢、快速和稳定三个阶段的增长，2030 年累计探明地质储量将达到 3 万亿立方米，2050 年达到 4.2 万亿立方米，展示了非常丰富的资源基础。

近年来，我国煤层气开发利用已经起步。截至 2007 年年底我国已在 30 多个地区开展试验，共钻井 2446 口，其中，2007 年钻煤层气井 1073 口，其中生产井 701 口，煤层气年产量达到 5.6 亿立方米。美国是世界上煤层气开发利用最为成功的国家，煤层气发展迅速。1976 年首次获得工业气流，1986 年煤层气年产量达到 5 亿立方米；20 世纪 90 年代后进入快速发展阶段，至 2002 年，煤层气年产量达到 450 亿立方米，2009 年更是达到 576 亿立方米。以我国的煤层气资源为基础，根据与美国煤层气勘探开发历史的比对，预计 2020 年、2030 年和 2050 年我国煤层气年产量有望达到 200 亿立方米、400 亿立方米和 500 亿立方米左右，如果考虑技术进步及政策引导，煤层气预期产量会有较大幅度提高，促使国内天然气产量进一步提升。

2）页岩气

页岩气系指生成、储集和封盖均发生于页岩系统中的天然气，主体位于泥页岩中，部分存在于粉砂岩等薄夹层中，以吸附和游离两种状态为主要赋存方式，具有大面积连续分布的特征，一般渗透率很低（远小于 1 毫达西），常伴有天然裂缝，通常需要特殊的钻井（如水平井）、完井（如压裂）和生产工艺才能获得商业产量。页岩气藏实质上是天然气在页岩系统中的大规模滞留。

目前，美国页岩气勘探开发已取得重大突破，近 3 年页岩气年产量以平均 60% 以上的速度增长，2009 年页岩气产量已达 867 亿立方米，约占美国天然气总产量的 15%，并使美国一举成为全球最大的天然气生产国。据研究，美国页岩气的经济可采资源总量为 15 万亿～30 万亿立方米。乐观估计，页岩气发现和开发利用以后，美国天然气资源可供其利用 100 年时间以上。我国对页岩气的研究与勘探开发尚处于探索阶段，对页岩气的资源潜力也未开展过全面评价。2005 年以来，中国石油借鉴美国页岩气成功勘探开发的经验，加强了我国页岩气资源调查与成藏地质条件的评价研究。通过大量的老井复查、地球化学分析和区域沉积研究等，对我国海相地层发育的沉积盆地进行了地质评价和资源潜力研究。国土资源部已在四川、重庆、贵州、湖北等地开始建立战略调查先导试验区，中国石油已在四川盆地与壳牌、康菲等国际大石油公司开展合作勘探开发试验。我国第一口页岩气井已经成功取出含气页岩，初步评价与美国 Barnette 页岩气相似。据初步预测，我国页岩气可采资源量在 22 万亿～30 万亿立方米以上。这些非常规天然气资源应该可以在不久的将来陆续投入勘探开发，形成一定规模的生产能力，成为我国天然气工业发展的有生力量。

3）甲烷水合物

甲烷水合物是在极地冻土和大洋深水区适宜的温压条件下，由甲烷和水分子络合形成。国际上甲烷水合物的开采技术还处在试验阶段。尽管如此，从长远看，甲烷水合物无疑是一种很有前景的可利用资源。本次通过对我国海洋和青藏高原地区甲烷水合物资源的调查研究，认为我国甲烷水合物远景资源总量约 84 万亿立方米。从资源看，发展潜力很大。目前，我国甲烷水合物勘探开发利用试验已取得重要进展，在南海海域、祁连山冻土区均已钻获水合物实物样品。随着技术的进步和发展，天然气水合物资源有可能在 2030～2050 年的后期突破工业开采关，并形成一定规模的生产能力。

综上分析，我国煤层气、页岩气、甲烷水合物等非常规天然气资源非常丰富，具有很好的发展前景。相信随着勘探开发利用技术的不断进步与完善，到 2030 年前后，我国以煤层气、页岩气为主的非常规天然气资源利用有望形成 500 亿立方米以上的生产能力，在未来我国天然气供应中将会发挥重要作用。考虑煤层气、页岩气等非常规天然气资源的贡献，2030 年前后，我国天然气年产量有望达到 3000 亿立方米以上。可见，煤层气、页岩气、甲烷水合物等非常规天然气资源的开发利用，将是我国天然气工业发展的重要组成部分，也是确保年产 3000 亿立方米天然气长期稳产的重要资源保证。

三、2050 年我国天然气进口量有可能达到 2500 亿立方米左右

我国毗邻全球三大富气区，具有多元化利用国外资源的地域优势，预计 2030 年天然

气进口量有望达到 1500 亿立方米，2050 年达到 2000 亿~2500 亿立方米。

1. 全球天然气资源总量丰富，未来供需有望长期保持基本平衡

1）全球天然气资源总量非常丰富，目前采出程度很低，未来发展潜力还很大

根据美国联邦地质调查局（USGS）2000 年完成的全球油气资源评价，全球共有天然气可采资源量 436 万亿立方米。中国可持续发展油气资源战略研究后续课题（2020~2050）重新评价后认为，全球常规天然气可采资源量达到 488 万亿立方米，较 USGS 2000 年结果增加了 52 万亿立方米。从统计看，在过去 20 多年里，全球天然产量不断增加，由 1991 年的 2.03 万亿立方米增长到 2008 年的 3.07 万亿立方米，但全球天然气储量却在增加，储采比也没有大变化，基本维持在 60 以上的水平（图 7-9）。

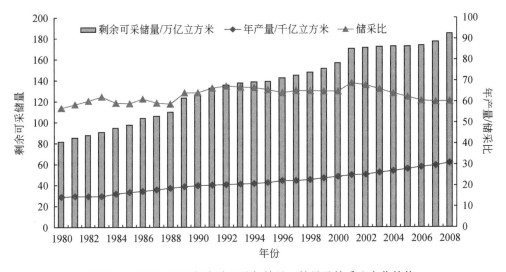

图 7-9　1980~2008 年全球天然气储量、储量及储采比变化趋势

截至 2008 年年底，全球已累计采出天然气 83 万亿立方米，剩余探明可采储量 185 万亿立方米，待发现可采资源量 220 万亿立方米，分别占全球资源总量的 17%、38% 和 45%。总体来看，目前全球天然气资源采出程度并不高，尚有总量达 83% 的剩余探明可采储量和待发现资源量有待未来开发利用。

上述充分说明，世界天然气资源潜力丰富，储量发现仍方兴未艾，未来发展基础雄厚，另外也说明，未来世界天然气生产可以较充分地长期满足全球发展对天然气的需求。

2）全球天然气供需将长期保持基本平衡

近年来，随着 LNG 技术的日益成熟和跨地区长距离输气管网的建设，天然气消费主体逐渐由围绕天然气主产地向需求更大的远方市场转移，完成了地区性消费向全球性消费的转变。天然气消费量因此呈现快速增长的态势。据 BP 公司《世界能源统计 2009》分析，全球天然气消费量由 2000 年的 2.42 万亿立方米增长到 2008 年的 3.02 万亿立方米，年均增加 742 亿立方米，年均递增 2.8%。随着温室气体减排越来越为世界各国共同关注，并成为亟待解决的热点问题，低碳能源的开发利用将越来越受到重视和推崇，这无疑将进一步推动天然气资源的开发利用。国际上多家能源研究机构研究认为，21 世纪上半叶将

是全球天然气工业快速发展的 50 年，天然气需求量将保持持续快速增长，并有可能于 2030 年前后超过石油，成为世界第一大能源。

根据国际能源机构（IEA）《世界能源展望 2007》预测，全球天然气需求量将从 2004 年的 2.83 万亿立方米，增加到 2030 年的 4.62 万亿立方米（图 7-10），年均递增 2%。其中发展中国家对天然气需求的增长速度将高于发达国家和经济转型国家，并有可能在 2040 年前后成为世界天然气需求最大的市场。总体看，2050 年以前全球天然气供需可长期保持基本平衡，我国要进口国外天然气，从资源上看是有保证的。至于价格是否有竞争力，既取决于我们占有资源的时机与谈判艺术，也需要国内的政策驱动，鼓励加大天然气的利用。

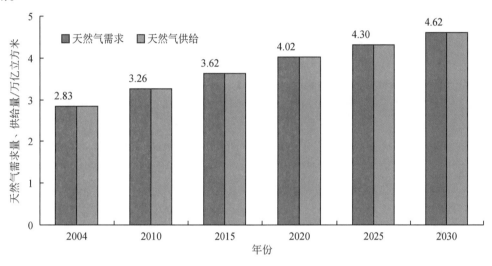

图 7-10　2030 年前全球天然气供需趋势预测

2. 我国毗邻全球三大富气区，具有多元化利用国外资源的地域优势

1）全球天然气资源分布非常不均衡，主要分布在中亚—俄罗斯和中东地区

从资源分布看，全球天然气资源量主要分布在中亚—俄罗斯和中东地区。分别拥有天然气可采资源量 138.9 万亿立方米和 128.0 万亿立方米，分别占全球资源总量的 29% 和 26%，合计达 55%（表 7-4）。

表 7-4　2008 年底世界天然气资源、储量情况

地区	剩余探明可采储量		待发现可采资源量		总可采资源量	
	储量 /万亿立方米	百分比/%	资源量 /万亿立方米	百分比/%	资源量 /万亿立方米	百分比/%
北美	8.9	4.8	20.5	9.3	65.8	13.5
中、南美	7.3	4.0	19.8	9.0	30.2	6.2
中东	75.9	41.0	47.0	21.3	128.0	26.2
中亚—俄罗斯	57.0	30.8	62.4	28.4	138.9	28.5

续表

地区	剩余探明可采储量		待发现可采资源量		总可采资源量	
	储量/万亿立方米	百分比/%	资源量/万亿立方米	百分比/%	资源量/万亿立方米	百分比/%
欧洲	5.9	3.2	14.6	6.7	30.6	6.2
非洲	14.6	7.9	13.7	6.2	30.8	6.3
亚太	15.4	8.3	42.0	19.1	63.8	13.1
合计	185.0	100.0	220.0	100.0	488.1	100.0

从剩余探明可采储量分布看，也主要分布在中东和中亚—俄罗斯地区。截至2008年年底，中东地区剩余探明天然气可采储量为75.9万亿立方米，中亚—俄罗斯地区剩余探明天然气可采储量57.0万亿立方米，分别占全球剩余探明可采储量总数的41.0%和30.8%，两者合计达71.8%。

从待发现天然气资源分布看，主要分布在中亚—俄罗斯、中东和亚太地区，其中，中亚—俄罗斯地区拥有62万亿立方米，占全球待发现资源的28%；中东地区拥有47万亿立方米，占21%；亚太地区拥有42万亿立方米的待发现资源量，占19%，位居第三。三者合计占全球待发现天然气资源总量的69%。

可见中亚—俄罗斯、中东和亚太地区，是全球天然气资源最富集的地区，也是待发现和待开发利用天然气最多的地区，三个地区合计拥有的天然气剩余探明储量和待发现资源量占全球总量的74%。可以说，上述三个地区是未来全球天然气主要的生产和供应中心。

2）地理位置上，我国毗邻全球三大富气区，具有多元化利用国外天然气资源的地域优势

我国在地理位置上紧邻中亚—俄罗斯、中东和亚太（主要是澳大利亚、印度尼西亚）三大富气区（图7-11）。据BP公司《世界能源统计2009》分析，上述三大富气区2008年

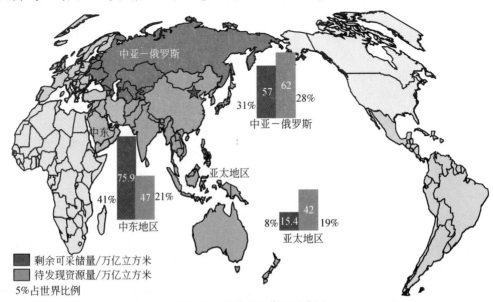

图7-11　我国地理位置示意图

天然气可供出口的能力接近 4000 亿立方米（表 7-5）。无论通过陆路的管线进口，还是通过海上 LNG 进口都相对比较便捷，具有多元化利用国外天然气资源的地域优势，我国应注重发挥这种优势，抓住有利时机，加大国外天然气资源利用力度，推进我国能源结构调整和低碳经济发展，为我国社会和经济实现科学、可持续发展做出重要贡献。

表 7-5　三大富气区 2008 年天然气出口能力情况

国家或地区	剩余可采储量 /万亿立方米	储采比	2008 年情况/（亿立方米/年）		
			产量	消费量	可出口量
中东地区	75.91	195.6	3881	3271	610
俄罗斯	43.3	72	6017	4202	1815
中亚地区（土库曼斯坦、乌兹别克斯坦、哈萨克斯坦、阿塞拜疆）	12.54	72.4	1732	976	756
亚太地区（澳大利亚、印度尼西亚、马来西亚）	8.08	47.4	1705	922	783

据有关研究预测，全球 2030 年的天然气贸易量有望达到 1.27 万亿立方米，比 2006 年的 0.75 万亿立方米增加 0.52 万亿立方米。世界天然气贸易量增加主要来自中东、俄罗斯和中亚地区。其中，中东和俄罗斯 2030 年的天然气出口量预计将分别达到 3040 亿和 2700 亿立方米。我国与上述两个地区的天然气主要生产国都有着较为良好的传统友谊和睦邻关系，预计在互利互惠基础上，我国未来引进天然气的前景较为乐观。

3. 通过加强与资源国的合作，2030 年我国天然气进口量有望达到 1500 亿立方米左右，2050 年达到 2500 亿立方米

我国已有多项天然气管道引进项目正在论证当中。陆上三大进口通道的规划已经获得政府认可，正在实施落实之中。为此，我国相继开展了从俄罗斯、中亚三国和缅甸引进天然气的可行性研究工作。中俄、中缅、中亚三组五条管道天然气引进项目正在论证。其中，中俄天然气管线项目分西线、中线和东线三条路线，预期引进天然气总规模大约为 500 亿立方米/年。中亚管线资源较为落实，中方权益产量加上资源国承诺的供气量，向中国供气 300 亿立方米/年较有保证，目前该管线已正式开工建设，设计与西气东输二线相连。中缅天然气管道也正在联合开展可行性研究，如成功，预期的输气量在 100 亿 ~ 150 亿立方米/年。

LNG 引进也有实质性进展。现有 4 个引进合同项目保证 25 年连续供给 LNG，总量达 1300 万吨/年。其中，直接参与上游开发的有伊朗帕斯项目、澳大利亚 NWS 项目、印尼东固项目；未直接参与上游开发的有马来西亚项目。对于参与上游勘探开发的项目，LNG 供给量保证和后续发展潜力具有较好的基础和把握性。目前国家已核准或规划要建的 LNG 项目已达 10 个，这些项目一期建设完工后，LNG 进口能力将达到 2860 万吨/年（约合 395 亿立方米），二期建设完工后的 LNG 进口能力将达 4800 万吨/年（约合 660 亿立方米）。

从中亚—俄罗斯、中东和亚太三大富气区的天然气资源潜力与天然气贸易出口能力看，只要坚持互利共赢的原则，加强与资源国的真诚合作，预计到 2030 年我国从邻区引进天然气的规模有可能达到 1500 亿立方米左右、2050 年有望达到 2500 亿立方米（表 7-6）。

表 7-6　我国利用国外天然气的途径及进口量预测　（单位：亿立方米）

年份	2020	2030	2040	2050
中俄管线		300	600	800
中亚管线	300	300	300	300
中缅管线		100	100	100
LNG 引进	500（约 3600 万吨）	800（约 5800 万吨）	1000（约 7300 万吨）	1300（约 9500 万吨）
合计	800	1500	2000	2500

四、2030 年以后，天然气在我国一次能源消费结构中的比例有望超过 10%

自产与引进并重，2030～2050 年天然气在一次能源结构中比例有望达到 13%～15%，对改善能源结构和推动低碳经济发展将发挥重要作用。

综上所述，考虑煤层气等非常规天然气资源的贡献，我国天然气国内产量预计到 2030 年将达到 3000 亿立方米左右，并有望保持到 2050 年前后；而从国外引进的天然气量，2030 年有望达到 1500 亿立方米、2050 年可望达到 2000 亿～2500 亿立方米。这样到 2030 年，我国天然气消费总量可达到 4500 亿立方米左右（表 7-7），2050 年达到 5000 亿～5500 亿立方米，按当量计算，届时天然气在我国一次能源消费结构中的比重将达到 13%～15%，成为改善我国能源结构和推动石油工业二次创业发展的新亮点。

表 7-7　我国天然气供需平衡状况预测

年份	2008	2020	2030	2040	2050
天然气需求量/亿立方米	807	2800	4500	5000	5500
常规气产量/亿立方米	761	2200	3000	3000	3000
进口/亿立方米	46	600	1500	2000	2500
对外依存度/%	5.7	21.4	33.3	40.0	45.5
占一次能源比例/%	3.8	9.5	13.3	13.3	14.1

第八章 我国油气中长期（2030、2050）发展战略与措施

一、发展战略

面对我国油气需求长期增长的态势，我国应牢固树立在全球范围、多元配置油气资源的理念，长期坚持"立足国内、开拓国外"的方针，在可持续开发国内石油资源的同时，加快天然气资源开发利用，把天然气作为独立的工业体系和石油工业的二次创业加以推动并加快发展。同时，进一步加快分享利用国外油气资源的步伐，积极稳妥推进石油替代发展，努力通过多元化开发利用，构建长期、稳定、安全的油气供应保障体系。

二、战略措施

1. 继续加强国内石油勘探，保持国内石油供应的基础地位

国内石油生产的长期稳定发展是保证国家长期石油供应安全的基础。当前，我国原油生产的平稳发展是在千方百计采取了一系列技术措施之后取得的，很多主力油田已进入开发后期，开采强度较大，已经进入产量下降阶段。我国现阶段原油产量稳步增长来之不易。从产量构成来看，要保持国内 2.0 亿吨左右石油产量长期稳产，未来将有 70% 以上的石油产量需要通过勘探新发现的储量投入开发来建设，存在一定风险。可见，持续加强国内石油勘探，努力寻找更多优质储量，是实现国内石油产量长期稳产的关键。应该说，国内 2.0 亿吨石油产量并不能完全满足需求自给，但是有没有这 2.0 亿吨产量，对国家石油安全却有着截然不同的作用。所以，从长期安全角度看，国内石油供应的基础地位必须千方百计予以保持。

加强国内石油勘探仍然具备诸多比较有利的条件：一是国内石油待发现资源潜力还比较大，具备持续加强勘探的资源基础。如前述，我国现阶段常规石油资源的探明率并不高，尚有 60% 以上的石油可采资源有待发现，发展潜力还比较大。此外，我国油页岩、油砂等非常规石油资源比较丰富，现阶段尚未充分研究、勘探和开发利用。随着技术进步，未来应该有较大的发展前景；二是我国油气分布具有多样性，地质理论和勘探技术进步以后，还会有新发现；三是尚有很多勘探程度比较低的新区、新领域和新层系有待探索，如南海南部海域、青藏地区、南方海相碳酸盐岩区与现今已发现油气田的含油气盆地深层等；四是我国待发现油气资源中，低品位、低渗透资源所占比重较大，数量较多，未来依靠技术进步改善资源的经济性，还有很大开发利用的潜力。

随着勘探开发程度的不断提高，国内剩余石油资源品位越来越差，未来发展面临的挑战日益增大。需要国家出台更多鼓励政策，推动油气勘探开发理论和技术进步，加大新

区、新领域的探索力度，加强对低品位和边际性油气资源和储量的开发利用，为国内石油生产的长期稳定发展提供保证。

一是建议国家采取相应的政策与措施，进一步加强对油气资源战略远景区的研究和勘查。对重大油气勘探新领域，国家应设立风险勘探基金予以支持，并对石油公司在有远景的新区、新领域的风险勘探投入，给予财税政策支持。同时，国家应该协调好外交、能源与其他部门关系，积极推进南海南部海域油气资源的开发利用，力争用不太久的时间取得实质性进展。

二是建议国家出台相应的鼓励政策，加大对"低品位"和"尾矿"资源的勘探开发与利用。目前，我国资源税的税率较低，且现行征收办法不能充分反映资源的禀赋状况、开采阶段与开发成本，不利于资源最大化勘探开发利用。建议将矿产资源税的征税方法从原来的从量定额征收改为从价征收，并根据资源禀赋状况、开采难易程度、油田规模大小等情况，实施差别税率。对开发利用难采储量、自然地理条件恶劣的油气田、边远零散的小油气田以及开发后期的"尾矿"资源和三次采油等，实行较低或零税率。

三是建议国家积极开展非常规油气资源的勘查工作，尽快搞清非常规油气资源潜力与分布，并将非常规油气资源纳入矿产资源系列，实行国家一级管理。通过财政补贴形式设立非常规油气资源勘探开发技术研发基金，加大非常规油气资源的勘探开发先导性试验，尽早实现非常规油气资源的有效开发与利用；在非常规油气资源的开发初期，实行资源税及所得税减免政策。

四是建议国家对石油企业的所得税政策进行调整。我国油气资源多分布于边远贫困地区，当地经济比较落后，生态环境比较脆弱。国家应从构建和谐社会、和谐环境的高度，提高地方、特别是贫困地区的油气资源所得税费的分成比例，增加贫困地区的财政收入，带动贫困地区的社会和经济发展，同时为油气资源的勘探开发创造出更为宽松、和谐的社会环境。

2. 加大天然气资源的开发利用，成为改善我国能源结构、实现低碳经济发展的新亮点

现阶段，天然气在世界一次能源消费结构中所占比例已超过20%。我国现阶段天然气在一次能源消费结构中比例明显偏低。随着国民经济持续快速发展，人民生活水平不断提高，环境保护压力不断加大，国家对温室气体排放的约束和控制将会越来越严格，清洁、低碳发展方式会日益受到关注和重视。这无疑会推动我国天然气资源的勘探开发和利用，为加快我国天然气工业的快速发展提供动力。

我国天然气工业大发展具有较雄厚的资源基础。大约还有18万亿立方米的常规天然气可采资源有待发现，发展潜力比较大。此外，我国煤层气、页岩气、天然气水合物等非常规天然气资源也较为丰富。通过科技进步，未来有望形成较大规模的生产能力。现阶段我国天然气产量与石油相比明显偏低，两者当量比仅为0.3：1，天然气工业尚处于发展初期，未来具有快速发展的基础、条件和前景。

天然气工业发展除受控于资源约束外，还受终端市场影响较大。上游勘探的发展需要中、下游管道建设和消费市场的拓展来支撑。近年来，我国天然气上游勘探已在塔里木、

鄂尔多斯、四川、莺－琼、松辽、准噶尔等盆地新发现了一批大中型天然气田，建成了一批天然气生产基地。同时，已建成和正在建设的西气东输、陕京一二线、川气东送、忠—武线、涩—宁—兰线、西气东输二线等管道工程，基本上建立起了天然气输配体系。但总体来看，我国天然气基础设施仍相对薄弱，下游发展比较滞后，未来应进一步加快管网等基础建设的步伐，加大天然气市场开拓力度，积极落实下游用户，保证天然气上、中、下游同步统筹规划、协调发展，逐步提高天然气在一次能源消费结构中的比例。此外，在地理位置上，我国毗邻中亚－俄罗斯、中东和亚太三大富气区，具有多元化利用国外天然气资源的地域优势，应抓住有利时机，加大国外天然气资源的引进与利用规模。

为此，建议国家把天然气作为独立的工业体系和石油工业发展的二次创业，从管理体制、政策法规、价格形成机制等方面，进一步推动天然气工业加快发展，成为改善我国能源结构、实现低碳经济发展的新亮点。一是建议国家成立专门机构，统一规划、协调和管理全国天然气工业的发展。改革完善监管体制，建立市场作用和政府管制相结合的机制；建立政监分离、职能完善、具有较强执行能力的天然气组织管理体系。二是建立和完善天然气行业相关政策和法规（包括市场准入法、市场竞争法、市场监管法等），加强环保立法和执法力度，保障天然气工业的健康发展。三是尽早建立公正、灵活的天然气价格形成机制。改革天然气定价机制，由政府定价为主逐步转向市场定价与政府管制相结合；改革天然气价格结构，实行天然气生产、净化、输送、配送分开核算，并按照天然气产业链不同环节的特点实行不同的定价方式。

3. 积极稳妥推进石油替代发展，增强国内自给供应的基础地位

在我国石油供需缺口不断加大、石油对外依存度不断攀升的形势下，发展石油替代已经成为缓解石油供需矛盾、增强国内石油供应安全的重要途径之一。研究表明，通过积极发展石油替代，2030 年国内石油自产加上石油替代的供应能力有望达到 3.0 亿吨左右，石油对外依存度有望控制在 60% 以内，这对保证国家石油供应安全具有十分重要的作用。

我国发展石油替代应综合考虑原料来源的可获得性、技术可行性、经济性、能源利用效率、CO_2 排放与处理等多种因素。从现实性看，应重点、规模发展天然气替代，积极推进电动力替代，适度发展生物质替代，储备发展煤基替代。

一是重点、规模发展天然气替代。我国天然气资源丰富，未来产量具有较大增长空间。而且我国紧邻全球三大富气区，具有多元化利用国外天然气的地域优势，可以用不太久的时间，把天然气利用发展到一个较高水平。未来天然气作为车用液体燃料和石油化工燃料替代石油有良好的发展空间。替代主要体现在天然气经压缩、液化或液化石油气直接用于汽车燃料。国外在汽车代用燃料发展中，天然气与液化气占份额较大，国内燃气汽车相关技术已较成熟，基本上实现了燃气汽车由改装到整车生产的发展，已进入商业化阶段，具备规模发展的条件。

二是积极推动电动力替代。电动力替代是实现能源多元化、有效减少环境污染的重要途径。以电代油，发展电动力车将是我国未来重要的战略选择。电动力车可分为混合动力车、纯电动车和燃料电池车等。电动力车受国家补贴政策推动，发展迅速，前景较好，特别是锂离子电池电动车，我国在技术、资源和市场方面占有优势，应加大力度加快发展，

尽早实现产业化。

三是适度发展生物质替代。我国作为拥有世界五分之一人口的大国，民以食为天，保证粮食供应安全是国家的首要任务之一。因此，我国发展生物质燃料替代必须坚持"不与民争食，不与粮争地"的原则，充分利用农闲地、非可耕地，着重发展薯类、甘蔗、乙蜜、甜高粱、木质纤维、植物秸秆等纤维素原料来生产燃料乙醇，以棉籽油、菜籽油和木本植物油等为原料，重点生产生物柴油。

四是储备发展煤基替代。我国煤炭资源比较丰富，通过煤直接或间接液化等途径，可以替代部分石油。但由于受排放高、煤炭资源所在地水资源缺乏、投资大及技术尚不够成熟等因素制约，替代前景有很大的不确定性，应该作为储备技术发展。煤制气体燃料（CTG）是煤炭资源清洁化利用的一种新途径，也是有效替代石油的重要途径之一，但其技术、经济可行性如何尚需充分论证。通过煤制甲醇来替代化工轻油制烯烃，技术相对比较成熟，具有一定发展潜力，也是今后煤基替代发展的一个重要方向。

4. 进一步做好分享利用国外油气资源的各项工作，确保国家石油供应安全

我国油气资源总量虽然比较丰富，但人均占有量低，加上我国油气资源分布的地质条件复杂，油气资源的富集程度总体偏差。因此，无论是从近期还是远期看，我国油气储量都难于有超常规的大幅度增加，所以原油产量总体以稳为主，不能满足国民经济发展的需要。树立从全球范围多元配置油气资源、保证国民经济平稳、健康发展的理念，并采取有效措施付诸行动，势在必行，只能做好。要通过开展广泛的国际合作和国际贸易等方式，不断获取国际油气资源，实现我国油气需求与供给的长期平衡。

分析认为，我国利用国际油气资源有以下诸方面的有利条件：一是全球油气剩余探明可采储量和待发现资源仍然相当丰富。因此，我国利用国际油气资源的基础存在；二是我国提出建设和谐世界的理念，得到全世界爱好和平国家的一致拥护和支持，让世界越来越清楚地看到，中国的发展不是威胁而是机遇，这对推动建立互利共赢的建设型大国关系、推进能源领域的双边与多边合作很有帮助；三是我国实施"走出去"的战略已经取得明显成效，为未来进一步扩大发展积累了经验，培养了队伍，为扩大利用国外油气资源规模打下了良好基础；四是随着我国经济发展和综合国力不断增强，中国作为一个负责任的大国，一方面对国际石油市场的影响力越来越大，另一方面也受到世界各国的广泛尊重。这不仅有利于推进全球能源领域的合作，而且也有利于我国在激烈的市场竞争中，获得分享利用全球油气资源的机会。

总体看，未来我国利用国际油气资源的外部环境存在三种可能性：一是全球经济和国家关系和谐发展，我国利用国际油气资源的外部环境较现阶段有明显好转；二是发生重大的地区和国家间冲突，我国利用国际油气资源的外部环境较现阶段更为恶劣；三是现状的保持和延续，以美国、日本为代表的经济发达国家继续千方百计阻挠我国经济发展和国家强盛，我国利用国外油气资源既有机会，也有挑战。

研究认为，从长期看，随着我国经济和综合国力的增强，以及在国际事务中的贡献和影响力不断增大，我国通过国际贸易和"走出去"与资源国合作勘探开发等方式，获得国外油气资源的外部环境和条件与现阶段相比，不一定变差，也有可能变好，应作两手准

备。为此，在国家政治、经济和能源外交总体战略指导下，通过加强海外勘探开发和国际贸易来弥补国内油气供应不足，是完全有可能实现的。但要长期坚持以下措施：

一是要大力实施"走出去"战略。走出国门，积极参与国际油气勘探开发，合作利用国外油气资源，是保证我国油气供应的重要途径之一。我国石油企业经过十几年海外拓展，初步形成了非洲、中亚—俄罗斯、拉美、中东和亚太五大战略合作区，2008年海外权益油产量已突破4000万吨，为保证国家石油供应起到了积极作用。今后要充分运用和发挥我国的政治、外交优势与国有石油公司的技术、国际化经营优势，进一步加大海外油气资源的勘探开发力度，力争到2030年海外权益油产量达到1.5亿吨以上，占届时我国石油净进口总量的三分之一左右。为此，国家应进一步完善鼓励和支持油气跨国经营的相关政策：一是研究制订海外油气资源开发利用的中长期战略和规划，健全国际油气合作协调机制，规范石油公司跨国经营业务，规避内耗；二是尽快建立和完善油气跨国经营的相关法律、法规，为石油公司跨国经营顺利发展提供政策保障；三是加大金融、财政政策支持力度，如设立海外油气资源风险勘探基金；进一步加大重大国际油气合作项目贷款贴息政策支持力度；减免企业境外经营所得税等。

二是要积极实施"以市场换资源"战略。我国巨大的消费市场既是挑战也是机遇。我国一直寻求稳定油源以保证国内供应，同样，资源国也试图寻找巨大而稳定的供应市场。通过在国内与资源国合资建设炼厂，能将资源国与我国形成利益共同体，便于在市场波动情况下获取更为稳定的油气供应，比单纯的石油贸易更具稳定性。近年来，我国与沙特、科威特、俄罗斯、委内瑞拉等油气资源大国合资建炼厂呈现良好发展势头，已有多个项目立项建设。作为一种保证能源供应的新型途径，"以市场换资源"是互利双赢的合作，未来必将有巨大发展空间。

三是要加快发展"多元化贸易"战略。国际石油贸易是弥补我国石油供应缺口的最主要途径。我国必须统筹建立多元化的石油贸易体系，实现油气来源、品种、贸易方式、贸易渠道和运输方式的多元化。在进口来源上，要在巩固中东、非洲、拉美等资源国油源的同时，不断增大中亚、俄罗斯等陆路地区的石油进口比例，形成多元化的进口来源格局。在进口品种上，一要按照我国炼油工业的需要，合理搭配高硫与低硫、轻质与重质原油的进口比例；二要根据市场需求，积极拓展成品油进口新品种，在品种结构上保证石油品种的安全供应。在贸易方式上，要遵循长期合同和短期合同相结合、现货和期货贸易相补充的原则，实现贸易方式多样化。在进口通道上，要在确保海上运输通道畅通与安全的前提下，加大与周边国家合作的力度，加快中俄、中哈、中缅等陆上石油管道的运作与建设，探索马六甲海峡以外的经东南亚至我国海上石油运输通道；积极组建远洋船队，增加进口原油的自运量，保障石油运输安全。

此外，国家应从政策、财税、技术和人才等方面加大力度，努力提升国内企业的国际竞争力，不断完善我国石油市场体系，加强贸易流通基础设施建设，提高对全球石油资源的控制力和石油市场的影响力，减低国家油气供应与经济发展的风险。

5. 持续推进油气勘探开发科技进步，为我国油气供应的长期安全提供雄厚的资源保证

油气作为一种流体矿产，生成、运移和集聚于地下，并在漫长的地质历史中发生过若干次大的变化。有相当一部分油气资源的现今分布已经超出现有知识和技术所能识别和探测的范围。油气勘探开发领域的科学与技术进步既是油气资源勘探发现的指路明灯，又是实现对不同品质油气资源有效益和最大化开发利用的桥梁。面对未来发展，油气领域的科技发展应立足基础石油地质理论和实验分析技术手段的突破发展，实现对现阶段认识盲区油气资源的有效发现和采掘利用；立足于重大配套技术和设备的升级换代发展，实现对多类油气资源最大化开发利用，以最大限度为国民经济发展提供资源保证，保持国内油气供应的基础地位长期稳定。研究认为，科技进步可以在以下领域发现油气储量，造福于我国长期稳定的油气安全供给：

一是我国海相和陆相沉积盆地中，相当多油气资源的隐蔽性很强，现阶段技术对相当多的勘探目标还不能识别，处于技术盲区内。如深层海相碳酸盐岩层系中的地层、岩性油气藏，陆相沉积盆地中的薄油气层与油水和气水分异不好的油水和气水同层资源，以及沉积盆地深层处于现有技术屏蔽区的油气资源等。随着未来科技发展，这部分资源将陆续被发现，其数量和贡献是相当大的。

二是依靠科技进步可以实现对低品位、低渗透资源的有效益勘探和开发利用。如前述，我国油气资源的品位总体偏差。现有技术条件下，有相当多的油气资源是低效或无效的。随着油气勘探开发技术进步，油气勘探开发成本会大大降低，单井油气产量会提高，资源的经济性会变好。这部分资源如能依靠技术突破效益开发关，将在我国未来油气安全供应方面发挥重要作用。

三是依靠科技进步提高已开发油田的采收率，最大限度地把地下油气资源拿出来，造福于我国国民经济发展和国家油气供应安全。目前我国已开发砂岩油田的平均采收率只有27%～30%，碳酸盐岩油田的平均采收率只有15%～20%。在可以预见的未来，依靠提高水驱采收率和开展老油田二次开发等技术，油田的平均采收率会有较大提高，估计可达到40%～50%，尚有一半左右的已发现油气不能采出来。如果在客观认识地下油、气、水分布与提高老油、气田采收率技术方面实现重大突破，将会大幅提高我国可开采利用的油气储量，这无异于新发现了几个大油气田，对保证国家油气供应安全将发挥重大作用。

四是理论、技术进步可以实现对现阶段尚未认识领域的油气资源的发现和利用。应该说中国的油气地质理论尚处于发展之中，有很多领域，我们的勘探和认识还很不充分。如我国南方广大碳酸盐岩分布区，面积达150万平方千米，地面曾发现大型古油藏破坏留下的痕迹。石油地质条件评价认为存在生烃和成藏的潜力，但因构造复杂，地质认识和勘探技术都有盲区，现阶段还难以有效开展勘探；再如青藏地区的羌塘盆地，是一个高海拔沉积盆地，现今评价其石油可采资源量达11.2亿吨，地面和浅钻都见到了油苗和低产油流。由于认识不到位，现阶段尚不知能否获得重大突破。此外，关于石油和天然气的无机成因和无机—有机复合成因说，在俄罗斯等国已有多位学者长期开展过研究，并在越南白虎油田等得到证实。我国大陆是自古生代以来历经多次大陆与大洋板块俯冲消减和碰撞，最终拼合而成的。其中相当多的古代海洋沉积有机质被拖拽到地壳的深部，有可能参与了地球内部高温高压条件下的烃类有机—无机合成过程。这部分资源如果存在，应该分布在现今认识还无法知晓的地方，如沉积盆地基底的某个层系或某个部位。从长远看，这些领域都不排除具有油气新发现的可能性。相信随着技术进步，后人会对其谜底一一破译。

为此，建议国家高度关注和支持油气行业的理论创新和技术进步。国家应进一步将科技资金向能源领域倾斜，并鼓励石油公司加大科技投入，对制约油气行业发展的重大技术瓶颈和装备，组织有针对性的攻关和研发，形成具有我国自主知识产权的理论体系、配套技术和设备。要依靠科技进步，改善低品位油气资源的经济性，扩大开发利用规模，夯实可持续与安全发展的资源基础；要依靠科技进步增加对现阶段认识和技术盲区的油气资源的发现率，进一步扩大油气稳产和上产的基础；要依靠科技进步提高油公司在分享利用国外油气资源上的竞争力，扩大利用国外油气资源的机会，为我国经济长期健康、安全发展提供资源保证。

6. 建立和完善石油储备体系，保障国家石油供应安全

经验表明，石油消费国拥有一定量的石油储备，石油生产国拥有一定量的石油剩余生产能力，对于防范和应对突发事件，保障石油供应安全都是十分必要的。我国作为世界上第二大石油消费国，面对国内石油供需缺口不断加大、石油对外依存度不断攀升的严峻形势，加快建立完善的石油储备体系十分必要。

就石油储备来说，国际上主要有政府储备、企业义务储备和机构储备三种形式，其中政府储备是一种由政府出资建设、采购、维护和控制的石油储备形式，具有监管容易、透明度高、应急效果好等诸多优点，但缺乏竞争机制，维护成本较高；企业义务储备是指石油生产、进口、炼制、销售商和消费大户按照法定储备义务，在生产库存基础上增加的储备量。这种储备经营效率高，运行成本较低，动用快而方便，但透明性差、公平性差、难以监管；机构储备实质上是企业义务储备的一种变相模式，由具有储备义务的企业出资组成机构，进行专业化运作。此种方式效率高、透明度高、监管容易、应急效果好，是完成企业储备义务的最佳方式。关于我国石油储备的发展形式，目前还存在一些不同意见。根据我国的国情，建议我国最好采用政府储备和机构储备相结合的方式，以政府储备为主、机构储备为辅，发展我国的石油储备体系。

石油储备体系的建立不仅包括储备基地选址、储备库建设和运行管理等，还包括建立相关法律、法规、运行机制和预警系统等。2004年开始，我国正式启动了国家战略石油储备基地建设。目前一期4个国家战略石油储备基地已相继建成并储油，储油规模达到1640万立方米，结束了我国无战略石油储备的历史。设计能力达2680万立方米的二期国家战略石油储备基地也已开始规划建设。与此同时，《国家石油储备管理条例》也已报国务院批准，有望近期出台。届时我国石油战略储备将有法可依，逐步形成比较完整有效的运行管理体系。

目前，我国石油战略储备虽已有序展开，但仍有许多问题需要引起重视：

一是我国石油储备必须坚持适度的原则，对最终储备规模应早作筹划。若石油储备规模以60天净进口量来规划，2030年我国石油储备量应达到7500万吨左右，相应的储备库容积需达到9200万立方米，这需要在现有基础上，分期分批新建7560万立方米的库容。如果按日本450美元/m^3的建库费，总投资需要340亿美元；即使按美国85美元/m^3的建库费，投资也需要64亿美元。此外，原油购置和储备库日常维护也需要巨额资金。因此，我国石油战略储备必须坚持适度的原则，但对最终的储备规模宜早作筹划，分阶段建设。

2020 年石油储备规模可按上年度石油净进口量 60 天来考虑，其中政府储备 45 天，机构储备 15 天为宜，总储备规模大约为 5800 万吨。2030 年以后石油储备规模可按上年度石油净进口量 90 天来考虑，则 2030 年、2050 年石油储备规模将分别达到 1.11 亿吨和 1.36 亿吨。

二是尽快考虑建立石油资源储备。石油资源储备是指国家为保障石油供应安全、实现可持续发展的需要，通过采用强制性措施，对国内已发现油田或剩余生产能力采取收购、保留延期生产的储备形式。石油资源储备较常规储备方式更为安全可靠，而且可以一举多得：①解决国家长期石油安全面临的挑战；②可作为外汇储备转储的一种形式，变汇币储备为资产储存，实现国家资产的保值增值；③保留国内资源延期使用是实现可持续发展最大化的重要途径。建议选择一些品位较好、规模较大的优质储量，作为资源储备，规模以 8 亿～10 亿吨为宜。在国际环境相对和平时期，适当多进口一些原油顶替国内部分产量，是国家油气安全应该关注和采纳的上策。

三是高度重视石油储备基地选址安全。国家石油战略储备基地选址要综合考虑石油来源的可靠性与安全性，储备动用的便捷性，基地建设的经济性以及环境影响等多种因素。部分石油战略储备的选址还应考虑非和平时期的使用问题。我国西北和西南地区毗邻中亚－阿富汗与印度、巴基斯坦等受恐怖主义干扰较严重地区，也存在民族矛盾和少数分裂主义分子发动恐怖袭击的潜在风险。大型储备选址应尽量避开这些风险。现阶段，我国大型钢制地面罐的建造已具备较为成熟的经验，首批国家储备油库采用地面钢罐形式是合适的。同时要加大地下石油储备库的方案研究和技术攻关力度，争取早日建成有经济优势的地下石油储备基地。

四是考虑做好外汇储备与石油储备的有机配合。目前，我国拥有外汇储备 2.13 万亿美元，是世界第一大外汇储备国。国家应充分发挥庞大外汇储备的优势，适度变外汇储备为资产储备，以降低我国大量外汇贬值风险。在国际油价较高时，可释放部分战略石油储备，以平抑油价；在国际油价较低时，及时购入石油补充储备，保证战略储备库的合理有效利用。

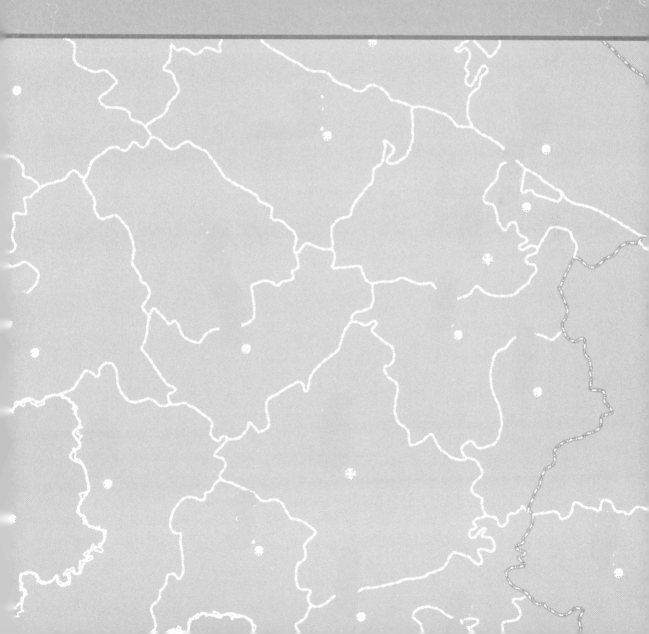

第三篇
核能战略

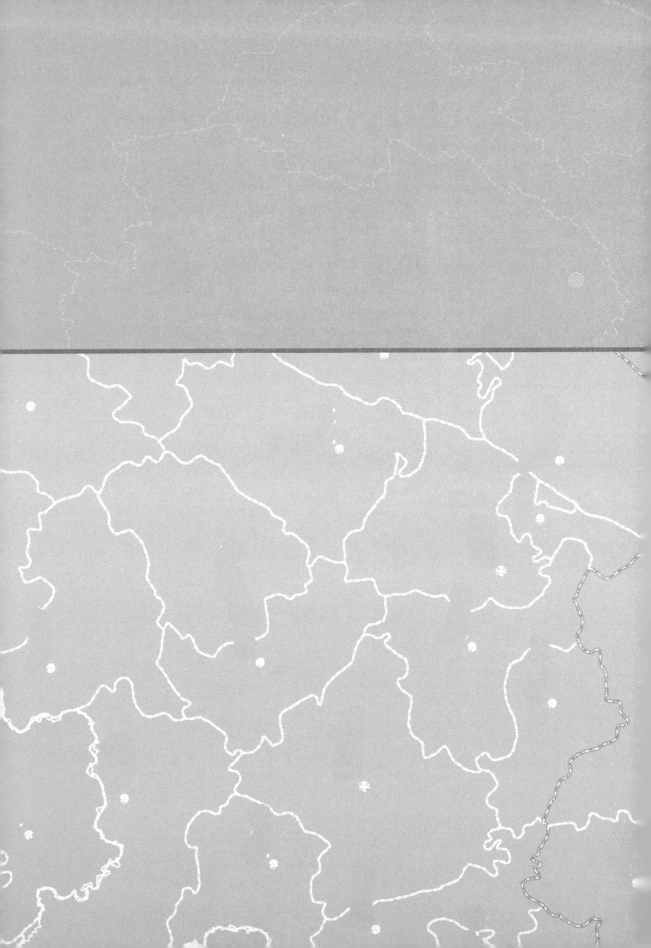

第九章　对我国核能中长期发展的基本观点

第一节　保证社会经济发展和减排污染物与二氧化碳要求发展核电

一、发展核能是应对能源发展中严重挑战的有效措施

1. 中国能源的基本问题

中国能源资源有三个基本特点：①能源资源较丰富，但人均占有量较少。由于人口众多，各种能源资源的人均占有量都低于世界平均水平，煤炭占世界平均水平的79%，天然气占6.5%，石油占6.1%。②能源资源结构，煤炭水能相对丰富，优质化石能源相对不足。中国能源资源中水能和煤炭较为丰富，蕴藏量分别居世界第1位和第3位；而优质化石能源相对不足，石油和天然气资源的探明剩余可采储量目前仅居世界第13位和第17位。③能源资源分布与生产力布局不平衡。煤炭资源集中在华北、西北，水能资源集中在西南和西北，人口密集经济发达的东南沿海，缺乏能源资源。

由于上述三个基本特点，导致我国能源发展面临以下四个基本问题。

1）经济社会发展中的能源供需总量平衡问题

随着中国经济持续快速发展，工业化、城镇化进程加快，居民消费结构升级换代，能源需求不断增长，今后一段时期，能源消费弹性系数难以大幅降低。展望我国中长期经济社会发展，实现2020年全面建成小康社会，2050年达到世界中等发达国家的要求，需要有安全、充足、稳定的能源供应。在相当长时间内，能源、电力需求将保持较快速度增长，能源资源开发和能源电力生产任务十分艰巨。

2）长期以煤为主的能源结构造成的环境、生态问题

大量燃煤造成严重环境污染，还产生严重的温室气体问题。中国已经成为世界上 SO_2 和温室气体排放的第一大国。酸雨面积较大。2005年，全国开展酸雨监测的696个市县中，出现酸雨的城市357个（占53.1%）。酸雨控制区111个城市中出现酸雨的城市103个（占92.8%），酸雨频率大于80%的城市25个（占22.5%），降水pH平均小于4.5的城市27个（占24.3%）。总体来说，污染程度还有所加重。核电厂本身不排放 SO_2，也可为我国减少 SO_2 排放作出显著贡献。中国环境科学院和清华大学2003年的一项研究结果表明，由 SO_2 等导致的酸雨污染每年给中国造成损失超过1100亿元，整个大气污染所造成的损失每年占中国GDP的2%~3%。2009年中国 CO_2 排放量已超过美国。发展核电是大幅减排 CO_2 的现实有效的途径。核电链排放温室气体的归一化排放量仅等于煤电链的1%。我国2020年核电总规模达到7000万千瓦核电，则一年大约可减排5.2亿吨 CO_2，可

以为完成碳减排目标做出显著贡献。

3）西煤东运、北煤南运、西电东输的能源输运问题

我国煤炭生产基地在华北的山西、陕西和内蒙古西部，远离煤炭消费中心的东部沿海，形成了的强大煤流，运量大，运距长。历年煤炭运量占铁路用量的 40% 以上，沿海和长江中下游水运运量中煤炭约占三分之一。山西北部的煤运到上海 2000km 余，运到广州 3300km 余。过多使用煤炭，给运输带来巨大的压力，也给煤炭价格带来巨大的上涨压力。西部水电开发的西电东输，建设通过高山峻岭的高压输电走廊是个难题。

4）对国外资源依存的能源供应安全问题

我国于 1993 年成为石油净进口国，石油能源缺口越来越大。国家发展和改革委员会 2009 年 2 月下旬发布的报告称，2008 年我国进口原油 1.79 亿吨，同比增加 9.6%。国内石油消费对外依存度达到 49.8%，比上年提高 1.4%。较高的对外依存度以及变幻莫测的国际形势，大大增加了我国石油进口的风险，进而影响我国的能源安全和国家安全。

自改革开放以来，我国社会经济 30 年高速持续稳定发展，取得重大进展。同时，我国能源的四个基本问题也越加严重，能源的可持续发展问题成了我国经济社会进一步发展的关键。

2. 发展核能是解决我国能源基本问题的有效措施

1）发展核能，调整能源结构，缓解能源供求矛盾

如何应对我国能源发展所遇到四大挑战？能源多元化、节能和积极发展替代能源是应对挑战的基本方针。能源多元化首先是能源品种多元化，要改变对某一品种，如煤的过渡依赖。要节约能源，减少能源消耗。积极发展低碳能源，逐步实现对碳基燃料的替代是应对我国能源发展所遇挑战的十分重要措施。一方面要加快发展核电、大力发展水电和可再生能源等低碳能源，这是应对挑战的最好途径。另一方面也要积极提升碳基燃料发电技术的水平，降低煤耗，节约能源，减少 CO_2 排放。而核电的一些基本特性决定了发展核电能在应对能源四大挑战中发挥无可替代的重要作用，是中国应对挑战中的重要战略措施之一。

2）发展核能产业是减少温室气体排放，解决环境污染的重要途径

尽管我国按人均 CO_2 排放量仍然远低于世界平均值，还面临很多发展的困难。但我国政府仍然高度重视气候变化问题，2009 年 11 月 25 日国务院公布了中国的碳减排目标，到 2020 年，中国单位国内生的总值 CO_2 排放量比 2005 年下降 40%～45%。作为约束性指标纳入国民经济和社会发展中长期规划，并制定相应的国内统计、监测、考核办法。发展核能是减小温室气体排放、解决环境污染的重要途径。

3）核电燃料运输量小，发展核电是调整能源布局的有效途径

核电燃料运输量小，一个百万千瓦压水反应堆核电机组，每年仅耗用 25 吨核燃料；而一百万千瓦的燃煤电厂，每年耗煤量约 300 万吨。相同功率核电站核燃料量约为燃煤重量的万分之一。因此核电可在距煤炭资源较远的负荷中心附近建设，是优化能源布局、缓解煤炭运输困难的有效途径。

二、发展核电对相关行业的带动作用

1）对装备产业、原材料产业的带动作用

核电技术是高科技的综合集成，核电技术中的各个单项技术和系统集成技术都可以在邻近产业中得到应用，从而把这些产业的技术、质量提高到新水平。首先发展核电可把我国机电工业、仪器仪表工业、特殊材料工业带动起来，用国际先进水平武装，上到国际水平的新台阶。

2）"寓军于民、发展核电"可促进军用核动力技术的发展

当代压水堆核电技术是在军用核动力采用的压水反应堆技术基础上发展起来的，我国在核电发展的起步阶段军用核动力技术起了重要的奠基和推动作用。当代压水反应堆核电技术与军用核动力技术有许多相似，参数相近，基本原理和涉及技术领域相同，碰到的技术难题、解决方法、使用的设备仪表原材料基本相同，给寓军于民提供了可能性，通过核电技术的发展可有效地促进军用核动力技术的提高。发展核电促进军用核动力技术的提高，主要体现在：建立核安全监督体系，促进军用核动力安全管理的规范化；核电站的设计思想可应用于改进军用核动力的设计；在军用核动力设计中可使用核电设计中的设计软件，提高设计水平；在军用核动力设计中可采用核电设计中采用的先进技术，如设备部件结构形式、材料、先进工艺等，提高军用核动力的性能水平；核电的试验设施、试验技术和手段，可应用于军用核动力的科研试验工作。

第二节　铀资源不是我国核能发展中
不可克服的制约因素

一、2020 年前发展核电所需的天然铀资源和生产能力可以满足

天然铀资源供应，能否满足 2020 年前我国加速核电发展的需要，是广为关注的问题。经过对 2020 年达到 7000 万千瓦目标的需求和供应两方面的测算证明，天然铀资源和生产能力可以满足。

按 2020 年核电总装机达到 7000 万千瓦及合理的后续发展，对天然铀年需要量和天然铀资源储量的需求量的测算见表 9-1 和表 9-2。

表 9-1　天然铀生产需要量

年份	运行容量 /万千瓦	进堆初装 /t	进堆年换料 /t	进堆年需 /t	年需生产 /t
2010	900	1 920	1 575	1 575	6 015
2011	1 380	1 920	2 415	4 335	6 855
2012	1 860	1 920	3 255	5 175	7 695

续表

年份	运行容量 /万千瓦	进堆初装 /t	进堆年换料 /t	进堆年需 /t	年需生产 /t
2013	2 340	1 920	4 095	6 015	10 030
2014	2 820	1 920	4 935	6 855	11 325
2015	3 300	1 920	5 775	7 695	12 620
2016	4 040	2 960	7 070	10 030	13 915
2017	4 780	2 960	8 365	11 325	15 210
2018	5 520	2 960	9 660	12 620	19 150
2019	6 260	2 960	10 955	13 915	21 250
2020	7 000	2 960	12 250	15 210	23 350

表 9-2　天然铀储量需求

年份	当年消耗 储量/万吨	累计消耗 储量/万吨	占用 储量/万吨	储量 需求/万吨
2010	0.86	2.44	12.89	15.33
2011	0.98	3.42	14.69	18.11
2012	1.10	4.52	16.49	21.01
2013	1.43	5.95	21.49	27.45
2014	1.62	7.57	24.27	31.84
2015	1.802	9.38	27.04	36.42
2016	1.99	11.36	29.82	41.18
2017	2.17	13.54	32.59	46.13
2018	2.74	16.27	41.04	57.31
2019	3.04	19.31	45.54	64.84
2020	3.34	22.64	50.04	72.68

　　2020 年当年进入反应堆的核燃料，包括新建容量的首炉料和运行容量的年换料，所需的天然铀当量为 1.5 万吨天然铀。因为天然铀生产出来要经过化工转化、浓缩、元件制造，大约要提前 3 年，所以 2020 年生产的天然铀是供 2023 年进堆用的。考虑了 3 年提前期的 2020 年天然铀年生产量应约为 2.3 万吨。按测算至 2020 年对天然铀资源储量的累计需求约为 73 万吨（表 9-2）。

　　20 世纪 50 年代后期，我国开始了铀矿资源的勘查。核工业为军用服务时期，探明了相当量的铀矿地质储量，并生产了相当量的铀产品，除了满足军用以外，还积存了相当量的库存。在这期间，在勘查技术水平较低，勘查深度较浅的条件下，曾创下了年交储量 1 万多吨的记录。在 70 年代末，核工业战略调整，铀矿地质勘察和天然铀生产进入极度困难时期，国家给的勘查经费只能维持职工低水平的生活，勘察工作几乎停顿。天然铀生产靠老矿，就可满足核军工的需要。在调整期核工业极度困难条件下，经国务院批准，出口天然铀，换取外汇，实行二次创业。在核电起步阶段，已探明储量，低水平生产和库存，除满足军工需要，少量出口外，还满足了起步阶段核电发展的需要，并尚能满足近期核电发展的需要。2001 年以来，铀矿勘查又开始逐步复苏，取得了新的突破。

与中远期核电发展的需求相比较，出现了储量不足和生产供应紧张问题，不是因为我国铀资源的贫乏，也不会成为核电发展的不可克服的制约因素。因为造成这种现状的主要原因是战略调整期内，铀勘查工作的长期停滞。核军工时期，低技术水平、浅层勘查，能创造年上交万吨以上地质储量的实践说明，我国找到较多铀矿资源的可能性是很大的。

根据我国已探明的天然铀储量，加上铀资源勘查部门计划增加的储量，以及国际合作和国际市场采购，获得的天然铀是可以满足要求的。

二、从长远发展看天然铀资源和生产能力不会成为核电发展不可克服的制约因素

1. 国内铀资源勘查有较好展发展前景

1）我国具有比较有利的成矿地质环境

我国大陆位于几大板块的接合部位，复杂的地质构造背景形成了多旋回造山带，多旋回盆地，多旋回构造—岩浆—成矿作用，多成因类型矿床，多期次叠加成矿的特点十分明显。我国具有良好的铀矿成矿条件和成矿环境。

2）理论预测铀矿资源比较丰富

经过近半个世纪的勘查，已经查明的铀资源证明我国是世界上铀资源比较丰富的国家之一（国际专家也是如此评价），并且前景看好。曾利用"二元对数正态分布地壳丰度模型法"估算，我国铀资源总量为 170 万吨。最近又正在进行新一轮的预测，我国铀资源总量可能超过 200 万吨。目前我国找到铀资源的数量只是我国的铀资源预测总量的小部分，表明我国是一个潜在的铀资源较丰富的国家。

3）相当范围的找矿区域未经勘查

在我国的可查面积中，还有近 50% 没有进行铀矿勘查和航空放射性测量。因此，在我国寻找铀资源具有相当大的潜力。

4）扩大老矿区、开辟新基地前景看好

在我国南方老矿区已找到可观的铀资源储量，在深部，或周围都有新的发现，一些矿体的品位相当高。说明在老矿区具有进一步寻找铀矿的潜力。在与我国相毗邻的中亚地区和蒙古，已经找到了相当数量的铀资源，并且预测有大量的铀资源存在。同处一个大地构造单元的我国北方地区，具有相似的地质条件及成矿环境，近年有较好的发现，充分显示了我国北方具有良好的找矿前景。

2. 世界天然铀资源能满足世界核电发展的需求

根据 2007 年世界铀资源红皮书及国际机构对已有资料的统计预测，世界保有可采天然铀储量为 550 万吨，比红皮书 2005 年版增加了 17%，足以维持当前核电厂一个多世纪的运行。加上预测和推断铀资源约为 1600 万吨。世界经济合作与发展组织核能机构（NEA）认为，考虑了采用先进的反应堆和燃料循环，可以把天然铀资源对核能供货期从

一个世纪延长到几千年。

铀资源是一个自然概念，从发展的观点看，随着需求拉动的增强，肯定还能找到更多的铀资源。国际铀资源勘查也只是 20 世纪 60 ~ 80 年代的 30 年时间，后来世界核电停滞，铀资源勘查也几乎停止了。铀资源也是一个经济概念，随着国际铀市场的价格波动，经济可采的铀资源量也会有所波动；随着铀矿采冶技术水平的提高，本来不太经济的铀矿会变成经济可采。可见，世界天然铀资源潜力还相当大。

目前我国核电的装机容量还不到电力总装机量的 2%，铀资源的对外依存度稍高，暂时还不足以构成对我国能源安全不可接受的威胁。利用改革开放的良好环境，采取积极有效的政策措施。初步实践已经证明，我们完全有可能从国际市场上获得经济可接受的天然铀，保障我国核电的快速发展。同时，这也可以为国内加强铀资源勘探、提高采冶水平提供充分宽松的时间和空间。

3. 核能技术进步可大大提高铀资源的利用率

第三代核电站可以全堆芯装载铀钚氧化物混合燃料（MOX 燃料）元件，可以在快堆及其燃料循环技术完全成熟之前，先在热堆中推广再循环的燃料技术，铀资源利用率可以提高 30% 以上。这将部分缓解铀资源供应，并可有力支持燃料循环技术和废物最小化技术的起步和发展，实现它们的初级阶段战略目标。

第四代核电技术的选型多数采用快中子谱堆芯，它们可以更进一步提高铀资源的利用率，即使只能提高 10 倍（理论上还要高得多），也可使已探明的铀资源支持数千年的核能发展。同时，利用快中子谱堆芯可以嬗变次锕系核素和其他长寿命裂变产物，实现废物最小化的更高目标。利用第四代核能系统大幅度提高参数，可以提高能量的利用效率，并开拓核能的非电力应用，如制氢和其他工业用热。

可以有理由相信在 21 世纪下半叶，实现聚变能的工程应用，22 世纪大规模商业推广聚变能电站。届时，核燃料几乎可以取之不尽，人类对能源的可持续发展需求将无可担忧。另外，我国钍资源较丰富，开发利用钍资源也是可能的。

总之，世界现保有铀储量 550 万吨，待查明资源 1050 万吨，全球铀资源对满足世界核电发展的需求是充分的。我国已探明的铀资源基本能满足 2020 年之前的需求。我国潜在铀资源可能超过 200 万吨，只要加大勘查力度，坚持"立足国内，积极利用国外资源"的方针，铀资源不会成为我国核电发展的制约因素。

第三节 核设备制造自主化和国产化的格局已基本形成

一、核设备制造业发展的有利条件

1. 需求拉动和经济效益支持

随着核电站批量规模建设，设备制造业订单大幅增长，实施有计划、批量化流水线加工，大幅度降低成本提高经济效益。生产规模的扩大，经济效益的提高，技术装备产业，就进入一个迅速腾飞的新时期。随着经济腾飞，装备产业经济实力的增强，就可加大自主研发和引进技术消化吸收的力度，提高创新的水平和能力，摆脱对外商的依赖，创立品牌，参与国际市场竞争。

2. 国家政策支持

国家对振兴装备产业高度重视，国务院制定了《国务院关于加快振兴我国装备制造的若干意见》，指明了方向，提出优惠政策。这给核能装备产业振兴，提高国产化能力创造了有利条件。

二、对设备国产化作了有力的推进，并取得了进展

在加快核电项目建设形势推动下，针对设备供应上暴露出的薄弱点，国家及时作出部署，现已形成上海、哈尔滨和四川三大核电设备制造基地，取得新进展。

（1）主要设备大锻件的锻造和加工。一重、二重等锻件制造企业，在自主研发上取得实质性的突破。在福清和方家山项目上，反应堆压力容器、蒸汽发生器关键锻件首次实现全部国产化。红沿河、宁德、阳江项目上大部分关键锻件由国内供货。

（2）主冷却剂泵：在福清和方家山项目上同意将技术转让给国内制造企业，并由哈尔滨电站设备集团公司完成最后两台主泵的制造，实现主泵的国产化。

（3）核级阀门。通过国内阀门厂和设计院的联合攻关，一些高难阀门的样机制造通过鉴定。福清、方家山项目国产率达到60%，首次实现核一级旋启式止回阀和主蒸汽隔离阀的国产化。中核集团的苏阀核设备公司成立合资公司，建核级阀生产厂，满足核电工业发展的需要。红沿河、宁德、阳江项目突破核一级截止阀的国产化和全部蝶阀、球阀的国产化。

（4）海水循环泵。在福清、方家山项目上通过国内招标选定上海阿波罗泵公司推进国产化。

（5）应急柴油发电机。国内企业与MTU公司合资，逐步引进消化吸收，计划在福清、方家山项目上5年内实现70%的国产化。

（6）电气贯穿件。自主开发的具有独立知识产权的百万千瓦级核电机组使用的HG-1型电气贯穿件样机，综合指标达到并超过国际先进水平，在福清、方家山项目上实现完全国产化。

（7）数字化仪控系统（DCS）。已组建专门公司，培训DCS系统集成能力，自主建成仪控设计验证平台，具备系统集成能力，在后续项目上全面实现系统集成自主化。

（8）核二级、三级泵。沈阳鼓风机集团公司通过研发，已完成安全壳喷淋泵、低压安注泵等的样机的鉴定。上冲泵研发将于今年上半年完成。核三级泵已全部国产化。

（9）汽轮发电机组。红沿河、宁德项目力争实现汽轮机焊接国产化和发电机转子锻件国产化，阳江项目力争实现汽轮机、发电机转子锻件国产化。

三、应对当前面临问题正在研究部署

机械装备产业的行业主管部门针对面临的以下主要问题，正积极研究部署加以解决。主要问题有：

（1）由试制向稳定生产、批量商用生产过渡。企业在样机研发鉴定完成以后，要克服初期产品质量不稳定的问题，要解决加工生产程序化和质量保证、时间控制规范化等问题，向批量化商用化过渡，确保按质按时地为建设项目提供产品。

（2）设备国产化向原材料国产化延伸。核电设备制造的国产化难题逐步解决，影响国产化能力的主要矛盾逐步转移到原材料供应的国产化，如大型锻件、蒸汽发生器 U 形管材等特殊材料。

（3）向国产化配套条件建设扩展。在设备国产化研发中暴露出必要的配套条件不足，如核级设备样机鉴定、评定和核级承压设备设计、制造，受国内检验和试验台架能力不足的影响，造成了不能及时的资格认证和颁证，影响自主化国产化进程。

（4）向完善核电设备标准体系发展。目前国内尚未建立核级设备与原材料的设计、设计验证、模拟件鉴定与评定的标准体系。随着国产化进程的深入，标准问题将成为制约核设备制造和原材料国产化的瓶颈。

第四节　加速核电发展不仅是必要的，而且是可能的

铀资源不是我国核能发展中不可克服的制约因素。核设备制造的自主化和国产化是不难解决的，我国产业化发展核电的其他基本条件也已经具备。

一、加速核电发展的其他基本能力已经具备

通过自主设计建造的秦山二期工程，成功消化了法国 M310 型 30 万千瓦环路压水堆核电技术，掌握了核心技术，具备了对成熟机型改进设计的能力。在此基础上提出了多种各具特色的改进机型，如 CNP600、CNP1000、CPR1000 等，可用于核电批量建设。基本具备了自主设计、自主制造、自主建设和自主营运的能力。

1. 自主设计能力

我国核电设计院形成了一支专业配套、结构合理的研究设计队伍；拥有成套的设计软件和硬件环境，形成了自己的设计管理和接口控制程序和质量管理体系；已具备自主设计30 万千瓦、60 万千瓦和百万千瓦级压水反应堆核电厂能力。具备了同时承接多个项目的设计力量，具备成套出口 30 万千瓦压水堆核电机组的能力。

2. 项目管理能力

掌握了国际先进工程建设的项目管理模式和运行管理模式，先进的管理观念、规范、

规程、制度、方法，配置了相应的软硬件设施。对巴基斯坦恰希玛核电站的建设，按国际通用项目管理模式管理，与国际接轨，经受住了国际标准的考验。

3. 安全监管能力

已经建立了与国际接轨的核安全管理和监督的法规、制度、体系，实践中积累了经验，具备了全过程全方位监督管理的能力。建立了核电安全管理和技术后援体系，形成了一支独立的核安全监管技术队伍。建立了从电厂、地方政府到中央政府的核事故应急体系。核安全监督贯穿于核电站的设计、设备制造、建设、安装、调试、运行直到退役等各个环节。

4. 设备制造能力

我国已形成上海、哈尔滨和四川三大核电设备制造基地，除主泵、数字化仪控系统等少数设备外，具备了设计制造百万千瓦级压水反应堆核电机组大部分设备的能力。对 60 万千瓦的压水反应堆核电机组的国产化率可达到 70% 以上，百万千瓦级压水反应堆核电机组可达到 50% 以上。随着加速核电建设形势的发展，各设备制造企业进行装备能力的建设，装备能力有较大增长。三大集团都将基本具备每年提供两台百万千瓦级机组设备的能力。三大集团为解决大件运输问题，各自在沿海建设了新的基地。

5. 建设安装能力

我国"九五"、"十五"自主建设的四个项目八台机组，已充分证明了我国的施工建设队伍已具备了同时以不同的进度在四个厂址上建设八台机组的土建安装能力。核电站建设中土建安装方面的特殊技术已经掌握，土建安装队伍有能力随建设规模扩大而发展，目前在建机组已达 20 个，能适应批量规模发展的要求。

6. 营运管理能力

我国核电发展业绩良好，有能力建设和运行好核电站。对照世界核电运行者协会（WANO）9 项性能指标，2005 年我国核电厂（包括自主建设和全套引进的机组）的平均运行性能指标有三项进入前四分之一的先进行列，有五项超过中值水平，只有一项略低于中值水平。表明我国核电站的运行水平已进入国际中等偏上行列。

20 世纪 90 年代初，我国还成功向巴基斯坦出口一台 300 兆瓦机组，2000 年 8 月投产，多年来运行状况一直良好。向该出口的第二台机组正在建设中。

总之，批量规模建设二代改进核电站的能力已基本具备，为实现规划目标提供了基本保证。

二、现有核电厂址资源能满足加快核电发展的需要

目前，我国列入评价的厂址有共 70 个，占报送厂址总数的 60.3%，这 70 个厂址中，滨海厂址 32 个，内陆厂址 38 个。

列入评价的 70 个厂址的评价结果是：第Ⅰ类厂址 20 个，第Ⅱ类厂址 22 个，第Ⅲ类厂址 13 个，第Ⅳ类厂址 15 个，分别约占评价厂址总数（70 个）的 28.6%、31.4%、18.6%、21.4%。

在 15 个第Ⅳ类厂址中，有 13 个厂址称为"评述厂址"，虽然在整体上不能满足评价指标体系要求，但有关分级评价指标的分级评价结果为第Ⅳ级。这 13 个评述厂址涉及的评价指标有厂址与规划相容性、厂址与自然保护区相对位置、水功能区划、撤离道路条件。

以上第Ⅰ、Ⅱ、Ⅲ类厂址共 55 个，按平均每个厂址建设 4~6 台百万级机组测算，可建设 2.2 亿~3.3 亿千瓦核电装机规模。

但也要看到，核电厂址是不可多得的宝贵资源。由于核电站从前期开始的建设周期很长，需要加强保护，处理好与当地经济发展规划与建设的关系显得非常重要。

三、世界核电发展的实践证明，核电以较快速度发展是可能的

美国 1972~1977 年的 6 年内共投产 43 台机组，3486 万千瓦，平均每年投产 7.1 台，581 万千瓦。其中 1973 年、1974 年每年投产 10 台，分别投产 810.6 万千瓦、816.6 万千瓦。1983~1988 年的 6 年内共投产 34 台机组，3768.3 万千瓦，平均每年投产 5.6 台，628 万千瓦。其中 1985 年一年投产 8 台，投产 897.7 万千瓦。

法国 1980~1988 年的 9 年内共投产 41 台机组，4035 万千瓦，平均每年投产 4.6 台，453 万千瓦。其中 1981 年一年投产 8 台，投产 723 万千瓦。

我国 2020 年核电装机达到 7000 万千瓦，扣除已建成的 900 万千瓦，需在今后 12 年内建成 6100 万千瓦。考虑到建设的不均匀性，后期将每年建成 800 万千瓦。从美国连续 6 年平均每年 628 万千瓦，最高一年建成 900 万千瓦的实践看，发挥后发优势，采用标准化设计、一址多机连续施工等措施，是有可能实现的。

第五节　热堆、快堆、聚变堆三步发展战略，可实现核能资源和环境的可持续发展

一、热堆、快堆、聚变堆三步发展道路

第一步发展已成熟的热中子堆（热堆）核电站满足当前和近期核电发展的需要；第二步发展快中子增殖堆（快堆）核电站及配套的核燃料循环体系，实现裂变核能的可持续发展；第三步发展核聚变堆（聚变堆）核电站，最终解决人类的能源供应问题。

二、发展快堆可大幅提高资源利用率，实现核能在资源供应方面的可持续发展

铀资源的持续稳定可靠供应是发展核电的基本前提，制订核电发展战略和规划，要以

铀资源的支持保证能力为基础。支持保证能力有提供足够的资源和把资源的有效利用两个方面。而铀资源的有效利用与堆型选择，特别是燃料循环方式选择密切相关。这里仅就资源的有效利用进行讨论。

在目前的压水反应堆核电站中，消耗 1t 天然铀，大约有 5kg 铀原子裂变发热，天然铀资源利用率为 0.5%。如果实施铀钚再循环，把乏燃料中的铀和钚，回收再利用，那么资源利用率可提高到 0.75% 左右。这就是说，在压水反应堆中 99% 以上的铀没有利用。

通过压水反应堆核电站，每千瓦时电消耗 25mg 天然铀。类似煤电厂的发电标准煤耗，压水反应堆核电站的每千瓦时铀耗为 25mg，实施铀钚再循环后，可降低到约 18mg。

广为关注的铀资源对核电的支持能力，1GWe 的压水反应堆，全寿命 60 年总共需 1.07 万吨天然铀，那么 1 万吨天然铀，约可支持压水反应堆发 0.93GWeL 的电量。实施铀钚再循环，大约可增加到 1.24GWeL。

发展快中子增殖堆，实现易裂变物质增殖，天然铀资源利用率提高到 60% 以上，发千瓦时电量铀耗下降到 0.26mg，而且还是贫铀。1 万吨天然铀在压水反应堆中使用，用所生产的钚建造快堆，消耗铀浓缩过程中大量生成的尾料贫铀，大约可支持发 100GWeL 的电量。

当然快堆的增殖有一个过程，发展性能好的快堆，如金属燃料、干法再循环，快堆可以比较快的增殖，对核电发展的支持能力就强。

总之，要有效充分地利用铀资源，除要降低铀浓缩尾料铀$_{235}$丰度，提高核电机组的发电热效率外，还要走铀钚再循环的技术路线，发展快堆及其燃料循环技术，走快堆核燃料增殖的技术路线，并要发展增殖性能好的快堆，能更好地发挥增殖核燃料的作用。

我们上面设想的燃料循环方式的演变过程，能实现核燃料供应的可持续发展，可大幅度地降低对天然铀资源的需求，实现核能在资源供应方面的可持续发展。

三、利用快堆嬗变长寿命裂变产物和锕系核素，实现核能在　　环境生态方面的可持续发展

在热中子堆核电站发展过程中会产生和积累一些长寿命裂变产物和长寿命锕系核素，其寿命长达几千年到几百万年，如果不给予有效处理，让其不断积累，就会造成对环境的长远影响。这是公众关心的主要问题。

长寿命放射性物质的最终处置方法，国际上都主张采用分离－嬗变的方法。最现实有效的是通过快中子增殖堆把长寿命放射性物质嬗变成容易处理的短寿命的放射性物质。长寿命锕系核素在快中子辐照下裂变，还能节省核燃料。这种技术的研发，国际上已取得较大进展，目前正利用已建成的快中子堆进行焚烧锕系核素的试验。

核能发展的第二步，发展快中子堆，可实现核能在环境生态方面的可持续发展。

四、开发核聚变能，最终解决人类能源供应问题

聚变能的资源来自海水中的氘，资源丰富，不对环境产生污染，排放温室气体很小。

核聚变能是解决人类能源供应的最终途径之一。

核聚变能的利用，分为两个阶段：第一阶段为氘氚核聚变反应阶段，第二阶段为氘氘反应阶段。能达到第二阶段商业应用时，将最终解决核能的永久利用（因为那时聚变用核燃料可以取自海洋，被称誉为蓝色的太阳），且需要最终处置的放射性废物很小。在第一阶段，以锂为原料生产氚，仍有核资源局限性问题。因此，离实现第二阶段的长远目标尚有较长时间。

国际上将核聚变研究的发展分为六个阶段：①原理性研究阶段；②规模实验阶段；③点火装置试验阶段（氘氚燃烧实验）；④反应堆工程物理实验阶段；⑤示范反应堆阶段；⑥商用化反应堆阶段。国际磁约束核聚变能研究已取得重要进展，目前正处在点火装置和氘氚燃烧实验阶段，并逐步向反应堆工程实验阶段过渡。多国合作建设的国际热核试验堆（ITER）即将动工，表明了人类掌握聚变能技术的历史将进入新的一页。

我国尚处在规模实验阶段，处在科学性得到验证的初始阶段。当前要抓紧核聚变技术的基础性研究，各种可能应用方向途径的探索性开发研究。加强磁约束核聚变基地的建设；做好规模装置实验阶段的研发工作；利用好国内已有研究设施，争取多取得前沿性的研究成果，积极参与国际核聚变实验堆 ITER 项目，国内工作和国外工作结合，消化和吸收国外技术，探索聚变堆稳定、安全运行的物理和工程技术基础问题，提升我国核聚变能研究开发水平，争取更多的成效。开展聚变裂变混合堆可能方案的研发。

发展进程预期可分为三个阶段：

跟踪发展阶段，2006~2015 年。参与 ITER 的建设，完成 ITER 计划任务，消化外国先进技术。在国内利用已有的和升级改造后的实验装置，开展近堆芯等离子体物理实验研究等的跟踪研究，培养具有核心竞争力的专业人才。

国际合作阶段，2016~2035 年。中国已经参加了 ITER 项目计划，全面参与 ITER 实验研究，掌握聚变关键技设计和建造做好准备。

自主发展阶段，2036~2050 年前后。以设计、建造中国第一个聚变示范堆，实现核聚变能源商用为发展目标。

第六节　核电是安全、洁净的能源，对煤电有较强的经济竞争力和替代能力

一、核能是安全可靠的能源

据国际原子能机构（IAEA）的统计，截至 2007 年 12 月 31 日，全球累计运行 13 036 堆·年（1 堆年即核电站 1 个反应堆运行 1 年）。在过去的 50 年里，平均每发 TWeY（10^{12} 瓦年）电的即时死亡人数，核能是最少的，是煤的 1/43、天然气的 1/10、水能的 1/110。

安全是相对的，绝对的安全是没有的，必须是放在社会总风险的背景下，在全社会大系统中同其他系统相比较而定的。2001 年美国核管理委员会（NRC）作了定量的研究，确定了核电站达到"足够安全"的概率目标值，认为世界目前运行核电站，绝大

多数是"足够安全"的。美国 NRC 对现在运行核电机组安全性充满信心，积极支持延寿、增容、提效、技改，取得显著成效，增加了 560 万千瓦的发电容量，并创造了年发电量、能力因子、发电成本和辐射剂量等历史最好纪录。2009 年 2 月，美国电力科学研究院最新公布的"核能研究和发展战略研究"中提出，美国下一步要对在役轻水反应堆的寿期进一步的延长，在由 40 年延寿至 60 年基础上，进一步延寿到 80 年，新建核电站将采用第三代技术。

我国现在建设的二代改进型机组，来源于美国 20 世纪 70 年代初建设的核电厂，这种机型占美国的 2/3，多数由 NRC 颁发了延寿许可证。这种机型在法国得到较大发展，在大的构型不变条件下，细节上作了一些有利于安全和经济的改进。在我国引进法国技术以后，基于实践经验反馈，又进行了一些改进，使安全性进一步提高。可以认为，我国当前和后续建设的二代改进机型，优于美国现运行机组，在安全上是可信赖的。我国引进的 AP-1000 和 EPR 反应堆已开工建设，并通过实施国家重大专项加快 AP-1000 消化、吸收和自主创新的过程；第三代核电发生严重事故概率更低。

二、核能链是对环境影响极小的清洁能源

核电厂是本身不排放 SO_2 等污染物，对环境后果实行严格管理的清洁能源。化石燃料，尤其是煤炭，在发电过程中会排放大量的 NO_X 和 SO_2。水力和地热不排放 NO_X 和 SO_2。发展核能，替代碳基燃料发电是减排 CO_2 的有效措施。

就放射性物质排放的辐照影响而言，核电站流出物中的放射性物对周围居民的辐射照射，一般低于当地的本底水平。而一般的燃煤电厂，由于煤中含有微量的放射性物质，也会造成对周围居民的辐射照射，而且其至比核电站还要高。有些煤种由燃煤电厂造成的辐射照射比核电高出几十倍。在 2000 年左右，我国公众所受辐射剂量约为 3.32mSv。其中，天然本底辐射约占 93.4%，医疗照射约为 6.3%，燃煤电站约占 0.07%，核电及其燃料循环仅为 1.2×10^{-6}。

发展核能，不会发生放射性物质对环境影响。由于其特殊重要性，在核能利用中，一开始就给予高度重视，对可能发生的环境污染的各种可能途径和环节，都采取了严格的防治措施，严格管理，并把所需经费都计入成本，核能是自工业革命以来，唯一一种对环境影响作了全面严格管理的能源。

核能属低碳能源，核电厂本身不排放二氧化碳，是减排效力最大的能源之一。核电站不排放 CO_2，只在天然铀生产过程中有少量排放。发电标准煤耗 300g 的燃煤电厂，每生产 $1kW \cdot h$ 电量的 CO_2 排放量为 975g，气电为 608g。从产业链比较，我国煤燃料链归一化等效 CO_2 排放量为核燃料链的 100 倍。提高核电量比重是降低电力生产碳强度最有效的途径之一。据日本电力公司协会 2009 年 4 月 19 日公布，2008 年核发电量比重为 30%，电力生产碳强度为 $450g/(kW \cdot h)$，到 2020 年核发电量比重提高到 50%，电力生产碳强度降低到 $330g/(kW \cdot h)$。

总之，与化石燃料对环境产生的污染相比，核能是一种对环境造成影响极小的洁净能源。与其他能源链相比，核能链也是对环境影响很小的。

三、长寿命放射性废物的处置是可以解决的

一台百万千瓦级压水反应堆核电站，每年产生长寿命裂变产物 30~35kg，长寿命锕系核素 20~25kg。

长寿命放射性物质的最终处置方法，国际上都主张采用分离－嬗变的方法处理，目前正利用已建成的快中子堆进行焚烧锕系核素的试验。长寿命放射性物质经过分离－嬗变后，少量残留部分作深地质埋藏处置。目前国际上研发的玻璃固化技术，已经成熟，在一些发达国家应用了十几年，安全性已得到国际科学界公认。深地质处置技术，世界各国正在研究，离真正处置，尚有几十年的时间，足够人类开发研究。

我国在分离、嬗变、深地质处置都进行基础性的研究，并取得了一定的成果。我国高放废物处置研究工作从 20 世纪 80 年代中期开始起步，20 多年来，在选址和场址评价、核素迁移、处置工程和安全评价等方面取得了不同程度的进展。2003 年放射性污染防治法明确了"高水平放射性固体废物实行集中的深地质处置"；2006 年，原国防科工委、科技部和原国家环保总局联合发布了《高放废物地质处置研究开发规划指南》；2007 年，国务院批准的《核电中长期发展规划（2005—2020 年）》明确了在 2020 年建成高放地质处置地下实验室。我国高放废物分离的研究取得了重要进展，在完成实验室研究后，正在进行温实验工作。总之，长寿命放射性物质的处置是可以解决的。

四、核电对煤电具有较强经济竞争力和替代能力

经济合作与发展组织能源组，联合国际能源机构，2005 年公布了对 2010~2015 年各种能源发电技术 100 多个电厂的经济竞争力的评估结果。

在 5% 的贴现率时，核能、煤和天然气的平准化发电成本，气电最高，核电最低。核电在 10 国家中有 8 个比煤便宜。核电价格在所有国家中都比气电便宜。

在 10% 的贴现率时，核电在 10 个国家中有 7 个比煤电便宜。除日本外，在所有国家中，核电都比气电便宜。

世界核电经济总态势：①当前世界上在役和近期将建成的核电项目，总体上，对煤电在经济上有一定的竞争优势，但不是很强，最近几年有所增强。②对距离煤源较近的地区核电没有竞争力。③近几年建设高比投资项目（ABWR）的国家，如日本，核电的经济竞争力有所下降。

我国核电对煤电的经济竞争力，据中国工程院"竞争性电力市场环境中核电发展战略研究"中所做的核电经济性和竞争力分析，考虑煤价市场开放和不同地区电煤的市场价格，我国自主建设基本国产化的核电机组，在珠江三角洲、长江三角洲、环渤海和部分内陆地区，对煤电均有一定的经济竞争力。在珠三角和长三角地区有较强的优势；在煤矿坑口和近煤源地区，失去优势。

秦山二期工程比投资 1330 美元/kW 是世界上造价最低的项目，2005 年上网电价 38.5 分/（kW·h），而同期在浙江新建的除硫煤电厂上网电价为 43 分/（kW·h）。

如果把燃烧煤炭造成的环境损失和二氧化碳排放成本计入，核电将对煤电有更强的经济竞争优势和替代能力。

第七节　核能发展必须保持整个产业链和相关产业的和谐协调

核能发展是一个庞大复杂的系统工程，一定要真正地按全面、协调、可持续的科学发展观，统筹协调好核能发展中内部的和外部的方方面面的关系，才能确保核能的健康发展。其中核能与核燃料循环产业之间的配合协调关系，又是最为重要的关系。这是由核能的固有特点所决定的，应予足够的重视。

核能与其他能源不同。核能发电使用的燃料，有一个复杂的加工处理过程，由多个环节构成一个核燃料生产的链条。核能发电与核燃料生产之间、核燃料生产中各个环节之间、核燃料生产与核废物的处理处置之间等一系列关系都必须密切配合、和谐协调，只有这样核电才能安全、有效、经济、健康发展。

第一，核电的发展规模和速度，必须有相应的核燃料生产整个循环链条的发展规模和速度相配，且核燃料生产要适度超前，以保证及时供应，不发生无米之炊的情况。另外，核电发展规模不能大幅变动，以免使得核燃料生产难以适应。

第二，从技术上看，什么样的核电堆型、机型，要求提供什么样的核燃料，堆型、机型的变动就可能造成核燃料工业体系的调整。核能发展的效益，应该从核电工业体系和核燃料工业体系综合起来分析，才能得到正确的评价。

第三，从发展过程上看，核能发展的前期，即发展热中子堆核电的阶段，核燃料生产就是指的前段，即天然铀生产、转化、浓缩、元件制造等。从核燃料供应和循环经济的角度，要想在乏燃料中回收铀、钚再循环使用，就必须考虑后段环节，即乏燃料再处理、元件再制造、放射性废物处置等。由单一前段到前段后段连接，实现闭合循环的发展，是核燃料生产产业为核电产业提供更好的服务，必须取得核电业的支持。

第四，向快中子反应堆核能系统发展，实现核燃料的增殖。快中子反应堆技术和相应的燃料循环紧密地结合在一起，反应堆使用的燃料和这种燃料的燃料循环技术必须是相匹配的。目前存在只重视快中子反应堆技术的发展，忽视快中子反应堆燃料循环技术发展的问题，两条腿成了一条腿，这样下去必然会制约整个快中子反应堆核能系统的发展。

另外，核能发展还必须同核设备制造产业和核特种材料产业的发展保持和谐协调的关系，核能才能有效、快速地发展。

第八节　充分利用二代改进技术，积极消化吸收三代技术

关于热中子堆核电的机型和技术，在近期的相当一段时间内，如何处理好二代改进技术和三代技术的关系，是确保我国核能健康发展的重大问题。如何处理？既要充分利用二代改进技术，又要积极发展三代技术，两者协调配合，相互衔接，逐步发展，尽快实现过渡。

我国的二代改进核电技术，是在美国、法国二代技术的基础上，消化吸收掌握核心技术，并吸取国际运行反馈经验、先进压水反应堆的设计思想的改进发展，安全水平和技术经济性能比他们正在运行的机组有了很大提高，具有技术成熟、安全性好、运行业绩优良、经济竞争力强的优点。美国正在对运行机组进行延长寿命和增大容量的工作，延寿增容已成为世界各国近期努力的方向。我国的二代改进核电机型，有自主知识产权，具备了自主设计、自主制造、自主建设、自主运营的能力。充分利用我们自己已掌握的二代改进技术，自主建设核电，投资省、见效快，为国民经济和社会发展，以及减排二氧化碳等方面早作贡献、多作贡献。

随着世界技术发展的潮流，国际上以更安全更经济为目标，研发了一些三代核电机型，这些机型包含的一些先进技术和先进的设计思想，是世界核能发展中的宝贵财富。有的三代机型已经过工程整体验证，证明了它的成熟性，有的尚处于成熟的过程中。三代核电技术是世界各国都在努力共同攻关的方向。核电发达国家已经明确新建核电机组应采用第三代技术。我国核安全局已发布了第三代核电的安全标准。大型先进压水反应堆重大专项正在进行中。

由于二代改进和三代技术的技术相关性、延续性和成熟程度、产业化发展条件的不同，应根据二代改进和三代技术内在固有特点，恰当安排，协调发展。在 2020 年以前，在尚未掌握第三代技术之前继续建设我国已掌握技术的二代改进压水反应堆核电站。同时抓紧引进三代核电技术的消化吸收再创新。要以我为主，引进技术和自主研发相结合，抓紧引进 AP1000 技术的消化吸收，以掌握技术、实现自主化为主攻目标，在具备自主建设能力条件下，通过市场竞争，尽快实现由二代改进向三代的过渡。

对二代改进与三代技术的关系，会由各种不同原因产生不同的认识，有不同的意见，有其合理性。面对不同意见，应基于共同的基本认识，既充分利用二代改进技术，又积极攻关三代技术，对实施中存在的分歧，不宜过分地争论而影响核电发展的大局。不争论、往前走，加快核电发展目标的实现。

第十章 我国核能中长期发展战略目标

第一节 核能发展总体目标

满足两个要求、增强两个能力、建成两个体系。

满足我国经济、社会发展对核能的持续稳定可靠供应电能的要求。具体地说：2020 年全面建成小康社会，人均 GDP 比 2000 年翻两番；到 21 世纪中期，达到中等发达国家水平。

满足能源结构调整的要求。实现对碳基燃料的逐步替代，对减排二氧化碳缓解全球变暖作出较大贡献。

增强能源安全，提高抵御能源危机的能力。发展核能的非电高温供热应用和替代液体燃料的应用。

增强参与核能国际市场竞争的能力。包括核电机型出口、建设市场，核燃料生产市场和天然铀勘查、生产、贸易市场。

建成安全性、经济性好，技术先进、内部协调的核电工业体系。

建成核燃料供应可持续发展和环境可持续发展的核燃料循环工业体系。

第二节 产业发展目标

一、2020 年目标

2020 年，总装机容量达到 7000 万千瓦，使核电成为电力工业中的重要组成部分。

据有关方面测算，2020 年电力总装机将达到 15 亿千瓦，核电容量占总容量的 4.6%。由于核电综合利用小时数高的因素，核发电量将占总电量的 7.0% 左右。

二、2030 年目标

2030 年，核电总装机容量达到 2 亿千瓦，使核电成为电力工业的支柱之一。

考虑能源结构调整的要求，核电对常规能源的替代，核电在总发电量中的比重达到目前世界的水平 15%，核电装机容量占总电力装机容量的 10%。

设想 2030 年人口达到 15 亿，人均装机容量 1.33kW，总发电装机容量达 20 亿千瓦。当时综合平均利用小时按 5000h 计，则总发电量达到 $1 \times 10^{13} kW \cdot h$。核发电量占总电量的 15%，即 $1.5 \times 10^{12} kW \cdot h$。核电的平均负荷因子设为 85%，那么核电装机容量约为 2 亿千瓦。

三、2050 年目标

2050 年，核电总装机容量达到 4 亿千瓦，使核电成为电力工业中的主流之一。

核发电量占总发电量的比重为 24%，核电装机容量占总装容量的 16%。

2050 年我国人口按 14.3 亿测算。2050 年进入中等发达国家行列，人均 GDP 达到 1 万美元，按国际统计看人均能耗一般为 3.5 吨标准煤/人。按此测算 2050 年全国能源总消费量，为 50 亿吨标煤。

假定 2050 年发电用能约占能源总消耗的 70%，那么发电用一次能源，35 亿吨标准煤。到 2050 年发电厂效率提高，平均发电标准煤耗下降到 $300g/(kW \cdot h)$，那么 2050 年全国发电量为 $1.17 \times 10^{13} kW \cdot h$。相当人均用电量为 $8000kW \cdot h$，接近目前 OECD 国家 $8720kW \cdot h/$人的水平。综合平均年利用小时数按 4700h，全国总发电装机为 25.0 亿千瓦。相当人均装机容量为 $1.75kW/$人。

核电容量规模目标及增长过程见表 10-1、表 10-2。

表 10-1 测算方案 （单位：亿千瓦）

年份	2010	2020	2030	2050
电力总装机	9.5	15	20	25
核电装机	0.1	0.7	2.0	4.0
核电装机比例	1.05%	4.6%	10%	16%
核发电量比重		7%	15%	24%

表 10-2 核电增长过程 （单位：亿千瓦）

年份	2015	2020	2025	2030	2035	2040	2045	2050
容量	0.33	0.70	1.30	2.00	2.65	3.2	3.65	4.00

四、减排效果

核电负荷因子按 85% 计算，1 亿千瓦每年发电 $7.446 \times 10^{11} kW \cdot h$，煤电每发 $1kW \cdot h$ 电量排放 $1kg\ CO_2$ 计算，实现上述目标后的 CO_2 减排效果见表 10-3。

表 10-3 CO₂ 减排效果 （单位：亿吨 CO₂）

年份	2015	2020	2025	2030	2035	2040	2045	2050
年减排量	2.46	5.21	9.68	14.9	19.7	23.8	27.2	29.8

第三节　核电发展布局

一、我国核电发展布局的总目标

我国核电发展的布局为首先在经济发达而又缺乏能源资源的珠江三角洲、长江三角洲地区及沿海一线建设，再逐步向陆地区扩展。这是由我国社会经济生产力布局、能源资源分布和核电燃料运输量小，可在用电负荷中心附近建设的固有特点所决定的。

二、当前应开始实施由集中东沿海发展向内陆地区逐步推进

1. 向内陆扩展的必要性

在当前我国经济持续快速发展的条件下，核电的布局开始实施由沿海向内陆扩展的转变是必要的。我国核电建设目前主要集中在东部沿海，主要是因为东部沿海经济发达而缺少能源资源，煤炭的大规模长距离运输给交通运输造成很大的压力，沿海地区经济发展较快、电网承受能力较强。随着中西部地区经济发展，与沿海地区相比，内陆在经济发展、环境保护、煤炭运输和电网结构等方面的问题更加突出。有些内陆省份煤炭资源也十分匮乏，靠铁路运煤比海上运煤难度更大、代价更高。在内陆建设核电站，不仅可以保证内陆地区经济和社会发展所需的能源支持，而且可以减少这些地区酸雨强度和环境污染问题，减轻煤炭运输的压力，更可以带动中西部地区经济的发展，促进和谐社会的建设。

核电发展也进入到较大规模产业化发展的新阶段，从能源电力布局的优化和促进内陆地区经济的发展，我国核电建设的布局应由沿海向内陆扩展延伸，推进内陆核电的建设。当前核电批量规模建设仍然还以沿海厂址为主。但我国地域广阔，内陆核电厂址资源比较丰富，考虑到核电站的建设周期问题以及未来更大的发展空间需要。现阶段选用已成熟的机型和厂址建设首批内陆核电厂，既可为完成核电中长期规划目标提供更有力的保证，也可为未来更多的内陆核电建设奠定技术基础。内陆发展核电必然会有显著的经济和社会效益。

2. 内陆建设核电的可行性

内陆核电与沿海核电没有本质差别。核电机组建设最多的美国、法国、俄罗斯，内陆核电占了一半以上，法国和美国，内陆核电厂在装机容量上所占的比例分别为 65.1% 和 75.7%。我国也已有建设内陆核电站的经验，中核集团已经建成和正在运行多个内陆核反应堆，成功出口巴基斯坦的恰希玛核电站（一期工程已运行多年，二期工程正在顺利建设之中）也都建在内陆。

据初步调查，我国可选的内陆核电厂址较多，有的厂址已经开展了许多工作，在地震、地质、水文、交通、气象等方面取得了大量的数据和研究成果，有的已经通过了厂址的预可行性审评，具备建设大型核电站的条件。内地许多省政府与广大公众也积极支持核

电的发展，地方政府主动积极推动开展前期工作，迫切希望核电在当地早日起步。

3. 内陆核电的机型

国际核电发展实践证明，内陆建设核电站对核电机型没有特殊的要求，技术上成熟的二代、三代机型都是可行的。内陆核电的机型可由核电站业主根据当地的具体条件自主选定。

第四节　技术发展方向和路线图

一、实施热中子堆、快中子堆、聚变堆三步走的发展道路

到2040年前后，初步具备快中子堆核能系统（包括快堆核电站和配套燃料循环设施）产业化发展的条件。2050年前后，自主设计、建造中国第一个聚变示范堆，为实现核聚变能源商用打下基础。

二、热中子堆核电堆型技术的发展

热中子堆核电产业发展堆型，以发展压水反应堆堆型为主，实施由二代改进机型向三代核电机型发展的道路，在第三代积累经验后，尽快转向以第三代核电为主力机型。

三、核燃料循环技术

争取2025年开始实施由开式循环向闭合循环发展，并进一步向快中子堆增殖核燃料的增殖循环发展，争取2035年前后，开始实现快堆增殖循环的闭合，2040年前后初步具备实现能增殖核燃料的快中子堆增殖系统的产业化发展。

四、天然铀资源

天然铀资源，在以我为主的条件下充分利用国外铀资源。抓好国内铀资源的勘查、开采技术水平的提高，加快国内铀资源的勘查。在保有一定的储量，保有一定的生产能力，保有先进技术水平的条件下，尽量多地利用国外铀资源。

五、核能非电应用技术

发展高温气冷堆技术及其配套的高温热利用技术，把核能应用扩展到高温制氢、化工、冶金等非电高温热能利用方面。近期建设反应堆出口温度约750℃的示范电站以掌握基本技术为目的。在此基础上，研发反应堆出口温度提高到950～1000℃，利用热化学方

法裂解水，实现大规模制氢。

开辟核能其他非电应用，包括海水淡化、工业、农业和医疗卫生事业等许多方面。

第五节　重 大 工 程

根据核电产业发展的部署和技术发展路线图的要求，除已确定的国家重大专项"大型先进压水堆和高温气冷堆"外，建议再安排如下四个重大工程。

（1）2015 年前后建成铀资源勘查、铀矿开采试验研究基地。设立铀矿地质勘察采冶科技专项，突破复杂铀矿勘查采冶关键技术，为建设一批铀矿大基地提供科技支撑。

（2）2025 年前后，建成我国第一个商用乏燃料后处理厂，及其配套的 MOX 燃料制造厂。为实现燃料循环的闭合，实现乏燃料回收钚的复用创造条件。

（3）在充分利用即将建成实验快堆，进行实验研究的基础上，2020 年前后建成第一座（80 万千瓦）示范快堆核电站。

（4）2035 年前后建成第一个接近增殖的快中子堆核能系统，实现快中子堆核燃料循环的闭合和核燃料的接近增殖。

第十一章 中长期发展战略重点

一、近期产业化发展二代改进机型

在 2020 年前，在尚未掌握第三代技术之前继续建设我国已掌握技术的二代改进压水反应堆，实行产业化批量规模建设，以满足能源发展的需求。

自党中央提出"积极发展核电的方针"之后，已经开始了二代改进机型的批量规模建设。应在国家宏观政策指导下，加强核安全监督，确保安全健康发展。对建设项目的机型选择、建设进度安排，适度放开，从而适应核电加快发展的要求。

二、积极发展三代核电技术

积极消化吸收引进的三代核电技术，在掌握核心技术和实现基本国产化后，在经济上有竞争力的条件下，积极推进产业化发展。同时，基于已有技术和消化吸收的引进技术，研发具有自主知识产权的三代品牌机型，成为我国核电后续发展的主力机型。

自国务院做出引进 AP1000 技术的决策以来，已先后开工了两个项目 4 台机组的建设，并对如何消化吸收引进技术做出安排，提出了引进、消化、吸收再创新的设想方案，得到长足的进展。与此同时，还开工引进了法国 EPR 机组的建设，开辟了两种三代机型技术发展方向。

在引进消化吸收三代核电技术中，要紧紧抓住三个关键：一是要处理好掌握技术和实施产业化发展的关系，必须在掌握核心技术，具备自主设计、自主制造、自主建设、自主运营的能力后才能实施产业化发展。二是处理好工程建设和消化吸收引进技术的关系，既要确保工程的安全和成功建成，又必须突出掌握技术的要求，在过程中尽可能多的获得所需的技术。三是要积极采取措施，规避可能的技术和经济风险。

目前主要存在以下技术风险：

（1）缺少首堆工程整体验证的实践证明。AP1000 是第一个采用完全非能动安全系统，简化设计，与原成熟的压水反应堆相比，改动较多。建造首堆工程的整体工程验证是不可缺少的。

（2）AP1000 的设计认证尚未真正通过。美国 NRC 2005 年 12 月 30 日颁发了最终设计认证证书，但 2006 年 3 月 8 日，由 NuStart 公司和西屋公司联合向 NRC 提交建设贝尔福特两台 AP1000 的建造和运行许可证的申请后，NRC 依据联邦法规（10CFR）附录 D（AP1000 的设计认证规则）的规定，要求西屋公司报送 AP1000 新的设计资料，再次审查。审查通过后颁发修正的设计认证证书，并进行项目的建造运行许可证审查。2006 年颁发的最终设计认证证书，不能作为颁发工程建设项目建造运行证的依据。计划到 2010 年 3

月才完成技术审查工作。

（3）还有一系列涉及安全的设计验证工作未做。2009 年 10 月 15 日 NRC 发布新闻，NRC 已通知西屋公司，安全壳设计存在安全问题，要求作设计修改和试验测试，验证其安全功能。主冷却剂泵试制和长期运行考验等，均应在 NRC 设计认证审查前完成，因不能提供资料而成为认证审查的难点。

（4）设计方案尚未固化，最近又有涉及核安全的重大设计修改。西屋公司向 NRC 申报的设计方案与 2006 年颁发设计认证证书的设计方案相比有重大修改，包括稳压器重新设计，修订地震分析，仪表和控制系统修改，重新设计了燃料架，并修订了反应堆燃料的设计。

（5）从美国条件的设计移植到中国，要作适应性修改，如 60Hz 变 50Hz 等。法国 EPR，要进入美国市场，进行了向适合美国条件的 US-EPR 的转化设计修改，并报美国 NRC 为期约三年的审查，通过后颁发设计认证证书。

经济风险：最近西屋公司与美国几个电力公司签订在美国新建 AP1000 的总承包协议，比投资是我国自主建设核电的 3 ~ 4 倍。

AP1000 引进项目，有重大技术、经济风险，必须高度重视，采取措施，规避风险，使损失减少到最低限度。

三、提高核燃料供应能力

配合核电产业化批量规模建设，加速国内天然铀资源的勘查开发，扩大核燃料生产的规模，在核燃料供应上对核电发展起到支撑和保证作用。积极推进走出去的方针，扩大国外铀资源市场的开发，尽量多的获得国外铀资源。争取 2025 年实现核燃料的闭合循环，开始具备乏燃料后处理和裂变物质的复用能力，减少天然铀资源的消耗。

铀资源供应不是核电发展不可克服的制约因素。但加快核电发展，对天然铀储量的需求量很大，而且会随着核电的发展而迅速增长，国内已探明储量将不能满足核电未来发展的需要，为此我国必须给予高度重视，通过队伍整合、统一认识、齐心协力，共同奋斗。

要在开发国内铀资源、利用国外天然铀、提高资源利用率三个方面共同努力。

要在国内"三保有"条件下多利用国外铀资源。"三保有"是：保有一定的资源（产品）储备，保有一定的生产能力，保有先进的技术。国内的"三保有"，是对外开发的支持和后盾，三保有基础雄厚，对外依存度就可适度放开。

积极推进铀资源勘查创新，保证国内资源的稳步增长。采用加快区域评价，立足普查新增，择优详查的勘探战略。加快开展国内空白地区勘查，加大力度对北方砂岩盆地勘查和南方老矿床的外围和深部勘查。

整合国内力量，推进"走出去"战略，充分利用国外资源。整合国内企业资源，强化对外团队的协作一致精神，共同对外。在以下三方面获得我们需要的天然铀产品：多层次、多元化、多渠道国际市场贸易采购；加强国际合作，运用资金等手段，通过参股、兼并、合作开发，获得采矿权和产品份额；积极参与海外风险勘查做好资源准备。

执行循环经济战略，提高铀资源利用率。要解决铀资源的长远稳定可靠的供应，还要提高铀资源的利用率，充分利用铀资源。要选择资源利用率高的机型；要把乏燃料中铀钚再利用，实行铀钚再循环；要发展快堆，增殖核燃料，大幅提高铀资源利用率。

2025 年左右开始由开式循环向闭式循环转变。在 2025 年以前，实施压水反应堆核电站的产业化发展，其配套的核燃料循环尚不具备实施乏燃料中回收铀钚复用的条件，只能按开式循环运行，核电站运行产生的乏燃料，采取长期贮存方式。在这一阶段要做好实现闭合循环运行的技术和设施建设的准备，需在 2025 年前建成大型商用后处理厂和 MOX 燃料元件制造厂，并逐步实现稳定可靠的运行。

设想 2025 年左右开始实施闭合循环的商业运行，把乏燃料中的铀钚回收复用。核电站开始使用 MOX 燃料，使用 MOX 燃料的比例逐步增加。乏燃料中回收的钚，一是用于为掌握快堆技术而建造的快中子增殖堆，二是在压水反应堆核电站中再循环使用，减少铀资源消耗。

为了实现快中子增殖堆体系产业化，要在一定时间内掌握快中子增殖堆技术和配套燃料循环技术，经过建造若干个快中子增殖堆电站和实验研究设施，建造配套设施，具备商业运行的条件。

在技术方向上还要完成由氧化物燃料向金属燃料的转变和由异地水法后处理向就地干法后处理的转变，真正达到增殖核燃料的目的。

2035 年左右开始快中子增殖堆增殖体系产业化发展，实现增殖核燃料的快中子增殖堆的商业运用，配套的核燃料循环体系的商业运行，实现快堆的闭合循环核燃料的增殖。

随着快中子增殖堆体系产业化发展，由于快中子增殖堆能增殖核燃料，快堆核电站在核电中的比重不断增加，并逐步替代压水堆核电站建设，压水反应堆的装机容量，将在一定时间增长到最大值后，逐步下降。这样就可大幅度地减少天然铀消耗，使天然铀生产规模和铀资源需求大大减小，并限制在一个有限的范围内。

四、大力推进核电设备制造国产化，保证核电设备的可靠供应

继续推进核电设备制造的国产化，保证核电设备的可靠供应。要提高核电设备的自主供应能力，特别要抓紧难于进口的特殊设备的国产化。要提高核电设备的设计和制造技术水平，掌握核心技术和关键技术。

随着我国核电发展进入批量规模发展的新阶段，在新形势下对核电技术装备提出了新的要求。大型铸锻件的生产技术和供应能力要适应规模发展的要求；设备国产化向特殊原材料国产化延伸，国产化不能满足于建立在进口原材料的基础上。特殊关键零部件过去因数量少可以进口，规模化建设，数量大，外商可通过特殊关键零部件的进口，制约我国核电的发展，吸取高额的利润。特殊关键零部件的国产化，已成我国自主发展核电的重大问题。

进一步提高设备国产化率，提高核电的经济性，摆脱对外商的依赖。核岛主设备（如轴封主泵、蒸汽发生器）、重要辅助设备（如堆芯检测系统，部分核 2、3 级泵，核级阀门）和核燃料组件等。通过关键设备的科研攻关，尽快做到设计自主化和制造自主化，还要保证主要原材料和关键零部件的采购国产化。

提高国产化水平，对引进技术进一步消化吸收，达到既知其然又知其所以然的水平，掌握核心技术。核能设备制造产业总装备总体能力能满足要求，但尚有一些重要问题迫切需要解决。一些大型锻件尚不具备制造能力；一些关键设备，如主泵、核级安全阀国产化问题尚未解决，燃料元件用锆材和蒸汽发生器管材等一些关键材料尚需进口；有些已能自主制造的设备，核心技术尚未掌握，遇到问题尚需外商协助，更难于创新发展。

提高工艺设计、设备设计能力，提高处理各种可能发生不符合项问题的能力。加强难于引进关键技术和易于受外国控制的技术的自主研发。核能产业是国家的战略产业，其产业发展的主导权必须掌握在自己手中，一些与军用技术相关联的特殊技术、一些决定企业经济和发展命脉的关键技术、一些处于发展前景广阔的高科技技术，靠钱是买不来的，我们必须下决心，自主研发攻关解决。提高设备制造的基础技术水平，向数字化、模块化方向发展。还要进一步增强核安全意识、质量意识及合同意识，提高管理水平、核安全文化观念、生产管理水平等。

必须尽快建立我国核电的标准规范体系。在起步阶段针对不同建设项目，分别利用和制订相应的标准规范，满足当时核电建设要求。核电进入批量规模建设阶段，必须尽快建立我国统一的标准规范体系，实现标准体系的系统化、完善化、法制化。既要与国际接轨，又要有我国的特色。在全面建立标准规范的过程中，全面消化吸收引进技术。保护核能产业创新成果的运用，保持核能产业持续发展，保护民族产业，提高国家综合竞争力。

五、抓紧快中子增殖堆核电技术及其配套核燃料循环技术的开发

抓紧四代核电技术的开发，尽快掌握能增殖核燃料的快中子增殖堆核电技术及其配套的快中子堆核燃料循环技术，为大幅度提高天然铀的资源利用率，实现核能发展燃料资源供应的可持续发展，做好技术准备。

快中子增殖堆核能系统能增殖核燃料，是实现核能发展中核燃料可持续发展的关键环节；能把长寿命放射性核素嬗变成易处理短寿命放射性核素，是实现核能发展中环境生态可持续发展的关键环节。因此快中子增殖堆增殖系统在未来的先进核能系统中具有特殊的重要地位，在被选定的六种第四代核能技术中有三种是快中子增殖堆。

发展快中子增殖堆核能系统，首先要掌握有生命力的快中子增殖堆系统技术，在技术成熟并具备自主建设的条件下，向产业化推进。在掌握技术的过程中，需要针对技术目标建造实验快中子增殖堆、示范快中子增殖堆等重大工程。有可能建几个，每建一个，在技术掌握和探索中前进一步，向产业化目标攀登。

快中子增殖堆核能系统，包括快中子增殖堆和快中子增殖堆核燃料循环两个方面。只有快中子增殖堆，没有快中子增殖堆核燃料循环配套，就不能实现核燃料的增殖，就失去发展快中子增殖堆的意义。所以两个方面应协调发展。在发展快中子增殖堆技术的同时，协调发展快中子增殖堆燃料循环技术。

快中子增殖堆核能系统的技术方向，如采用氧化物燃料还是金属燃料，采用异地湿法后处理循环还是就地干法后处理循环等，国际上尚无定论，我们在掌握技术的过程中，既要积极的推进和探索，又要密切关注国际发展的动向。

当前首要任务是建成实验快中子增殖堆，利用它开展快中子增殖堆燃料材料等基础性研究，掌握快中子增殖堆的基本技术。二是要引进俄罗斯技术，建设第一个快中子增殖堆示范工程，向 2035 年基本具备能增殖核燃料的快中子增殖堆核能系统产业化发展条件迈出重要一步。三是要开展与快中子增殖堆配套的燃料循环技术的研发。

快中子增殖堆核能系统发展，尚处掌握技术阶段，需要国家在政策上、项目计划管理上、资金上积极支持，统筹安排。

六、加快商用后处理厂的建设和快中子增殖堆燃料循环技术的研发

要实现 2025 年开式循环向闭式循环转变，减缓天然铀资源的消耗，并为发展快中子增殖堆技术提供核燃料，在 2020 年前建成大型商用后处理厂是关键核心环节。年处理 800t 重金属乏燃料的规模是适当的，与 2020 年 7000 万千瓦核电装机规模相比稍小，但与 2025 年以后快中子增殖堆和压水反应堆中利用 MOX 燃料的规模较适当。与后处理厂匹配的 MOX 燃料元件制造厂也应适时配套建成。

为了在 2035 年前后实现快中子增殖堆核能系统的商用化，届时应基本具备设计和建造快中子增殖堆燃料生产厂和快中子增殖堆乏燃料后处理厂的能力。为此，快中子增殖堆燃料制备和快中子增殖堆乏燃料后处理的研究开发应与快中子增殖堆同步进行。快中子增殖堆燃料闭合循环研究开发的难度极大而我国基本尚未起步，应当在充分借鉴国外经验的基础上，尽快论证并提出我国快中子增殖堆燃料闭合循环的技术方案和实施"路线图"，使我国快中子增殖堆核能系统的各个环节得以同步协调发展，逐步形成我国快中子增殖堆核能产业，从而解除我国核裂变能可持续发展的后顾之忧。

七、突破放射性废物最小化和安全处置的关键技术

IAEA 总干事巴拉迪在 2009 年 4 月北京国际部长级核能会议上说："乏燃料管理和高放废物处置仍然是核工业关键的挑战。"为实现核裂变能的可持续发展，必须强化放射性废物管理，努力实施放射性废物最小化原则；必须开展放射性废物嬗变研究，实现次锕系核素（MA）和长寿命裂变产物（LLFP）的充分焚烧，以期在充分利用核裂变能的同时，实现放射性废物量及其毒性的最小化。嬗变研究除了可以利用快中子增殖堆以外，也可开展 ADS 的物理验证和技术验证，及时跟踪国际 ADS 系统的研究发展。建设中低放废物处置库，安全处置日益增长的核电站中低放废物。

积极推进高放废物安全处置的研究，突破处置库场址选择与评价、处置工程与地下实验室建设、处置化学及处置库安全性能评价等方面的关键技术。开展顶层设计研究，如法规体系、管理模式、技术路线等，尽快明确实施责任主体，建立处置研究平台，建议设立"高放废物地质处置"专项资金，制定和落实地下实验室开发和建设计划（2020）。高放废物处置技术难度极大，但国外已积累了不少针对不同地质条件的地下实验室建设的经验，应当充分借鉴。我国高放废物处置地下实验室应于 2020 年建成，地质处置库争取在 2050 年前后建成并投入运行。

第十二章　战略措施

一、加强科技研发，支持和保证核电的快速发展

1. 为建设和运行好二代改进核电站提供有力的技术保障

利用我们已掌握的技术手段和较好的国际环境，对二代改进型电站的设计、安全分析、设备制造、建造调试及项目管理、运行维护等持续改进，在国力和能力许可条件下，安全地建设和运行二代改进机组。因为一旦出现重大核事故，都将对核能事业的进一步发展产生严重影响。要具备解决在建设和运行中遇到的各种技术问题的能力。对设备制造、施工建设、安装调试、生产运行中出现的问题，能及时组织各方力量，利用和创造条件，及时解决。还应该跟踪国际动向，加强对运行中核电站的维修护养策略和寿命管理的研究。

2. 完成"大型先进压水堆和高温气冷堆示范工程以及燃料循环技术"国家重大专项任务

"大型先进压水堆和高温气冷堆示范工程以及燃料循环技术"已经作为重大专项列入"国家中长期科技发展规划纲要"。本专项大型先进压水堆部分的主导思想是：以自主创新为主线，消化引进技术只是可利用的支持条件。目标是：在2017年前后建成中国自主品牌的、符合国际上第三代技术水平的大型先进压水堆示范工程，2020年前具备标准化批量推广的能力，赶上当时的世界水平。尽快优化安全性和经济性统一的设计方案；补充建设必要的基础设施，形成进一步自主创新的平台；针对设计方案开展工程性验证试验；形成先进的核电装备设计和制造能力；为建造首堆示范工程做好各项前期准备。有利的国际合作机遇应该充分利用，作为加快创新步伐、提高创新水平的支持条件；即使国际合作遇到不可接受的风险，也应该有充分的信心，立足以我为主，借鉴国外先进技术，实现重大专项既定的目标。

高温气冷堆核电站专项的目标是：以我国已经建成运行的10MW高温气冷实验堆为基础，攻克高温气冷堆工业放大与工程实验验证技术、高性能燃料元件批量制备技术并开展氦气透平直接循环发电及高温堆制氢等技术研究，高温气冷堆力争在2013年前后建成具有自主知识产权的20万千瓦级模块式高温气冷堆商业化示范电站，为发展第四代高温气冷堆技术奠定基础。

二、加强核能装备产业的宏观管理和支持

加大组织协调和政策支持，统筹完善发展规划。要尽快建设我国核电技术装备标准体

系，加大对核电技术装备自主化的政策资金支持；在前期规划、咨询评估和核准审批等环节，把技术装备自主化作为重要考虑内容，明确自主制造的比例要求；优化资源配置，积极推进业主单位、设计单位和装备制造企业联合攻关，把引进国外先进技术与消化吸收再创新结合起来，实现设计制造自主化，为我国核电产业高水平、标准化、批量化规模发展提供坚实的技术装备保障。

1. 抓住批量规模建设的机遇，振兴核能装备产业

鉴于目前核能装备产业，加工制造缺少设计的指导，缺少能带动统筹产业内各方力量，为同一创新目标努力的核心。根据以机型创新为总目标的特点，优化整合，建立跨部门跨行业的以核电机型设计为核心的设计、制造、研发三结合核能装备产业集群，把有关核电机型设计、设备设计和制造企业联合起来。

2. 要实施对首先使用自主创新机组和产品者优惠的政策

头几台自主创新产品和机组建设与成熟产品、机组（包括外方承包成套进口机组）建设不同，要为机型研发、打开市场而增加投资，又为增强国力多作贡献。政府应给予资金、贷款、担保等方面的政策支持和奖励。一般可采用超过成熟机组那部分投资由政府承担的办法。对国产化设备，对头几台也可采用类似优惠政策。

总之，核能装备制造业尚不能满足核电大规模建设核电的需要，要按《国务院关于加快振兴我国装备制造的若干意见》的要求，尽快实现装备制造业的振兴。

三、加强核安全运行和核安全监督管理

核电较大规模发展，核电机组迅速增加，思想观念上的麻痹、运行操作中的疏漏、监督管理上的松懈，都会对核安全构成危险。切实持久的核安全教育，核安全观念的加强，核安全监督管理的强化，是核电批量规模发展提出的新的更高的要求。在观念上、制度上、措施上强化核安全监督管理，建成与国际接轨的核安全监督管理体系。

核安全标准要符合国际原子能机构的有关规定，结合我国的实际，既要确保安全，又要有利于我国现有基础上核电的发展。

四、加强核能人才队伍建设

经过二十多年核电建设的实践，已经形成了专业齐全的核科技工业体系，培养了一支水平较高的核电科研、设计和工程技术、运营管理、检修等技术服务队伍，并积累了核电发展全过程各个方面的丰富经验。这是加快核电发展最重要的基础。为了适应加快发展的要求，对人才队伍提出了更高要求。

实现民族核电产业良性发展的基础是我国核电的科研设计能力；而且核工业是一个上下游工艺衔接十分紧密的流程产业，切不可将现在已经十分有限的科研设计力量进行拆分，必须集中力量进行技术攻关。从目前国际现状看，集中整合核电技术力量是一种潮

流，而不是拆分。如美国、俄罗斯、法国、英国、韩国等国在核电发展中，他们的科研设计队伍都是整体性较强的，这也是其核电产业发展迅速的重要原因之一。

现在高层次的核电研究、设计、运行、建造、维护队伍还是相当有限的，还不能完全满足发展的需要。必须加紧培养、提升和扩大核电科研设计等相关人员的素质与队伍，制定强有力的核电高层次人才培养计划与政策措施。

自主创新，人才为本，充分调动科技人员的积极性和创造性。要着力构筑人才高地，努力营造创新型人才脱颖而出的社会环境。要紧紧抓住培养、吸引和用好人才这三个重要环节，进一步落实人才强核战略，坚持把发现、培养、使用、凝聚优秀核能科技人才作为核能创新发展的重要任务，促进核能科技创新人才脱颖而出。

要形成公平有效的人才评价体系和激励机制。不问出身问学识，不重学历重能力，不论资格论水平，不看年龄看成果，把物质鼓励和精神激励结合起来，给创新者应有的尊重和回报，让创新人才脱颖而出、施展才干。

制定和实施能吸引各类人才的政策，营造促进科技创新的良好环境和条件，不断改善他们的工作、生活条件，用良好的机制、政策、环境吸引人才，凝聚人才，为自主创新和核能持续发展奠定坚实的人才基础。

第十三章　主要结论和政策建议

一、加速发展核电是必要的、迫切的

加快核电发展要满足振兴中华，到 21 世纪中叶达到中等发达国家水平的要求；要满足能源结构调整，减排二氧化碳，缓解全球变暖做出较大贡献的要求。要增强能源安全，要扩展核能的非电高温供热应用和替代液体燃料的应用，提高抵御能源危机的能力；要增强参与核能国际市场竞争的能力；建成足够安全、经济性好、技术先进的协调发展的核能工业体系；建成核燃料供应可持续发展和环境可持续发展的核燃料循环工业体系。

二、2020 年核电总装机规模达到 7000 万千瓦的目标是可能实现的

2020 年核电总装机规模达到 7000 万千瓦，核电装机占电力总装机的 4.6%，核发电量将占总电量的 7% 左右。2030 年达到 2 亿千瓦，核电装机占电力总装机的 10%，核发电量占总电量的 15%。2050 年达到 4 亿千瓦，核电装机占电力总装机的 16%，核发电量占总发电量的比重为 24%。

我国已掌握了二代改进机型的核心技术，在设计、设备制造、建造安装、核安全监管、项目管理、核燃料供应、电站营运等各个方面都已基本具备了产业化发展的条件。一些可能的难点，如铀资源、设备制造能力的提高等，有关方面已采取措施，作了统筹安排，只要坚定地贯彻积极发展核电的方针，通过努力是可以实现的。

三、铀资源不是我国核电发展不可克服的制约因素

中国是铀资源较丰富的国家之一。我国已经探明相当量的铀资源，不是贫铀国家，而是一个潜在铀资源比较丰富的国家，有较大的发展潜力，前景看好。但资源勘查发现，有一个过程，在未来一段时间内，会出现相当的缺口。目前国内勘查投入十分不足（现在每年不足 60 万米钻探工作量，而实际需求应达到 200 万米），只要加大投入力度，加强国内勘查，可以迅速提高我国铀资源的保障能力。利用国内国外两个市场两种资源，加强国家的统筹安排，形成强有力的团队，在国际市场上获得我们需要的铀资源是完全可能的。更重要的是我国要坚定不移地走循环经济的道路，实现铀钚再循环复用和快中子增殖堆核燃料增殖，可大幅缓解对天然铀的需求，实现核燃料供应的可持续发展。为了保障能源的安全性，建立一定量的铀资源贮备是必要的。铀资源不是我国核电发展的制约因素，通过努力是完全可以克服的。

四、装备能力国产化的格局已经形成

二代改进机型设备供应的基本条件已经具备。为适应加快发展规模的扩大，国产化要提高，应在不影响自主建设的条件下，国产与进口相结合；加强自主研发与引进技术相结合，加速国产化进程；组建强化以设计单位为核心的核电装备产业群，逐步建成自己的具有国际竞争力的核蒸汽系统供应商，加快核电发展的目标是可以实现的。我国核电装备产业还能在加快发展的促进下，走向世界。利用二代机组的装备制造基础，通过全面引进技术和实施国家重大专项对三代装备制造的关键技术攻关，可以加快实现三代机组装备制造的国产化能力，包括部分用量较大的关键材料（如锆材、蒸汽发生器传热管材等）的国产化也将指日可待。

五、政策建议

1. 核电技术路线

核能发展走热堆、快中子增殖堆、聚变堆三步走的发展道路。热堆核电发展阶段，2020 年前，在尚未掌握第三代技术之前继续建设二代改进机型压水堆，在三代核电具备产业化发展条件后，尽快实现由二代改进为主向三代过渡。2035 年初步具备能增殖核燃料的快中子增殖堆核能系统产业化发展的条件。发展高温气冷堆及其高温应用技术，向高温制氢等非电应用扩展。开展核聚变基础研究和应用方向的探索研究。

2. 核燃料循环技术路线和政策

铀资源实行"立足国内，积极利用国外资源"的政策。2025 年开始由开式循环向闭式循环过渡，2035 年开始向快中子增殖堆增殖燃循环转变。逐步实现增殖核燃料，核燃料供应可持续，高放废物分离—嬗变，环境生态可持续发展。

3. 核电建设布局政策

在布局上要实施大力堆进内陆核电建设的政策，推进内陆核电建设是促进内陆地区经济发展和优化国家能源、电力布局的要求。成熟的二代、三代的各种机型都是可行的。内陆电站与沿海电站的差别，只需在电厂设计中做好机型标准设计与厂址条件的适应性设计就可解决。

4. 不争论、不折腾，加快核电发展目标是可以实现的

发展核电是解决我国能源可持续发展的重要途径，是减小大气污染和温室气体排放的重要措施。在确保安全的前提下，加快发展是必要的，也是可能的。发展是第一要务，要遵照"不争论、往前走"和"不折腾"的精神，二代加的核电站可以在沿海和内陆继续建，同时加快三代技术的引进、消化和再创新，在经过实际运行、考验和经济评估后，尽快开始批量建设第三代核电站。

附录一 天然铀资源的有效利用

1. 资源利用率计算方法

资源利用率是指裂变发热消耗的铀量对全部消耗铀量之比。裂变发热消耗的铀量的计算：铀$_{235}$和钚$_{239}$每次裂变产生的有用能量分别为 195MeV 和 202MeV，那么产生 1J 热量的裂变次数分别为 3.2×10^{13} 次和 3.1×10^{13} 次。再按各种堆型的热效率，计算出每发 $1kW \cdot h$ 电量需要的裂变数，再计算出裂变发热消耗的铀量。各种堆型核电站运行中全部消耗的天然量，按 1979 年纽约洛克菲勒基金会和英国伦敦国际事务研究所联合发起的国际核能咨询组（ICGNE）经收集、编评后采用的数据。关于快中子增殖堆，因增殖核燃料消耗的铀也应计算在有效利用的范围之内。快中子增殖堆铀、钚平衡关系图见附图 1-1。

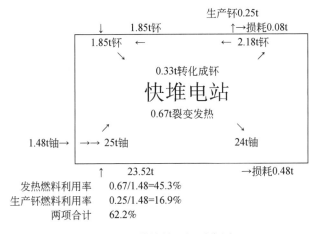

附图 1-1 快堆铀、钚平衡图

2. 天然铀资源利用率

天然铀资源利用率是天然铀消耗量中有效利用（裂变发热）占的比例。不同堆型、不同燃料循环方式的天然铀资源利用率见附表 1-1。

附表 1-1 各种堆型的天然铀资源利用率　　　　　　　　（单位：%）

堆型		尾料铀$_{235}$丰度		
		0.2	0.25	0.3
压水堆	一次通过循环	0.58	0.53	0.48
	铀钚再循环	0.79	0.73	0.66
重水堆		0.97		

续表

堆型		尾料铀$_{235}$丰度		
		0.2%	0.25%	0.3%
高温气冷堆	铀钍一次通过循环	0.48	0.44	0.39
	铀钍闭合循环	2.12	1.91	1.70
	铀钚一次通过循环	0.34	0.31	0.28
快中子增殖堆		62.2		

3. 单位发电铀耗

煤电厂先进与否有一个重要指标，叫发电标准煤耗，发 1kW·h 电要消耗多少标准煤。类似的核电厂，发 1kW·h 电要消耗多少天然铀，这也是核电厂先进性的一个重要指标。不同堆型、不同燃料循环方式的单位发电铀耗值列于附表 1-2 中。

附表 1-2　各种堆型的单位发电量的铀耗　　〔单位：mg/（kW·h）〕

堆型		尾料铀$_{235}$丰度		
		0.2%	0.25%	0.3%
压水堆	一次通过循环	23.2	25.3	27.7
	铀钚再循环	17.0	18.5	20.3
重水堆		15.5		
高温气冷堆	铀钍一次通过循环	22.5	25.0	28.0
	铀钍闭合循环	5.2	5.8	6.4
	铀钚一次通过循环	19.5	21.6	24.2
快堆		0.26		

4. 万吨天然铀的核电支持能力

万吨天然铀的核电支持能力，是指 1 万吨天然铀能支持建多少容量的核电机组，能发多少的电量。

万吨天然铀核电支持能力（尾料铀$_{235}$丰度 0.25%）

压水堆（一次通过循环）	0.93GWeL
压水堆（铀钚再循环）	1.24GWeL
重水堆	1.54GWeL
高温气冷堆（铀钍一次通过循环）	0.95GWeL
高温气冷堆（铀钍闭合循环）	4.13GWeL
高温气冷堆（铀钚一次通过循环）	0.82GWeL
压水堆—快堆	100GWeL

GWeL 为一个百万千瓦机组，容量因子 80%，全寿命运行 60 年的发电量。

静态计算的压水堆—快堆万吨天然铀核电支持能力高达100GWeL。但实际上因快堆的增殖有一个过程，支持能力的增长有一个增长过程。附图1-2给出了粗略计算由1GWeL压水堆开始，氧化物燃料快堆和金属燃料快堆的核电容量增长过程。

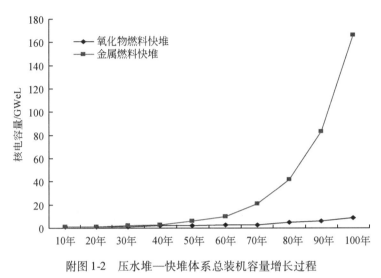

附图1-2　压水堆—快堆体系总装机容量增长过程

5. 三个静态指标汇总

各种堆型在不同燃料循环方式下，相应的资源利用率、单位发电量的铀耗和万吨天然铀的发电能力等静态指标值见附表1-3。

附表1-3　各种堆型的静态指标

堆型		资源利用率 /%	单位发电量的铀耗 /［mg/（kW·h）］	万吨天然铀的发电能力 /GWeL
压水堆	一次通过循环	0.53	25.3	0.93
	铀钚再循环	0.73	18.5	1.24
重水堆		0.97	15.5	1.54
高温气冷堆	铀钍一次通过循环	0.44	25.0	0.95
	铀钍闭合循环	1.91	5.8	4.13
	铀钚一次通过循环	0.50	21.6	1.10
快堆		62.9	0.26	100

注：尾料铀$_{235}$丰度为0.25%。

6. 充分利用铀资源的途径

在目前发展压水堆核电的既定方针下，充分利用铀资源的途径有：

（1）降低铀浓缩尾料铀$_{235}$丰度。没有技术上的困难，条件是要有较多的铀浓缩能力，用分离功换天然铀，应在天然铀价格较高时，在经济上才是合理的。

（2）走铀钚再循环的技术路线，可节省 20% 以上的天然铀。条件是要掌握铀钚再循环技术，包括乏燃料后处理技术和 MOX 燃料制造技术，并具备相当的生产能力，实行产业化发展。

（3）提高核电机组的发电热效率，虽不能提高天然铀的资源利用率，但能降低单位电量的铀耗和增加万吨天然铀的发电能力。

（4）发展快堆及其燃料循环技术，走快堆核燃料增殖的技术路线。可大幅提高天然铀资源利用率，降低单位发电量的铀耗和大幅提高万吨天然铀的发电能力，是解决充分利用铀资源的最佳途径。

（5）要发展增殖性能好的快堆，能更好地发挥增殖核燃料的作用。

附录二 中远期天然铀需求预测

1. 天然铀年需要量

按一次通过循环、引入铀钚再循环、引入快堆增殖循环三种情况的装机容量测算天然铀的年需要量。天然铀年需要量，不仅反映天然铀年需要量本身，而且也大致反映了核燃料循环工业其他各个环节，如铀转化、浓缩、元件制造等的规模和发展趋势。

1）计算方法

这里计算的是装堆燃料折合需要的天然铀，不是指天然铀（黄饼）生产厂生产天然铀需要量。因为天然铀生产出来后，到做成燃料组件要有两至三年的生产期。所以天然铀生产厂当年年生产需要量，是本计算中第三年的年需要量。

天然铀年需要量包括两部分：一部分是运行核电站换料的年补充需要量。按每100万千瓦压水堆核电机组一年需补充175t天然铀，MOX燃料压水堆130t天然铀计算。另一部分是新建核电机组当年装堆的首炉燃料所需的天然铀。按每投产100万千瓦压水堆核电机组，首炉装燃料折合需405t天然铀计算。

对MOX燃料压水堆，计算中假定MOX燃料只用于换料，不用于首炉装料，只计算首炉装料需要的天然铀。

2）计算结果

根据上述计算方法，一次通过循环、铀钚再循环和快堆增殖燃料循环三种方式对天然铀的需求情况如附图2-1所示。

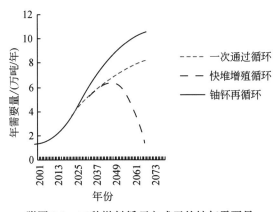

附图2-1 三种燃料循环方式天然铀年需要量

（1）一次通过循环方式：天然铀年需要量随核电装机规模的增大而迅速增长。

（2）铀钚再循环方式：在MOX燃料压水堆引入之前，同一次通过循环方式一致。引入之后，天然铀年需要量增长的总趋势，同一次通过循环方式相同，只是增长的速度稍慢。

相对一次通过循环的节省，随着 MOX 燃料比例的增加而增长，节省率逐步趋向一个平衡值，约为 25%。

（3）快堆增殖燃料循环：快堆增殖燃料循环，在快堆引入之前，是同铀钚再循环一致的。在引入快堆以后开始的一段时间，与铀钚再循环差别不大，天然铀年需要量甚至还高一些。这是因为快堆取代 MOX 燃料压水堆，MOX 燃料降低天然铀作用直接，快堆增殖核燃料的作用迟后。随着快堆增殖核燃料的作用逐步发挥出来，压水堆核电的规模经过峰值后下降，其天然铀的年需要量也经过最大值后下降。最大值发生在 2054 年左右，最大年需要峰值为 5.67 万吨/年，表征了核燃料前段及其各环节的总规模。

2. 铀资源/储量需求

按上述一次通过循环、引入铀钚循环、引入快堆增殖循环三种情况的装机容量测算了对天然铀的需求。天然铀的需求，表征了对铀资源/储量的需求。

1）计算方法

在计算储量需求时要分清三个概念：一是天然铀生产累计需要量，是每年进堆燃料折合天然铀需要量的累计，称为生产累计需要量；二是储量需要量，要考虑回收率和保持一定储采比的储量占用；三是订货需要量，是满足所有运行核电机组全寿期天然铀供应的订货总量。我们这里计算的是储量需要量。

在制订核电发展规划和计划时，还应考虑供应的提前期。一是天然铀生产到进堆大约有 2 年提前期，用于核燃料的生产，如转化、浓缩、元件制造等。二是建矿提前期，是提交探明资源储量到生产出天然铀的时间，一般要 4 年左右时间。在本计算中没有考虑此提前期。

储量需求计算：储量需求包括累计开采消耗的储量和保持一是储采比的储量占用两项，即储量需求 = 年需要量的累计/回收率 + 当前年需要量×储采比。

回收率按 70% 计算，储采比按 15∶1 计算。

2）计算结果

根据上述计算方法，一次通过循环、铀钚再循环和快堆增殖循环三种方式对铀资源储量需求情况如附图 2-2 所示。

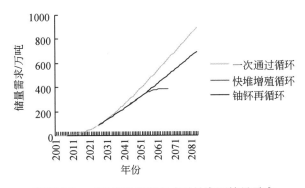

附图 2-2　三种燃料循环方式对铀资源储量需求

（1）一次通过循环和铀钚再循环，铀资源储量的需求，都随着核电规模的增长而不断增长。其中铀钚循环比一次通过循环低一点，大约有20%多的节省。

（2）对一定的核电增长过程，快堆增殖循环铀资源储量需求是有限的，有一个最终铀资源储量需求量，如果找到的铀资源储量超过了这个最终储量需求量，那么就全部满足了这个核电增长全过程对天然铀的需求。对测算的中方案增长过程而言，最终铀资源储量需求为361万吨，发生在2076年。在2076年之后，除了满足该增长过程的需要之外，还能生产更多的钚，可供建造其他的反应堆。

3）测算的主要结论

根据以上不同燃料循环方式、对天然铀需求的测算和分析，可以得出：

（1）不论是反映核燃料循环前段工业规模的天然铀年需要量，还是反映对资源需求的铀资源储量需求，其规模都比较大。按IAEA最新资料，全球铀资源：成本低于130美元/kg的天然铀探明储量550万吨，按照目前的开采速度，可供人类开采100年。如果使用快中子增殖反应堆技术，这些铀矿则可以使用几千年。根据地质理论和对磷酸盐含铀情况的了解，认为地球上可开采的铀实际上多达3500万吨。在20世纪70~80年代，因为核电转入低潮，全世界铀资源勘查停顿。最近核电复苏，铀价上涨，投资找矿形成热潮，查找新的铀资源前景广阔。我国发展核电，铀资源通过国内（加强国内勘查）、国际（利用国外铀资源）、充分利用（铀钚再循环和快堆增殖循环）三个途径的努力是可以解决的。

（2）采取一次通过循环或铀钚循环，对天然铀资源储量需求，随核电规模的扩大而不断增加，而采取快中子堆增殖循环可以把对铀资源/储量需求限制在一个有限的范围内。发展快中子增殖堆，走增殖循环技术路线，是解决核能资源可持续发展必须而有效的措施，所以必须积极推进快中子增殖堆及其燃料循环体系的发展。

（3）由于在引入快堆增殖循环之前，由发展热堆生产了大量的钚，实施铀钚再循环，把乏燃料中的铀、钚，提取后再循环使用，可节省天然铀20%~25%，可减缓天然铀的消耗，减轻对天然铀资源需求的压力，所以在引入快中子堆增殖循环之前引入铀钚再循环也是必要的，但尚需克服经济性差的障碍。

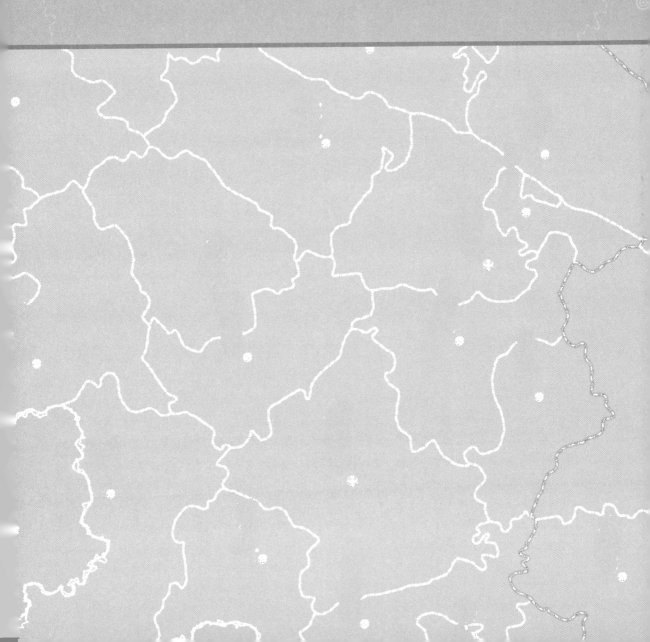

第四篇

能源与环境战略

执 行 概 要

近 20 年来，我国能源消费一直呈高速增长态势，以煤为主的能源结构和粗放型的能源开采、利用方式带来了严重的环境问题。继续当前的经济发展与能源利用模式，将使资源无以为继、环境不堪重负，严重威胁国家安全，同时也面临着巨大的国际压力。资源和环境的制约，要求我们必须抓紧研究我国未来的能源发展战略，从现在比较粗放、低效、污染的能源体系，逐步转变为节约、高效、低碳、洁净的现代化能源体系。在此背景下，中国工程院于 2008 年 2 月启动了"中国能源中长期（2030、2050）发展战略研究"咨询项目，设立 6 个专题组和综合组，对国家的能源方针、能源战略、能源政策和发展目标进行系统研究。环境保护部环境规划院参加了项目综合组的研究工作，同时承担了能源环境战略的研究任务，负责研究中国当前的环境形势与未来发展趋势、能源发展对环境的影响、中长期环境保护目标对能源发展可能产生的约束，并在此基础上提出绿色低碳的能源发展战略与政策建议。研究的主要结论如下。

一、煤炭资源的大规模开发与利用带来了严重的环境问题

我国目前的经济发展方式伴随着巨大的能源消费需求，大量能源的开发利用带来不同程度的环境影响，其中以化石能源开发利用最为突出。以煤为主的能源消费结构带来了严重的空气污染和温室气体排放问题，我国二氧化硫排放量的 90%、氮氧化物排放量的 67%、烟尘排放量的 70%、人为源大气汞排放量的 40% 以及二氧化碳排放量的 70% 都来自于燃煤。由于煤炭消费量比例过高，我国二氧化硫、氮氧化物和大气汞排放量高居全球首位，二氧化碳排放量仅低于美国；除可吸入颗粒物以外，我国单位能源消费的二氧化硫、氮氧化物、大气汞和二氧化碳排放量都高于欧美国家，其中以二氧化硫和大气汞尤为明显。大量的煤炭消费带来了严重的煤烟型污染。2009 年，全国地级及以上城市中有 20.4% 的城市空气质量未达到国家二级标准，酸雨区面积为 120 万平方千米。东、中部地区由于煤炭消费过于集中，单位面积的大气污染物排放量均高于全国平均水平，空气污染问题也最为严重，而且随着机动车数量的日益增多，空气污染问题变得更加复杂。目前珠江三角洲、长江三角洲、京津冀等区域复合型空气污染严重。

当前无节制、粗放型的能源开采方式还导致了严重的水资源耗费与生态破坏问题，表现为地下水系结构破坏、地面沉降、地表塌陷、植被破坏严重、水土流失加剧、矸石堆占土地等，造成了巨大的环境损失。据估算，2005 年我国吨煤开采造成的综合经济损失为 43.5 元，吨煤消费造成的大气污染物和温室气体排放损失分别为 82.1 元和 60 元，合计吨煤生产和使用的综合经济损失为 185.6 元，占当年商品煤平均价格（270 元/吨煤）的 69%。

从未来发展趋势来看，2030 年以前，我国工业化和城市化仍将加快发展，如不采取严格的节能减排措施，由于经济总规模的增长，将导致对能源、土地和原材料等自然资源的需求增加，污染物排放总量还有进一步增加的可能。环境容量相对不足、环境风险不断加大、环境问题日趋复杂的情况将不可避免，我国将面临更大的环境压力。据测算，如果经济发展过快、煤炭消费增速控制不力，中国的二氧化碳排放量将在 2030 年突破 110 亿吨，比 2006 年增长 96%。按照"十一五"期间的污染物控制水平测算，到 2030 年，化石能源消费带来的二氧化硫和氮氧化物排放量将分别达到 2500 万吨和 2750 万吨，比 2007 年分别增长 13% 和 53%，燃煤电厂大气汞排放量将在 2030 年达到 200 万吨，比 2007 年增长 43%。

二、环境保护与温室气体排放控制要求对能源发展形成制约

围绕能源发展战略的关键期（2010～2020 年）、攻坚期（2021～2030 年）、转型期（2031～2050 年），根据节约、高效、低碳、洁净的可持续能源发展战略，从空气质量改善、大气污染物排放总量控制、二氧化碳排放控制以及化石能源开采生态保护四个方面考虑，确定国家中长期能源发展的环境保护目标与指标，如表 1 所示。

表 1 我国中长期能源发展的环境保护目标和指标

目标	2020 年	2030 年	2050 年
空气质量改善	城市环境空气质量基本达到国家二级标准，经济发达城市达到世界卫生组织空气质量指导值的第二阶段目标值，酸沉降超临界负荷面积比 2005 年下降 50%	基本解决能源利用带来的空气污染问题，80% 以上的城市达到世界卫生组织空气质量指导值的第三阶段目标值，酸沉降超临界负荷面积下降 80% 以上	空气质量基本实现世界卫生组织环境空气质量浓度指导值，与人民群众日益提高的物质生活水平相适应，与现代化社会主义强国相适应
大气污染物排放总量控制	主要污染物排放得到有效控制，二氧化硫、氮氧化物和烟尘排放总量分别控制在 1800 万吨、1700 万吨和 900 万吨左右，其中，能源燃烧排放的二氧化硫、氮氧化物和烟尘分别控制在 1500 万吨、1400 万吨和 700 万吨，细颗粒物（PM$_{2.5}$）、大气汞和挥发性有机污染物（VOC）纳入减排方案	污染物排放总量得到全面控制，二氧化硫、氮氧化物和烟尘排放总量分别控制在 1500 万吨、1400 万吨和 800 万吨左右，其中能源燃烧排放的二氧化硫、氮氧化物和烟尘分别控制在 1300 万吨、1200 万吨和 600 万吨	二氧化硫、氮氧化物和烟尘排放总量分别控制在 1000 万吨、1000 万吨和 600 万吨左右，其中能源燃烧排放的二氧化硫、氮氧化物和烟尘分别控制在 700 万吨、800 万吨和 400 万吨
二氧化碳排放控制	实施二氧化碳排放强度控制。2020 年单位 GDP 二氧化碳排放强度比 2005 年下降 40%～45%，作为约束性指标纳入国民经济和社会发展中长期规划	实施二氧化碳排放峰值和排放强度"双"控制。实现单位 GDP 二氧化碳排放强度比 2005 年降低 60%～65%，化石能源燃烧过程的二氧化碳排放总量达到峰值（排放量 90 亿吨/年），经济发达地区二氧化碳排放量与 2005 年相比下降 10%	实施二氧化碳排放总量控制，2050 年化石能源燃烧过程的二氧化碳排放量比 2030 年削减 20%（排放量 70 亿吨/年），实现低碳经济和低碳社会目标

续表

目标	2020 年	2030 年	2050 年
生态环境保护	根据生态环境和水资源承载力，合理规划能源开发强度，严格按照规划实施能源开发活动。到 2020 年，矿井水重复利用率达到 70%，瓦斯利用率达到 60%，煤矸石利用率达到当年排放量的 75%。新建矿山边开采、边复垦，破坏土地复垦率达到 85% 以上，历史遗留矿山开采破坏土地复垦率达到 45% 以上	煤矿矿井水重复利用率达到 80%，高瓦斯煤层气全部实现抽采利用，基本消灭矸石山，矿山开采塌陷土地复垦率达到 70% 以上	完全解决能源发展过程中的生态环境破坏问题，已经破坏的矿区生态环境得到有效修复，实现能源环境协调发展

能源开发与利用过程中的多种环境问题对能源发展形成了多因素制约。应对气候变化将成为我国未来能源发展的关键制约因素，而二氧化硫、氮氧化物等大气污染物排放控制主要在 2030 年以前对化石能源消费总量形成约束，生态环境保护和水资源保护要求则对能源开发活动以及煤化工等高耗水行业形成制约。从各种能源类型的环境影响来看，减少煤炭消费总量是解决气候变化、大气污染以及生态破坏问题的根本途径。

三、绿色低碳是实现我国能源可持续发展的必然选择

为了最大限度地降低能源发展的资源和环境代价，我国必须实施绿色、低碳的能源发展战略。要坚持节约高效、结构优化、环境友好的原则，努力构建一个利用效率高、技术水平先进、污染物排放少、生态环境影响小的能源生产—流通—消费体系。具体内容如下：

第一，节能、提效，降低能源消费总体需求。节约能源的核心是提高能源效率，因此节能首先要构建节能型产业体系，充分发挥服务业能耗低、污染少的优势，努力提高服务业在国民经济中的比重，积极调整工业结构，把万元产值能耗标准作为项目核准和备案的强制性门槛，遏制高耗能行业过快增长。其次，要抓好工业、交通、建筑等关键领域的节能工作，工业节能应通过调整工业结构、加强重点工业用能单位节能管理、推动节能技术特别是提高煤炭利用效率技术的进步与创新三条途径，不断提高能源效率；实施交通节能战略，需将节能和环保作为汽车工业发展的优先目标，使汽车能效水平和污染物排放水平逐步进入世界先进行列，同时，大力发展高速铁路和城际轨道交通系统，大幅度提高交通系统效率，减少能耗和污染；推进建筑节能，政府办公用房、公共建筑设施应当先行，并引导居民住房和商业用房节能，积极推广应用建筑物节能技术，对集中供热系统进行综合技术改造，强化建筑节能标准，提高节能建筑设计、施工水平。最后，对于能源消费集中、空气污染严重的长江三角洲、珠江三角洲、京津冀三大区域以及山东半岛、辽宁中部、武汉及其周边、湖南长株潭、成渝、海峡西岸六大城市群，应率先实施煤炭消费总量约束性控制，促使以上地区提高煤炭利用效率。

第二，优化能源结构，提高清洁、低碳能源消费所占的比重。目前，发达国家已经完

成了化石能源的优质化，现在又开始大力发展低碳能源，向更高层次的能源优质化推进，我国也需要走能源多元化发展道路，除了增加石油、天然气供应外，还应积极推进核电建设，在妥善处置生态保护与移民安置关系的基础上有序开发水电，在妥善处置与粮食安全及生态安全关系的基础上推进生物质能的开发利用，积极扶持风能、太阳能、地热能与海洋能的开发利用。到2030年我国清洁、低碳能源占一次能源的比重应达到30%左右（其中核电、水电、非水可再生能源各占10%左右），到2050年应达到40%左右（其中核电为15%左右，水电10%，非水可再生能源15%）。

第三，推进煤炭的绿色开采与洁净化利用。实现煤炭绿色开采的重点在于：其一，科学规划、合理开发，以水资源状况与生态环境承载力为前提，科学合理地确定煤炭开采的规模与布局。晋陕蒙宁地区生态环境脆弱、水资源短缺，应对煤炭资源的开采规模和开采面积进行适当限制，甚至放弃对部分地域的开发；其中山西省生态环境欠账较多，不宜增加煤炭产量，并且要加大生态修复投入。其二，强化煤与瓦斯协调开采技术、保水采煤技术、塌陷土地复垦技术、矸石井下处理技术、地面矸石利用技术、煤炭地下气化技术等绿色开采技术的开发与利用，减轻煤炭开采对地表的扰动和水土破坏，减少废弃物排放。实现煤炭清洁化利用的重点在于：第一，支持煤炭清洁利用关键技术的研发，大力发展整体煤气化联合循环（IGCC）、增压流化床燃烧（PFBC）等先进发电技术，大力发展煤直接液化、煤气化、煤间接液化、煤制天然气等煤炭高效低碳清洁转化技术，探索煤炭高效低碳清洁转化技术与碳封存技术的集成模式，积极开展煤转化、碳捕获利用与封存（CCUS）技术集成和工程示范；第二，出台强制性政策或经济鼓励政策，促进煤炭的洁净化利用。对应用洁净煤技术的企业，给予补助、奖励、优惠电价、税收减免等优惠政策，采用先进发电技术的电厂可优先调度上网。

第四，完善环境标准与政策体系，强化能源清洁、低碳发展的倒逼机制。一是要制定和实施严格的环保标准，促进能源的清洁化利用。首先，在大气污染严重的地区，应强化区域环境准入标准、实行更严格的污染物排放限值，促进高耗能企业节能和实施能源结构调整；其次，要逐步加严新车排放标准，包括轻型车、重型车、摩托车以及非道路机械排放标准，同时研究出台与机动车排放标准相适应的车用燃油质量标准，加快推进车用燃料低硫化进程；最后，还需修订和完善有关氮氧化物、挥发性有机物的排放标准，全面实施氮氧化物总量控制，对挥发性有机物实行更为严格的排放控制。二是要积极运用经济手段，促进能源的绿色开采与绿色消费。首先，应全面推行煤炭采矿权有偿使用制度，杜绝煤炭非法无序开采；对能源开发征收环境治理保证金和生态补偿费，确保落实环境保护与生态恢复要求。其次，采取循序渐进的方式，分阶段提高工业企业大气污染物排放收费标准，逐步实现主要大气污染物排放外部成本内部化，形成企业节能减排的内在激励机制。第三，完善有利于节能减排的价格政策，将生态破坏与环境污染损失纳入能源定价机制，促进低碳、清洁能源的发展；完善高耗能企业差别电价政策，遏制高耗能产业盲目发展、促进产业结构调整和技术升级；继续推行脱硫电价政策，考虑将脱硝、高效除尘改造、脱汞纳入到环保电价政策中，建立环保综合电价体系。第四，应实施环境容量资源有偿使用制度，开展排污权有偿分配与排污交易，促进排污者自觉开展节能减排，减少能源消费的污染物排放量。

　　本课题在环境保护部环境规划院王金南研究员的主持下完成，课题组主要成员包括杨金田、陈潇君、严刚、宁淼、刘兰翠、郑伟、薛文博、蔡博峰、陈罡立、燕丽、李荔、周威。课题研究过程中得到了中国工程院杜祥琬院士，国家发展和改革委员会能源研究所周大地研究员、姜克隽研究员、郁聪研究员，清华大学徐旭常院士、王淑娟教授、陈吟颖博士的大力支持和指导，在此对他们的支持与帮助表示诚挚的感谢。

第十四章　我国能源与环境问题分析

长期以来，我国无节制、粗放型的能源开采与利用方式造成了严重的环境污染、水资源耗费、生态破坏以及温室气体排放等问题，造成了巨大的社会经济和公众健康损失。2030 年以前，我国将基本完成工业化，城市化和农村现代化也将取得重大进展，能源消费需求还将有明显增加，若不能及时扭转煤炭消费量迅速增加的态势，大气污染物和温室气体排放量将难以控制，矿区生态破坏将更加严重，人民的生存环境将受到灾难性影响。

第一节　能源发展与环境的关系

一、能源消费高速增长带来温室气体和大气污染物的大量排放

自 2002 年以来，我国能源消费进入高速增长期，年均增速达到 10% 以上，2008 年一次能源消费量仅低于美国，占世界一次能源消费总量的 17.7%（BP 能源统计数据）；在能源消费结构中占据绝对优势地位的煤炭消费量，从 2002 年的 14.2 亿吨增长到了 2008 年的 27.4 亿吨，年均增长 2.2 亿吨，增速十分惊人。2008 年，中国煤炭消费量占全球煤炭消费总量的比重为 42.6%（BP 能源统计数据），以煤为主导的能源消费结构带来了严重的空气污染和二氧化碳排放问题。

中国二氧化硫排放量的 90%、氮氧化物排放量的 67%、烟尘排放量的 70%、人为源大气汞排放量的 40% 以及二氧化碳排放量的 70% 都来自燃煤。由图 14-1 和图 14-2 可以看出，2006 年以前，由于烟气治理技术在我国尚未得到广泛应用，二氧化硫和烟尘排放量与

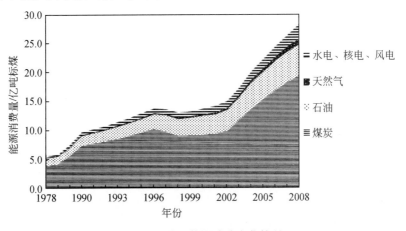

图 14-1　我国能源消费变化情况

资料来源：国家统计局，2009

全国煤炭消费总量的变化趋势基本一致；2006 年以后，随着节能减排工作力度的加大，全国煤炭消费量虽然仍在高速增长，但二氧化硫和烟尘排放量已经明显下降，氮氧化物控制则刚刚起步，尚未产生明显成效。

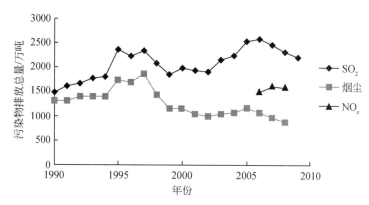

图 14-2 能源消费相关的大气污染物排放变化情况

资料来源：历年中国统计年鉴

与其他国家相比，目前我国大气污染物排放负荷仍然巨大，SO_2、NO_x 和大气 Hg 排放量高居全球首位（表 14-1）。根据日本能源经济研究所公布数据，2006 年我国 CO_2 排放量暂列世界第二。为了有效改善环境质量、保护人民群众身体健康，应对温室气体减排压力，我国必须对能源消费总量进行控制，大力削减大气污染物和温室气体排放量。

表 14-1 2008 年各国大气污染物与温室气体排放总量

国家	SO_2 /万吨	NO_x /万吨	PM_{10} /万吨	$PM_{2.5}$ /万吨	2005 年大气 Hg/t	2006 年 CO_2 /亿吨
中国	2321.2	1624.5	901.6（烟尘）		825	56.27
美国	1036.6	1481.9	1342.9	443.5	118.7	57.66
欧盟 27 国	586.7	1039.7	212.6	140.3	99.0	40.14

资料来源：SO_2、NO_x、PM_{10}、$PM_{2.5}$ 排放数据摘自 2008 年中国环境统计年报、美国能源信息署（EIA）统计数据、欧洲统计局数据；2005 年汞排放量为联合国环境规划署（UNEP）计算值；2006 年 CO_2 排放数据摘自《日本能源与经济统计手册 2009 年版》，日本能源经济研究所编。

二、能源消费结构不合理导致污染物排放绩效偏大

对比世界主要经济体的一次能源消费结构（表 14-2）可以看出，我国煤炭占一次能源消费量的比例远高于欧美发达国家和世界平均水平，这也是造成我国 SO_2 和大气 Hg 排放量远高于其他国家的主要原因。电力行业是各国能源消费的主要行业，对比中国、美国与欧盟的发电量结构，中国燃煤发电量所占比例高达 81%，美国和欧盟分别为 48% 和 28%，美国核电和天然气发电量共占 41.3%，欧盟则为 51.2%，远高于我国（图 14-3）。

表 14-2 2008 年世界一次能源消费量及消费结构

国别	一次能源消费量/Mtce	消费结构/%				
		石油	天然气	煤炭	核电	水电
中国	2 860.7	18.8	3.6	70.2	0.8	6.6
美国	3 284.3	38.5	26.1	24.6	8.3	2.5
欧盟 27 国	2 468.9	40.7	25.5	17.4	12.3	4.1
世界	16 135.6	34.8	24.1	29.2	5.5	6.4

注：核电和水电按火电站转换效率 38% 换算热当量。

资料来源：BP，2009。

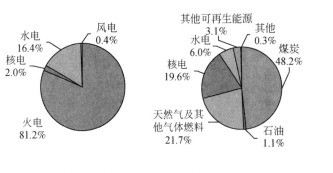

a.中国2008年发电量比例   b.美国2008年发电量比例   c.欧盟27国2005年发电量比例

图 14-3 中外发电结构比较

由于煤炭消费量所占比例过高，除可吸入颗粒物以外，我国单位能源消费量的 SO_2、NO_x、大气 Hg 和 CO_2 排放量都高于欧美国家，其中以 SO_2 和大气 Hg 尤为明显，见图 14-4。2008 年，我国单位能源消费量的 SO_2 排放量分别为美国和欧盟的 2.6 倍和 3.4 倍，单位能源消费的大气汞排放量分别为美国和欧盟的 8.0 倍和 7.2 倍。

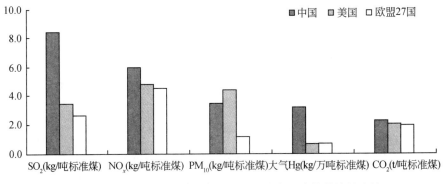

图 14-4 2008 年各国单位能源消费量的大气污染物排放量比较

三、能源消费不均衡带来区域性环境问题

我国各地区之间由于经济发展水平的差异，煤炭消费量、污染治理水平以及污染物排

放量也存在显著差异。将全国按照地域及经济发展水平分为东部、中部、西南和西北四个地区，其中，东部地区包括北京、天津、辽宁、河北、山东、上海、江苏、浙江、福建、广东和海南，中部地区包括黑龙江、吉林、山西、河南、湖北、湖南、安徽、江西，西南地区包括重庆、四川、贵州、云南、广西和西藏，西北地区包括内蒙古、陕西、甘肃、宁夏、青海和新疆。东部地区单位面积煤炭消费量和单位面积污染物排放量均高于中部地区、远高于西部地区，空气污染问题也最为严重。

1. 单位面积煤炭消费量差异显著

2007 年，我国单位国土面积的煤炭消费量平均为 $276.7t/km^2$。东部地区面积为 106.8 万平方千米，仅占国土面积的 11.1%，但煤炭消费量占全国煤炭消费总量的 43.0%，单位面积的煤炭消费量是全国平均水平的 3.9 倍。尤其上海市单位面积煤炭消费量达到 $7793.7t/km^2$，位居全国之首。

中部地区面积为 166.8 万平方千米，占国土面积的 17.3%，煤炭消费量为 85 489 万吨，单位面积煤炭消费量 $512.3t/km^2$，仅次于东部地区，是全国平均水平的 1.9 倍。

西南地区面积为 260.2 万平方千米，占国土面积的 27.0%。考虑到西藏自治区煤炭消费量和污染物排放量非常小，而行政区面积又很大，为客观分析西南地区的煤炭消费情况和污染物排放水平，下文中西南地区全部按照重庆、四川、贵州、云南和广西五省（自治区）的平均水平进行分析。2007 年，西南五省（自治区）的煤炭消费量为 28 954 万吨，单位面积煤炭消费量为 $210.8t/km^2$，居第三位，为全国平均水平的 76%。

西北地区面积为 429.2 万平方千米，占国土面积的 44.6%。单位面积煤炭消费量为 $86.9t/km^2$，是四个地区中面积最大、单位面积煤炭消费量最少的区域，其单位面积煤炭消费量只是全国平均水平的 31%。见表 14-3。

表 14-3　2007 年各地区单位面积煤炭消费量、大气污染物排放量

区域	面积/万平方千米	煤炭消费量/万吨	SO_2 排放量/万吨	NO_x 排放量/万吨	烟尘排放量/万吨	单位面积煤炭消费量/(t/km²)	单位面积SO_2排放量/(t/km²)	单位面积NO_x排放量/(t/km²)	单位面积烟尘排放量/(t/km²)
东部	106.8	114 695	913.3	807.5	300.3	1 074.1	8.55	7.56	2.81
中部	166.9	85 489	667.0	428.0	373.6	512.3	4.00	2.56	2.24
西南五省（自治区）	137.4	28 954	488.8	202.0	151.7	210.8	3.56	1.47	1.10
西北	429.2	37 292	399.0	205.7	160.7	86.9	0.93	0.48	0.37
全国	963.1	26 6457	2 468.1	1 643.4	986.4	276.7	2.56	1.71	1.02

2. 东部地区污染物排放负荷最大

2007 年，我国单位面积二氧化硫排放量平均为 $2.56t/km^2$，单位面积氮氧化物排放量平均为 $1.71t/km^2$，单位面积烟尘排放量平均为 $1.02t/km^2$。各地区单位面积的大气污染物排放强度与煤炭消费量呈现大致相同的特点（表 14-3）。

东部地区单位面积煤炭消费量和污染物排放量均为最大。二氧化硫、氮氧化物和烟尘的单位面积排放量分别为 $8.55t/km^2$、$7.56t/km^2$ 和 $2.81t/km^2$，分别是全国平均水平的 3.3 倍、4.4 倍和 2.7 倍。

中部地区单位面积大气污染物排放量居第二位。二氧化硫、氮氧化物和烟尘的单位面积排放量分别为 $4.00t/km^2$、$2.56t/km^2$ 和 $2.24t/km^2$，分别是全国平均水平的 1.6 倍、1.5 倍和 2.2 倍。

西南五省（自治区）单位面积煤炭消费量居第三位，大气污染物的单位面积排放量也同样排在第三。二氧化硫、氮氧化物和烟尘的单位面积排放量分别为 $3.56t/km^2$、$1.47t/km^2$ 和 $1.10t/km^2$，分别为全国平均水平的 1.4 倍、0.9 倍和 1.1 倍。

西北地区单位面积煤炭消费量和大气污染物排放量均最小，二氧化硫、氮氧化物和烟尘的单位面积排放量分别为 $0.93t/km^2$、$0.48t/km^2$ 和 $0.37t/km^2$，只占全国平均水平的 36%、28% 和 37%。

3. 空气污染呈现区域性特征

能源消费量和大气污染物排放区域集中的特点，决定了我国空气污染问题的区域性特征。目前我国东、南部地区酸雨污染严重，东部城市群地区煤烟型和机动车尾气复合型污染特征突出。

1）东、南部地区酸雨污染严重

酸雨主要是由燃煤电厂排放的二氧化硫和氮氧化物形成，酸雨污染状况除了与地区污染物排放强度有关，还与气象条件、土壤类型等自然条件相关。我国东部地区燃煤电厂高度集中，西南部地区燃煤硫分高且土壤缓冲能力较差，因此我国酸雨分布区域主要集中在长江以南，四川、云南以东的区域，包括浙江、江西、湖南、福建、贵州、重庆的大部分地区，以及长江三角洲、珠江三角洲地区，占国土面积的 30%～40%（图 14-5，见文后彩图）。

2）东部地区复合型空气污染突出

我国东部发达城市由于机动车数量和氮氧化物排放量的迅速增长，机动车污染与燃煤污染相结合，呈现出复合型空气污染特征，表现为大气氧化性增强，光化学污染威胁增大；大气能见度下降，灰霾天数不断增加。卫星资料表明，我国东部和珠江三角洲地区存在大面积的 NO_2 污染，且大气 NO_2 污染负荷仍呈快速增长态势（图 14-6，见文后彩图），已成为全球三大 NO_2 重污染区之一。氮氧化物和挥发性有机污染物（VOC）发生光化学反应形成的高浓度臭氧污染也频繁出现在京津冀地区、长江三角洲以及珠江三角洲。

电厂、机动车排放的污染物及其转化形成的细粒子（$PM_{2.5}$）是大气霾现象的重要诱因，目前我国东部地区霾问题日趋严重。以能见度来表征霾天气的分布、变化和严重程度（图 14-7，见文后彩图），可以看出，近 50 年来我国东部地区年平均能见度下降约 10km，下降速率为 0.4km/a，西部地区能见度下降的幅度和速率约为东部的一半。

四、煤炭的粗放式开采严重破坏生态环境

各种能源的开发利用过程都会有不同程度的环境影响，但化石能源特别是煤炭资源开

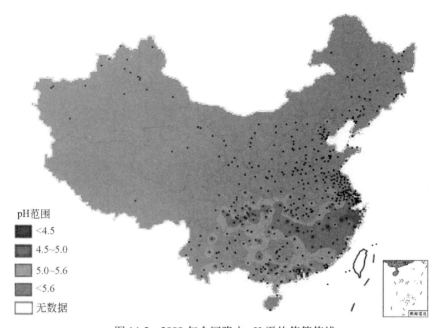

pH范围
■ <4.5
■ 4.5~5.0
■ 5.0~5.6
■ <5.6
□ 无数据

图 14-5 2008 年全国降水 pH 平均值等值线

资料来源：中华人民共和国环境保护部，2008 年中国环境状况公报

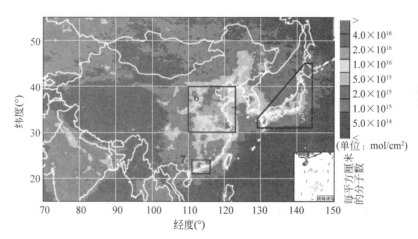

图 14-6 全国 NO_2 柱浓度分布

资料来源：A Richter et al.，2005

发的环境问题最为突出，往往导致地下水系结构破坏、地表塌陷、水土流失、植被破坏、矸石堆占等问题，严重破坏水资源、土地资源和生态环境。

我国未来煤炭资源开发规划的重点区域大部分集中在生态环境脆弱、水资源严重短缺的西北地区，该地区每万平方千米拥有的水资源量仅为全国的 1/5，内蒙古、新疆、宁夏、陕西、甘肃五省（自治区）的水资源总量是全国水资源总量的 8.3%，但是每开采 1 亿吨煤就要破坏 7 亿吨水资源，造成水土流失影响面积约 245km²，产生 1300 万吨煤矸石。此外，西北 70% 的国有大型矿区均是地面塌陷严重区。水资源、土地资源以及生态环境破坏问题将成为我国西部地区煤炭开发的关键制约因素。

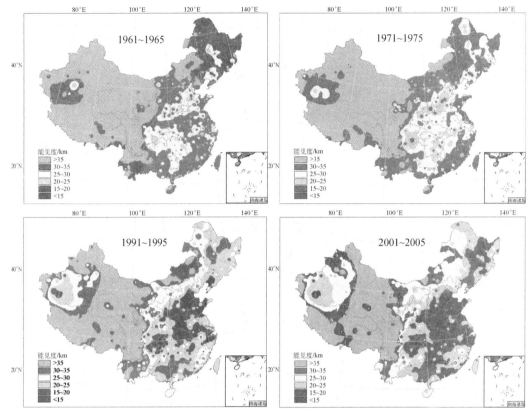

图 14-7　我国不同时期年平均能见度空间分布与变化

资料来源：郝吉明等，2008

1. 引发地面塌陷，破坏生态环境

煤炭露天开采剥离大量地表覆盖层，破坏地表和植被，改变地貌形态，影响生态平衡，加剧矿区的风化侵蚀和水土流失，还会诱发山体滑坡、崩塌和泥石流等严重的地质灾害。井工开采会破坏矿井上部岩体应力平衡，引发地面下沉、断裂和塌陷，严重破坏地下水资源和矿区生态环境。目前我国平均每生产 1 亿吨煤造成水土流失面积约为 245 平方千米。2008 年，煤炭开采造成的地面塌陷面积已达到 93 万公顷，且仍以约 4 万公顷/年的速度递增，采煤破坏土地复垦率仅为 12%，远低于发达国家 65% 的平均水平。

2. 耗费水资源，造成水环境污染

中国主要产煤区严重缺水，但是煤矿每年排放的矿井水数量巨大，2007 年全国排放矿井水约 60 亿立方米，利用率仅为 26%。矿井废水绝大部分是高悬浮、高矿化度、高酸性废水，如果含氟、重金属或放射性物质，其危害性就更大。大量的矿井废水直接排放到环境中，不仅污染了地表与地下水体，在煤炭资源集中的干旱和半干旱地区，还直接影响了工农业生产与居民生活用水。据调查，全国 96 个国有重点矿区中，缺水矿区占 71%，其中严重缺水的占 40%。水资源的破坏在我国煤炭主产区山西、陕西和内蒙古西部尤其严

重，将对这些地区的生态条件造成不可逆转的破坏性损失。

3. 固体废弃物压占土地，污染环境

露天煤矿开采产生的大量剥离物和固体废物堆放占用大量土地，其压占面积往往与采场破坏的土地面积相当。据统计，全国露天煤矿挖损土地总面积已达 1.2 万公顷，排土场压占土地面积 1.9 万公顷。煤矸石是目前我国排放量最大的工业固体废弃物之一，长期堆存形成一系列污染效应。全国平均每开采 1t 煤就产生约 0.13t 煤矸石，目前煤矸石的综合利用率仅为 66% 左右，低于发达国家 90% 的利用水平。2007 年底全国煤矸石累计存量 38 亿吨，占用土地面积约 1.6 万公顷，并且以每年 $200 \sim 300hm^2$ 的速度在递增。煤矸石自燃和淋溶还造成了严重的大气与水体污染。

4. 污染大气环境，排放温室气体

煤炭开采对大气环境的影响主要包括粉尘污染、煤矿瓦斯排放，以及煤矸石自燃产生的大气污染等。煤矿开采中释放的矿井瓦斯（主要成分是甲烷）不仅是重大安全隐患，而且是重要的温室气体排放源，其温室效应是二氧化碳的 21 倍。中国的矿井瓦斯利用率很低，85% 以上被直接排到大气中。2005 年，全国煤矿瓦斯排放量达 153.3 亿立方米，折合 1350 万吨甲烷，约合 2.84 亿吨二氧化碳当量。大量甲烷排放不仅浪费了能源，而且加剧了气候变化。

煤矸石自燃产生大量二氧化硫、一氧化碳、二氧化碳，中国每年因为煤炭自燃排放到环境中的有害气体为 20 万 ~ 30 万吨。据国家煤矿安全监察局统计，目前国有煤矿共有矸石山 1500 余座，其中长期自燃矸石山 389 座，严重污染矿区和周边地区的大气环境，影响着周边居民的身体健康。

五、能源开发与利用过程存在环境风险

核能与油、气资源的开发与利用过程伴随着不同程度的环境风险，尤其是在出现突发事故的情况下，往往对生态环境和人类健康造成重大危害，甚至是毁灭性影响。前苏联切尔诺贝利核电站事故与美国墨西哥湾原油泄漏事故是两个非常典型的例子，其造成的影响会延续数年甚至数十年。

1. 核能利用的环境风险

核电站对环境产生的风险主要来自于核燃料的放射性影响，表现为以下几个方面：第一，核电站核反应堆在运行过程中，由于核燃料裂变和结构材料、腐蚀产物及堆内冷却水中杂质吸收中子均会产生各种放射性核素，少量的裂变产物可通过核燃料元件包壳裂缝漏进冷却剂或慢化剂，排入环境；第二，核电站反应堆发生事故时，大量放射性物质会通过各种途径排入环境；第三，反应堆排出的废液和废气中的放射性核素，通过各种途径，经过一系列复杂的物理、化学和生物的变化过程对人体产生负面影响。

国内外由于核电使用而产生的突发性环境事故比比皆是，最著名的当属原苏联切尔诺贝利核电站事故。1986 年 4 月，苏联乌克兰共和国切尔诺贝利核电站发生严重泄漏及爆炸

事故，事故导致 31 人当场死亡，上万人由于放射性物质的长期影响而失去生命或重病，由于放射线影响还导致了畸形胎儿的出生。外泄的辐射尘随大气飘散到苏联的西部地区、东欧地区、北欧的斯堪的纳维亚半岛，乌克兰、白俄罗斯、俄罗斯受污染最为严重，至今俄罗斯、白俄罗斯及乌克兰等国每年仍然投入大量经费与人力用于事故的善后以及居民的健康保健。

目前世界上已有近 500 座核电机组，其堆型几乎都是慢堆；只有法国有 5 座快堆，其中超凤凰堆电功率达 124.2 万千瓦。慢堆只能利用天然铀中丰度仅 0.72% 的铀$_{235}$，而且，发电后还有一小部分铀$_{235}$残留到乏燃料中；不能被利用的以铀$_{238}$为主的锕系元素中，一部分半衰期达 10 亿年以上，这些核废料若不能妥善处理，将给环境带来极大风险。相对而言，快堆更为安全，可使铀资源的利用率提高 60～70 倍，大大减轻了处理核废料对环境造成的压力。

2. 石油开发与利用的环境风险

近年来，以美国墨西哥湾钻井平台为代表的原油泄漏事故频繁发生，这表明，石油开发尤其是海上石油开采属于高风险行业，一旦发生事故，不仅给生态环境带来灾难，而且也会给经济发展带来重大损失。原油中含有不稳定的碳氢化合物，包括多环芳烃、苯系物等，进入人体会产生毒害作用甚至致癌。大量原油进入海域，会改变海域的化学环境，对海洋生态系统以及周边区域人类的生存环境和生计产生重大影响，而生态系统的恢复往往需要几年甚至几十年的时间。《自然》杂志援引生态经济学家的话，称墨西哥湾漏油事件给生态环境造成的损失至少在 340 亿～6700 亿美元。由于该事件的影响，美国总统奥巴马已明确表示，美国要摆脱对石油的依赖，大力发展替代能源。

3. 天然气开发与利用的环境风险

天然气主要包含甲烷、硫化氢、二氧化硫和其他组分，其开发与利用过程中的环境风险主要包括以下几方面：第一，甲烷为易燃、易爆气体，在爆炸范围内遇明火会爆炸，当空气中甲烷浓度达到 25%～30% 时，可引起中毒；第二，硫化氢是高含硫气田开发的主要污染物，可导致人的嗅觉麻木，若吸入一定浓度则会在短时间导致伤害或死亡，另外硫化氢具有腐蚀性，当有水分存在时，可对钢材造成严重腐蚀，使其穿孔泄漏成灾；第三，二氧化硫有剧毒，对人体的危害主要引起不同程度的呼吸道及眼黏膜刺激症状；第四，其他组分包括硫磺及硫磺粉尘、硫化铁、甲基二乙醇胺（MDEA）、三甘醇（TEG）等化学溶剂、分子筛脱水剂，其中一些是生产过程中产生的物质或者废物，一些是生产过程中使用的原辅料，这些物料一旦处理不当，就可能发生燃烧、爆炸、中毒等生产和人身伤害。

第二节　能源利用的环境影响现状

一、化石能源消费导致大气环境问题日趋复杂

我国大量的煤炭消费和城市机动车数量的增多，使空气污染问题日趋复杂。空气污染

类型由煤烟型污染向煤烟—机动车尾气复合型污染转变，空气中细颗粒物和有机污染加重，部分大城市臭氧污染突出，大气环境处于临界状态。

1. 煤烟型污染仍然严重

1）城市空气中二氧化硫和可吸入颗粒物浓度高于发达国家

从全国平均状况来看，自 1990 年起，城市大气中颗粒物和二氧化硫浓度有所下降，但仍处于较高的浓度水平，传统的煤烟型污染仍十分严重。2008 年，全国有 23.2% 的城市空气质量未达到国家二级标准，可吸入颗粒物是造成空气质量超标的最重要因素。大城市的可吸入颗粒物（PM_{10}）污染普遍都很严重，重点城市 89.8% 的污染天数中首要污染物都是可吸入颗粒物。

按 2002 年空气质量数据比较，发达国家城市可吸入颗粒物浓度基本在 0.02~0.06mg/m^3，我国广州、上海为 0.07~0.09mg/m^3，高于以上城市 1 倍左右，而武汉等其他城市则高出 2~3 倍，与曼谷、雅加达、德里、开罗等重污染城市处于同一水平。2006 年我国城市空气中的可吸入颗粒物浓度也高于发达国家城市（图 14-8）。

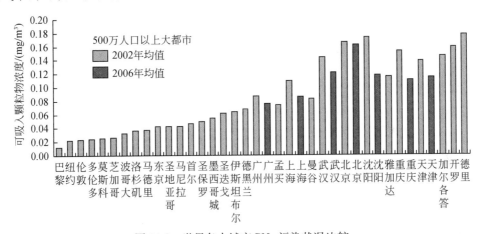

图 14-8　世界各大城市 PM_{10} 污染状况比较

资料来源：中国环境监测总站，江苏省环境监测中心，2009

2002 年洛杉矶、巴黎、多伦多等城市二氧化硫浓度基本为 0.01~0.02mg/m^3，我国城市的背景水平约为 0.03mg/m^3，其中上海、广州、武汉等南方城市的二氧化硫浓度高于发达国家城市 2 倍，天津、北京、沈阳、重庆等城市一般高出 3 倍。近年来我国城市空气中二氧化硫浓度虽然有所降低，但是将 2006 年的二氧化硫浓度与其他国家 2002 年相比，污染仍然普遍比发达国际城市严重（图 14-9）。

2）二氧化硫和氮氧化物导致的酸雨污染仍然严重

我国燃煤电厂二氧化硫和氮氧化物排放导致的酸雨污染仍然严重，全国出现酸雨的城市比例超过 50%。我国酸雨的特征是 pH 低、离子浓度高，尤其是硫酸根（SO_4^{2-}）、铵（NH_4^+）和钙离子（Ca^{2+}）浓度远远高于日本、美国等酸雨区。2006 年，全国降水化学监测结果表明，我国降水中的主要阳离子为 Ca^{2+} 和 NH_4^+，分别占离子总当量的 26.3% 和 13.7%；降水中的主要阴离子是 SO_4^{2-}，占 29.2%，NO_3^- 占 5.7%。降水中 SO_4^{2+} 和 NO_3^-

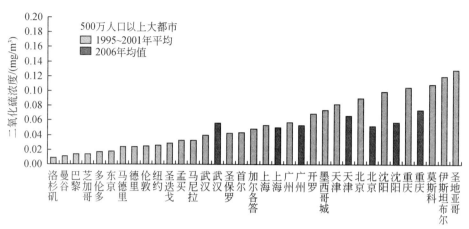

图14-9　世界各大城市 SO_2 污染状况比较

资料来源：中国环境监测总站，江苏省环境监测中心，2009

的当量浓度比为5:1，表明我国降水中的致酸物质仍以硫酸盐为主。

近年来，随着电厂二氧化硫排放量的大幅度削减和氮氧化物排放量的持续增长，氮氧化物对酸雨的贡献逐渐增大，降水中 NO_3^- 与 SO_4^{2-} 的当量浓度比值已由2005年的0.21升高到2008年的0.26。

2. 复合型污染更加突出

随着燃煤总量和机动车数量的不断增多，我国东部城市群地区大气环境呈现出煤烟型与机动车尾气污染共存的复合型污染特征，在京津冀、长江三角洲及珠江三角洲三大经济区表现尤为突出。从空气质量监测数据和卫星图片可以明显看出，以上三大区域由于高度集中的能源消费，已经成为大气污染的重灾区。

从全球大气二氧化氮和细颗粒物污染状况来看（图14-10、图14-11，见文后彩图），二氧化氮污染最为严重的区域主要分布于美国东部、欧洲西部及我国东部，且在各国二氧

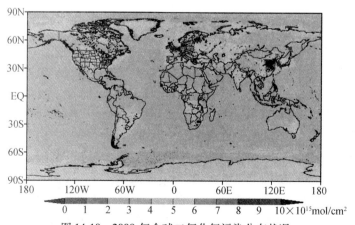

图14-10　2008年全球二氧化氮污染分布状况

资料来源：美国航空航天局［NASA］卫星图片

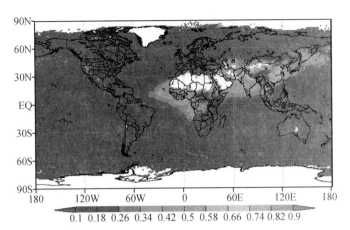

图 14-11　2008 年全球细颗粒物污染分布状况

资料来源：美国航空航天局［NASA］卫星图片

化氮浓度普遍降低的情况下，我国长江三角洲和珠江三角洲地区二氧化氮浓度增长显著；全球细颗粒物污染较重的区域基本集中在亚洲地区，我国京津冀、长江三角洲、华中地区及新疆部分地区细颗粒物污染极为严重。此外，我国三大经济区的臭氧污染水平也明显高于我国香港、欧洲及美国南加州地区。无论是从全球还是国内来看，京津冀、长江三角洲和珠江三角洲地区的二氧化氮、臭氧及细颗粒物污染问题已非常严重。

3. 有毒有害废气污染不容忽视

近年来，我国石化、冶金、焦化等行业快速发展，排放的有毒有害物质种类和数量不断增加，而治理却相对滞后，严重污染了部分地区的大气环境。这些有毒有害物质如苯系物、二噁英等多具有致癌、致畸、致突变或毒害作用，严重危害当地人民群众的身体健康，如不高度重视，极易引发重大环境污染事件。调查表明，广州市苯平均水平普遍超过美国国家环境保护局的推荐限值 $30\mu g/m^3$，二噁英浓度高达 $104.6\sim769.3fg\ I\text{-}TEQ/m^3$，远高于西方主要城市。

机动车、石化行业等是我国挥发性有机物的重要排放源，油品中的有毒有害物质对人体的神经系统、泌尿系统、呼吸系统、循环系统、血液系统等都有危害。国外研究表明，生活在加油站或者汽车修理厂附近的孩子患急性白血病的风险要高出平均水平 4 倍，这些孩子得急性非淋巴细胞白血病的概率比住在同一地区但不在加油站附近的孩子高 7 倍。

近年来，我国大气汞污染日益受到国际关注。燃煤和有色金属冶炼行业是我国最主要的大气汞排放源，分别占我国人为源大气汞排放量的 40% 和 47%。目前我国是全球范围大气汞污染最为严重的区域之一，人为源大气汞排放量约占全球排放量的 30%，年均汞沉降量大于 $70\mu g/m^2$。贵阳市采暖期空气中汞含量最高值达到 $565.8ng/m^3$，降水中汞含量接近或超过 $0.10\mu g/L$，生活饮用水超过卫生标准 $1\sim3$ 倍，作物可食用部分汞含量超标几十到几百倍。沈阳、北京、上海、重庆和兰州等地大气汞污染也十分严重，沈阳市大多数监测点的大气汞浓度超过或接近居住区大气汞标准，北京市采暖期空气中汞浓度平均值 $216.9ng/m^3$，个别地点达到 $427.08ng/m^3$。此外，我国一些无明显汞排放源的地区，受汞大气传输沉降等影响，土壤含汞量比背景值高出 3～10 倍，蔬菜作物、田间杂草汞含量超过卫生标准 20～30 倍。

二、煤化工行业耗费大量水资源

中国经济的快速发展为煤化工行业提供了广阔的发展空间，煤化工产品产量不断提高，且存在过热态势。许多煤化工项目的吨产品耗水在 10t 以上，大型煤化工项目年用水量高于千万立方米，相当于一些地区十几万人口的水资源占有量或 100 多平方千米国土面积的水资源保有量。我国水资源人均拥有率远低于世界平均水平，主要煤炭产地人均水资源占有量和单位国土面积水资源保有量仅为全国水平的 1/10，且水资源的地区分布严重不均，是煤化工产业发展的瓶颈制约因素。在西部缺水地区大规模超前规划煤化工项目，将打破当地脆弱的水资源平衡，直接影响经济社会平稳发展。

三、煤炭开发与利用带来了巨大的环境损失

煤炭开采过程破坏水资源、土地资源和生态环境，煤炭加工和使用过程中排出的废水、废气、废渣，对环境、生态以及人体健康产生负面作用，带来巨大的环境损失与外部成本。据估算，2005 年我国吨煤开采造成的综合经济损失为 43.5 元，吨煤消费造成的大气污染物和温室气体排放损失分别为 82.1 元和 60 元，合计吨煤生产和使用的综合经济损失为 185.6 元，占当年商品煤平均价格（270 元/吨煤的 69%）。

1. 煤炭开发的环境损失

我国吨煤开采造成的综合经济损失约为 43.5 元，2005 年煤炭开采总的经济损失为 960.9 亿元，相当于规模以上煤炭企业工业增加值的 1/3（表 14-4）。

表 14-4　2005 年中国煤炭开采造成的经济损失

指标项		全国总计
煤炭产量/万吨		221 000
土地资源破坏和占地的损失/亿元	采煤造成的水土流失	162.4
	采煤破坏土地的复垦	10.6
	地表塌陷面积的恢复	47.7
	采煤占地损失	65.2
水资源破坏和污染的损失/亿元	采煤破坏水资源损失	481.5
	采煤漏水造成缺水人口损失	1.5
	水质污染造成缺水人口	1.3
	矿井排水造成的损失	56.2
大气环境污染的损失/亿元	对人体健康的损失	89.7
	对农业的损失	15.7
	增加的清洗费用	29.0
合计/亿元		960.9

1）破坏和占用土地资源的经济损失

采煤带来的土地资源破坏主要表现为水土流失、耕地破坏、地表塌陷和土地占用。2005年全国煤炭产量22亿吨，采煤造成的水土流失的经济损失约为162.4亿元，采煤破坏土地的复垦费用约为10.6亿元，地表塌陷面积恢复费约为47.7亿元，土地占用经济损失65.2亿元，合计约285.9亿元。此外，煤矿开采造成的土地破坏不仅使农民失去赖以生存的土地，还导致了一系列严重的社会、生态环境问题，诸如此类的潜在经济损失目前尚无法进行计算。

2）破坏和污染水资源造成的经济损失

煤炭资源的大规模开发不可避免地对水资源造成巨大破坏，主要包括采煤造成水资源永久性破坏损失、采煤漏水造成的缺水损失，未经处理的矿井水外排还会造成水环境污染损失。2005年全国采煤破坏水资源量为54.7亿立方米，造成的经济损失约为481.5亿元；采煤漏水造成人畜缺水的损失约为1.5亿元；采煤造成水环境污染的经济损失57.5亿元；合计约540.5亿元。

3）大气环境污染造成的经济损失

大气污染造成的经济损失主要包括大气污染对人体健康、农业减产和增加清洗费用的损失，用于计算的污染因子主要包括大气环境中的 SO_2、PM_{10}、NO_x，其中公众健康损失最为显著。以山西为例，21世纪初山西省城乡肺癌发病率和死亡率较20世纪70年代上升了30%~50%，恶性肿瘤占厂矿职工死亡人数的30%，各类呼吸道疾病、职业病的发病率和死亡率也都明显增加。从全国来看，每开采1t原煤排放的大气污染物带来的人体健康损失为4.06元，2005年全国煤炭开采大气污染造成的人体健康的损失达89.7亿元，造成农业损失约为15.7亿元，增加的清洗费用约为29.0亿元，三项合计约为134.4亿元。

综合上述分析，2005年全国煤炭开发的环境损失计算结果见表14-4。

4）案例：山西省煤炭开发环境损失评估

根据《山西省煤炭开采环境污染和生态破坏经济损失评估研究报告》，2003年山西省煤炭工业环境污染和生态破坏损失为276.32亿元，平均吨煤损失为61.46元，约占煤炭出省平均价格的30%，而这部分损失并未纳入煤炭生产成本，这已经成为山西省煤炭工业可持续发展的主要障碍。具体的环境污染和生态破坏经济损失核算如下：

a. 环境污染损失评估

2003年山西省煤炭开采造成的大气、水及固体废弃物污染的环境损失约62亿元，平均环境污染损失为13.78元/吨煤（表14-5）。

表14-5 2003年山西省煤炭开采环境污染经济损失

序号	污染损失项目		经济损失/万元	吨煤污染损失/（元/吨煤）
1	大气环境污染损失	人体健康与人类福利	182 584.7	4.06
2		农业损失	31 780	0.71
3		增加清洗费用	59 060.8	1.31
		小计	273 425.5	6.08

序号		污染损失项目	经济损失/万元	吨煤污染损失/（元/吨煤）
4	水环境污染损失	水质污染型缺水人口损失	2 690	0.06
5		工业广场排放废水的损失	26 971.1	0.6
6		矿坑排水造成的损失	118 673	2.64
		小计	148 334.1	3.3
7	固废污染损失	煤矸石堆存处置	188 797.9	4.19
8		自燃矸石山治理	9 220.9	0.21
		小计	198 018.8	4.4
		合计	619 778.4	13.78

资料来源：山西省环保局，2005。

（1）大气环境污染损失评估。煤矿开采对大气环境影响的主要环节包括煤矿生产生活用锅炉燃煤排污、原煤从矿井到集运站的短途运输、煤炭堆放起尘、矸石山自燃和煤炭长途运输造成的大气污染等。大气环境污染损失核算主要考虑了人类健康与人类福利损失核算、大气污染造成的农业损失核算和大气污染增加的清洗费用等，核算结果为6.08元/吨煤。

（2）水环境污染损失评估。水环境污染损失核算主要考虑采煤造成的水质污染而导致人畜缺水损失，煤矿工业广场排放工业与生活污水造成的水质污染损失，以及采矿导致优质地下水转化为矿坑排水造成的损失等方面，核算结果为3.3元/吨煤。

（3）固体废物污染损失评估。煤矿生产产生大量的煤矸石，矸石产生率约为25%。山西省2003年煤矸石约30%得到综合利用，剩余部分堆积储存。煤矸石环境损失核算主要考虑矸石处置费用和矸石山灭火费用，核算结果为4.4元/吨煤。

b. 生态破坏损失评估

山西省煤炭工业造成的生态破坏经济损失核算主要包括以下内容：采煤造成的水资源永久性破坏的损失、采煤漏水造成的缺水人口损失、采煤造成的水土流失、森林资源生长量损失、采煤占地损失、破坏植被引起释氧减少的损失、采煤破坏土地的复垦费用、消耗坑木造成的生物多样性损失、生态重建恢复植被增加成本、湿地生态系统损失以及土地塌陷损失、物种资源丧失等。2003年采煤造成的生态破坏经济损失核算结果为214.32亿元，平均吨煤生态破坏经济损失为47.68元（表14-6）。

表14-6 2003年山西省煤炭开采生态破坏经济损失

序号	生态损失项目	经济损失/万元	吨煤生态损失/（元/吨煤）
1	采煤造成水资源永久性破坏的损失	867 751.3	19.30
2	采煤漏水造成的缺水人口损失	3 135	0.07
3	采煤造成的水土流失	33 039.6	0.74
4	森林资源生长量损失	9 000	0.20
5	采煤占地损失	132 699	2.95

序号	生态损失项目	经济损失/万元	吨煤生态损失/（元/吨煤）
6	采煤破坏植被引起释氧量减少损失	369 666.7	8.22
7	植被破坏引起涵蓄水分功能下降的损失	13 079.6	0.29
8	采煤破坏土地的复垦费用	21 584	0.48
9	消耗坑木造成的生物多样性损失	497 906.7	11.08
10	生态重建恢复植被增加成本	2 294.2	0.05
11	湿地生态系统损失	35 050	0.78
12	塌陷复垦	96 984	2.16
13	水浇地变旱地	4 895	0.11
14	房屋建筑损失	52 533	1.17
15	交通设施损失	3 592	0.08
	合计	2 143 210.1	47.68

资料来源：山西省环保局，2005。

2. 煤炭利用的环境损失

煤炭加工与利用过程排放多种大气污染物，造成的经济损失包括人体健康损失、农业经济损失、建筑材料经济损失等。2005 年全国二氧化硫排放量和烟尘排放量分别为 2549.3 万吨和 1182.5 万吨，其中煤炭利用过程排放的污染物约占 90% 和 70%，造成的人体健康损失约为 1154 亿元，农业和建筑材料损失共计约 628 亿元。2005 年全国煤炭消费量共计 21.7 亿吨，折合每吨煤炭消费约损失 82.1 元。

如果考虑煤炭开发利用的二氧化碳排放外部成本，按照 10 欧元/吨碳交易价格计算，中国 2005 年二氧化碳排放量为 2.3t/吨煤，则二氧化碳排放的外部成本为 60 元/吨煤（按 2005 年汇率计算）。

四、水电开发造成的移民等问题逐步显现

水电开发一般淹没占地较大，对环境的影响也较大，影响范围广、影响因素复杂、周期长，有些影响具有累积和滞后效应。水电开发的不利影响包括：淹没土地、景观，造成土壤沼泽化和盐碱化，诱发地质灾害，河流上淤下切，改变库区小气候甚至影响原有生态平衡，对原有湿地、水生生态环境、动植物等的影响，对当地居民生活习惯、文化和信仰的影响。其中移民安置是当前最为突出的问题，如果处理不当，会造成社会的不稳定。新中国成立以来，我国修建了 8 万多座水库，移民人数达 1500 多万，在世界上是绝无仅有的。其中三峡工程涉及移民 110 万，大量移民的生产就业是个很大的问题。

水电开发对生态环境的影响主要表现为，拦河筑坝建库带来上下游水文泥沙情势的变化，引起库区和下游水质、水温等水环境不同程度的改变，闸坝阻隔和水生生境变化对鱼类等水生生物有很大影响，水库淹没地区对陆生动植物造成不可逆影响。梯级水坝如果开发不当，可能阻断鱼类和水生生物的生活走廊，甚至导致其灭绝。据相关报道，因哥伦比

亚盆地大坝而造成的鲑鱼渔业损失，在 1960~1980 年就达 65 亿美元；大坝已灭绝了法国多尔多涅河、塞纳河等五条河流中的鲑鱼；由于巴基斯坦的穆罕默德大坝、印度的斯坦利大坝和萨达尔大坝的修建，印度鲥已在印度南部的主要河流中消失。目前我国拟对怒江进行 12 级梯级水电开发，引起了社会的高度重视，反对者众多，比较突出的意见有：怒江是我国仅存的两条自然生态河流之一，其中 70% 是土著鱼类，裂腹鱼等更是世界级珍稀鱼类，修建大坝可能会影响这些鱼类的生存环境；大坝的建设还可能造成怒江下游 30hm^2 野生稻的生存危机，这些野生稻是中国极其重要而珍贵的基因库。

第三节　能源发展的环境保护压力预测

2030 年以前，我国工业化和城市化将加快发展，如果经济增长方式和能源消费高速增长的态势还没有得到根本转变，环境容量相对不足、环境风险不断加大、环境问题日趋复杂的情况将不可避免，我国将面临更大的环境压力。如不采取严格的节能减排措施，由于经济总规模的增长，将导致对能源、土地和原材料等自然资源的需求增加，污染物排放总量还有进一步增加的可能，对生态系统的负面影响也随之加大。预计在未来 10~20 年，大城市机动车尾气污染趋势加重，加上其他能源的消耗过程，氮氧化物将成为一些城市的主要污染物之一，会导致一些地区臭氧和酸雨污染加重，细颗粒物（PM$_{2.5}$）危害日益突出。大气中苯系物等有毒有害污染物环境风险可能加大，硫酸盐、汞等大气污染物跨境传输将带来巨大的环境外交压力。

一、温室气体排放增长迅速

国内外研究机构对我国能源消费带来的二氧化碳排放量进行了大量研究，结果表明，我国二氧化碳排放峰值大约出现在 2030 年前后，预计将达到 80 亿~120 亿吨，2030 年以后，二氧化碳排放增长将明显减缓（表 14-7）。中国二氧化碳排放量的快速增长，尤其是人均排放量的增长，将面临巨大的国际减排压力，对中国以煤炭为主的能源消费结构、粗放型的经济增长方式提出了严峻挑战。

表 14-7　国内机构预测的中长期能源和二氧化碳情景

情景方案	能源消费量/亿吨标准煤			二氧化碳排放量/亿吨		
	2020 年	2030 年	2050 年	2020 年	2030 年	2050 年
国家能源局（基准方案）	43.2	52.3	63.0	90.4	103.5	106.3
国家发展和改革委员会能源所（基准方案）	48.2	55.3	66.6	101.9	116.6	121.5
清华大学（基准方案）	44.3	54.3	64.9	92.1	103.2	105.9
国家发展和改革委员会能源所（低碳方案）	40.0	44.7	52.5	82.9	86.0	84.0
清华大学（强化减排方案）	39.5	48.6	59.9	79.8	88.0	88.7
IEA2009（参考情景）	44.51	54.67		95.83	116.15	

资料来源：何建坤，2009。

中华人民共和国国家发展和改革委员会能源所从合理需求和绿色供应两方面出发，分析中国在转变发展方式、走新型工业化道路、实现科学发展的条件下，未来的经济、社会发展概况和相应的能源消费需求。研究结果表明，通过经济结构调整、能效技术进步、工业能源技术进步，以及通过必要的政策引导合理的建筑和交通能源需求，我国可以在保持经济较快发展的同时，有效降低能源消费增长速度。在低能源消费情景下（表 14-8），到 2030 年有可能将全国能源消费总量控制在 45 亿吨标准煤左右，2050 年控制在 50 亿～55 亿吨标准煤左右；在大幅度增加天然气供应、大力发展水电和核电、风能和太阳能发电得到有序发展的条件下，2030 年煤炭需求可以控制在 27 亿～30 亿吨，比较符合安全、环保、经济、高效的煤炭产业发展要求。考虑到经济发展和结构调整的不确定性，在较高的能源消费情景下，2030 年、2050 年我国的能源消费总量可能会增长到 58 亿吨和 66 亿吨标准煤左右，相应的煤炭消费量可能在 2030 年达到峰值，约 43 亿吨。在能源消费情景分析的基础上，得到的碳排放情景见图 14-12，结果表明，在节能、可再生能源技术、核电技术、碳捕获与封存（CCS）技术取得突破的前提下（低能源消费情景），可以有效控制中国的 CO_2 排放增长，碳排放峰值可能在 2030 年前后出现，到 2030 年可以将化石燃料燃烧过程的 CO_2 排放量控制在 90 亿吨以内，如果经济发展过快、温室气体排放控制不力，中国的 CO_2 排放将在 2030 年突破 110 亿吨。

表 14-8　一次能源需求量——低能源消费情景　（单位：百万吨标准煤）

年份	煤	油	天然气	水电	核电	风电	太阳能发电	生物质能	合计
2005	1537	435	60	132	20	1	0	4	2189
2020	2284～2411	838～851	326～340	262～280	186～199	88～94	9	38～40	4030～4226
2030	1955～2126	935～963	480～516	374～412	450～486	170～187	29～40	59～69	4451～4799
2040	1813～2085	963～974	566～580	416～433	700～757	223～251	81～84	62～107	4824～5271
2050	1741～1950	957～961	609～617	421～432	902～976	252～301	163～192	63～140	5108～5570

注：生物质能中包括燃料乙醇和生物柴油，按照最终产品计。
资料来源：中国能源中长期（2030、2050）发展战略研究综合报告，2010。

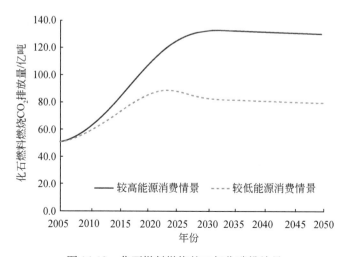

图 14-12　化石燃料燃烧的二氧化碳排放量
资料来源：中国能源中长期（2030、2050）发展战略研究综合报告，2010

二、大气污染物减排任务艰巨

按照本课题煤炭、油气专题组对未来化石能源产量与消费量的预测，我国煤炭工业可持续发展的产能以不超过38亿吨（折合27.14亿吨标准煤）为宜，由于能源技术的进步，我国煤炭消费量在2030年达到峰值以后，将逐步减少，石油和天然气消费量将稳步增加（表14-9）。

表14-9　中国能源消费预测基准情景

化石能源品种	2007 年	2010 年	2020 年	2030 年	2040 年	2050 年
煤炭消费量/亿吨	25.86	30	34.5	38	35	30
石油消费量/亿吨	3.66	4.0	5.5	6.5	7.0	7.5
天然气消费量/亿立方米	695	1200	2600	4000	4500	5500

资料来源：中国工程院《中国能源中长期（2030，2050）发展战略研究》煤炭、油气专题研究报告，2010。

根据以上能源消费情景，设计三种环境政策情景方案，分别是当前环境政策情景（情景方案1）、加大污染治理力度情景（情景方案2）、强化治污力度的基础上调整煤炭消费结构情景（情景方案3），分别对能源消费带来的大气污染物排放量进行预测，结果见图14-13。

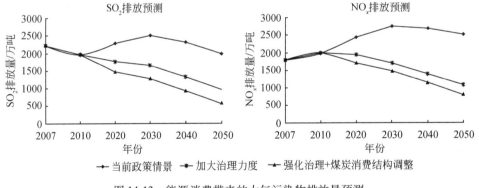

图14-13　能源消费带来的大气污染物排放量预测

在情景方案1中，按照"十一五"期间的污染物排放控制力度，预测能源消费过程的大气污染物排放量，2010年以后的大气污染物排放量变化主要由化石能源消费量变化趋势决定。预测结果表明，2010年SO_2排放量将比2005年削减10%以上，但NO_x排放量将会有所上升；2010~2030年，化石能源消费带来的SO_2和NO_x排放量持续增长，在2030年达到峰值，分别为2500万吨和2750万吨；2030~2050年，由于煤炭消费量的减少，化石能源消费带来的SO_2和NO_x排放量开始降低，到2050年分别下降到1980万吨和2520万吨。很显然，情景方案1是一个应该尽可能避免的情景。

在情景方案2即加强控制情景中，将对电力、交通等能源消费部门实施更严格的排放控制措施：SO_2排放控制方面，电力行业二氧化硫治理力度进一步加大，2020年、2030

年和 2050 年 SO$_2$ 平均去除率达到 80%、85% 和 90%；其他燃煤锅炉和工业炉窑使用洗精煤或简易脱硫设施，吨煤 SO$_2$ 排放强度比 2007 年排放水平分别降低 10%、20% 和 40%。NO$_x$ 排放控制方面，2010 年以后所有新建燃煤机组全部采用低氮燃烧和烟气脱硝技术，东部地区现役机组逐步建设烟气脱硝设施，到 2020 年、2030 年和 2050 年，火电行业 NO$_x$ 平均去除率分别提高到 45%、70% 和 80%；2020 年、2030 年和 2050 年，分散式供能锅炉和工业炉窑的吨煤 NO$_x$ 排放强度比 2007 年排放水平降低 5%、15% 和 40%；通过加严排放标准、改善燃油品质、安装尾气净化装置等措施，有效降低油品消费的 NO$_x$ 排放强度，2020年、2030 年和 2050 年，油品消费的 NO$_x$ 排放强度将比 2007 年排放水平分别降低 20%、30%和 50%。在该控制情景下，从 2010 年开始，化石能源消费带来的 SO$_2$ 和 NO$_x$ 排放量稳步下降，到 2030 年分别降低到 1650 万吨和 1700 万吨，2050 年进一步下降到 950 万吨和 1100万吨。

在情景方案 3 即强化控制和煤炭消费结构调整情景下，洁净煤利用技术和烟气治理技术应用速度都要超过情景方案 2，同时煤炭消费结构也有所调整，电力行业占煤炭消费量的比例由 2007 年的 52% 逐步提高到 2050 年的 60%。SO$_2$ 排放控制方面，电力行业二氧化硫治理力度进一步加大，2020 年、2030 年和 2050 年 SO$_2$ 平均去除率达到 85%、90% 和95%；其他燃煤锅炉和工业炉窑使用洗精煤或烟气脱硫设施，吨煤 SO$_2$ 排放强度比 2007年排放水平分别降低 20%、30% 和 50%。NO$_x$ 排放控制方面，2020 年、2030 年和 2050年，火电行业 NO$_x$ 平均去除率分别提高到 55%、75% 和 85%；2020 年、2030 年和 2050年，分散式供能锅炉和工业炉窑的吨煤 NO$_x$ 排放强度比 2007 年排放水平降低 10%、20%和 50%；油品消费的 NO$_x$ 排放强度比 2007 年排放水平分别降低 30%、40% 和 60%。在该控制情景下，化石能源消费带来的 SO$_2$ 和 NO$_x$ 排放量进一步下降，2030 年分别降低到1270 万吨和 1480 万吨，2050 年进一步降低到 570 万吨和 820 万吨。

我国 NO$_x$ 排放控制起步较晚，因此无论哪种控制情景，到 2010 年以后，化石能源消费的 NO$_x$ 排放量都将超过 SO$_2$。要使 SO$_2$ 和 NO$_x$ 排放量从 2010 年就开始稳步下降，必须加大污染控制政策力度。在最严格的控制情景中，到 2030 年，全国 SO$_2$ 和 NO$_x$ 排放量将减少到环境容量范围内；若要提前达到环境容量目标，则要在能源消费预测情景基础上减少煤炭消费总量。

对于燃煤电厂大气汞排放，根据除尘、脱硫、脱硝设施的协同减排效果，按照以上三个情景预测未来汞排放量（不同控制措施的脱汞效率见表 14-10，预测结果见图 14-14）。据估算，2007 年我国燃煤大气汞排放量约为 348t，其中火电厂大气汞排放量约为 139t。

表 14-10　烟气治理措施的脱汞效率

控制措施	脱汞效率/%
静电除尘器（ESP）	28
布袋除尘器（FF）	56
静电除尘器 + 湿法脱硫（ESP + WFGD）	63
选择性催化还原脱硝 + 静电除尘器 + 湿法脱硫（SCR + ESP + WFGD）	83
布袋除尘器 + 湿法脱硫（FF + WFGD）	91

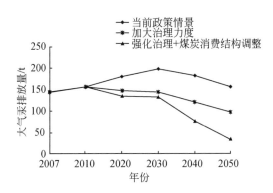

图 14-14　我国燃煤电厂大气汞排放量的预测

当前政策情景方案 1 中，燃煤电厂汞排放量在 2030 年达到峰值（200t），之后随着燃煤量的减少而稳步下降；到 2050 年，燃煤电厂汞排放量将下降到 156 万吨。

加强控制情景方案 2 中，2010 以后，随着烟气脱硫、脱硝设施以及布袋除尘器安装比例的上升，燃煤电厂大气汞排放量显著下降。2007～2050 年，燃煤电厂大气汞排放量将降低 33%，单位燃煤量的汞排放强度将降低 42%。

综合控制情景方案 3 中，2010～2030 年，燃煤电厂除尘、脱硫、脱硝措施对汞的协同减排效果将有效抑制大气汞排放量的增长；2030 年以后，随着燃煤电厂专门除汞技术和多污染物控制技术的应用，大气汞的去除率将达到 80%～90%。2007～2050 年，燃煤电厂大气汞排放量将降低 76%，单位燃煤量的汞排放强度将降低 83%。

综上所述，煤炭消费量和烟气治理措施的应用进程是决定燃煤电厂大气汞排放量的最主要因素。

第十五章　我国能源发展的环境约束

当前，我国的环境污染仍然严重，大气、水、固体废弃物污染治理还处于攻坚阶段，生态环境退化趋势还没有得到遏制，人民对蓝天绿水净土的要求日益迫切，国际对于温室气体减排的压力也越来越大，环境保护与能源消费之间的矛盾越来越尖锐。多种环境问题对能源发展形成了多因素制约，常规大气污染物排放控制将在 2030 年以前对化石能源消费总量形成约束，生态环境保护和水资源保护则对能源开发活动与煤化工等产业形成制约，而应对气候变化将成为我国未来能源发展的关键制约因素。减少化石能源消费量是能够同时实现多目标控制的最有效途径。

第一节　中长期环境保护目标

根据 2007 年《国家环境宏观战略研究》课题成果，我国中长期环境保护的战略目标是，实现我国环境质量的全面改善和生态系统的完整与稳定，促进环境保护和经济社会的高度融合，努力提高国家的可持续发展能力，使人民群众喝上干净的水、呼吸清洁的空气、吃上安全的食物，保障人民群众在良好的环境中生产生活，确保人体健康，全面实现与现代化社会主义强国相适应的环境质量目标。

在不同时期，应达到的阶段性环境保护目标如下所述。

到 2020 年，主要污染物排放总量得到有效控制，生态环境质量明显改善。主要污染物排放得到有效控制，核和辐射安全得到有效监管，生态环境质量明显改善，基本解决城镇污染和工业污染，饮用水水源不安全因素基本消除，环境状况与全面实现小康社会相适应：城市环境空气质量基本达到二级以上标准，七大水系国控断面好于Ⅲ类的比例大于60%，危害人体健康的突出环境问题，如重金属、细粒子、持久性有机物等得到初步遏制，生态恶化趋势得到基本控制，生态服务功能得到提升，生态文明观念在全社会牢固树立。

2030 年，污染物排放总量得到全面控制，生态环境质量显著改善。污染物排放总量得到全面控制，全国水体基本消灭黑臭现象，农村污染、非点源、新型环境问题得到基本解决，饮用水水源、城市空气质量基本达到要求，生态系统结构趋于稳定，农村环境质量实现根本好转，核与辐射安全水平总体达到国际水平，人体健康得到有效保障，文明健康、资源节约、环境友好的生产生活方式在全国得到普及，环境与经济社会基本协调。

2050 年，环境质量与人民群众日益提高的物质生活水平相适应，生态环境质量全面改善。生态环境质量全面改善，生态系统健康安全、结构稳定，人体健康得到充分保障，环境优先战略得到普遍实施，全面实现与科学发展观要求和可持续发展水平相适应的环境质量，人口、资源、环境、发展全面协调，生态文明蔚然成风，经济环境实现良性循环。

第二节　能源发展的环境保护目标

我国能源消费过程是大气污染物以及温室气体排放的最主要来源，能源生产与加工过程还会造成水资源耗费、环境污染、土地资源占用以及生态破坏等问题。要实现国家环境保护目标，必须控制能源消费总量，尤其是化石能源消费量，严格实施大气污染物和温室气体排放控制。矿产资源开发要以区域生态环境和水资源承载力为基础，合理确定各地区化石能源开发强度，优化能源基地布局。

围绕能源发展战略的关键期（2010～2020年）、攻坚期（2021～2030年）、转型期（2031～2050年），根据节约、高效、低碳、洁净的可持续能源发展战略，从空气质量改善、大气污染物排放总量控制、二氧化碳排放控制以及化石能源开采生态保护四个方面考虑，确定国家中长期能源发展的环境保护目标，如表15-1所示。

表15-1　中长期能源发展的环境保护目标和指标

目标	2020	2030	2050
空气质量改善	城市环境空气质量基本达到国家二级标准，经济发达城市达到世界卫生组织空气质量指导值的第二阶段目标值，酸沉降超临界负荷面积比2005年下降50%	基本解决能源利用带来的空气污染问题，80%以上的城市达到世界卫生组织空气质量指导值的第三阶段目标值，酸沉降超临界负荷面积下降80%以上	空气质量基本实现世界卫生组织环境空气质量浓度指导值，与人民群众日益提高的物质生活水平相适应，与现代化社会主义强国相适应
大气污染物排放总量控制	主要污染物排放得到有效控制，二氧化硫、氮氧化物和烟尘排放总量分别控制在1800万吨、1700万吨和900万吨左右，其中能源燃烧排放的二氧化硫、氮氧化物和烟尘分别控制在1500万吨、1400万吨和700万吨，细颗粒物（$PM_{2.5}$）、大气汞和挥发性有机污染物（VOC）纳入减排方案	污染物排放总量得到全面控制，二氧化硫、氮氧化物和烟尘排放总量分别控制在1500万吨、1400万吨和800万吨左右，其中能源燃烧排放的二氧化硫、氮氧化物和烟尘分别控制在1300万吨、1200万吨和600万吨	二氧化硫、氮氧化物和烟尘排放总量分别控制在1000万吨、1000万吨和600万吨左右，其中能源燃烧排放的二氧化硫、氮氧化物和烟尘分别控制在700万吨、800万吨和400万吨
二氧化碳排放控制	实施二氧化碳排放强度控制。2020年单位GDP二氧化碳排放强度比2005年下降40%～45%，作为约束性指标纳入国民经济和社会发展中长期规划	实施二氧化碳排放峰值和排放强度"双"控制。实现单位GDP二氧化碳排放强度比2005年降低60%～65%，化石能源燃烧过程的二氧化碳排放总量达到峰值（排放量90亿吨/年），经济发达地区二氧化碳排放量与2005年相比下降10%	实施二氧化碳排放总量控制，2050年化石能源燃烧过程的二氧化碳排放量比2030年削减20%（排放量70亿吨/年），实现低碳经济和低碳社会目标

续表

目标	2020	2030	2050
生态环境保护	根据生态环境和水资源承载力，合理规划能源开发强度，严格按照规划实施能源开发活动。到 2020 年，矿井水重复利用率达到 70%，瓦斯利用率达到 60%，煤矸石利用率达到当年排放量的 75%。新建矿山边开采、边复垦，破坏土地复垦率达到 85% 以上，历史遗留矿山开采破坏土地复垦率达到 45% 以上	煤矿矿井水重复利用率达到 80%，高瓦斯煤层气全部实现抽采利用，基本消灭矸石山，矿山开采塌陷土地复垦率达到 70%	完全解决能源发展过程中的生态环境破坏问题，已经破坏的矿区生态环境得到有效修复，实现能源环境协调发展

一、大气环境质量目标

1. 2020 年大气环境质量目标

全国城市基本达到国家二级空气质量标准，即二氧化硫、二氧化氮、可吸入颗粒物的年均浓度分别达到 $0.060mg/m^3$、$0.080mg/m^3$ 和 $0.100mg/m^3$ 以下；经济发达城市达到世界卫生组织（WHO）空气质量指导值的第二阶段目标值，即二氧化硫的小时平均浓度达到 $0.050mg/m^3$、二氧化氮的年均浓度达到 $0.040mg/m^3$、可吸入颗粒物的日均浓度达到 $0.100mg/m^3$ 以下。酸沉降超临界负荷面积比 2005 年下降 50%。

2. 2030 年大气环境质量目标

80% 以上的城市达到 WHO 空气质量指导值的第三阶段目标值，二氧化氮年均浓度达到 $0.040mg/m^3$、可吸入颗粒物的日均浓度达到 $0.075mg/m^3$ 以下。酸沉降超临界负荷的面积下降 80% 以上。基本解决能源利用带来的空气污染问题。

3. 2050 年大气环境质量目标

大部分城市和重点地区的大气环境质量得到明显改善，基本实现世界卫生组织环境空气质量浓度指导值，即二氧化硫的小时平均浓度值达到 $0.020mg/m^3$、二氧化氮的年均浓度达到 $0.040mg/m^3$、可吸入颗粒物的日均浓度达到 $0.050mg/m^3$ 以下，细颗粒物（$PM_{2.5}$）、大气汞和挥发性有机污染物等也达到世界卫生组织的排放限值要求，满足保护公众健康和生态安全的要求。

二、大气污染物排放控制目标

大气污染物排放总量控制目标的确定主要基于全国酸沉降临界负荷、大气环境质量、污染治理技术可达性等三方面因素。目前，二氧化硫和氮氧化物已列入国家控制方案，细颗粒物、汞和挥发性有机污染物的排放控制尚未开展。未来大气污染物排放总量控制目标建议如下，其中能源消费的大气污染物排放控制目标见表 15-2。

表 15-2　能源消费的大气污染物排放控制目标

时间	SO_2 排放控制目标/万吨	NO_x 排放控制目标/万吨	烟尘排放控制目标/万吨
2020 年	1500	1400	700
2030 年	1300	1200	600
2050 年	700	800	400

1. 二氧化硫控制目标

预计 2010 年全国二氧化硫排放总量为 2200 万吨左右。按照当前的减排政策趋势，建议 2020 年、2030 年和 2050 年全国二氧化硫排放总量控制目标分别为 1800 万吨、1500 万吨和 1000 万吨，其中能源燃烧排放的二氧化硫建议控制在 1500 万吨、1300 万吨和 700 万吨。

2. 氮氧化物控制目标

预计 2010 年氮氧化物排放量将达到 2000 万吨左右。建议 2020 年、2030 年和 2050 年的氮氧化物排放总量控制目标分别为 1700 万吨、1400 万吨和 1000 万吨，其中能源燃烧排放的氮氧化物建议控制在 1400 万吨、1200 万吨和 800 万吨。

3. 其他污染物控制目标

2020 年、2030 年和 2050 年，烟尘排放总量分别控制在 900 万吨、800 万吨和 600 万吨，其中能源燃烧过程的烟尘排放量建议控制在 700 万吨、600 万吨和 400 万吨。对于细颗粒物、大气汞和挥发性有机污染物，建议在 2020 年全部纳入控制范围，制定污染控制方案；2030 年以前 PM$_{2.5}$、汞和挥发性有机污染物等得到全面有效控制；2050 年之前，相应的大气环境质量指标全面达到世界卫生组织排放限值要求。

三、二氧化碳排放控制目标

二氧化碳排放控制是我国中长期能源发展的最大环境制约。未来 40 年的二氧化碳排放控制目标确定为，2020 年之前实现排放强度下降，2030 年达到排放总量峰值，2050 年实现排放总量削减下降。

2010～2020 年实行排放强度控制：2020 年我国单位 GDP 二氧化碳排放强度比 2005 年下降 40%～45%，作为约束性指标纳入国民经济和社会发展中长期规划；通过发展可再生能源、积极建设核电等行动，到 2020 年我国非化石能源占一次能源消费的比重达到 15% 左右；通过植树造林和加强森林管理，2020 年森林面积比 2005 年增加 4000 万公顷，森林蓄积量比 2005 年增加 13 亿立方米。

2020～2030 年实行排放强度与排放总量双控制：2030 年实现我国单位 GDP 二氧化碳

排放强度比 2005 年降低 60%~65%，达到二氧化碳排放总量峰值（预计化石能源燃烧过程的二氧化碳排放总量不超过 90 亿吨/年）。继续大力发展可再生能源、氢能、核能等清洁低碳能源，到 2030 年我国非化石能源占一次能源消费量的比重达到 25% 左右；通过植树造林和加强森林管理，2030 年森林面积比 2005 年增加 6000 万公顷，森林蓄积量比 2005 年增加 18 亿立方米。

2030~2050 年实行排放总量控制：实现二氧化碳、甲烷等主要温室气体排放总量控制，全面建立有利于总量减排的政策体系。到 2050 年，非化石能源占一次能源消费量的比重达到 40% 左右，化石能源燃烧过程的二氧化碳排放量与 2030 年相比削减 20%，控制在 70 亿吨以内。

四、生态环境保护目标

1. 2020 年生态保护目标

根据矿区生态环境和水资源承载力，合理规划能源开发强度，严格按照规划实施各类能源开发活动。应用能源绿色开采技术，杜绝能源开发过程的生态环境破坏行为，力争到 2020 年，煤矿矿井水重复利用率达到 70%，瓦斯利用率达到 60%，煤矸石利用率达到当年排放量的 75%。新建矿山应做到边开采、边复垦，破坏土地复垦率达到 85% 以上，历史遗留矿山开采破坏土地复垦率达到 45% 以上。

2. 2030 年生态保护目标

矿井水重复利用率达到 80%，高瓦斯煤层气全部实现抽采利用，基本消灭矸石山，矿山开采塌陷土地复垦率达到 70%。

3. 2050 年生态保护目标

完全解决能源发展过程中的生态环境破坏问题，已经破坏的矿区生态环境得到有效恢复，实现能源环境协调发展。

第三节　大气污染物排放控制对煤炭消费总量的约束

由于大气环境的自净和稀释能力有限，化石能源加工、利用过程中排放的大量空气污染物在环境中不断积累，将对生态系统和人体健康构成重大威胁。相关研究表明，我国二氧化硫环境容量为 1200 万~1800 万吨，氮氧化物环境容量不超过 1200 万吨，且由于各地的自然条件不同，环境容量也呈现明显的地区差异。目前我国有 23.2% 的城市空气质量未达到国家二级标准，全国硫沉降超临界负荷区域达到 20%，污染物排放控制要求对煤炭消费总量形成强约束作用。

一、基于污染物排放总量控制的煤炭最大消费量

污染治理设施建设和技术水平的提高需要逐步到位，因此要实现全国污染物排放总量持续削减的目标，必须控制煤炭消费量过快增长，尤其是 2020 年以前，经济发展、能源消费与污染物排放控制的矛盾非常突出。本节主要从能源消费结构、煤炭利用方式以及污染治理水平三方面因素出发，分析主要大气污染物排放总量控制对煤炭最大消费量的制约。

1. 煤炭利用方式与污染治理水平情景分析

1）煤炭消费结构调整情景分析

按照技术特点的不同，可以将煤炭利用方式分为三大类：发电用煤、分散式供能用煤以及煤化工用煤。其中，发电用煤主要指 65t/h 及以上的工业锅炉发电用煤；分散式供能用煤主要指 65t/h 以下的工业锅炉和各种工业窑炉用煤，这些用煤设备的技术水平及污染治理水平是相似的；煤化工用煤包括炼焦、合成氨、电石等传统煤化工用煤和煤制油、煤制甲醇、二甲醚、烯烃、天然气等新型煤化工用煤。2007 年这三类用煤技术分别占全国煤炭消费总量的 51%、31% 和 18%。

未来热电联产的发展将逐步取代分散型供热锅炉，落后工业锅炉和窑炉的淘汰、改造也将使这部分用煤量下降。随着发电用煤比例的提高、分散型供能锅炉和窑炉用煤比例的降低，吨煤污染物排放强度将降低。2020 年、2030 年和 2050 年的煤炭利用结构调整情景见表 15-3。

表 15-3　煤炭利用结构调整情景　　　　（单位：%）

时间	煤炭消费量比例		
	电厂	分散式供能	煤化工
2020 年	53	29	18
2030 年	55	27	18
2050 年	60	22	18

2）污染物排放控制情景分析

2009 年，我国 SO_2 排放总量为 2214.4 万吨，其中煤炭利用过程的 SO_2 排放量约占 90%。2009 年火电行业脱硫机组装机容量已达到 70% 以上，未来随着小机组的逐步淘汰，同时进一步提高脱硫效率和脱硫设施投运率，在强化控制情景中，到 2020 年、2030 年和 2050 年，全国火电行业 SO_2 平均去除率有望提高到 85%、90% 和 95%。与火电行业相比，我国其他工业锅炉和窑炉缺乏成熟、稳定、经济可行的 SO_2 治理技术，目前污染物排放强度较大。随着工艺水平的进步和小型工业锅炉逐步应用烟气脱硫技术，在强化控制情景中，分散式供能锅炉和工业炉窑的 SO_2 治理技术进展较快，非电力行业 2020 年、2030 年和 2050 年的 SO_2 排放强度将分别比 2010 年降低 40%、60% 和 80%（表 15-4）。

表 15-4　不同时期的污染物排放控制情景　　　　　　（单位:%）

污染物控制情景	时间节点/年	电厂污染物平均去除率	与2010年相比,非电力行业排放强度降低比例	与2010年相比,油品消费的NO_x排放量下降比例
SO_2控制情景	2020	85	40	—
	2030	90	60	—
	2050	95	80	—
NO_x控制情景	2020	75	15	10
	2030	85	40	15
	2050	95	70	20

2009 年中国 NO_x 排放量为 2000 万吨左右,煤炭利用过程的 NO_x 排放量约占排放总量的 70%,其他主要为机动车与炼油等行业的排放贡献。由于我国尚未对 NO_x 实施总量控制,目前电厂 NO_x 治理进展较慢。自 2003 年颁布《火电厂大气污染物排放标准》(GB13223—2003)后,新建火电机组大多采用了低氮燃烧技术,但安装烟气脱硝设施的机组尚不到目前火电机组总容量的 10%。由于电力行业 NO_x 排放量增长迅速,未来必须加大污染治理力度,在强化控制情景中,到 2020 年、2030 年和 2050 年,火电行业 NO_x 平均去除率应分别提高到 75%、85% 和 95%。目前我国非电力行业基本未采取 NO_x 排放控制措施,未来应加大非电力行业燃煤锅炉、钢铁、水泥等生产设备低氮燃烧或烟气脱硝改造力度,在强化控制方案中,到 2020 年、2030 年和 2050 年,非电力行业的吨煤 NO_x 排放强度比 2010 年排放水平分别降低 15%、40% 和 70%。

油品消费增长带来的 NO_x 排放主要体现在交通运输业与工程机械等方面,预计到 2020 年、2030 年和 2050 年,全国油品消费量将比 2010 年分别增长 40%、60% 和 90%;同时,通过加严排放标准、淘汰老旧机动车、改善燃油品质、安装尾气净化装置等措施,将有效降低单位油品消费的污染物排放强度。综合考虑油品消费增长与排放强度降低因素,在强化控制情景中,油品消费的 NO_x 排放量增长速度将逐渐下降,2020 年、2030 年和 2050 年油品消费的 NO_x 排放量与 2010 年相比,将分别降低 10%、15% 和 20%。不同时期的 NO_x 排放控制情景见表 15-4。

2. 不同情景下最大煤炭消费量约束分析

按照不同时期的煤炭消费结构和污染物排放控制情景,分析在 SO_2 和 NO_x 排放总量控制目标约束下的煤炭最大可消费量,具体结果见图 15-1。由计算结果可知,不同煤炭消费结构、不同污染物治理力度下,煤炭最大可消费量差异显著:

在基准情景中(图 15-1 中左图),煤炭消费结构和主要大气污染物排放控制保持在 2010 年的水平,2020 年、2030 年和 2050 年能源燃烧排放的 SO_2 分别控制在 1500 万吨、1300 万吨和 700 万吨,则煤炭最大可消费量分别为 26 亿吨、22 亿吨和 15 亿吨;2020 年、2030 年和 2050 年能源燃烧排放的 NO_x 分别控制在 1400 万吨、1200 万吨和 800 万吨,则煤炭最大可消费量分别为 24 亿吨、19 亿吨和 12 亿吨。在该情景下,NO_x 治理水平是决定煤炭最大可消费量的关键制约因素。2008 年全国煤炭消费总量已经达到 27.4 亿吨,在

2020 年以前煤炭消费总量还会持续增长，可见基准情景的污染物治理水平无法满足污染物总量控制目标的要求，要实现主要大气污染物排放总量持续削减，必须加大污染控制力度。

在强化控制情景中（图 15-1 中右图），煤炭消费结构逐步调整，燃煤电厂、工业、交通等部门均采取了更严格的排放控制措施。在 SO_2 治理水平和排放总量控制目标约束下，2020 年、2030 年和 2050 年全国煤炭最大可消费量分别为 48 亿吨、66 亿吨和 82 亿吨；在 NO_x 治理水平和排放总量控制目标约束下，2020 年、2030 年和 2050 年全国煤炭最大可消费量分别为 46 亿吨、59 亿吨和 78 亿吨。由于 NO_x 排放控制起步较晚，全国煤炭最大可消费量主要受 NO_x 治理水平制约。

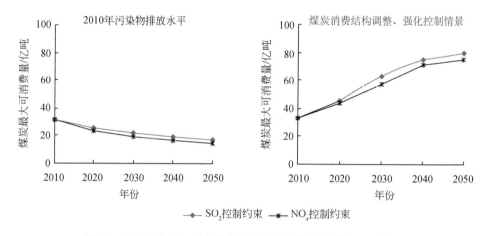

图 15-1　SO_2 和 NO_x 总量控制目标约束下的最大煤炭可消费量

由以上分析可以看出，只有大幅度提高污染治理力度，才能在满足大气污染物排放总量控制目标的前提下实现煤炭消费总量的持续增长；同时，由于一定时期内污染治理水平的提高受到技术、经济条件的制约，因此要实现全国污染物排放总量持续削减的目标，必须控制煤炭消费量过快增长，尤其是 2020 年以前，经济发展、能源消费与污染物排放控制的矛盾非常突出。考虑到温室气体减排的压力，在 2030 年之前温室气体排放控制将成为煤炭消费的主要制约因素，基于温室气体排放控制的最大煤炭可消费量可能远低于以上测算结果。

二、各区域煤炭消费总量约束分析

不同地区之间环境质量状况、污染物排放强度、污染减排潜力存在很大差异，需要因地制宜采取适当的煤炭消费总量和污染物排放控制策略，才能保证各地环境质量逐步提高。

根据表 14-3 中对各地区污染物排放强度与污染现状的分析，可以看出我国东部、中部、西南、西北四个地区呈现以下特点：

（1）各区域面积占全国比例（%）：东部（11.1）＜中部（17.3）＜西南（27.0）＜西北（44.57）；

（2）单位面积煤炭消费量（t/km^2）：东部（1074.1）>中部（512.3）>西南（210.8）>西北（86.9）；

（3）单位面积 SO_2 排放量（t/km^2）：东部（8.55）>中部（4.00）>西南（3.56）>西北（0.93）；

（4）单位面积 NO_x 排放量（t/km^2）：东部（7.56）>中部（2.56）>西南（1.47）>西北（0.48）；

（5）单位面积烟尘排放量（t/km^2）：东部（2.81）>中部（2.24）>西南（1.10）>西北（0.37）；

（6）SO_2 排放达标率（%）：东部（91.6）>中部（87.0）>西南（79.1）>西北（68.2）；

（7）工业 NO_x 排放达标率（%）：东部（89.7）>中部（80.3）>西南（72.8）>西北（70.5）；

（8）烟尘排放达标率（%）：东部（95.5）>中部（90.7）>西南（70.3）>西北（68.9）；

（9）工业粉尘排放达标率（%）：东部（95.6）>中部（86.7）>西南（67.8）>西北（66.0）。

1. 东部地区环境约束最为严峻

目前东部地区单位面积煤炭消费量和污染物排放量均高于其他地区，甚至高于西部地区十几倍，珠江三角洲、长江三角洲和京津冀地区存在显著的城市群效应，大气污染问题相互耦合、叠加，复合型污染日趋严重，污染物排放量已超出环境容量。而从排放达标率来看，污染治理水平提高的潜力也较小，削减空间非常有限，环境制约比较严峻。要解决目前的区域性复合污染问题，必须在深挖减排潜力的同时，严格控制煤炭消费增量，争取实现煤炭消费零增长甚至是递减，同时机动车污染控制也必须加大力度。

2. 中部地区环境约束仅次于东部

中部地区的单位面积煤炭消费量和污染物排放量低于东部，高于西部，但也高于全国平均值，排放达标率也处于同样的层次。从区域整体来看，中部地区尚有一些环境容量，但分布不太均匀。如山西、河南、湖南、河北、安徽等省都有二氧化硫污染较重的城市。煤炭消费量增长需要建立在现有污染物排放削减和技术进步的基础上，同时要避开空气污染较重的城市。

3. 西南和西北地区环境容量分布不均

西南和西北地区的单位面积煤炭消费量和污染物排放量都远低于东、中部地区，排放达标率也有潜力可挖，环境容量较大，但也分布不均。尤其是西南地区的贵州、四川、重庆、广西酸雨严重，煤炭含硫量高；西北地区生态环境薄弱。贵州省、内蒙古自治区、云南省、重庆市、新疆维吾尔自治区、广西壮族自治区、甘肃省、陕西省等都有二氧化硫污染较重的城市分布，需要区别慎重对待。煤炭消费要综合考虑这些环境要素，加大污染减排力度，实现适度发展。

第四节　应对气候变化形成实质性碳排放约束

温室气体排放导致全球气候变暖已在国际社会基本达成共识。IPCC 第四次评估报告认为，1995～2006 年的全球平均气温是自 1850 年以来出现的最暖的 12 年，在 1906～2005 年的 100 年里，全球平均地面温度上升了 0.74℃（0.56～0.92℃），远高于第三次评估报告的 0.6℃，其中亚洲平均地面温度上升最快，近年来甚至超过了 1℃（IPCC，2007）。全球气候变化产生的影响是长期的、深远的、多方面的，将导致海平面上升、局部地区气候模式变化、农业减产、冰川融化、物种灭绝、人口迁移、能源短缺等，直接威胁人类生存环境，尤其是对发展中国家的影响更大。我国已经成为遭受气候变化不利影响较为严重的国家之一。温室气体排放控制将成为我国未来能源发展的最主要制约因素。

一、国际社会将设定严格的温室气体排放控制目标

为了避免更为严重的环境灾难发生，欧盟国家等发达国家倡导的温升控制在 2℃、2050 年温室气体排放减半越来越成为主导性舆论，2℃的温升控制目标已经成为哥本哈根会议的共同决定。哥本哈根决议还提出要尽可能早地使全球温室气体排放量达到峰值，以后持续下降。发达国家提出达到全球峰值的时间在 2020 年前后，也提出了我国在 2025 年前达到峰值的要求。

根据联合国气候变化框架公约共同而有区别责任的原则，发达国家需要带头深度减排，现在多数欧盟国家以及美国都提出了 2020 年的温室气体具体减排目标，其中欧盟提出较 1990 年下降 20%～30%，美国提出较 2005 年下降 17%，日本提出较 1990 年下降 25% 的目标。发达国家一致同意在 2050 年使其温室气体排放量比 1990 年减少 80% 以上的目标。但是即使发达国家将其排放量减少得更多，也将要求发展中国家温室气体排放总量要明显低于现在的排放量。按照这个远期目标，假设发达国家继续保持年均 1.75% 的经济增长，其单位 GDP 的平均二氧化碳排放强度要较目前下降 10 倍以上。预计世界 2050 年的人均二氧化碳排放量将只能在 2t 左右，为目前世界平均的一半左右。我国目前的单位 GDP 二氧化碳排放强度是发达国家的 5～10 倍，今后几十年内，我国的单位 GDP 二氧化碳强度需要下降到现在水平的 1/20，才可能接近届时的世界平均水平。

二、中国面临巨大的温室气体减排压力

根据 IEA（2008）数据，我国 2006 年能源活动导致的二氧化碳排放总量占全世界排放总量的比重达到 20.13%，美国的比例为 20.35%。近两年我国温室气体的排放仍然以较高速度增长，已经成为世界最大的二氧化碳排放国。按照我国目前的能源发展趋势，未来我国能源利用产生的二氧化碳将是全球二氧化碳排放增加的主要贡献者。我国温室气体排放的大量增加，已经引起世界各国的关注，要求我国尽快控制温室气体排放的呼声，已

经从发达国家扩展到不少发展中国家。

根据 IEA 的数据，我国人均能源消费引起的二氧化碳碳排放量在 2007 年已经达到 4.57t，已经超过当年世界人均的 4.38t 排放量。现在我国人均碳排放量更是明显超过世界平均水平。

随着我国经济的持续高速发展，人均 GDP 已经超过了 3000 美元，按照购买力平价计算，人均 GDP 已经超过 8000 美元。我国的经济总量已经是世界第三，综合国力和多数发展中国家已经拉开了距离。即使按官方汇率计算，我国到 2020 年人均 GDP 也将超过 8000 美元。届时很可能将难以维持发展中国家地位，可能将更多地受到具体限排甚至是减排温室气体的压力。

根据发达国家和发展中国家共同而有区别的责任原则，我国现在仍然可以不承诺定量的限排或减排责任，但必须尽可能减少温室气体的增量，大幅度降低单位 GDP 的碳排放强度。我国已经公布了 2020 年单位 GDP 温室气体排放强度较 2005 年下降 40% ~ 45% 的自愿承诺目标。从发展趋势上看，我国将可能必须考虑在 2030 年左右，甚至是更早的时候，开始实行能源领域碳排放的零增长。2030 年以后将逐步减少温室气体排放总量，并且逐步加快减排的速度。

三、不同地区的温室气体排放控制责任区分

由于我国经济发展、产业布局、资源禀赋等区域特点，各地区之间存在巨大的碳排放差异，如图 15-3 至图 15-6 所示。我国制定落实二氧化碳排放强度目标的区域方案时，既要兼顾不同区域的经济增长、社会进步需求，也要考虑到二氧化碳排放控制的可行性。气候变化国际谈判中"共同而有区别的责任"原则同样适用于国内温室气体排放控制责任的分配。对于国内人均碳排放强度、单位 GDP 碳排放强度以及单位国土面积碳排放强度较高的省市区，应该先出台控制措施，实行较严格的排放强度控制目标甚至是总量控制目标。

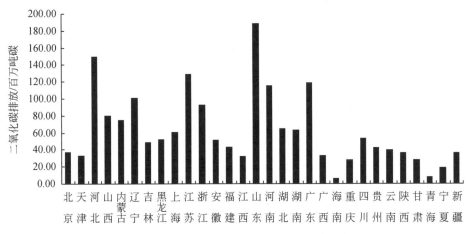

图 15-3　2007 年各省能源利用的二氧化碳排放量

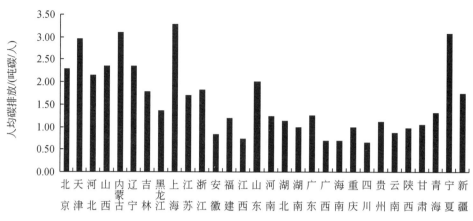

图 15-4　2007 年各省能源利用的人均碳排放量

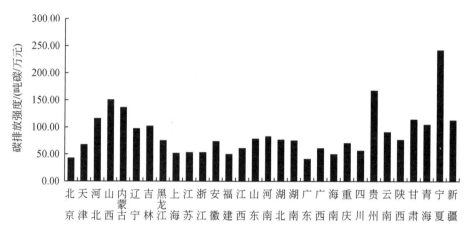

图 15-5　2007 年各省能源利用的碳排放强度

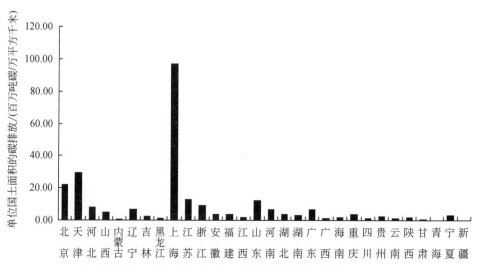

图 15-6　2007 年单位国土面积能源利用的碳排放量

第五节　生态环境条件对能源开发强度的约束

我国目前许多能源资源富集区位于生态环境较脆弱的地区，但为了保证能源消费需求，暂被列为重点开发区，如果开发不当，很有可能逐步恶化为生态环境高度脆弱区。为有效保护矿区生态环境，必须根据各个能源产区的生态条件和水资源承载力，科学确定能源开发强度。在生态环境较为脆弱、水资源相对不足的西部、北部地区，实行科学规划、适度开发，采用绿色开采技术，在能源开采的同时开展土地复垦与生态重建，将能源开发对生态环境与水资源的影响限制在可恢复的范围内；在生态环境脆弱的地区和重要生态功能保护区实行保护优先、限制开发，确保生态功能的恢复与保育，逐步恢复生态平衡。

一、煤炭可持续开发的资源环境约束

从水资源保障角度来看，我国煤炭资源与水资源呈逆向分布关系。东部经济发达地区，煤炭资源量仅占全国的 7%，水资源占全国水资源总量的 71.9%。中部区煤炭资源量占全国煤炭资源量的 73.6%，而水资源总量占全国的 22.7%，特别是中部的晋陕蒙宁地区，查明煤炭资源量占全国的 64.4%，而水资源总量仅占全国的 2.6%。西部自给区（带）煤炭资源量占全国的 11.6%，而水资源总量仅占全国的 4.6%。富煤地区水资源严重短缺，严重制约着煤炭资源开发以及煤化工等产业的发展规模。

从生态环境保障角度来看，秦岭—大别山以北地区生态环境十分脆弱，植被覆盖率低，但集中了我国近 90% 的煤炭资源，生态环境成为煤炭开发的重要制约因素；东部地区人口密集，城市化水平高、可耕地少，土地资源成为煤炭开发主要制约因素；西南地区煤层硫分高，煤炭利用对环境产生严重影响。

根据《中国能源中长期（2030、2050）发展战略研究》煤炭专题的研究成果，在各区域水资源和生态环境约束条件下，我国最大煤炭产能为 33.6 万吨，各煤炭产区的约束分析结果见表 15-5。

表 15-5　我国水资源和生态环境保护约束条件下的煤炭产能分析　（单位：亿吨）

区域	资源			生态环境	水资源	综合分析
	保有	预测	总量			
全国	56	41	97	39.2	38.5	33.6
东部调入带	7.6	0.74	8.3	7.6	7.6	7.6
东北	1.6	0.15	1.75	1.6	1.6	1.6
黄淮海	4.86	0.48	5.34	4.86	4.86	4.86
华南	1.12	0.12	1.24	1.12	1.12	1.12
中部供给带	42	17.2	59.2	23	27.9	23
晋陕蒙宁	37.6	14.2	51.8	21	24	21
西南	3.94	3	6.94	3	3.94	3
西部自给带	7.6	23	30.6	7.6	3	3

资料来源：《中国能源中长期（2030、2050）发展战略研究》煤炭专题，2010。

二、主要煤炭基地的生态环境脆弱性分析

根据中华人民共和国国家发展和改革委员会能源所和中国科学院地理科学与资源研究所等撰写的《我国主要能源产区生态环境承载力对能源开发的约束研究报告》，全国约有70%以上的煤炭生产基地属于中等脆弱以上等级。2005年，我国13个煤炭基地生态环境脆弱指数平均值仅为 -0.0151，处于较高脆弱状态。其中，生态环境最脆弱的地区是山西煤炭基地、神东煤炭基地、陕北煤炭基地和蒙东的霍林河—白音华煤炭基地，生态环境脆弱指数平均值均在 -0.15 以下，处于非常脆弱状态。宁东煤炭基地和云贵煤炭基地的生态脆弱指数在 -0.05 左右，属于生态环境较高脆弱地区；河南煤炭基地、冀中煤炭基地处于生态环境比较脆弱区。

我国六大煤电基地，依据其主要胁迫因子可划分为以下四种类型，见表15-6：

类型一：黄土高原水土因素交互胁迫型。该地区的生态脆弱性主要是由于水资源和土地资源的交互作用而形成。主要表现在地区降水量少且分布不均，水资源胁迫指数较高；地表土地利用强度大，多数被开垦为耕地，部分地区甚至被过度开垦，地表植被覆盖率较低。而且，该类地区海拔较高，坡度较大，旱期容易发生表层土壤裸露，涝期则容易造成水土侵蚀和水土流失。这类地区主要位于蒙西、陕北和山西煤电基地，如山西的晋北和晋西基地、陕北的榆神基地以及蒙西的准格尔、东胜基地，以及河南煤电基地的焦作、洛阳、三门峡基地。

类型二：地质不稳定胁迫型。该类地区一般坡度都在15°以上，且地表开发利用强度比较大。但是，与类型一不同的是，该地区降水较多，因此发生水土流失以及滑坡等地质灾害的概率比较高，通常滑坡严重度在中等水平以上。因此，该地区的生态环境脆弱性主要是由于地质环境导致，以云贵基地最为典型。

类型三：水资源胁迫型。在该地区的生态环境要素中，地质条件、土地利用强度、经济发展压力以及地表覆盖等因素条件都比较好，但是一旦地面开发力度加大，破坏地表覆盖植物，较高的干燥指数将使该地区的生态环境处于严重脆弱状态。这类地区主要以蒙东的锡林郭勒基地、赤峰与通辽基地为典型。

类型四：生态功能胁迫型。该类地区以呼伦贝尔基地最为典型，由于地区水土因素的良好匹配，生态环境承载力相对良好。但是该地区是我国重要的生态功能服务区，对于稳定全国生态环境具有重要意义，能源的无序开发很容易造成地区生态平衡的破坏。

表15-6　煤电基地生态脆弱性的类型划分

类型	包括地区	主要胁迫因子
黄土高原水土因素交互胁迫型	延安、咸阳、铜川、榆林、锡林郭勒、鄂尔多斯、乌兰察布、通辽、赤峰、乌海、呼兰浩特	水资源、土地强度、干燥指数、水土流失、地表自然覆盖
地质不稳定胁迫型	云贵基地	地质坡度、水资源、地质灾害、滑坡
水资源胁迫型	锡林郭勒、赤峰、通辽	水资源、干燥指数
生态功能胁迫型	呼伦贝尔	生态服务功能

资料来源：国家发展和改革委员会能源所等，2007。

1. 锡林郭勒煤电基地生态脆弱区

位于内蒙古自治区中部的锡林郭勒盟，区内锡林郭勒草原我国四大草原之一，也是北京重要的生态屏障，浑善达克沙地占据该盟1/4的面积。受自然气候变化的影响，锡林郭勒盟的沙化问题不断恶化，大量湖泊干涸，草场沙化现象日趋严重。沙尘暴日益频繁，并严重威胁到北京乃至华北地区的生态安全。

该地区煤炭资源丰富，拥有1400亿吨的探明储量，主要依托锡林郭勒盟白音华和胜利煤田，发展煤炭开采、坑口发电以及煤化工业区。该地区规划要建设成为东北老工业基地重要的能源原材料供应基地，到"十一五"末期，该基地的煤炭产能要达到1.5亿吨，电力装机达到1500万千瓦。但是该地区水资源缺乏，许多河流的径流量只能满足地区的生态用水，而且煤炭开发多为露天开采，很容易破坏该地区的草原覆盖层，基地建设引起的机械碾压等人为活动影响，将导致草场退化速度的加快和退化程度的加深。

2. 山西、陕西、蒙西煤电基地脆弱区

该基地主要位于鄂尔多斯高原东南及陕北、晋北、晋西黄土高原北缘的黄河中游地区，从气候上看属于干旱、半干旱气候向东南湿润、半湿润气候过渡区；从区域地表物质分布来看属于沙盖黄土丘陵区，为沙漠区和黄土丘陵区的过渡地带，是沙漠与黄土交错分布区域；从植被来看，则是草原与森林草原的过渡地带；从土壤侵蚀区域分异规律来看属于黄土高原风蚀、水蚀、重力侵蚀、冻融侵蚀的复合侵蚀地带；同时该区又处于半农半牧区，属于农牧交错地带。因此，各种交错带和过渡带导致该地区环境敏感性强，环境因素波动性大，承受力和抗干扰能力差，是典型的生态环境脆弱区。一旦干扰超过一定的阈限，便可迅速放大，难以逆转。

其次，该地区的地质基质抗蚀性差，沙丘物质来源丰富，沉积物在风蚀风积作用下很容易形成新的沙丘。该地区的气候要素值年际变化大，剧烈的冷热变化加速了砂岩风化。该地区的降雨多属于暴雨，对梁坡形成强烈冲刷。干旱季节恰好又大风季节同步从而加剧了风蚀作用。一旦天然植被遭到破坏，在风水两相自然应力的作用下表层很快地被剥蚀，导致古沙翻新，暗沙活化，沙漠化迅速扩展。

鄂尔多斯高原的上述特点决定了该地区对人为干扰的极端敏感性，而该地区恰好又是人为活动相当强烈的地方，历史上频繁的战乱、人口大幅度波动、长期的拓荒弃耕形成了今日沟壑纵横、黄沙遍地的自然景观。随着经济的发展、人口的增加，特别是大型煤电基地的建设，将给该地生态环境造成空前的压力，已远远超出该地地区的生态承载能力。该基地的煤电开发井工和露天皆有，对地表土壤和地质结构容易造成破坏，火电的建设又耗费大量的水资源，因此容易加剧当地的生态环境脆弱性。

三、主要水电基地的生态环境脆弱性分析

根据《我国主要能源产区生态环境承载力对能源开发的约束研究报告》，我国除东北水电基地、闽浙赣水电基地、南北盘江、乌江、湘西水电基地外，西南地区的水电基地及

黄河水电基地基本上都位于生态环境承载力相对较低的地区（图2-23）。2005年，我国13大水电基地生态环境脆弱指数平均值仅为0.0551，为全国平均值的40%，表明我国水电基地生态环境都处于脆弱状态。根据主要胁迫因子，可以将我国13个水电基地划分为以下两种类型。

1. 类型一：地质条件与生态服务功能交互胁迫型

该类地区的主要特征是位于海拔变化比较大的高山地区，坡度一般都在25°以上。由于剧烈的高山垂直变化，在孕育了丰沛水能资源的同时，也是我国许多重要珍稀物种的保护区，或者拥有地方特有的人文和自然景观，其生态服务功能具有全国意义。一旦开发不当，破坏了当地生态环境，导致一些物种的消失，其损失不可估量。典型地区如怒江水电基地和澜沧江水电基地。

2. 类型二：水资源胁迫型

由于该地区降水量少，干燥指数高，地区水资源胁迫系数较高，从而导致地区生态环境脆弱。该类型地区主要以黄河上游水电基地最为典型。

上述地区建设水电基地，必须把生态环境影响评价作为水电开发的重要科学决策环节，严格实行环境影响评价"一票否决制"。水电建设必须严格执行相应的环境保护法规标准，真正做到绿色能源开采。

第十六章　实施绿色低碳的能源发展战略

为满足十几亿人民日益增长的能源消费需求，我国正在建设世界最大的能源消费和供应体系。为此，迫切需要走出一条新型的能源发展道路，最大限度地降低能源发展的资源和环境代价。未来的能源发展战略，应坚持节约高效、绿色结构、环境友好，努力建设一个利用效率高、技术水平先进、污染物排放少、生态环境影响小的能源生产—流通—消费体系。

（1）节约高效。基于环境保护的能源发展战略应坚持节能优先，开创节约型的发展方式和消费模式，提高能源普遍服务水平，合理平衡供需。大幅度提高能源系统效率，尽快使重点耗能产业的能源效率达到国际先进水平；不断提高能源综合效率，以尽可能小的能源资源消耗，支撑经济社会尽可能大的发展。

（2）绿色结构。只有充分利用各种可以规模利用的能源资源，才能优化能源结构，减少对高污染、高排放化石能源的依赖，有效应对全球气候变化的挑战。发达国家已经完成了化石能源的优质化，现在又开始大力发展低碳能源，向更高层次的能源优质化推进。我国能源也需要走多元发展的道路，加快能源结构调整，显著提高天然气、核能、可再生能源在能源生产和消费结构中的比重，努力做到新增能源供应以高效、清洁、低碳能源为主。

（3）环境友好。治理污染、保护环境、缓解生态压力，是能源发展的重要前提。解决好能源利用带来的环境问题，除了从节能提效、提高清洁能源比重等方面入手外，还应在实现环境友好的能源开发、实行煤炭高效清洁利用和推进工业、交通清洁用能等多方面采取措施，尽可能减少能源生产和消费过程的污染排放和生态破坏，兼顾能源开发利用与生态环境保护。

第一节　节能提效，降低能源消费需求

节约能源，是贯彻落实中国节约资源和保护环境基本国策的重要内容。节约能源不是简单地压缩能源的消耗，而是在使用能源的各个方面减少浪费，提高有效利用程度，以尽可能低的能源消耗，取得最大的国民经济效益。因此，节约能源的核心是提高能源效率。节能应从构建节能型产业体系、抓好关键领域节能以及实施煤炭消费总量控制三个方面入手。

一、构建节能型产业体系

根据国际国内的经验，推动产业结构调整是节能降耗的最有效途径。2008 年，中国工业部门的能源消费量已经占到终端能源消费总量的 71.6%。要实现节能降耗、构建节能型

产业体系，必须做到：

第一，推动产业结构优化升级，经济增长由主要依靠工业带动和数量扩张带动，向三次产业协同带动和优化升级带动转变。

第二，推动服务业加快发展。充分发挥服务业能耗低、污染少的优势，努力提高服务业在国民经济中的比重。要以专业化分工和提高社会效率为重点，积极发展生产服务业；以满足人们需求和方便群众生活为中心，提升生活服务业。大中城市要优先发展服务业，有条件的大中城市要逐步形成以服务经济为主的产业结构。

第三，积极调整工业结构。严格控制新开工高耗能项目，把能耗标准作为项目核准和备案的强制性门槛，遏制高耗能行业过快增长。对企业搬迁改造严格执行能耗准入管理。加快淘汰落后生产能力、工艺、技术和设备，对不按期淘汰的企业，地方各级人民政府及有关部门要依法责令其停产或予以关闭，依法吊销排污许可证和停止供电；实行生产许可证管理的，依法吊销生产许可证。积极推进企业联合重组，提高产业集中度和规模效益。

二、抓好重点领域节能

1. 工业节能

我国工业能耗具有以下四个特点：第一，工业能源消费量增长高于能源总消费量增长；第二，单位工业产值能耗高于其他产业单位产值能耗；第三，黑色冶金、有色冶金、非金属矿物制品（建材）、化学原料工业和煤炭、石油、天然气、电力等高耗能工业能源消费量占工业能源消费量近80%；第四，煤炭消费量占工业能源消费量的80%以上，成为大气环境的主要污染源。

从国情出发，我国工业节能的基本路径可以概括为，从经济节能和技术节能两个方面，充分挖掘节能潜力，通过"调整工业结构、加强能源管理、节能技术改造和创新"三条途径，采取各种有效措施合理用能和节约用能，不断提高能源效率。具体来说：调整和优化工业结构，即鼓励发展低耗能、高附加值的产业和高新技术产业，严格控制高耗能和严重浪费资源的工业项目盲目发展、重复建设，促进工业节能，使工业经济走上集约型增长的发展道路。加强工业能源管理，要求各级政府和主管部门加强组织领导、宏观指导和政策引导，针对工业部门，特别是重点工业用能单位节能管理，建立和完善能源生产和消费统计指标体系及其公报制度，建立和完善用能企业能源管理责任制，建立和完善"目标明确、责任落实、奖惩分明、一级抓一级、一级考核一级"的节能管理制度。加快工业节能技术开发、示范和推广，要求组织对共性、关键和前沿节能技术的科研开发，实施重大工业节能示范工程，引导企业和金融机构把资金投向重点节能技术和项目，促进节能技术产业化；针对中国以煤为主的工业能源消费和煤烟型污染特点，要特别注重提高煤炭利用效率的技术进步和创新，近期发展重点为推动工业锅炉的大型化和建设大容量、高参数、高效率的火电机组。

2. 交通节能

交通行业是国民经济的重要基础产业，又是能源消耗型与环境污染型行业。随着我国客货运输量的增长,交通运输业能源消耗的规模逐年上升,同时污染物排放量也在快速增长,据估算,目前我国交通运输业的二氧化碳排放量超过3亿吨,预计到2015年和2030年将分别达到5.22亿吨和11.08亿吨,另据统计,机动车尾气排放已成为城市大气的主要污染源,目前在我国一些大城市中机动车污染物排放占大气污染物的比重在60%左右。要推进交通领域的节能减排,可从以下几个方面入手:

第一,加快发展铁路、水运和管道等环境友好型的运输方式,铁路、水运和管道运输的能源消耗水平远远低于公路运输和民航运输,而且电力、柴油正逐步成为其主要的能源消费品种,原煤所占比重逐年下降。

第二,优先发展城市公共交通,通过科学规划和建设,提高线网密度和站点覆盖率,优化运营结构;加强城市交通换乘枢纽建设,提高运输效率;优先发展公共交通,提高居民公共出行利用率,抑制私人机动车对城市交通资源的过度使用,形成干支协调、结构合理、高效快捷并与城市规模、人口和经济发展相适应的公共交通系统。

第三,大力推进交通节能技术进步,鼓励发展节能环保型汽车,引导交通行业内部采用节能的新工艺、新技术、新设备、新材料,加速机器设备的更新换代,促使其改造落后的技术,强制淘汰高耗低效的运输工具;开发、推广、应用以现代信息网络为基础的智能交通系统,逐步提高运输系统效率,达到节约能源的目的;同时,加强交通需求管理,充分利用当今发达的信息通信等技术,有效地控制交通出行数量,减少空驶率,降低单位运输量的能耗与排放水平。

3. 建筑节能

目前,我国城乡既有建筑面积约450亿平方米,每年新建约10亿平方米建筑。这些建筑在使用过程中,在采暖、空调、通风、照明等方面消耗了大量能量。此外,随着我国城镇化水平的不断提升和人民生活质量的提高,特别是原来不采暖的长江流域和江南开始大量采暖,建筑能耗将会快速增长。2008年我国建筑能耗已占全社会总能耗的30%。要推进建筑节能,需从以下三个方面开展工作:

第一,全面推广应用建筑节能技术,推广使用新型墙体材料,逐步禁止使用实心黏土砖和其他黏土制品墙体材料;改善外围护构件的保温性能,加强外墙保温,改善门窗设计,尽量减少热量损失;采用合理建筑物体型系数,建筑物平面设计应在满足建筑物功能要求的前提下,降低建筑物体形系数,以达到节能目的;充分利用太阳能、地下能源、风能等,大力推广遮阳与通风设施应用技术和产品,减少空调能耗,达到节能目的。

第二,完善建筑节能法律法规,尽快建立健全新建建筑节能准入制度、建筑测评标识制度、建筑能耗统计制度、建筑能源效率审计制度、建筑用能系统运行管理制度、建筑节能推广、限制与禁止制度、按用热量收费制度;完善建筑节能标准体系;制定建筑节能"政府补贴,税收优惠,贷款贴息或对贷款提供担保,特别折旧"等相关经济激励政策。

第三,全面实施建筑节能监督管理,政府的相关管理部门严格按照项目前期决策阶段、项目设计阶段、项目施工阶段、项目竣工验收阶段对建筑节能标准进行评价和监管,各阶段审批和发证必须符合建筑节能目标要求,各过程检查和检测必须符合建筑节能技术规范,各环节验收和备案必须符合建筑节能标准规定,切实把建筑节能质量监督管理全面落到实处。

三、实施区域煤炭消费总量控制

从需求侧控制能源消费总量特别是煤炭消费总量，提高煤炭使用效率，也是减轻环境保护和温室气体排放控制压力的重要举措。我国长江三角洲、珠江三角洲和京津冀三大城市群占全国 6.3% 的国土面积，消耗了全国 40% 的煤炭，生产了 50% 的钢铁，大气污染物排放集中，重污染天气在区域内大范围同时出现；辽宁中部城市群、武汉城市群、湖南长株潭地区、成渝地区、海峡西岸等城市密度大、能源消费集中的地区也呈现明显的区域性污染特征。对于这些地区，应率先实施煤炭消费总量约束性控制，提高煤炭的利用效率。具体措施包括：

第一，加快调整产业结构，控制高耗能行业过快增长，同时加大高耗能行业落后产能淘汰力度，严格限制新建煤电和钢铁产业，推动以重化工为主的产业结构转变为以服务业为主的产业结构；

第二，淘汰小型锅炉，扩大集中供热覆盖面积，改善能源消费结构，在城市内划定禁煤区，优先供应清洁能源，积极发展核电与可再生能源；

第三，实施煤炭消费总量替代，新建项目必须通过淘汰落后产能实行等量煤炭消耗量替代。

第二节 优化能源结构，提高清洁和低碳能源消费所占的比重

随着工业化、城市化的快速发展，在大量消耗化石能源创造巨大物质财富的同时，我国的环境问题也越来越突出，以气候变化为代表的全球性环境问题更是成为世界各国的共同挑战。风能、太阳能、生物质能、水能、地热能、海洋能等可再生能源以及核能等能源品种具有环境污染小、可永续利用等特点，是有利于人与自然和谐发展的重要能源。从战略高度看，开发环境友好的能源类型，并使其在保障能源供应中扮演重要角色，已经成为我国可持续的能源战略的必然选择。

到 2008 年年底，我国可再生能源的年利用量总计达到了 2.5 亿吨标准煤（不包括传统方式利用的生物质能），约占一次能源消费总量的 9%，比 2005 年上升了 1.5 个百分点，其中水电为 2 亿吨标准煤，太阳能、风电、现代技术生物质能利用等约为 5000 万吨标准煤。根据《中国能源中长期（2030、2050）发展战略综合报告》制定的发展目标，到 2030 年，我国清洁、低碳能源占一次能源的比重应达到 30% 左右（其中核电、水电、非水可再生能源各占 10% 左右），到 2050 年应达到 40% 左右（其中核电为 15% 左右，水电 10%，非水可再生能源 15%）。

一、积极推进核电建设

把核能作为国家能源战略的重要组成部分，逐步提高核电在中国一次能源供应总量中

的比重，加快经济发达、电力负荷集中的沿海地区的核电建设，稳步推进中部缺煤省份核电建设。在核能发展中必须保证核废料的妥善处置，防范核电站运行事故。

二、在妥善处置生态保护与移民安置的基础上有序开发水电

把发展水电作为促进中国能源结构向清洁低碳化方向发展的重要措施。在做好环境保护和移民安置工作的前提下，合理开发和利用丰富的水力资源，加快水电开发步伐，重点加快西部水电建设，因地制宜开发小水电资源。

三、在保证粮食与生态安全的基础上推进生物质能开发利用

生物质能应在"不与民争粮、不与粮争地"、"不与农田争水源、不与禽畜争饲料"的前提下实现多元化发展。因地制宜，鼓励在条件具备的地区开发应用煤与生物质混燃发电项目；在农林废弃物资源丰富的地区，宜开发中小规模的项目；推广集中养殖场沼气发电以及农村生物质气化发电项目，加快分散式的农村生物质能发电产业的发展。要积极稳妥地发展非粮生物质交通燃料技术。

四、积极扶持风能、太阳能、地热能与海洋能的开发和利用

风能的发展近期以陆上为主，内陆地区的开发重点是西北、华北和东北等"三北"及东部沿海地区，包括河北、内蒙古、吉林、甘肃、新疆，以及江苏、浙江、山东等省（自治区）。由于地形及电网条件的限制，难以成片开发的地区也可以因地制宜地开发建设中小型分布式风电场。

太阳能开发一方面要大力推广与建筑结合的热利用技术，在城市推广普及太阳能一体化建筑、太阳能集中供热水工程，建设太阳能采暖和制冷示范工程，在农村和小城镇推广户用太阳能热水器、太阳房和太阳灶。另一方面，还应积极开展太阳能光伏发电试点与应用。

积极推进地热能和海洋能的开发利用，推广满足环境和水资源保护要求的地热供暖、供热水和地源热泵技术，研究开发深层地热发电技术；在浙江、福建和广东等地发展潮汐发电，研究利用波浪能等其他海洋能发电技术。

第三节　推进煤炭绿色开采与洁净化利用

我国是世界上最大的产煤国和煤炭消费国，煤炭资源丰富，长期以来，煤炭在一次能源生产和消费结构中占到70%。基于我国"缺油少气"的现实，以及新能源产业成长尚需时间，至少在今后20年内，煤炭作为主要能源在中国能源消费结构中的主导地位不会改变。基于此，为保护生态环境和人体健康，对煤炭实施绿色开发与洁净化利用是必然选择。

一、推进煤炭绿色开采

高强度的煤矿开发会导致矿区地表沉陷、耕地退化、山体滑坡、地下水位下降、井泉干涸、水体污染，而且我国超过60%的煤炭资源储量都位于干旱少雨、生态环境脆弱的中北部地区。若不采取绿色开采措施，未来几十年内，随着能源总需求和煤炭产量的不断增长，煤炭资源开发对生态环境的破坏问题将更为严重，人类生存和社会发展将受到严重威胁。推进煤炭绿色开采的具体措施主要有：

科学规划、合理开发，控制重点地区煤炭开采规模。根据水资源和生态环境承载力，对煤炭资源开发区进行科学规划、合理布局、适度发展。晋陕蒙宁地区生态环境脆弱、水资源短缺，应对煤炭资源的开采规模和开采面积进行适当限制，甚至放弃对部分地域的开发。其中山西省生态环境欠账较多，不宜增加煤炭产量，而要加大生态修复投入。

煤炭开采要应用保水采煤、绿色开采技术，减轻煤炭开采对地表的扰动和水土破坏，减少废弃物排放，将能源开发对生态环境与水资源的影响限制在可恢复的程度，同时积极开展矿区土地复垦与生态重建。具体来说，应强化以下五个领域绿色开采技术的开发与利用：其一，将有一定甲烷含量的瓦斯变害为利、形成煤与瓦斯协调开采技术；其二，根据地层条件确定合理的保水开采方法、确保水资源得以合理利用的技术；其三，村镇下充填条带开采、离层区注浆等建筑物保护技术与塌陷土地复垦技术；其四，矸石井下处理技术、地面矸石利用技术以及煤层内巷道维护技术；其五，煤炭地下燃烧过程控制技术与煤炭地下气化技术。

二、强化煤炭的洁净化利用

实现煤炭清洁化利用的重点在于：第一，支持煤炭清洁利用关键技术的研发，大力发展IGCC、PFBC等先进发电技术，大力发展煤直接液化、煤气化、煤间接液化、煤制天然气等煤炭高效低碳清洁转化技术，探索煤炭高效低碳清洁转化技术与碳封存技术的集成模式，积极开展煤转化、CCS技术集成和工程示范。第二，出台强制性政策或经济鼓励政策，促进煤炭的洁净化利用。对应用洁净煤技术的企业，给予补助、奖励、优惠电价、税收减免等优惠政策，采用先进发电技术的电厂可优先调度上网。

煤炭的洁净化利用技术主要包括以下内容。

1. 煤炭加工技术

煤炭加工技术主要包括洗选煤技术、型煤技术以及水煤浆技术等。其中洗选煤技术是提高煤炭利用效率、减少污染物排放的最经济、有效的途径。型煤与水煤浆技术能显著提高燃烧效率，减少污染物的排放。

2. 煤炭高效洁净燃烧技术

煤炭高效洁净燃烧技术包括整体煤气化联合循环发电技术，增压流化床联合循环发电技术等几个方面。

（1）循环流化床燃烧技术（CFB）具有燃料适应性广、燃烧效率高、氮氧化物排放低、低成本石灰石炉内脱硫、负荷调节比大和负荷调节快等突出优点，能够以较低的成本实现严格的污染物排放控制指标，同时可以燃用劣质燃料，在负荷适应性和灰渣综合利用等方面具有综合优势。

（2）整体煤气化联合循环发电技术（IGCC）是一种新型的先进洁净煤燃烧发电技术，它将煤炭气化为中低热值煤气，再将煤气净化，除去其中的硫化物、氮化物、粉尘等污染物，变为清洁的气体燃料，然后进入燃气轮机的燃烧室燃烧。

（3）增压流化床联合循环发电技术（PFBC）是以一项以增压的流化床燃烧室为主体，以蒸汽、燃气联合循环为特征的热力发电技术。它先将煤和脱硫剂制成水煤浆，用泵将其注入流化床燃烧室内燃烧，炉膛出口的高温高压烟气经除尘后，驱动燃气轮机。

3. 煤炭转化技术

煤炭转化技术指的是煤炭气化、液化以及与燃料电池联合利用等。

（1）煤炭气化技术，煤经气化后可以达到无烟、无硫、无灰的燃烧效果，大大减少环境污染，是实现煤炭洁净利用的先导技术和主要途径。

（2）煤炭液化技术可将煤经化学加工转化成洁净、便于运输和使用的液体燃料、化学品或化工原料。

（3）燃料电池联合利用技术，由于其发电过程不经历燃烧过程，因而具有很高的能量转换效率（理论上可大于80%），而且发电过程不会造成环境污染。

4. 污染排放控制和废弃物处理技术

煤炭的污染排放控制和废弃物技术处理包括烟气净化，CO_2 捕获、储藏和利用技术等。

（1）烟气净化技术包括除尘、脱硝、脱硫、脱汞以及多污染物协同脱除等。

（2）CO_2 捕获、储藏和利用技术，指从燃煤烟气中捕集 CO_2，并通过地下地质储藏封存 CO_2 或资源化利用 CO_2，从而阻止 CO_2 排入大气。该技术是未来大幅减排 CO_2 技术中最具发展前景的选择之一。火电企业特别适合采用碳捕集技术，因为它们的 CO_2 排放源单一固定、容易捕集，并且量多。

第四节　完善环境政策标准体系，强化能源绿色低碳发展倒逼机制

一、完善标准体系，推动节能减排工作

1. 鼓励地方制定特别排放限值

国家的污染物排放标准是基础性、普遍性要求，宽严程度要适合国家的总体经济发展

水平。大气污染严重的区域应该根据当地产业结构特征、环境污染特点和环境管理要求，制定体现地方特色的地方污染物排放标准，促进高耗能产业能源的集约利用与能源结构的调整。

2. 修订和完善氮氧化物排放标准

目前我国大部分固定污染源排放标准中，已经规定了氮氧化物排放的浓度和排放速率限值。但仍有部分固定污染源排放标准中，如工业炉窑大气污染物排放标准、炼焦炉大气污染物排放标准等未规定氮氧化物排放限值，造成污染物排放得不到有效控制。同时，在有些排放标准中对于新源要求较严，而老污染源的排放限值仍然相当宽松。因此，我国应在氮氧化物的排放、转换、传输和沉降等方面研究的基础上，结合现阶段社会经济发展情况和国内外的技术开发使用情况，根据各类污染源的排放特性，制定和完善有关氮氧化物的排放标准，进一步推进清洁煤技术的发展。

3. 完善机动车排放标准与燃油质量标准

不断加严新车排放标准，是国际上通行的控制机动车污染的重要措施。我国目前已经实施机动车国家第三阶段污染物排放标准（简称国Ⅲ标准），北京、上海、广州等城市由于机动车污染较重，分别提前 1～2 年实施新标准，北京市已于 2008 年开始实施机动车国家第四阶段污染物排放标准（简称国Ⅳ标准）。总体上，我国的新车排放标准实施进度与欧美发达国家相比仍存在 7 年左右的差距。为强化机动车污染控制，我国在 2020 年以前应制定轻型车国家第五阶段排放标准、重型车排放控制系统耐久性要求以及摩托车第四阶段排放标准等，并加快国Ⅳ、国Ⅴ标准的推进步伐；同时，制定完善非道路机械发动机、船舶以及飞机等非道路交通设备的排放标准体系。2030 年以前，制定并实施国家第Ⅵ阶段机动车排放标准，同步实施非道路机械的排放标准，全面加强移动源污染控制力度。

车用燃油质量差、含硫量高是制约机动车氮氧化物排放控制的最主要因素，尤其是当前我国的柴油品质极不利于柴油机尾气后处理技术的应用，影响机动车氮氧化物减排效果。2009 年以前我国供应的汽油和柴油油品含硫量分别为 500ppm 和 2000ppm，2009 年开始全面供应符合汽油车国Ⅲ（硫含量 150ppm）标准的汽油油品，2010 年开始供应符合国Ⅲ（硫含量 350ppm）标准的柴油油品，"十二五"期间全面供应国Ⅳ油品的难度非常大，应先在汽车保有量大且氮氧化物污染严重的地区供应国Ⅳ油品。同时研究出台与机动车排放标准相适应的车用燃油质量标准，加快推进车用燃料低硫化进程。

4. 制定石化等行业挥发性有机物排放标准

挥发性有机物是形成大气复合污染的关键前体物之一，但我国目前尚未对挥发性有机物实行严格、全面的排放控制。为有效控制臭氧和二次颗粒物污染，2020 年以前应在经济发达地区开展挥发性有机物的排放控制，其控制力度应基本与氮氧化物的控制力度相适应。应加快制定相关法律、法规，发布需要进行控制的挥发性有机物名录，制定相应的环境空气质量标准，针对石化、化工等挥发性有机化合物产品制造和使用行业制定污染源排放限值标准，推动挥发性有机物的控制。

二、充分运用市场经济手段，促进能源绿色开采与消费

我国现有的环境政策和管理体制存在不足，能源开发和使用付出的成本远小于取得的收益，导致环境破坏严重。应探索将生态破坏与环境污染损失纳入能源定价机制，实施有利于节能减排和清洁能源发展的价格、财税政策，促进能源可持续发展。

1. 运用经济手段促进能源绿色开采

1）全面推行煤炭采矿权有偿使用制度

煤炭资源采矿权有偿使用制度就是采矿权人通过合法方式一次性付清相对资源租而后逐年缴纳绝对资源租而获得采矿权的制度。总体上看，我国煤炭资源采矿权有偿使用制度理论和实践都还存在很多不足之处。具体表现为：

（1）相对资源租不能落到实处，征收范围有待扩大。虽然国家有关法律法规规定，对国家投资勘察过的煤炭资源收取采矿权价款，但目前我国大部分煤炭企业没有缴纳采矿权价款，实际上我国煤炭采矿权大多通过无偿方式获得。煤炭的非法开采、无序开采现象十分严重，煤炭回采率比较低，全国平均煤炭回采率仅为40%，造成煤炭资源大量浪费。

（2）绝对资源租相对偏低。目前我国煤炭绝对资源租包括两部分：①煤炭资源税，按量征收，每吨为2.3~4元，不足煤炭销售价格的1%，征收标准明显偏低；②煤炭资源补偿费，按照煤炭价格的1%征收。合计两者所占煤炭价格比例不足2%。

煤炭资源采矿权有偿使用制度的目的是为了使煤炭采矿权资源价值最大化，煤炭资源能够得到合理开发利用。国外实践已充分证明，一次性收取采矿权价款能够有效提高煤炭回采率。借鉴国外经验，一方面应对国家没有投资勘察的煤炭资源也应该征收采矿权价款，煤炭企业只有在一次性足额交纳采矿权价款后才能获得煤炭采矿权，使中国煤炭采矿权从无偿获得向有偿获取转变。另一方面，要进行煤炭资源税改革，切实提高中国煤炭资源税税率，真正体现出煤炭资源的消耗损失，理顺煤炭价格形成机制、引导煤炭行业合理有序发展。

2）建立和完善适合国情的能源开采生态补偿机制

按照"受益者付费，破坏者补偿"的原则建立和完善生态补偿机制，补偿标准的确定应以调整相关利益主体间的环境利益与经济利益的分配关系为核心，并明确不同补偿主体、受偿主体的责任和义务。主要应从以下方面展开工作：

（1）建立健全体现生态补偿目标的生态税，改革和完善现行资源税，加大对新技术的税收优惠力度等。

（2）对矿产资源开发活动征收环境治理保证金和生态补偿费，确保落实环境保护与生态恢复要求。考虑到能源开采造成的水土流失、矿山占地生态恢复、采煤破坏土地复垦、恢复植被增加成本、保护湿地生态系统等成本，同时考虑到生态系统恢复难易程度不同，生态补偿参数选择也应有所不同；征收范围为所有能源开采企业，按照产量进行征收。

（3）建立生态转移支付专项基金，加大国家对能源输出省份的倾斜，增加对能源输出地的环境保护专项资金和财政贴息、税收优惠等政策支持。

2. 逐步提高大气排污收费标准

为控制能源消费带来的污染物排放，应按照"谁污染谁付费"的原则，采取循序渐进的方式，逐步提高排污收费标准，同时加大执法力度，使传统落后的煤炭利用方式成本增加，促进清洁煤技术的应用和推广。

到 2010 年，二氧化硫收费标准要基本达到目前煤电行业二氧化硫平均治理边际成本，远期再有所提高，逐步接近二氧化硫排放所造成的污染损失。对于氮氧化物，由于治理成本相对较高，近期收费额度主要是达到二氧化硫的排污收费标准；远期逐步提高，接近氮氧化物的平均治理边际成本。不同阶段大气污染物排放的环境费（税）征收额度建议见表16-1。

表 16-1　我国不同阶段大气污染物排放环境费（税）征收额度建议

费税项目	单位	2002 年	2005 年	2010 年	2020 年	2030 年
二氧化硫排污费/税	元/kg	0.21	0.63	1.26	1.26	2
氮氧化物排污费/税	元/kg	0	0.63	1.26	2	3

3. 完善有利于节能减排的价格政策

1）针对清洁能源出台价格优惠政策

可再生能源产品的市场竞争力较弱，其发展离不开政策手段的支持。为促进可再生能源发展，世界各国纷纷通过强制性市场份额、固定购买电价、税收优惠等各种措施，鼓励可再生能源的发展。自 2005 年《可再生能源法》颁布以来，相关部门也陆续出台了包括扶持电价、费用分摊、投资补贴在内的 20 多个相关的配套政策，基本建立了我国可再生能源的政策框架体系，有力促进了可再生能源的产业进步。但是，目前法律只规定了可再生能源发电企业和电网企业的电力收购关系，缺乏政府对电网企业强制配额的调控手段，即电网现状不改变，法律规定的收购关系就形同虚设。另外，对于电价附加收入的使用也缺乏统筹的考虑。因此，需要有关部门根据可再生能源发展目标、资源状况、技术开发与产业发展的实际情况，继续完善可再生能源发电价格机制，出台具有可操作性的可再生能源发电配额，实施优惠的投融资政策，并配套建立相应的规范、标准、检测认证体系等。

2）严格执行高耗能产业差别电价政策

按照国务院批准的《产业结构调整指导目录》，严格执行淘汰类、限制类、允许和鼓励类产业差别电价政策，遏制高耗能产业盲目发展、促进产业结构调整和技术升级。进一步扩大差别电价的实施范围。在对电解铝、铁合金、电石、烧碱、水泥、钢铁、黄磷、锌冶炼等 8 个行业实行差别电价的基础上，继续扩大实施范围。差别电价的额度要进一步提高，将淘汰类企业电价提高至目前高耗能行业平均电价的 1.5 倍水平，甚至更高。

3）继续推行环保电价政策

"十一五"期间，脱硫电价政策的出台是推动我国火电行业脱硫设施大规模建设发展的主要推动力之一。与排污收费等政策相比，环保电价政策具有更强的刺激功能和可操作性。今后，为进一步控制电力行业氮氧化物和细颗粒物排放，可考虑将氮氧化物、颗粒物等纳入到环保电价政策中。

4）提高停车收费标准，限制小汽车使用

在特大城市的中心城区实行高标准的停车收费制度，限制机动车使用增长。大力发展城市轨道交通系统和公交系统，采取税收补贴等手段降低居民乘坐公交系统成本，形成节约型的城市化模式，从消费端减少终端用能需求，降低污染减排压力。

4. 建立排污权有偿取得与排污交易市场机制

1）试行主要大气污染物有偿分配机制

试行排放指标有偿分配制度是树立"环境容量是资源、环境资源有价值"社会理念的有效手段。国家应根据经济发展和污染减排工作需求，制定我国排污权有偿取得方案，确定实行排污权有偿取得的主要污染物因子，实行排污权有偿取得制度，为提高企业治污积极性、从源头上调整能源结构、节约能源消耗、减轻能源消费的环境污染与气候影响奠定基础。

2）推行火电行业二氧化硫及氮氧化物排污交易

抓紧出台火电行业二氧化硫排污交易管理办法，提出实行排污交易的程序、规则、交易模式、交易条件及处罚措施等，为盘活总量指标、促进经济与环境协调发展，推动污染减排的定量化管理和产业结构升级，降低社会污染节能减排成本提供灵活机制。在"十二五"期间，开展火电行业氮氧化物排污交易试点工作。

参 考 文 献

陈清如 . 2008. 发展洁净煤技术，推动节能减排 . 中国高校科技与产业化，3：65 ~ 67.

程根伟，麻泽龙，范继辉 . 2004. 西南江河梯级水电开发对河流水环境的影响及对策 . 中国科学院院刊，(6).

郭虹 . 2009. 我国未来油气资源政策走向研析 . 中国石油和化工经济分析，(2)：32 ~ 36.

国际能源局发展规划司 . 2009. 科学发展的 2030 年——国家能源战略研究报告（内部资料）.

国家发展和改革委员会能源研究所，中国科学院地理科学与资源研究所，国家发展和改革委员会地区研究所 . 2007. 国家能源战略研究项目，我国能源发展的环境约束问题研究之专题二：我国主要能源产区生态环境承载力对能源开发的约束研究 .

国家统计局能源司，国家能源局综合司 . 中国能源统计年鉴（1991 ~ 2008）. 北京：中国统计出版社

国家统计局 . 2007. 新中国五十五年统计资料汇编 . 北京：中国统计出版社

国家统计局 . 2009. 中国统计年鉴（2009）. 北京：中国统计出版社

国土资源部，国家发展和改革委员会，财政部，等 . 2005. 新一轮全国资源评价报告（内部资料）.

国土资源部石油天然气储量评审办公室 . 历年全国石油天然气探明储量评审表 .

郝吉明，等 . 2008. 中国环境宏观战略研究之大气环境保护战略专题研究报告 .

郝吉明，等 . 2009. 工程院咨询报告——大气中 SO_2、NO_x、可吸入颗粒物的减排技术与政策咨询报告 .

何建坤 . 2009. 能源发展与应对气候变化 .

胡见义 . 2006. 中国天然气发展战略的若干问题 . 天然气工业，26（1）：1 ~ 3.

陆家亮 . 2009. 中国天然气工业发展形势及发展建议 . 天然气工业，29（1）：8 ~ 12.

马艳丽，高月娥 . 2007. 我国未来汽车保有量情景预测研究 . 公路交通科技，24（1）：121 ~ 125.

明茜 . 2009-02-03. 核电中长期发展酝酿扩容 . 21 世纪经济报道，18.

邱中建，方辉 . 2005a. 对中国油气资源可持续发展的一些看法 . 石油学报，26（2）：1 ~ 5.

邱中建，方辉 . 2005b. 中国天然气产量发展趋势与多元化供应分析 . 天然气工业，25（8）：1 ~ 5.

山西省环保局 . 2005. 山西省煤炭开采环境污染和生态破坏经济损失评估研究报告 .

孙振清，唐奇 . 2003. 核电投资及发电成本与煤电的比较分析 .

童晓光 . 2003. 21 世纪初中国跨国油气勘探开发研究 . 北京：石油工业出版社 .

童晓光 . 2007. 世界石油供需形势展望 . 世界石油工业，14（3）：20 ~ 25.

童晓光，赵林，汪如朗 . 2009. 对中国石油对外依存度问题的思考 . 经济与管理研究，(1)：60 ~ 65.

王炳华 . 2008-09-03. 我国近期拟调高核电发展计划 . http：//news. xinhuanet. com/fortune/2008-09/03/content_9761371. htm.

新华网 . 2003-11-20. 给子孙留一条原生态河流，还是给怒江人民一条出路？一场关于怒江开发的争论 .

严绪朝，郝鸿毅 . 2005. 对我国石油石化企业实施"走出去"战略的思考 . 集团经济研究，(1)：11 ~ 14.

张国宝 . 2008-08-04. 力争实现核电批量化发展 . http：//energy. people. com. cn/GB/71894/7604027. html.

张位平 . 2004. 关于海外油气资源开发及进口策略探讨 . 中国石油和化工经济分析，(10)：35 ~ 37.

赵文智 . 2003. 关于中国可持续发展油气战略的若干思考 . 国际石油经济，(11)：7 ~ 12.

中国工程院 . 2004. 中国可持续发展油气资源战略研究（内部资料）.

中国工程院 . 2007. 中国可持续发展油气资源战略研究（2020 ~ 2050）（内部资料）.

中国环境监测总站，江苏省环境监测中心 . 2009. 国家环境保护"十二五"规划前期研究课题之大气环境质量与监测现状评估研究报告 .

中国社会科学研究院. 2007. 中国工业化进程报告——1995~2005 年中国省域工业化水平评价与研究.

Andreas Richter，John P Burrows，Hendrik NÜβ，et al. 2005. Increase in tropospheric nitrogen dioxide over China observed from space. Nature，437：129~132.

BP. 2009. BP Statistical Review of World Energy.

Deutch，John，Moniz E J，et al. 2003. The Future of Nuclear Power：an Interdisciplinary MIT Study. Cambridge，MA：Massachusetts Institute of Technology.

IEA. 2005. Projected Costs of Generating Electricity. OECD/IEA，Paris，France.

IEA. 2006. World Energy Outlook 2006.

IEA. 2007. International Energy Outlook 2007.

IEA. 2007. World Energy Outlook 2007—China and India Insights.

Ma Chengbin，et al. 2002. China's electric power sector's options considering its environmental impact. Environmental Economics and Policy Studies，(5)：319~340.

OPEC. 2008a. Annual Statistical Bulletin 2008.

OPEC. 2008b. World Oil Outlook 2008.

World Nuclear Association. 2009-04-17. Nuclear Power in China. http：//www. world-nuclear. org

彩

图

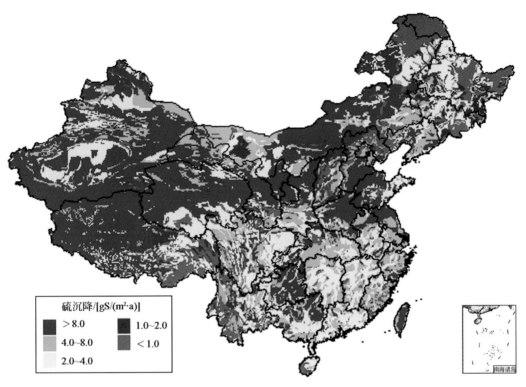

图 2-17　0.1°×0.1°中国硫沉降临界负荷示意图

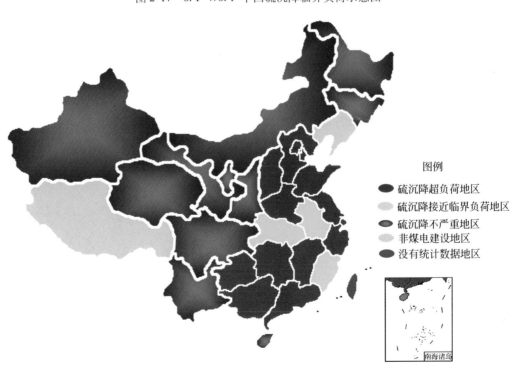

图 2-18　我国煤电建设环境空间分布示意图

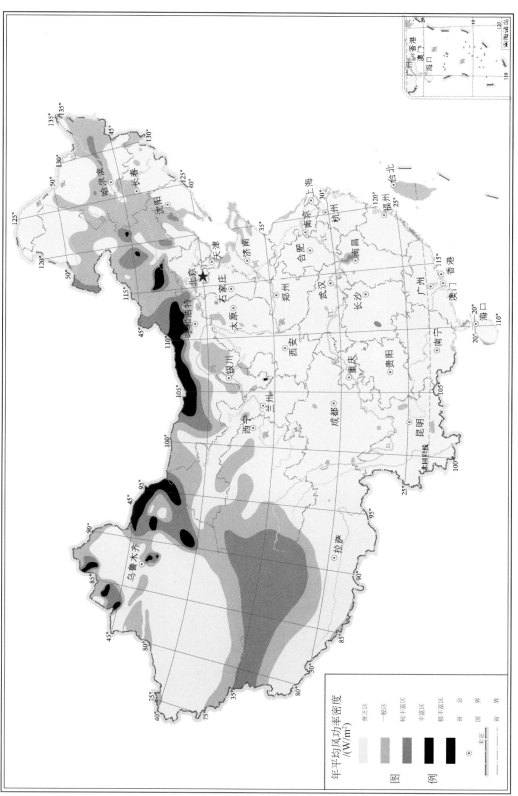

图2-27　全国风能资源区划

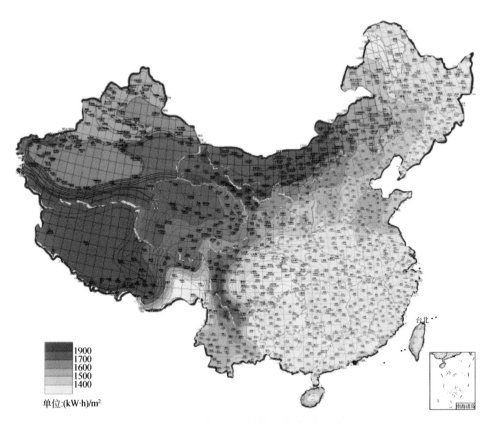

图 2-29　我国太阳能资源分布示意图

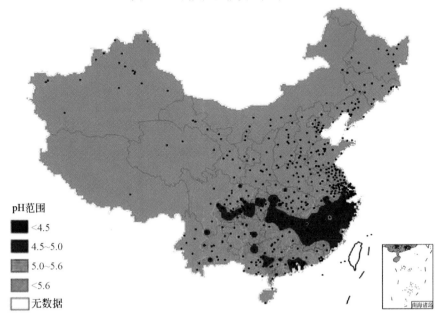

图 14-5　2008 年全国降水 pH 平均值等值线

资料来源：中华人民共和国环境保护部，2008 年中国环境状况公报

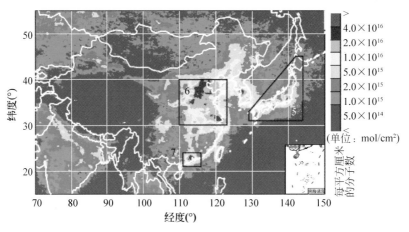

图 14-6　全国二氧化氮（NO$_2$）柱浓度分布

资料来源：A Richter et al.，2005

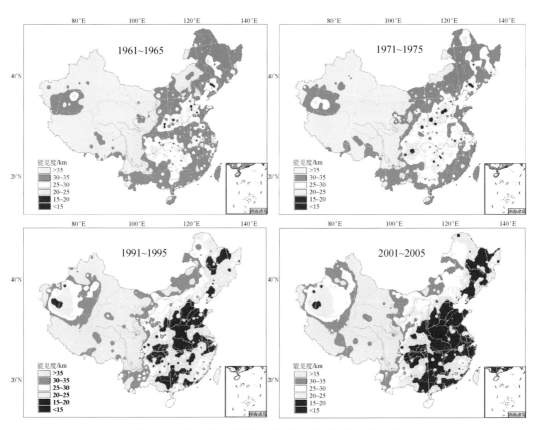

图 14-7　我国不同时期年平均能见度空间分布与变化

资料来源：郝吉明等，2008

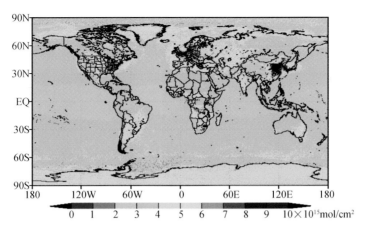

图 14-10　2008 年全球二氧化氮污染分布状况

资料来源：美国航空航天局［NASA］卫星图片

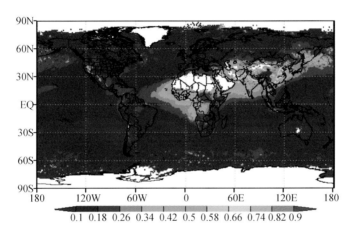

图 14-11　2008 年全球细颗粒物污染分布状况

资料来源：美国航空航天局［NASA］卫星图片